D1678647

अपने-अपने पिंजरे

अपने-अपने पिंजरे

(भाग-2)

मोहनदास नैमिशराय

वाणी प्रकाशन

वाणी प्रकाशन

4695, 21-ए, दरियागंज, नयी दिल्ली 110 002

फ़ोन : +91 11 23273167 **फ़ैक्स** : +91 11 23275710

शाखाएँ

अशोक राजपथ, पटना 800 004, बिहार

कॉफ़ी हाउस कैम्पस, महात्मा गांधी मार्ग, इलाहाबाद 211 001, उत्तर प्रदेश

महात्मा गांधी अन्तरराष्ट्रीय हिन्दी विश्वविद्यालय, वर्धा 442 001, महाराष्ट्र

www.vaniprakashan.in
marketing@vaniprakashan.in
sales@vaniprakashan.in

APNE-APNE PINJRE-2
by Mohandas Naimishrai

ISBN : 978-81-8143-995-6
Autobiography

© मोहनदास नैमिशराय

प्रथम संस्करण 1995
द्वितीय संस्करण 1996
तृतीय संस्करण 2009
आवृत्ति 2018

मूल्य : ₹ 395

इस पुस्तक के किसी भी अंश को किसी भी माध्यम में प्रयोग करने के लिए प्रकाशक से लिखित अनुमति लेना अनिवार्य है।

एम.एस. प्रिंटर्स, दिल्ली-110 095 में मुद्रित

वाणी प्रकाशन का लोगो मक़बूल फ़िदा हुसेन की कूची से

मेरी बात

यादों के जंगल में खोजता हूँ तो बचपन से जवान होने तक के सफर में अनगिनत घटनाओं-दुर्घटनाओं के चित्र आँखों के सामने तैर उठने से मेरे भीतर दर्द उभर आता है। उस दर्द की कसक या तो मैं जानता हूँ या मेरी जात के लोग। उन निर्मम यादों को भूलूँ भी तो भला कैसे...।

मुझसे किसी ने पूछा, "आप अपने परिवार तथा रिश्तेदारों के अन्तरंग सम्बन्धों तथा बातों को बिना किसी हिचकिचाहट के उजागर करते हो। कैसे लगता है?"

"न अच्छा और न बुरा।" मेरा जवाब होता है।

"फिर।" सामने वाला पुनः सवाल कर देता है।

"बस मन को अजीब-सी तृप्ति होती है। मेरे भीतर बरसों से जो बादल उमड़ रहे होते हैं, बे बरस उठते हैं।"

"इतना ही।" सवाल करने वाला मुझसे जैसे और कुछ चाहता है।

"बस इतना ही। बादल नहीं बरसेंगे तो विस्फोट हो सकता है। आत्मकथा लिखने से मेरे भीतर का विस्फोट बाहर आ रहा है। दलित अस्मिता के सवाल उभर रहे हैं। वे अपनी जड़ों की तलाश कर रहे हैं।"

मेरी जिन्दगी में आधा सूरज ही क्यों आया? आधा सूरज यानी आधा उजास। अँधेरे-उजाले की कशमकश में जैसा मैं, वैसे ही मेरी जात के अनुत्तरित सवाल। मैं भी असन्तुष्ट, मेरी जात के लोग भी असन्तुष्ट। कौन सन्तुष्ट करेगा आखिर। इस मर्म को बहुत बाद में जाना था। व्यक्ति हो या समाज, उसे अपने हक, अधिकार स्वयं ही लेने होते हैं। बैसाखियों पर जीवन नहीं चलता। चलेगा भी तो कितने दिन, कितने बरस, कितने दशक। जिन्दगी तो बहुत बड़ी होती है।

–मोहनदास नैमिशराय

बी जी 5-ए/30-बी
पश्चिम विहार, नई दिल्ली-110063

बम्बई से वापस लौटना मेरे लिए दुःखद था पर ताई माँ के लिए सुखद। पर बस्ती के मर्द-औरतों के लिए मैं न दुःखद था और न ही सुखद। उनके मन में मेरे लिए जिज्ञासा भाव थे। मैं उनके लिए चिड़ियाघर से भागा कोई जीव बन गया था। एक ही पखवाड़े में उनके और मेरे बीच कुछ फर्क आ गया था। वह फर्क मैंने उनकी आँखों में महसूस किया था। बस्ती की लड़कियाँ मुझे बम्बई का बाबू कहने लगी थीं। मुझसे कुरेद-कुरेद कर वे वहाँ की बातें पूछतीं। जवाब में मैं सच भी बोलता और झूठ भी। सभी कुछ-न-कुछ पूछताछ करते। पर वह कुछ नहीं पूछती थी। उसमें आश्चर्यजनक परिवर्तन आ गया था। तन में भी और मन में भी। उसके शरीर में भराव हो गया था। उसकी छातियाँ सुडौल और भारी हो गयी थीं। उनके भीतर जैसे रस भर आया था। उसके अंग-अंग से मादकता छलकने लगी थी। उसके होंठों को पहली बार रसमय होते देखा था मैंने। नाम भी तो उसका रसवंती था। उसकी हथेली और पैरों की एड़ियों में अभी भी मेहँदी की सुर्खी थी। कलाइयाँ रंग-बिरंगी चूड़ियों से भरी थीं। माँग में सिन्दूर की रेखा उभर आई थी। सुरमई आँखें झील-सी और गहरी हो गयी थीं। जब-जब भी उसकी चूड़ियाँ खनकतीं मेरे भीतर बेचैनी उभरती। वह पूरा दिन मेरे लिए गहमागहमी का रहा। मेरे भीतर कशमकश भी रही। मैं समन्दर के बीच से लौटा था और उस झील में डूबना चाहता था। समन्दर न सही, झील ही सही पर उस झील में अब मेरी हिस्सेदारी न थीं। वह किसी और की हो गयी थी। झील के किनारे पर खड़ा था बस मैं।

उस रात मेरा शरीर मेरठ में था और मन बम्बई में। चाचा/चाची/सूजी/रूबी/मैरी/फर्नांडीस/लक्की रेस्तरां का मालिक सलीम कार रिपेयरिंग गैराज का शाहिद/फल की दुकान/माहीम/बैंड स्टैंड/तालाब मोटर/कार/सड़कें/ट्रेन/पुलिस/खुले में संडास करते लोग/रंडियों का बेरोकटोक वाला बाजार/चौराहे पर ग्राहक फँसाती कालगर्ल/टैक्सी/गेट-वे-ऑफ इंडिया/समन्दर/पानी के जहाज/डबल डेकर बसें और न जाने क्या-क्या। मैं सभी जगह था। फिर सूजी और उसकी गमजदा आँखें। भर्राई आवाज/उसकी मुट्ठी में बन्द मेरी गर्म साँसें/मछली /चाय/दारू/पानी, सभी तो मेरे आसपास थे। मैं उन सबसे जूझ रहा था। बातें कर रहा था।

रात भर मुझे इसी तरह के सपने आते रहे। कभी-कभी बड़बड़ा भी उठता था। बीच-बीच में नींद भी उचट जाती थी। रात के दूसरे पहर ताई माँ पानी लिये मेरी खाट

के सिरहाने खड़ी थी। मैं बड़बड़ा रहा था। "मुझे समन्दर चाहिए मुझे तालाब दे दो, मुझे सूजी चाहिए और भी न जाने क्या-क्या..." सुबह होने पर माँ ने डॉक्टर बुलाने की बात की थी। तब बा ने शिकायती स्वर में कहा था—"फिकर मत कर तू, एक-दो दिन में बम्बई का बुखार उतर जाएगा।" माँ चुप रही थी। कभी मेरे हाथ की नब्ज देखती। कभी माथे पर हथेली रख ताप महसूस करती। पर एक काम ताई माँ ने सुबह-ही-सुबह कर डाला। मेरे लिए सूजी का हलवा बना दिया। मैंने डटकर खाया था। रात को मेरे मुँह से कई बार नींद में सूजी निकला था। शायद इसलिए ही। माँ जो थी। वह मेरे लिए समन्दर नहीं ला सकती थी। तालाब भी नहीं, पर सूजी का नाम सुनकर उसने हलवा जरूर बना दिया था। माँ भोली थी। उसे पता भी कैसे चलता। रात में मैंने हलवे के लिए नहीं कहा था। सूजी एक लड़की का नाम था। जो मेरे होंठों की गन्ध अपनी मुट्ठी में दबाये वहाँ मेरा इन्तजार कर रही थी।

जैसे-जैसे दिन बीत रहे थे वैसे-वैसे उसके और मेरे बीच फासला बढ़ता जा रहा था। केवल सपने में कभी-कभी आती थी। मैं जी भर कर उससे बातें किया करता था। उसके पास बैठता था। उसकी मुट्ठी में ही नहीं सारे शरीर में मेरी साँसें समा गयी थीं। पर उसकी गन्ध तो मेरे शरीर में न थी। मेरी मुट्ठी तो खुली थी। बस मेरे पास केवल उसकी यादें शेष रही थीं। बम्बई से लौटकर न मैंने उसे खत लिखा न उसने मुझे। अलबत्ता चाचा का खत जरूर आया था। चाची ने मेरी खैरसल्लाह जानी थी। प्यार भी भेजा था मुझे। फिर खत में सूजी का कोई जिक्र न था।

बस्ती में मेरे कम ही दोस्त थे। बिपन/नौरंग/मंगो/सुभद्रा/बिरजो/रसवंती। पर रसवंती की तो शादी हो गयी थी। यूँ बिरजो तथा नौरंग ने खोद-खोद कर मुझसे बम्बई के बारे में पूछा था। हीरो-हीरोइन के साथ फिल्मों के बारे में भी। मैं जवाब देते-देते हार गया था पर वे पूछते-पूछते न हारे थे। उनके सवाल इतने अधिक थे कि कुछ का जवाब तो मैंने अपनी मर्जी से ही दे दिया था। फिल्म की शूटिंग देखी या नहीं। मैंने कह दिया। देखी क्यों नहीं? बम्बई में पूरे बारह-तेरह दिन रहा। भला वहाँ रह कर भी फिल्म की शूटिंग न देखता। फिल्म भी देखी और उनकी शूटिंग भी। स्टूडियो भी देखे। घोड़े/हाथी/ऊँट/साँप/अजगर/शेर-भालू सभी कुछ तो देखे। मैंने चाचा के मुँह से कई बार सुना था कि स्टूडियो में सभी कुछ होता है। महबूब स्टूडियो के बारे में सुना था। वह बान्द्रा में ही था। बान्द्रा में ही मैं रहा था। पर चाचा ने स्टूडियो दिखाई न थी। इसका मुझे दुःख था।

बम्बई जाने पर पहली बार पता चला था कि इस देश में सचमुच के नदी, पहाड़, झरने और समुद्र भी हैं। अब तक इन सबके बारे में किताबों में ही पढ़ा और देखा था। विश्वास न होता था। डर भी खूब लगता था। और अच्छा भी। पहली बार

जाना कि मेरठ से और भी बड़े शहर हैं। जिनमें बम्बई एक था। डबल डेकर बस बम्बई में ही पहली बार देखी थी।

यह भी देखा कि बम्बई में रंडियाँ चारों तरफ बिखरी थीं। उनमें से कुछ चकलों में रहती थीं, कुछ घरों में। बड़ी संख्या में वे शहर के भीतर बस स्टैंड, उपनगरीय रेलवे स्टेशन, बाजार तथा चौपाटी के आसपास ग्राहकों को लुभाने/पटाने में लगी होती थीं। यह भी देखा कि सड़क पर झाड़ू लगाने वाला रेस्तरां में अन्य के साथ कुर्सी पर बैठकर चाय पीता था। वहाँ जातियों के उलझे हुए समीकरण नहीं थे, न उनकी शृंखलाएँ उतनी लम्बी होती थीं कि लोगों को उसका सिरा ही न मिले। यहाँ के लोग मस्त होते थे और औरतें बिंदास। पहली बार लड़कियों/औरतों को स्कर्ट पहने देखा। उनकी जाँघें खुली होती थीं। वे फुर्ती के साथ चलती-फिरती थीं। बाजार में घूमती थीं। बार में शराब पिलाती थीं। मेरे शहर में लडकियों/महिलाओं को सर पर पल्लू रखना जरूरी था। वहाँ सर तो था, पर पल्लू नदारद था। अधिकांश लड़कियाँ/महिलाएँ ब्वॉय कट बाल रखती थीं। साड़ी या सलवार-कमीज कम पहनती थीं, स्कर्ट अधिक।

इस बीच रसवंती कई बार ससुराल गयी और वापस आई। जितनी बार भी वह ससुराल से लौटकर आती उसके भीतर चंचलता बढ़ती जाती। शादी के बाद लड़कियाँ खुलना आरम्भ हो जाती हैं। वह भी खुलती गई। जहाँ उसकी हल्की-सी आवाज पर भी पाबन्दी थी, अब वह खूब हँसती। पड़ोस की भाभी/चाची के साथ कुछ अपनी तथा कुछ उनकी रतजगे के किस्से/कहानियों को सुनने-सुनाने में हिस्सेदार बनती। कभी-कभी बिन-ब्याही लड़कियाँ उसके कान के पास अपने होंठ ले जाकर फुसफुसातीं। तब उसके गालों पर लाली छा जाती जो कानों तक पहुँच कर उसके समूचे चेहरे को लाल बना देती। कम उम्र की लड़कियाँ छेड़ने के साथ च्यूटी भी भरतीं।

उन दिनों हवा उसके लिए जितनी मस्त थी मेरे लिए उतनी ही गर्म। वह जितना मदमस्त होती उतना ही मैं जलता-फुँकता। वह हँसती मैं कुढ़ता। वह खिलखिलाती मैं चीखता! मेरे भीतर ही विस्फोट जैसा कुछ होता। मैं भीतर ही भीतर सुलगता। मेरा शरीर भट्ठी की तरह तपने लगता।

मैं उससे अभी भी बात करना चाहता था पर वह नहीं। इसलिए कि वह अब मेरी जद से पार चली गयी थी। एक शाम हगनहट जाते हुए वह मिली। अँधेरा घिर आया था। मैंने राह चलते टोका। आवाज सुनकर वह ठहर गयी। आसपास सुनसान ही था। उसके ब्याह के बाद मेरी उससे यह पहली और अन्तिम मुलाकात थी।

"तूने ब्याह कर लिया।" मेरा पहला सवाल था। कुछ पल हमारे बीच चुप्पी रही।

"तुम नहीं चाहते..., मेरा ब्याह हो।" उसने स्वयं मुझसे सवाल कर दिया था। मैं निरुत्तर था।

"बात यह है कि तू अब परायी हो गयी।" मेरे मुँह से निकला।

"वह तो सभी लड़कियाँ हो जाती हैं।" जवाब में वह बोली।

हमारे बीच फिर चुप्पी हो गयी। वह चुप्पी से दोबारा उसी ने तोड़ी।

"तुम मेरे लिए बम्बई से क्या लाए?" उसके स्वर में अपनापन उभर आया था। मैं फिर निरुत्तर था।

"बताओ न।" वह बोली। मैं चुप था मेरे पास कोई उत्तर भी तो न था।

"मुझे मालूम है। इसलिए कुछ नहीं लाए कि मेरा ब्याह हो गया है।" उसने मेरे मन की टोह ली। बात उसकी सही भी थी। फिर बम्बई से मैं लाता भी क्या! मैं तो जैसे परास्त होकर वहाँ से लौटा था।

"देख मोहनदास...," वह मुझे इसी नाम से पुकारती थी।

"ब्याह तो सभी का होता है। तुम्हारा भी होगा।"

मैं चुपचाप उसकी बात सुन रहा था। "यह तो समाज की रीत है। उसे निभाना ही पड़ता है। तुम परेशान हो, मुझे मालूम है।" जैसे उसने मेरी दुःखती रग पर हाथ रख दिया था। "मैं जानती हूँ।" उसने अपनी मजबूरी के साथ अपनी इच्छा भी व्यक्त की थी। हमारे आसपास अँधेरा बढ़ने लगा था और मेरे भीतर द्वन्द्व। मैं जितना बिखर रहा था उतना ही वह सिमट रही थी। मेरे मुँह से इतना ही निकला–

"थोड़ी देर और रुको।"

"नहीं, देर हो रही है।" वह बोली।

"पर...।"

"रुकने से कुछ फायदा भी तो नहीं। कोई देख लेगा। मैं अब ब्याहता हूँ। एक घर नहीं दोनों तरफ की जिम्मेदारी मुझ पर है।" मुझे महसूस हुआ कि वह लड़की से बहुत जल्द औरत बन गयी थी।

"हाँ, वह तो है।" मैंने कहना चाहा, पर कहा नहीं। शब्द होंठों के बाहर आते-आते रह गये। बस इतना ही कह सका।

"जैसी तेरी मर्जी।"

और वह अँधेरे में गुम हो गयी।

रात में नींद कहाँ थी। केवल टुकड़ों में बँटते सपने थे। वैसी कोई इकलौती ऐसी रात नहीं थी। बल्कि प्रत्येक रात में मुझे चाहे/अनचाहे सपने आते थे। जो मुझे रात भर व्यथित करते थे। मेरे भीतर दुःख, पीड़ा, संताप के भाव उभरते। जिनसे मैं सवेरा होने तक जूझता रहता।

मेरठ शहर में छोटी-सी हमारी बस्ती और ढेर सारे हमारे दुःख। वे दुःख-दर्द व्यक्तिगत भी होते और सामूहिक भी। किसी के कच्चे घर की छत टपकती तो किसी के घर की दीवारों में पानी रिसता। किसी परिवार में कोई विधवा होती तो किसी में

बिन ब्याही जवान बेटी। हमारी बस्ती में ऐसे रंडवे भी होते जिनका कराव तक नहीं होता। उनकी गिनती न शादीशुदा मर्दों में होती और न विधुरों में। किसी को गठिया दर्द तो किसी को गुर्दे का। किसी के भीतर दर्द तो किसी के बाहर दर्द। पीड़ा का समन्दर जैसे हमें चारों तरफ से घेरे रहता। हम सभी किसी टापू में सिमटे-से होते।

बस्ती में जो चमड़े को मथते उनके स्वयं के ही चमड़े को कोई भी मथ देता। लाला/बनिया/काश्तकार/महाजन कर्ज थोड़ा देते और ब्याज अधिक वसूलते। हमारी जात के लोग फिर भी माई/बाप/हजूर/दीवानजी/सेठजी/लालाजी कहते हुए उनके सामने गिड़गिड़ाते, कभी उनके पैरों को छूते, कभी उनके कदमों में अपना सिर झुका देते। हमारी जात की औरतों को बड़े-बड़े आँगन-दालान गोबर-मिट्टी से लीपने के लिए नवाबों/जमींदारों के नौकर/गुमाश्ते बुलाकर ले जाते। वे मजूरी मिलने की आस में दौड़ी-दौड़ी चली जातीं। उनकी औरतें बच्चे जनतीं तो हमारी जात की औरतें नाल काटने के लिए बुलाई जातीं। कुछ मैदान साफ कराने के लिए ले जाते तो कुछ घास कटवाने। हमारी जात के लोग सपेरे न थे, पर साँप पकड़वाने के लिए जबर्दस्ती बुलवा लिए जाते।

हमारी जात के मर्द-औरतों को चौबीस घंटे उनकी सेवा करने को तत्पर रहना ही पड़ता था। दिन का कोई समय हो, रात कितनी भी गहरी हो गयी हो। सवर्णों का मूलमन्त्र भी तो यही था। दलितों की पुरानी पीढ़ी के साथ नई पीढ़ी को भी गुलाम बनाकर रखना। हमारा काम था सेवा करना। हम सेवादार थे और वे हमारे मालिक। उनके हाथ में हंटर होते, चाकू होते, लाठी-बल्लम होते। वे इनके साथ धर्म, भाग्य और भगवान के हथियार भी इस्तेमाल करते। यही तो हमारा भाग्य है। ऐसा हमें बार-बार याद दिलाया जाता।

ऋतुएँ बदल जातीं। पर हमारे दुःख-दर्द और अभाव वैसे ही बने रहते। सर्दी आकर ठिठुराती, गर्मी खूब तपाती, बरसात भिगोती और बसंत हरियाली ओढ़ कर हमें चिढ़ाता। पतझड़ जैसा जीवन हमारा होता।

बस्ती में बिजली न थी। पानी था, पर इकलौता सार्वजनिक नल। हगनहट वह भी सार्वजनिक, टीन की दीवार और टूटी छतों वाला। उसका अधिकांश भाग खुला होता। जिसमें औरतें अपनी लाज मुश्किल से छुपा पातीं। आकाश में बादल घुमड़ते, बिजली कड़कती, आँधी, तूफान यह सब मुफ्त में हमारे हिस्से में आते थे। इनका कोई टैक्स हमें नहीं देना पड़ता था। हाँ कभी-कभी मौसम जब अधिक क्रोधित होता तो हमें खमियाजा जरूर भुगतना पड़ता था। जिसकी भरपाई कई-कई बरस तक नहीं हो पाती थी।

बस्ती में कुछ लोग हालाँकि बौद्ध बन गये थे, पर हिन्दू-मुसलमान दोनों की निगाह में हम डेढ़ चमार ही थे और हमारी औरतें चमारी। वे हमें चमार और चमट्टा

कह कर बुलाते थे। जन्म होते ही हमारे माथे पर हमारी जाति लिख दी जाती थी। हम भले ही बुद्धं शरणं गच्छामि कहना सीख गये थे। पर उन्होंने हमें बौद्ध कहना नहीं सीखा था। वे शोषक थे, हम शोषित। उनकी चंगेजी खुराफातों/उनके घमंड के आगे नतमस्तक जैसे।

मेरा एडमिशन फर्स्टईयर में हो गया था। कॉलिज का नाम था—देवनागरी इंटर कॉलिज। घंटाघर से थोड़ा आगे रेलवे रोड पर। हमारे पहले स्कूल से इस कॉलिज में खेलने का बड़ा मैदान भी था और पुस्तकालय भी। जिसमें अनगिनत विषयों पर किताबें थीं। यहाँ भी प्रिंसिपल शर्मा ही थे। वाइस प्रिंसिपल भी शर्मा। पुस्तकालयाध्यक्ष तथा अध्यापक भी सवर्ण थे। कॉलिज के कार्यालय में हेडक्लर्क और खजांची बामन थे। दो कर्मचारी दलित पिछड़े अवश्य थे। एक झाड़ू लगाने वाला दूसरा चपरासी। ग्यारहवीं कक्षा में किताबों की संख्या बढ़ गई थी। मैंने अंग्रेजी, हिन्दी के साथ इतिहास और नागरिक शास्त्र लिया था। पढ़ाई के साथ मैं स्कूल की अन्य गतिविधियों में भी लेता था। इसलिए मुझे प्रादेशिक शिक्षा दल में भी एडमिशन मिल गया था। इतिहास के अध्यापक का नाम हरबंस सिंह था। वे कांग्रेसी थे। धोती-कुरता पहनते थे। 'बा' को जानते थे। एक बार उन्होंने मुझसे पूछा था—"तुम बौद्ध हो" मैंने हाँ कह दिया था। उनका व्यवहार मेरे प्रति अच्छा था। वे बीच-बीच में मेरे घर, भाई-बहनों के बारे में पूछते। उनकी पढ़ाई के बारे में मालूमात करते। बौद्ध धर्म के बारे में उन्हें विशेष रुचि थी। उनके अलावा अन्य कोई अध्यापक घर-परिवार के बारे में न पूछते। उन्हें बौद्ध धर्म से कोई लेना-देना नहीं था। इस कॉलिज में हालाँकि हमें कोई चमार दरज्जे का नहीं कहता था। पर उनके मुँह से जाने-अनजाने भंगी-चमारों के लौंडे जरूर निकल पड़ता था। पर हमारी जात की छाप लग चुकी थी। हम जहाँ भी जाते, हमारी जात भी जाती। जात कभी हमसे पीछे नहीं रहती। हमारी बस्ती का नाम ही चमार गेट या चमार दरवज्जा था। कोई अपनी जात न भी बतलाए, बस्ती का नाम सुनकर अपने-आप उनके सामने हमारी जात का भेद खुज जाता था। जात खुलने का दूसरा कारण और भी था। वह यह कि हमारी फीस माफी और वजीफा मिलने या स्वीकृत होने की सूचना सार्वजनिक रूप से नोटिस बोर्ड पर लगाई जाती थी। जिसे सवर्ण विद्यार्थी यह जानने के लिए भी पढ़ते थे कि कॉलिज में कितने छात्र हैं। अध्यापकों के पास तो यह सूची पहले से ही भेज दी जाती थी। इस तरह सवर्ण अध्यापकों से लेकर विद्यार्थियों तक हमसे तथा हमारी जात के रू-ब-रू हो जाते थे। कॉलिज के कार्यालय में कार्यरत कर्मचारियों को वैसे ही मालूम चल जाता था कि हम दलित हैं। उनके पास हमें बार-बार वजीफे की स्वीकृति से लेकर धनराशि मिलने तक के बारे में मालूम करने तो जाना ही पड़ता था। वे एक-एक बात बड़े नखरे से बतलाते थे। वजीफे का चेक देते हुए तो उनकी ऐसे जान निकलती जैसे अपनी जेब से ही वे पैसे

दे रहे हों। बात-बात में वे हमें सरकारी दामाद कहते थे। हमारी फीस माफ थी, हमें वजीफा मिलता था। वे हमसे इसी बात के लिए कुढ़ते थे। आपस में बातें करते हुए हम पर व्यंग्य कसते थे। हमारे लिए सौ-सौ गालियाँ निकालते थे।

कॉलिज में जब भी पता चलता कि वजीफे का चेक आया है, हम कार्यालय में मनमोहन शर्मा, जो सम्बन्धित कर्मचारी था उसके पास जाकर चेक के बारे में पूछते वह कोई-न-कोई बहाना बना देता था। हम पाँच-छह दलित विद्यार्थियों में से कोई बोलता तो वह नाराज होकर कहता—"जाओ-जाओ अभी कोई वजीफा-सजीफा नहीं आया है। पढ़ने आते हैं या वजीफा लेने।" फिर वह सामने बैठे हेडक्लर्क से यह कहते हुए हमारी खिल्ली उड़ाते हुए व्यंग्य के तीर छोड़ता, "देखो तो क्लास-विलास में जाकर कुछ पढ़ते-लिखते नहीं और हमारे सीने पर हर समय सवार रहते हैं।" हेडक्लर्क उसकी हाँ-में-हाँ मिलाते हुए अपने भीतर की कुंठा हम पर उँडेल देता—"अरे भई, इसमें इनकी गलती थोड़ा ही है। सरकार ने आरक्षण देकर इनका दिमाग खराब जो कर दिया है। अब तो ये सरकारी दामाद हैं।"

नया कॉलिज, नया परिवेश, नये सहपाठी इतना सब कुछ नया होने के बाद भी हम बाहर भीतर से पुराने ही थे। हमारा वजूद पुराना था। हमारी अस्मिता लहूलुहान थी। हमारे कपड़े पुराने होते, किताबें पुरानी होतीं तथा कॉपियाँ तक पुरानी होतीं। इसलिए नये वातावरण में हम जल्दी से मिल नहीं पाते। बामन-बनियों के लड़के खूब अच्छे-अच्छे कपड़े पहनकर आते। उनके पाँवों में चमकदार जूते होते। वे बात-बात में कहते—देखो, अभी मोची से पालिश कराई है। मुँह देखना है अपना। ऐसे समय पर हम चुप रहते। हमारा वजूद हिलने लगता पर हम अपने आपको नियन्त्रित करते। हमारे तो पैरों में लीतरे होते। फिर भला हम कैसे उनसे कहते कि हमारे भी पैरों में चमकदार बूट हैं। चमार होते हुए भी हमारे पैरों में ढंग की चप्पल या जूते नहीं होते उसका कारण था गरीबी।

बड़े भाई के कपड़े छोटे हो जाते तो उससे छोटों को पहना दिये जाते। बड़े भाई की किताब-कॉपियाँ भी छोटे के ही काम आतीं। नई किताब-कॉपियाँ हमें तब कहाँ नसीब होती थीं। कभी-कभी कोई नई किताब पाठ्यक्रम में लगती तो उसे खरीदने के लिए महीनों बाद पैसे मयस्सर होते। उन दिनों किताब का मूल्य अधिक-से-अधिक चार-पाँच रुपये होता था। नई कॉपी दो आने या चार आने की। रजिस्टर छह आने का, पर वह सब जुटाना भी तो मुश्किल होता था। स्कूल में टीचर डाँटते-फटकारते थे। धीरे-धीरे हम उनकी डाँट-फटकार सुनने के आदी हो गये थे। जब कभी उन्हें अधिक झुंझलाहट होती तो हमारी जात को कोसते, हमारे माँ-बाप को तरह-तरह की बातें कहते और हमें पढ़ाई छोड़कर जूते-चप्पल बनाकर दो पैसे कमाने की सलाह देते।

ऐसा नहीं था कि किताब-कापियाँ ही न होने पर डाँट पड़ती थी। स्कूल की ड्रेस न होने पर भी हमें बहुत कुछ सहना पड़ता था। हमारी पिटाई भी खूब होती थी। उन दिनों कीकर की पतली डंडी से अध्यापक पिटाई करते थे। डंडी शरीर के जिस अंग पर भी पड़ती थी, वहीं तीव्र रूप से जलन होती थी। विशेष तौर पर अध्यापक हथेली, टाँगों तथा चूतड़ों पर डंडी मारते थे। पिटते हुए हमारे मुँह से अलग-अलग और अजीब तरह की आवाजें होतीं। हमें सजा देने के लिए दीवार के पास हाथ ऊपर रख खड़ा होने के लिए भी कहा जाता। तब विद्यार्थियों को मुर्गा बनाना तो स्कूल-कॉलिज में आम बात थी। हम कान पकड़ कर दस-दस पन्द्रह-पन्द्रह मिनट मुर्गा बने रहते। अधिक थकान और पीड़ा होने पर कभी-कभी हम जमीन पर गिर पड़ते। अध्यापक फिर मुर्गा बनने को कहता। विवश हो हमें वैसा ही करना पड़ता। हम रोते-झींकते, पर अध्यापकों पर कोई असर नहीं पड़ता। ये मजे से शेष बच्चों को पढ़ाते। चालीस मिनट के बाद जब पीरियड खत्म होने की सूचना हमारे कानों में पीतल का घंटा बजने की आवाज सुनकर पता चलती तो हम मुर्गे की स्थिति से आदमी की स्थिति में आ जाते। स्कूल से लौटने पर मैं सारा गुस्सा माँ पर उतारता। माँ बा पर झुँझलाती और बा अपनी गरीबी को कोसता। कभी-कभी बा किसी से उधार पैसे लाकर कॉपी-किताबें लाने के लिए मुझे पैसे दे देता। मैं गुदड़ी बाजार से होकर फौरन तहसील जा पहुँचता। जहाँ किताबों का बड़ा बाजार था। अगर कोई किताब खरीदनी होती तो, सेकंड हैंड ही खरीदता। बाजार में कुछ दुकानों पर बाकायदा इस बात की जानकारी देने के लिए बोर्ड टँगे होते थे कि यहाँ पुरानी किताबें बेची और खरीदी जाती हैं। दुकानदारों ने अपनी पुरानी किताबें बेचने के लिए तो दाम निश्चित किये हुए थे, लेकिन छात्रों से किताबें खरीदते हुए वे कम-से-कम पैसा देते थे। फिर भी हम कोशिश करते थे कि एक-दो पैसा ही दुकानदार छोड़ दे। तब दो पैसे का भी बहुत मूल्य था। उसे अधन्ना कहा जाता था। एक-दो पैसा छुड़ाने के लिए कभी-कभी हम पूरा-पूरा बाजार ही घूम लेते थे, पर वे बड़े काइयाँ किस्म के दुकानदार होते थे। उनसे एक-दो पैसे छुड़ाने का मतलब कसाई से कटिया या बछड़ा छुड़ा लेना।

हम गरीब जरूर थे पर हमने न देश बेचा था न अपना जमीर। न हम डंडीमार थे और न ही सूदखोर। चोर लुटेरों की श्रेणी में हम नहीं आते थे। हमारे पुरखों ने घर बनाए, शहर बनाए पर न हमारे पास ढंग के घर थे और न बस्तियाँ। शहरों के भीतर बसने की कल्पना भी करना हमारे लिए मुश्किल थी। शहर-दर-शहर और उनके आसपास छितरे हमारी जात के लोगों की यही दास्तान थी। मेरठ देश के उन शहरों में से एक रहा जहाँ से समय-समय पर अनगिनत सेनाएँ होकर गुजरीं। हफ्तों, पखवाड़ों और महीनों पड़ाव रहे। मेरठ में छावनी होने के पीछे भी यही कारण रहा होगा। हमें शहर

के हाशिए पर फेंक दिया गया था। बार-बार जो सेनाएँ वहाँ से गुजरतीं उनके पाँव हमारे सीनों पर ही होते। हमलावरों की जात कोई भी हो सभी हमें रौंदते थे। हमारी माँ, बहनों को पकड़ कर ले जाते थे। हम एक स्थान से दूसरी जगह भागते। पर जहाँ भी जाते वहीं हमारा वे पीछा करते। हम मराठे/मुगलों/पठानों/अंग्रेजों के बदलते रजवाड़ों/रियासतों के चश्मदीद गवाह रहे। शहर के नाले/कूड़ाघरों/नदियों के कछारों/क़ब्रिस्तान के आसपास हम जहाँ-तहाँ पसरते रहे। पर सवर्णों की तरह हमने न मुगलों से समझौता किया न अंग्रेजों से सौदेबाजी की। और न शहर में बख़्सीस में हवेलियाँ/कटरे/मन्दिरों के नाम पर बड़े-बड़े भूखंड स्वीकार किये। समूचे शहर में उनके बड़े-बड़े भवन, पक्के मकान और हाशिए पर हमारे घर। किसने ऐसी संचरना की होगी आखिर शहर की कौन बाँट गया शहर की बस्तियों/गलियों/मोहल्लों/कटरों को जातियों के खानों में। हमारे माथे पर हमारी जातियों के नाम भी खुदते गये। जख़्म-दर-जख़्म जिनकी टीस हम झेलते रहे। सवाल हमारे लिए सलीब बने, उत्तर कहीं से न मिले।

मैंने ग्यारहवीं कक्षा में इतिहास लिया था। शायद हमलावरों की शक्ल और सूरतों को पहचानने से महत्त्वपूर्ण था उनके वजूद के कारणों की तलाश करना। उनकी सभ्यता/संस्कृति की टोह लेना, उनके वर्चस्व की थाह लेना। उनके वैभवशाली अतीत को परखना। जन्म से लेकर जवान होने तक यही सुना था। वे शासक थे, हम शासित, पर क्यों ऐसा था? क्या हम हमेशा से ही शासित रहे। हम कभी शासक नहीं बने? यह इतिहास का सवाल था जो मेरे भीतर बार-बार उपजता था और मैं बार-बार सवाल ढूँढ़ने की कोशिश करता। मैं इतिहास की नई-नई किताबें खूब पढ़ता।

हर एक आने वाले दशक के पहले हमें पुराना घर बदलना ही पड़ता था। यह हमारे लिए फायदे का सौदा न था। निरा घाटा था। घर बदलने की प्रक्रिया हमें भीतर से तोड़ती थी। एक घर की दीवारें, खिड़कियाँ और दरवाजे दूसरे घर में होने का भ्रम हम अपने मन में पालते थे। पर जब वह भ्रम टूट जाता था तो बहुत दुःख होता था। मन को बुरी तरह ठेस भी लगती थी। विशेषतौर पर इसलिए कि पुराने घर की यादें नये घर में कहीं भी नहीं मिलती थीं। यूँ नंगी दीवारें हमें चिढ़ातीं। हम खिड़की, दरवाजों को छूकर भी देखते। यह जानने के लिए कि क्या इनकी बनावट वैसी ही है। पर वैसा कहाँ कुछ होता।

पहला घर जब बिका तो मेरे सीने पर जैसे पत्थर लगा था। उस घर में मेरी माँ की यादें थीं। जो मुझे बचपन में छोड़ कर चली गयी थी। उस दो मंजिले घर से मुझे बेहद लगाव था। उसके जर्रे-जर्रे में सिमटना चाहता था। हालाँकि अधिकांश दिन

और रात मैं ताई माँ के कच्चे घर में ही बिताता था। ताई माँ ने मुझे अनाथ होने से बचा लिया था। मेरे लिए उसकी छाती में दूध उतर आया था। जिसे पीकर माँ के असीमित प्यार को पाया था मैंने। ताई माँ के साथ मैं जिस घर में रहता था, वह कच्चा घर था। मिट्टी की दीवारें और मिट्टी का फर्श/लकड़ी की कड़ियों वाली छत। जिस पर हर बरसात के बाद चार गधे मिट्टी बिछवानी पड़ती थी। एक गधा मिट्टी की कीमत उन दिनों चार आना होती थी। उन दिनों गधे की पीठ पर बिछी रस्सी की टोकरी में मिट्टी रख कुम्हार घर-घर बेचते थे। काली मिट्टी छत पर डालने के काम आती थी। जबकि पीली मिट्टी घर-आँगन लीपने के लिए। पोतना मिट्टी चूल्हे आदि को लीपने के लिए इस्तेमाल होती थी।

जैसे मिट्टी और उसके रंग, वैसे ही हमारे जीवन के भी अलग-अलग रंग थे। वे रंग चटकदार भी थे और उदास भी। उन सभी रंगों के सुख और दुःख के सरोकार थे।

पहले मकान में हम बेआबरू होकर निकले। हममें से हर एक के भीतर वेदनाओं के बादल घुमड़ते थे। दूसरा मकान हमें बना-बनाया न मिला। बल्कि एक साल के संघर्ष के बाद वह मकान बन सका। एक साल तक अपना-अपना सामान उठाये इधर-उधर भटकते रहे।

पहले मकान में मेरे पिता, भाई-बहन तथा चाचा और उनका भरा-पूरा परिवार रहता था। दूसरे मकान में भी वही रहे। ताई माँ ताऊ (जिसे हम बा कहते थे) तथा दो बड़े भाई बक्खल में कच्चे घर में रहते थे। मैं दोनों जगह आता-जाता था। पर कच्चे घर की मिट्टी की गन्ध मुझे खूब भाती थी। इसलिए कि उस गन्ध में एक और गन्ध मिली हुई थी। वह थी ताई माँ के प्यार की गन्ध।

दूसरा मकान भी वैसा ही दोमंजिला था पर उसमें वैसी बात न थी। सीमेंट बालू की दीवारों पर टिका था खाली वह। छत भी अधूरी, कहीं से पलस्तर हुआ और कहीं से नहीं। सब कुछ बदरंग था। परिवार में सबने अपने-अपने हिस्से पर कब्जा कर लिया था। जैसा भी था वह हमारे लिए घर था। जिसमें हम अपने-अपने सिर छुपा सकते थे।

बस्ती में हमारा परिवार भरा-पूरा था। हमारा कोई दादा जीवित न था। पर दादियाँ एक नहीं अनेक थीं। ताई-ताऊ भी थे और चाचा-चाचियाँ भी रेज के थे। भाई-बहन भी खूब थे। चाचा-ताऊ का कोई भेद न था। मिल-जुलकर रहते थे सभी। हालाँकि गिले-शिकवे होते ही रहते थे। समय-समय पर तकरार भी खूब होती थी और मारपीट भी। मर्दों की जब लड़ाई होती तो उनकी भुजाएँ फड़कती थीं। औरतों की कलाइयों में पहनी चूड़ियाँ बजती थीं। जितना वे पलीता लगाती थीं उतना ही मर्द भड़कते थे। उनके भीतर-बाहर विस्फोट होते थे। ऐसे समय पर आस-पड़ोस के

लोग-लुगाई इकट्ठा हो जाते थे। हमारा समूचा परिवार उनके लिए तमाशा बन जाता था। कभी-कभी इस हाथापाई में कपड़े भी फट जाते थे। औरतें औरतों के खिलाफ मोर्चाबन्दी करती थीं लेकिन उनमें गुत्थम-गुत्था नहीं होती थी। एक-दूसरे को गालियाँ देकर ही वे अपनी भड़ास निकाल लिया करती थीं। पर जब कोई बड़ा-बूढ़ा घर में मौजूद होता था तब उनका वाक् युद्ध दबे स्वर में ही होता था। अलबत्ता चूड़ियों की आवाजें खूब होती थीं। कलाई हिलती तो चूड़ियाँ बजती थीं। ऐसे समय पर बड़े-बूढ़े खाँस-मठार कर ही अपना विरोध जाहिर कर दिया करते थे। औरतें भी इस संकेत को समझ कर चुप हो जाया करती थीं।

दो-तीन भाई-बहनों की शादी हो गयी थी, शेष के होने की तैयारी चल रही थी। इस सम्बन्ध में खोजबीन चलती रहती थी। कुछ लोग बाहर से ब्याह की उम्र होने वाले लड़के-लड़कियों की तलाश करते-करते हमारे घर आते थे। हमारे यहाँ से भी दूसरे गाँव/शहरों में आदमी भेजे जाते थे। शादी-ब्याह जो कराते थे, उन्हें बिचौला या बिचौलिया कहते थे। हमारे एक फूफा थे, जिसे महल वाला फूफा कहा जाता था। मुझे आज तक इस रहस्य का पता नहीं चला था कि महल न होने पर भी उन्हें महल वाला फूफा क्यों कहा जाता था। हो सकता है कि महल गाँव का नाम रहा हो वह जब भी आता हमारे लिए खरबूजे लाता था। जिन्हें घर में सभी महल वाले खरबूजे कहते थे।

महल से फूफा के आने पर घर में चाय-पानी दिया जाता। बा हुक्का पीता था। फूफा कुछ देर हुक्का गुड़गुड़ाता रहता फिर थोड़ा ठहरकर पूछता, "अब कोई लमडा या लमडी का बिया करोगे या नई।" (फूफा लड़के को लमडा और लड़की को लमडी कहता था) ऐसे समय बा केवल हूँ हाँ करता।

फूफा फिर बा के मन की थाह लेता, "उमर निकल जाग्गी, तो फिर मुश्कल हो जाग्गी। बड़ी मुश्कल से एक रिश्ता लाया हूँ।"

"हाँ, देक्खेंगे।" बा का जवाब नपा-तुला होता।

"बस देखते रहना तम।" फूफा के स्वर में थोड़ी नाराजगी होती।

प्रायः रिश्ते जिन परिवारों से आते थे, बा उनके बारे में एक-एक बात खोद-खोद कर पूछता था। घर-परिवार की सभी ऊँच-नीच देखी जाती थी। बा को अगर जरा भी शक-शुबहा होता तो वह चुप्पी साध लेता था। न हाँ करता था और न ही ना। सामने वाला थककर अपने-आप आगे बात नहीं बढ़ाता था। हमारे परिवार के बारे में बस्ती के लोगों की यह भी राय थी कि हम रिश्ता जोड़ने से पहले बहुत मीन-मेख निकालते हैं। रिश्ता लाने वाला वैसे ही परेशान हो जाता था।

पहले शादी-ब्याह होने इतने आसान न थे। कई-कई महीने तक बिचौलिया लड़के वालों के परिवार से लेकर लड़की के घर तक के चक्कर लगाया करता था।

दोनों के बीच जमती तो मामला आगे बढ़ता। फिर पंडितजी, जन्मपत्री और न जाने किस-किस चक्कर में नहीं भागना-दौड़ना पड़ता था। पंडित जब तक शुभ मुहूर्त नहीं निकाल देता था तब तक रिश्ते की गाँठ नहीं बँधती थी। शादी से पहले घेर या रोक–फिर सगाई या मँगनी, बाद में ब्याह (शादी) और फिर गौना इन सब प्रक्रिया से गुजरना होता था। इस तरह घेर से लेकर गौने तक का समय कम-से-कम दस साल का होता था। आज की तरह नहीं कि चट मँगनी पट शादी।

मेरे तीन नाना थे और तीन ही नानी। मामा-मामियों की तो कोई गिनती ही नहीं थी। हर एक पखवाड़े कभी नाना आ जाता तो कभी मामा। नानी और मामियों में से कम ही आना होता था। उनके लिए अवसर होते थे खुशी या गमी के। खुशी या गमी यानी परिवार में किसी का जन्म, ब्याह और किसी की मृत्यु। भारतीय समाज की संरचना में इन दोनों अवसर पर बुलाने और वहाँ जाने की परिपाटी कहीं गहरे तक आस्था/विश्वासों के साथ गुँथी हुई थी।

मुझे यह बहुत याद में समझ आया था कि कौन-सा मामा कौन-से गाँव के हैं। जब कभी उनका घर पर आना होता था तो ताई माँ मौसी या चाची बतला दिया करती। यो तेरा मामा सिसोले का है या बेगवाबाद का और यू अमरगढ़ का। सिसोले की मेरी ताई माँ थी और बेगवाबाद की मौसी तथा अमरगढ़ की मेरी चाची (नई माँ)। मैं अकसर तीनों गाँवों में ही जाया करता था। जहाँ मुझे सभी प्यार करते थे। उनके प्यार के पीछे एक भावना अधिक थी कि मेरी माँ मुझे बचपन में छोड़ कर चल बसी थी। और ताई माँ/मौसी/चाची के साथ मामियाँ अपने-अपने हिस्से का प्यार मुझ पर बिना कंजूसी के उँडेला करती थीं। वे सभी मेरे गालों को चूम-चूम कर और भी लाल कर दिया करती थीं। होंठों को भी चूमती थीं। मुझे गोद में उठा कर अपने वक्षस्थल से सटा कर भींचती। मैं उनकी बाँहों की गिरफ्त से छूटने को छटपटाता, पर तब तक नहीं छोड़ती थीं जब तक नानी नाराज होकर यह न कहती–"अय छोरा कू क्यूँ ना छोड़ती है। देख तो घनी मस्तानी हो रई है।" वास्तव में उनकी उम्र ही मस्तानी होने की थी। वे सब जवान थीं। उनके शरीर भी भरे-पूरे थे। वे हिरनी बन खेतों में कूदती-फाँदती थीं।

कभी-कभी वे मुझे भी साथ में ले जातीं। मैं उनके साथ कई-कई घंटे खेतों में बैठा रहता। वे दूसरों के खेतों पर काम करतीं। कभी काम नहीं भी होता। फिर भी मैं मामा/मामी के साथ खेत में आ जाता। वे मुझे बिटोड़ा दिखाते, साथ ही उसके बनाने का उद्देश्य भी बतलाते। वे मुझे नदी/नहर/तालाब/पोखर/जोहड़ की ओर ले जाते। मैं स्कूल की छुट्टियों में जब गाँव जाता तो एक-एक सप्ताह तक वहीं रहता। उनसे गाँव के बारे में खूब कुरेद-कुरेद कर पूछता। वे मेरी हर बात का जवाब देते। जब कभी गाँव की रिश्तेदारी में सगाई-ब्याह होते तो घर खबर आती थी। जिसमें मुझे

अवश्य बुलाया जाता। मैं भी खुश होकर वहाँ जाता। नये कपड़े न सही पुरानों को ही धोकर पहन लेता और किसी के साथ चला जाता। पर उधर से नये कपड़े पहन कर लौटता। परीक्षा के बाद गर्मियों की दो माह की छुट्टियाँ हो गयी थीं। बेगवाबाद (मोदीनगर) में छोटे मामा का ब्याह था। मेरठ हमारे घर पर भी ब्याह का सन्देशा भेजा गया। घर से मैं, मौसी और चचेरी बहन ही गये थे बस। वहाँ ब्याह की सभी तैयारी हो गयी थीं। बराती और घराती सभी चलने को मुस्तैद थे। हमें बतलाया गया कि नदी पार गाँव में बरात जाएगी। बेगवाबाद से वह गाँव साठ कोस दूर था। मामा को अन्तिम बार मेहँदी लगाई गयी। मामी/फुआ/मौसी/फूफी के साथ आस-पड़ोस की महिलाओं/लड़कियों ने गीत गाए।

लगभग चार बजे दो बैलगाड़ियों में बरात चली। मामा अब मामा नहीं था। बिहाला बन गया था। सभी मामा को बिहाला कहकर सम्बोधन कर रहे थे। मामा आम से अब खास बन गया था। मामा की सबको चिन्ता थी। मामा के सिर पर मोहड़ बाँधा गया। हाथ में लोहे की एक छड़ी उसके कोने पर तेल में तली हुई आधी पकी हुई दो पूरी थी। नजदीक के कुएँ पर जाने के लिए मामा आगे था। पीछे हम सब थे। दोनों बैलगाड़ियाँ बाहर सड़क पर पहुँच गयी थीं। कुएँ के बाद हम माता मन्दिर गये। मामा के साथ मौसा ने मुझे भी हाथ जोड़कर राम राम करने को कहा। यह सभी हमारे पूजा स्थल थे। कुआँ/पीर/माता मन्दिर/गोठिया आदि। ऐसे अवसरों पर हमें जाना पड़ता था। उनके सामने असीम श्रद्धा से अपने सिरों को हम सभी झुकाते थे।

पीर के पास खड़े हो माँ/चाची/बुआ कहतीं—"देख पीर बादसाँ म्हारे बच्चे खैरसल्लाह वापस लौटने चइयै।" उनके स्वर में अधिकार भाव होता था। ऐसे समय पर वे सभी देवी-देवताओं को याद करतीं। बार-बार उनके आगे अपने-अपने सिर नवातीं। सुख-दुःख के हर पल हर क्षण में उन देवी-देवताओं को याद करना ही पड़ता था। हमारे देवी-देवता साझे थे। उनमें कुछ देवी-देवता हिन्दुओं के कुछ मुसलमानों के तथा कुछ हमारे अपने।

लगभग चार बजे बिहाले के साथ बराती तथा घरातियों को लेकर दो बैलगाड़ी रवाना हुईं। जिस बैलगाड़ी में घराती थे उसी में मैं भी था। मेरे अलावा बिहाले के साथ नाना, तीन मामा तथा मेरे हमउम्र चार बच्चे। ब्याह का अन्य सामान भी उसी बैलगाड़ी में था।

सूरज का झुकाव पश्चिम की ओर हो गया था। धूप में वैसी प्रचंडता न थी। वातावरण में उमस थी पर कभी-कभी हवा का कोई झोंका आता, जो ठंडक देते हुए हमारे मन तथा तन दोनों को गुदगुदा देता था। घरातियों की बैलगाड़ी आगे थी तथा बरातियों की पीछे। बराती तथा घराती में से कोई भी महिला न थी। उन दिनों बरात में महिलाओं को ले जाने का रिवाज बिल्कुल न था। महिलाओं का जाना बुरा समझा

जाता था। यही नहीं शकुन और अपशकुन का भी ध्यान रखा जाता था। पंडित से बार-बार विवाह की तारीख सुझवाई जाती थी। एक पक्ष की तारीख के बाद दूसरे पक्ष की तारीख से उसका मिलान कराया जाता था। दोनों पक्षों की ओर से जब हर तरह की सन्तुष्टि हो जाती तो पंडित हरी झंडी दे देता था। कभी-कभी बीच में कोई अड़चन आती तो पंडित उन्हें दूर करने की तरकीब भी बतलाता था। कुछ विवाह बिना सुझवाए भी होते थे। उनमें भडलिया नोमी के विशेष होते थे।

आधा घंटे में ही दोनों बैलगाड़ियाँ मोदी नगर की सीमा को पार कर गयी थीं। दोनों बैलगाड़ियों के चारों बलद जवान और मजबूत थे। उनके गले में घंटियाँ बँधी थीं। जब वे दौड़ते थे तो उन घंटियों का मिला-जुला स्वर और भी सुरीला हो जाता था जो खूब अच्छा लगता था। चारों बलदों की कमर पर सफेद गोटे की झालरवाली चादरें पड़ी थीं। वे चादरें सम्मान का प्रतीक थीं। जिनका किराया केवल एक रुपया था। उन दिनों लड़के की शादी ही सत्तर-अस्सी रुपये में हो जाया करती थी। चावल, दाल-बूरा का सकराना अधिक चलता था। बहुत बढ़िया नहीं बल्कि अच्छा चावल बारह आने रुपये किलो था, दाल आठ-दस आने किलो थी। बूरा बारह आने किलो तथा घी दो रुपये किलो। कुर्सी-मेज बिछा कर खाने का रिवाज न था। जमीन पर बैठकर ही जीमना पड़ता था। ब्याह में गाने-बजाने के लिए बड़ी-बड़ी बैंड बाजों की कम्पनियाँ भी न थीं। बस ढोल-ढप्पर पीटने वाले छह-आठ लोग इकट्ठा होकर बैंड बजा लेते थे। हाँ ताशा-पार्टी जरूर होती थी। एक-दो हिजड़े नाचते थे। और दो लोग ताशा बजाते थे। शादियों में आतिशबाजी के नाम पर अनार छोड़ने का रिवाज था। जिसके जलने पर उसके भीतर से रंग-बिरंगी फुलझड़ियाँ निकलती थीं। जो फौव्वारे के आकार में चारों तरफ फैलती थीं।

शाम हो गयी थी। अँधेरा घिरने लगा था। बलद चलते-चलते थक से चले थे। गाड़ीवान भी थोड़ा सुस्ता लेना चाहते थे। यह सामने की रौनक बतला रही थी। नजदीक ही कोई कस्बा आने वाला था। नाना ने गाड़ी रोकने का संकेत दे दिया था। आगे की गाड़ी रुकते ही पीछे की गाड़ी भी अपने आप रुक गयी थी। वहीं नीम के पेड़ की घनी छाया थी और हैंडपम्प भी था। गाड़ियाँ थमीं तो कुछ घराती/बराती दिशा-मैदान चले गये थे। पर वे जल्दी ही लौट आए। अँधेरा बढ़ने लगा था। सबने अपने-अपने हाथ धोकर अपनी-अपनी रोटियाँ निकाल ली थीं। सभी के पास सब्जी न थी। किसी के पास अचार तो किसी के पास गुड़। नानी ने हमारे लिए आलू की सूखी सब्जी भी रख दी थी। हम सबने मिल-जुल कर खाना लिया। रोटियाँ पेट में गयीं तो हमारे भीतर सुस्ती छाने लगी थी। पर अभी तो पचास कोस का और सफर था। जल्दी से सभी पानी पुनः गाड़ियों में धँस गये थे। कुछ ही देर में बैलगाड़ियाँ चल पड़ी थीं। दोनों गाड़ियों के आगे की तरफ लालटेन टाँग दी गयी थी। कुछ ने गाड़ियों में रखे

तसले में उपले डाल कर आग जला ली थी। थोड़ी देर में ही वे अंगारे बनकर दहकने लगे थे। कुछ लोग अपनी गुड़गुड़ी सजा कर पीने लगे थे। दोनों गाड़ियों में लोग चुप नहीं बैठे थे बल्कि खाँस-मठार रहे थे। हमारे आसपास अंधेरा और अधिक पसरने लगा था।

उन दिनों गाँव में ही क्या शहर में ही बिजली के दर्शन कम होते थे। सड़क पर दूर-दूर तक कुछ दिखाई नहीं देता था। पर वैसे परिवेश के लिए प्रकृति के खजाने में चाँद जो था। जिसके उजाले में हम सब कुछ देख सकते थे।

जैसे-जैसे चाँद आकाश पर उभरने लगा, आसपास का अँधेरा घटने लगा था। परिवेश में चाँदनी छिटकने लगी थी। हमने कस्बे को पार कर लिया था। बसापत पीछे छूट रही थी। दोनों तरफ खेत थे। बीच में कच्चा रास्ता। उसी पर बैलगाड़ियाँ बढ़ी चली जा रही थीं। बैलों के गले में पड़ी घंटियों की आवाजों से कहीं भय का अहसास होता था। वही आवाजें सन्नाटे को चीरती हुई दूर-दूर तक फैल रही थीं। गाड़ियों में बैठे लोगों के बीच अब हँसना-बोलना कम हो गया था। बीच-बीच में उनके भीतर भय की सिहरन उभर आती थी। समूचे कच्चे रास्ते पर केवल हमारी ही बैलगाड़ियाँ जा रही थीं। न आगे कोई गाड़ी थी न पीछे। अचानक गेहूँ के खेत से दो आदमी निकल कर बाहर आ गये। उनके हाथों में लाठियाँ थीं। रास्ते के बीच आकर दोनों ने एक साथ पूछा—"कौन जात हो?"

"जाट।"

नाना ने एक पल की देरी किये बिना तपाक से जवाब दे दिया था।

फिर दूसरा सवाल—"कां जावोग्गे?"

"जनेस्सर।" अबकी दोनों मामा बोले थे।

"जाओ।" दोनों ने कहते हुए रास्ता छोड़ दिया था। दहशत का माहौल हमारे आसपास से हट गया था। हम सभी के साँस ऊपर से नीचे आ गये थे। बाद में नाना ने बतलाया राहगीर थे वे।

दोनों बैलगाड़ियों के थके हुए बलद आगे बढ़े। तसले में उपले तोड़कर और डाल दिये थे। इसी बीच लालटेन को हिलाकर उसमें मिट्टी के तेल की मात्रा का जायजा लिया गया। पाँच-छह घंटे के लिए उसमें अभी तेल शेष था। नाना ने हिदायत दे दी थी लालटेन और तसले की आग बुझने न पाए। चोर-लुटेरों से बचाव के साथ जंगली जानवरों से भी तो हिफाजत करनी थी।

लगभग एक घंटे की यात्रा के बाद चार-पाँच लोग और मिले। उन्होंने छूटते ही सवाल पूछा—"कौन जात हो?" नाना ने तपाक से उत्तर दिया, "सैनी।" कां से आ रे हो? दूसरा सवाल था। "बेगवाबाद से?" नाना ने फिर उत्तर में कहा। वही पाँच-छह जने पीछे छूट गये थे। बैलगाड़ियाँ आगे बढ़ गयी थीं।

तीन-चार कोस के बाद पाँच लोग फिर रास्ते में मिले। उन्होंने भी छूटते यही सवाल किया। ''किस जात के हो?'' नाना ने फिर जात बदल कर तीसरी जात बतला दी थी। ऐसा कई बार हुआ। जितनी बार लोग जात का नाम पूछते। नाना बिना हिचक उन्हें बतला देते। जात जैसे हमसे महत्त्वपूर्ण हो। हिन्दू समाज में आदमी की कीमत उसकी जात से ही आँकी जाती थी। हमें विशेषतौर पर चमार-चूड़े नाम से सम्बोधित किया जाता था। पर उनके सम्बोधन के तौर-तरीके और भी घृणास्पद हुआ करते थे। उनके द्वारा कहे गये एक-एक शब्द हमारे शरीर को छीलते थे। बीच-बीच में वे गालियाँ भी देते थे। हिन्दू धर्म तथा संस्कृति की अमाननीय परम्परा से जुड़ी अजीबोगरीब अश्लील गालियाँ। जिन्हें हमें सुनना ही पड़ता था।

कुछ दूर आगे चलने पर कच्चे रास्ते के दाएँ-बाएँ अब खेत नहीं थे। बल्कि पथरीली और ऊबड़-खाबड़ जमीन थी। हमारे चारों तरफ जंगल खुलने लगा था। कहीं-कहीं घने पेड़ कहीं-कहीं बिल्कुल उजाड़। नाना ने बतलाया था पाँच कोस के बाद काली नद्दी आवेगी। तभी हमारी बैलगाड़ी के सामने से कोई जानवर निकल कर भागा। मामा ने बतलाया भेड़िया था। जो अपने पंजों से धूल उड़ा कर पहले आदमी को अन्धा कर देता है। फिर उस पर हमला करता है। गाड़ी में तसले में पड़ी उपलों की आग खूब दहकने लगी थी। घराती और बरातियों में से जो हुक्का पीते थे वे बार-बार चिलम का तमाकू उलट-पलट रहे थे। मेरे पास में छोटा मामा था। छोटा मामा यानी बिहाला। उसे झपकी आने लगी थी। आकाश पर अब पूरा चाँद निकल आया था। मैं ऊँघने लगा था, पर कभी-कभी नाना जगा देता था। ''धत तेरे की, तू तो सो गया। सहरी मानस है ना, अरे देख ऊ रई लोमड़ी और देख ऊरा सुसरा गिदड़ा।'' मैं आँखें मिच-मिचाकर उधर ही देखता। मेरे मन में इन सब जानवरों के लिए जिज्ञासा भाव तो था ही। किताबों में पढ़ा भी था इनके बारे में जब तक किसी चिड़ियाघर में इन्हें देखने के लिए गया नहीं था। मेरे लिए जंगल ही चिड़ियाघर बन गया था। पर रात में इस जंगल में चिड़िया एक भी न थी केवल जंगली जानवर ही थे।

अगले दिन उसी जंगल में चिड़ियाँ आ गयी थीं और जंगली जानवर गुम हो गये थे। जानवरों की माँद और गुफाएँ सभी कुछ भूमिगत हो गये थे। उन गुफाओं के ऊपर हरे-भरे पेड़ उभर आए थे। उन पेड़ों पर चिड़ियाँ सुबह का गीत गा रही थीं। उनमें से कुछ नीले आकाश में उड़ रही थीं। सुबह की धूप, नीला आकाश, खुला जंगल/चिड़ियों के गीत/बैलों के गले में घंटियाँ बजने की मीठी आवाजें, यह सब देख/सुन/महसूस कर अच्छा लग रहा था। इतने लम्बे सफर का यह मेरा पहला अनुभव था। जिसमें और अधिक इजाफा हो रहा था। उसी जंगल में अलग-अलग तरह के पेड़ मुझे देखने को मिल रहे थे। तरह-तरह के पक्षी। जमीन को मिट्टी के भी

अलग-अलग रंग थे, जैसे उनकी भी कोई जात हो। दिन होने के कारण रास्ते में लोगों का आवागमन शुरू हो गया था। पास आने पर कभी वे राम-राम करते कभी हम। एक-दूसरे से मिलने-जुलने पर केवल राम-राम कहने का रिवाज था। राम-राम से ही बात आगे बढ़ती—जैसे कां से आ रियों हो भई, कां जावोगे, कित गाँव के मानस हो, सहर से या गाँव से, किसके हियां जावोगे। इन सबके बीच हमारी जात पूछना कोई नहीं भूलता था। नाना उलट-पलट कर जात बतला देते थे। अलग-अलग जात बताने का रहस्य नाना ने बाद में बतलाया था—रास्ते में कोई भी जात बतलाओ, पर अपनी जात बिल्कुल नहीं। हमारी जात का तो नाम भी सुनकर लोग आगबबूला हो जाते थे।

दिन चढ़े जनेस्सर गाँव आ गया। कुछ लोग गाँव के बाहर हमारी अगवानी में खड़े थे। उनमें किसी के पाँव में चप्पल-जूते न थे। कुछ दूरी तक वे आगे-आगे चले। नाना बार-बार पूछता, "बेट्टी वाले का घर आ गया।" आगे चलने वाले तुरन्त जवाब में कहते—"आ गया जी बस्स आ गया।"

हम सब उतावले होने लगे थे। उसका कारण भी था। सुबह से अब तक पेट में पानी तक भी न गया था। दोपहरी भरने लगी थी। बेटी वाले के घर तक पहुँचने के लिए हमें कई जोहड़/बिटोड़ों से होकर गुजरना पड़ा था। वे लोग हमें गाँव के बाहर से लाए थे। भीतर का रास्ता बामन/बनियों/ठाकुरों की बस्तियों से होकर जाता था। उधर से जाने की दलितों को मनाही थी। इसलिए पूरे एक कोस अधिक चलना पड़ा था। अन्ततः लड़की वालों का घर आ ही गया था। सभी के चेहरों पर चमक आ गई थी।

गाड़ियों से बैलों को खोलकर उनके सामने नियार डाल दिया गया था। वे भी हमारी तरह से भूखे-प्यासे थे। कुछ लोग जिनमें बच्चे अधिक थे हमें काँसे/सिलवर/पीतल के गिलासों में पानी पिलाने लगे थे। तब स्टील के चमचमाते बर्तन कहाँ थे भला। शायद यह सब गिलास भी दलितों के घरों से इकट्ठा किये गये होंगे। कुछ गिलासों पर नाम भी खुदे थे। फूल देई/किसना/भुल्लड़/सुल्लड़/कढ़ेलू/सुमरु आदि आदि। नाम उन सभी की जाति के सूचक थे। वैसे ही नाम तब हमारे हिस्से में आते थे। जैसे गाँव या शहर के हाशिये पर रहना भी हमारी नियति थी। वैसे ही इस तरह के नाम हमें विरासत में मिले थे।

इस गाँव के दलितों के हिस्से में एक कुआँ था। उसी कुएँ के पानी को हमारे लिए साफ किया जा रहा था। पता चला कि उसमें किसी ने रात में कुत्ते को मारकर डाल दिया था। गाँव वालों के हाथों में डोल थे, रस्सियाँ थीं। कुएँ का पानी गँदला था। पर नहाना भी जरूरी था। गर्मी बढ़ने लगी थी। नहाने के लिए दूसरा विकल्प जोहड़ था। सभी न फैसला किया, कुएँ के पानी में ही नहाएँगे। कपड़े धोने की दो बट्टी हमें दे दी गयीं। लक्स, लिरिल, निरमा खुशबूदार साबुन तब कहाँ किसको नसीब होती

थी। कपड़े धोने का पीला साबुन हुआ करता था। नहाने वाले कुल जने थे लगभग बीस। सभी को नहाने में डेढ़-दो घ्न्टे लग गये।

नहाना खत्म हुआ तो हमें नाश्ते में गुड़ और छाछ मिले। गिलास वही थे। यही हमारा नाश्ता था। एक आदमी के हाथों में थाली थी, जिसमें गुड़ की भेली फोड़ कर रखी हुई थी। दूसरा आदमी बाल्टी में छाछ लिये था। लोगों ने खूब छक कर गुड़ के साथ छाछ पी। छाछ पीते हुए हमें डकार आने लगी थी। उसके बाद हमारे लिए पेड़ की छाया तले एक फटी हुई दरी बिछा दी गयी थी। हम उसी पर पसर गये थे। बीच में दो हुक्के रख दिये गये थे। कुछ लोग गुड़गुड़ करने लगे थे।

दोपहरी उतरते-उतरते हमें जीमने के लिए बुलाया गया। यह जगह बेटी वाले के घर के नजदीक थी। रेतीली जगह थी, पर उस पर पानी का छिड़काव कर दिया गया था। धूल बैठ गयी थी। धराती-बराती सभी आमने-सामने दो पंतग में बैठे। हमारे सामने एक बड़ा लोहे का ट्रंक खोला गया। जिसमें पूड़ियाँ बनाकर रख दी गयी थी। पूड़ियाँ ठंडी होकर सूख गयी थीं। साथ में आलू का साग। खाने से पहले हम सभी ने एक-दूसरे की ओर देखा। जैसे कह रहे हों कि साठ कोस दूर चल कर यही टिक्कड़ खाने के लिए आए हैं। पूड़ियों को बनाकर ट्रंक में रखने की बेवकूफी तो उन्होंने कर ही डाली थी। पर सन्नाटा बनाकर अक्लमन्दी भी की थी। हम सी...सी...करते हुए मिट्टी की सराई में भर-भर कर सन्नाटा पी रहे थे। दोपहर का खाना खाकर हममें से अधिकांश की आँखें लग गयी थीं। थके हुए तो पहले से ही थे।

शाम हो गयी थी। कच्चे घरों में तेल की कुप्पियाँ तथा लालटेन जल उठी थीं। जहाँ हम लेटे हुए थे वहाँ गैस का एक हंडा जला कर पेड़ की डाल पर टाँग दिया था। आसपास से औरतों के गीत के स्वर और बीच-बीच में ढोलक बजने की आवाजें आने लगी थीं। रात के खाने में सकराना था। सकराना यानी चावल/शक्कर/दाल। पास ही मसूर की दाल बन रही थी जिसकी गन्ध आ रही थी। आकाश में आज भी चाँद टँगा हुआ था, पर उसके आसपास बादल छिटके थे। जो बिखरी हुई चाँदनी की कान्ति कम कर रहे थे। बस्ती में कुछ घरों के दरवाजों पर कुप्पियों/लालटेनों की रोशनी जानवरों की डरावनी आँखों-सी लग रही थी।

रात में जीमने की जगह वही थीं। चावल/शक्कर देखकर हमें अच्छा लगा। सभी घराती और बराती खुश थे। हमने अभी पहला ही गस्सा मुँह में डाला था कि तेज हवा का झोंका आया। हम हक्के-बक्के रह गये। हमारे साथ हमें खाना खिलाने वाले भी। हवा की गति और भी बढ़ती जा रही थी। हवा ही नहीं थी। आँधी आ गयी थी। हमारे चावल/शक्कर/दाल में रेत मिलने लगा था। हम अपनी-अपनी पत्तलों को सिकोड़ कर जल्दी-जल्दी पेट भरने में लगे थे। गैस का हंडा आँधी से बुझ चुका था। एक आदमी बार-बार पम्प मारकर जलाने का प्रयास कर रहा था। पर तेज हवा जलने

नहीं दे रही थी। कुछ लोग अँगुलियों पर लगी दाल चाट रहे थे। कुछ पानी पी रहे थे। अधिकांश अपनी-अपनी पत्तलें मोड़ कर उठने की तैयारी में थे। हवा में तेजी अभी भी थी। खाना समाप्त हुआ तो हम एक-दूसरे का हाथ पकड़ कर उसी पेड़ के नीचे जा पहुँचे। वहाँ का हंडा भी कभी का बुझ चुका था। जमीन पर बिछी हुई दरी के ऊपर रेत की मोटी तह जम चुकी थी। पता ही नहीं चलता था कि कहाँ दरी है और कहाँ रेत। चार लोगों ने दरी के चारों कोने पकड़ उसे ऊपर उछालते हुए उस पर पड़ी धूल-मिट्टी को साफ किया। तत्पश्चात् हम सब दरी पर बैठे। जिस पर अभी भी रेत था। दरी के नीचे भी रेत ऊपर भी रेत परिवेश में अभी भी रेत उड़ रहा था। आँखों में रेत के कण घुस गये थे। जिन्हें निकालने के लिए कुछ लोग अपनी-अपनी आँखें मसल रहे थे। कुछ पानी से धो रहे थे। कुछ की आँखें आकाश की ओर लगी थीं। इस भय से कि वह टपकने न लगे। आकाश में बादल अभी भी भाग रहे थे। वे अगर बरसने लगे तो... आगे की स्थिति के बारे में सोच कर ही धुक-धुक हो रही थी। गाँव के लोगों के साथ हम सभी अपने-अपने देवताओं को याद कर रहे थे। उन्हें याद करते हुए लोगों को तसल्ली हो रही थी। बियरबान्नियों के गीत कभी के बन्द हो गये थे। साथ ही ढोलक पर पड़ती उनकी हथेलियों की थाप के स्वर भी ठंडे हो गये थे।

बस्ती अँधेरे में न जाने कहाँ खो गयी थी। लगता था हम न जमीन पर हैं और न आकाश में, बस धूलभरे परिवेश में लटक कर झूल रहे थे। नाना की आवाज मेरे कानों में बार-बार टकरा रही थी। सहसा बूँदा-बाँदी आरम्भ होने लगी। हम भीतर-बाहर से सिमटने लगे। आँधी थोड़ा कम हो गयी थी, पर हवा में अभी भी तेजी थी। हमारे आसपास रेत उड़ रहा था। हम भीग रहे थे।

आकाश पर तैरते बादल हमारी धड़कनों को और बढ़ा देते थे। इतना सब होने के बाद भी हम सब खुले आकाश के नीचे ही सोये। गाँव में धर्मशाला थी, पर बामनों/ठाकुरों की बस्तियों में। मीठे और साफ पानी का कुआँ था तो उन्हीं की बस्तियों में। हमारी जात के हिस्से में थी तो कंगाली की ऐसी चादर जिसमें से एक के बाद एक संकट झाँक रहे थे। संकटों के साथ-साथ हम अस्पृश्यता का भी शिकार थे क्योंकि हम अछूत थे। उन संकटों से बाहर आने का रास्ता भी न था। मुक्ति द्वार जैसे हमारे लिए बन्द थे। हम केवल तड़प सकते थे, रो सकते थे, सिसक सकते थे। हमारे भीतर-बाहर अजीबोगरीब हाहाकार थे। पर उन्हें सुनने के लिए कहाँ किसे फुर्सत थी?

आजादी का सूरज और अधिक उगने लगा था। उसकी धूप-छाँव भी फैलने लगी थी, पर हमारे हिस्से में उजाला कम और अँधेरा अधिक था। पर उजाले के लिए हम

संघर्षरत अवश्य थे। किसी से उजाले की भीख भी नहीं माँगते थे और अँधेरे में रहना भी नहीं चाहते थे। यही कशमकश हमारे भीतर भी थी और बाहर भी। गाँवों में तो नहीं लेकिन शहर की गलियों/बस्तियों में जहाँ-तहाँ अवश्य ही स्कूल खुलने लगे थे। उन्हीं स्कूलों में बच्चे तख्ती/झोला एवं बूद्दका उठाकर नाक पोंछते हुए जाते थे। उनके शरीर पर भले ही साबुत कपड़ा न हो पाँवों में चप्पल न हों पर स्कूल जाने को वे सुबह-सुबह तैयार हो जाते। गाँव/बस्ती/कस्बों/तथा शहरों में दलित आन्दोलन की रूपरेखाएँ बनने लगी थीं। हमारी जात के लोग अपनी गर्दन सीधी करने लगे थे। उनकी गर्दनें कट रही थीं फिर भी वे उठ रही थीं। अब वे मूक नहीं थे। उनके आक्रोशमय स्वर उभर रहे थे। गाँव, कस्बों में दलित उत्पीड़न जोरों पर था, शहर बचे थे, पर वहाँ भी अलग ढंग का उत्पीड़न था। हमारी जात की महिलाएँ रोती/झल्लाती थीं और हम आक्रोश में मुट्ठियाँ बाँधते थे। औरतें नवाबों/जमींदारों के खेतों/बाड़ों/घरों/फार्मों में खटती/मरती थीं। रात को जब वे घर लौटतीं तो अपने घर-परिवारों में मर्दों को बतलातीं, वे आगबबूला होते। शोर मचाते। सवर्ण हिन्दू/मुसलमान माँ बहन की चीरते। कभी-कभी दो-दो चार-चार दिन की नागा हो जाती। बाद में मजदूरी में काम पर जाना पड़ता था। गाँवों में अभी भी कहीं-कहीं मुर्दारी खाई जाती थी। मुर्दारी यानी मरे हुए जानवरों का मांस। कुछ लोग मांस खाते थे तो कुछ मरे हुए जानवरों की खाल खींचते थे। जिसे चमड़ा कमाना कहते थे। किसी-किसी गाँव में हमारी जात के लोगों को जबरन मुर्दा जानवरों को उठाने के लिए कहा जाता था, न उठाने पर उन्हें बुरी तरह मारा-पीटा जाता था। मरे हुए जानवरों के लिए उनसे जानवरों से भी बदतर व्यवहार किया जाता था। जानवरों को तो मारने-पीटने के कुछ देर बाद पुचकार कर उनके आगे खाने के लिए चारा भी डाल दिया जाता था। उन्हें मालिश कर पुच-पुच कर उन्हें पानी पिलाया जाता था, पर दलितों के हिस्से में तो केवल उत्पीड़न ही था। मन को छेदने वाली गालियाँ थीं।

भूमि के सवाल को लेकर रिपब्लिकन पार्टी ऑफ इंडिया के देशव्यापी आन्दोलन का प्रभाव अभी शेष था। मेरा शहर और उसकी तहसील, कस्बे और गाँव भी आन्दोलन के प्रभाव से बच नहीं सके थे। सच बात तो यह थी कि गाँव और कस्बों में रहने वाले दलित ही शहर के दलितों को ऊर्जा दे रहे थे। पूरे देश में लाखों की संख्या में गिरफ्तारी हुई। मेरठ कचहरी में भी शहर तथा गाँव के कार्यकर्ताओं ने गिरफ्तारी दी थीं। गिरफ्तारी देते हुए उनके मन में हिलोरें थीं। रिपब्लिकन पार्टी के सदस्यों के लिए तब नीली टोपी हुआ करती थी। जिसे पहनने में वे सम्मान महसूस किया करते थे। पूरे देश में क्या हो रहा है यह हमें 'जमीं के तारे' हिन्दी साप्ताहिक बतलाता था, जो अलीगढ़ से छपता था। दलित राजनीति अपने चरम पर थी। हालाँकि उत्तरी भारत की दलित राजनीति के शिखर पुरुष बी.पी. मौर्य 1967 के संसदीय चुनाव में हार

गये थे। चुनाव में हार जाने के बाद उनका मिजाज और भी उग्र हो गया था। वे अंगार बन गये थे। विशेषतौर पर मेरठ, अलीगढ़, हापुड़ तथा गाजियाबाद में उनके खूब भीड़ जुटाने वाले सम्मेलन हुआ करते थे। बी.पी. मौर्य उत्तेजक भाषण दिया करते थे। कुछ संवाद उनके तकिया कलाम बन चुके थे। जैसे जला दो, खाक कर डालो, हथियार उठा लो, इनकी औरतों के नाड़े तोड़ डालो आदि आदि। अपने भाषणों में सवर्णों की माँ-बहनों की ऐसी-तैसी वे जरूर करते थे। बीच-बीच में उनके अनुयायी तालियाँ बजाते और उन्हें ऊर्जा मिलती। उनकी आवाज दूर-दूर तक जाती थी। न केवल दलित ही बल्कि हर कोई उनके सभा स्थल पर खिंचा चला आता था। खूब भीड़ जुटती थी। वे कम-से-कम दो घंटे का आग लगाऊ भाषण दिया करते थे। जब तक उनका भाषण समाप्त नहीं हो जाता था भीड़ में से एक भी आदमी टस-से-मस नहीं होता था।

जरूरी था कि दलित और गैर दलित दोनों समाज के लोगों में उनके भाषण से बेचैनी होती थी। एक में ध्वंस करने हेतु बेचैनी दूसरे वर्ग में समता और सम्मान की लड़ाई जारी रखने वालों का सिर कलम करने के लिए सामन्ती...प्रतिक्रियास्वरूप गाँवों में तो दलित समाज की महिलाओं पर खूब जुल्म और अत्याचार होता था। उसमें घासवालियों पर खूब कहर ढाया जाता था। उनके नाड़े वहीं खेतों में टूटते थे। उनके नाड़े तोड़ना सवर्ण अपना पैदाइशी अधिकार समझते थे।

शहर की अन्य दलित बस्तियों की तरह हमारी बस्ती से भी ढेर सारी औरतें जंगल जाती थीं। उन्हें अकेला पा उनके शरीर को नोचने के लिए गिद्ध तैयार बैठे रहते थे। उनमें से कुछ बच जाती थीं तथा कुछ अपनी इज्जत गँवाए बिना भाग आती थीं। मजबूरीवश या कैसे भी जिसने एक बार अपना शरीर उन गिद्धों को दे दिया फिर लम्बे समय तक उन्हीं महिलाओं को अपना शरीर नुचवाना, खिंचवाना पड़ता था। बस्ती में ऐसी महिलाओं की खूब चर्चा होती थी। कभी-कभी पंचायतें भी बैठ जाती थीं। अकेली महिला को ही नहीं उसके घरवालों पर भी थू-थू होती थी। उनके मुँह में गू दिया जाता था। अस्मत लुटाई हुई महिला की ताक-झाँक बस्ती के मर्द भी करते थे। स्साली बाहर वालों से तो नुचवा आई और अपनों से...उसके दर्द को टटोलने का कोई प्रयास नहीं करता था। हाँ, उसके अंगों की गोलाई मोटाई गहराई सभी नापते थे। यही कारण था कि हमारी बस्ती में अपने-अपने फलान उठाये तथाकथित नवाब/जमींदार/काश्तकार ऐसी औरतों के घर आ धमकते और सरेआम अपना रुआब गाँठते। इनमें हिन्दू भी होते और मुसलमान थी। उनके सम्बोधन भी बड़े अजीबोगरीब होते। अरी ओ चमारी, अरी ओ लंडुए की घरवाली, अगर कोई गोरी-चिट्टी हुई अरी

ओ भूरी, काले रंग की हुई तो अरी हो कल्लो, टाँग खराब हुई तो लँगड़ी, आँख ठीक नहीं हो कानी, कुछ नाम वे स्वयं बना देते जैसे छमिया, झुनिया, फिरकनी, यूँ बस्ती की औरतों के नाम गंगा, चंपा, चमेली, राधा, सावित्री, नहीं होते थे। जाति के हिसाब से ही पंडित नाम भी सुझाता था। ऐसे ही गिरे-पड़े नाम उनके हिस्से में आते थे। वे नाम कभी-कभी उपहास का कारण भी बन जाते थे।

ऐसे ही एक दिन इक्के-ताँगे में कोई काश्तकार आया। वह जाट था। बस्ती के सभी लोग उसे जानते थे। झुनिया के घर के सामने इक्का-ताँगा रोककर वहीं से गरजा। अरी ओ झुनिया, झुनिया का बेटा बुखार से तप रहा था। वह उसके पास बैठी थी। उसने फिर पुकारा—सुनती नई, तेरी खाल मसाला माँग रही है क्या? अब तक चार-छह मर्द-औरतें वहाँ जमा हो गये थे। वही काश्तकार इक्के-ताँगे पर बैठा-बैठा आल-बवाल बोल रहा था। किसी ने टोक दिया—"ऐसा क्यूँ कह रिया है भई?"

"तू कौन है बे भोसड़ी के।"

सुनकर बस्ती के मर्द-औरतों की खोपड़ी गर्म हो गयी थी। बाहर हल्ला सुनकर अब तक झुनिया भी आ गयी थी। उसे देख वह बोला—"चल रही चल म्हारे खेत में भौत काम पड़ा है।" बस्ती के ही दो लोग बीच में बोल उठे—"तू कैसे ले जाएगा जबरदस्ती।" बस्ती के दो-तीन मर्द अब सामने आ गये थे। एक ताँगे में पीछे से चढ़ा—दूसरा आगे से। इक्के-ताँगे में जुती घोड़ी भागने को हुई, उसकी लगाम उसने मजबूती के साथ पकड़ रखी थी। पर बस्ती वालों पर उसकी लगाम न रह सकी। परिणामस्वरूप मार-पिटाई हो गयी।

मौका देखकर उसी जाट ने यह कहते हुए घोड़ी की लगाम ढीली की, "चमारो मैं अभी आकर तुम्हें देखूँगा तुम्हारी खाल में भुस नहीं भरवा दिया तो मेरा नाम जागीर सिंह नहीं।"

वह धमकी देकर चला गया था। पीछे रह गये थे भुनभुनाते-हिनहिनाते बस्ती के मर्द-औरतें। उनके बीच में इस पर चर्चा छिड़ गयी थी कि वह लौटकर आएगा या नहीं। अधिकांश का मानना था कि वह अवश्य ही आएगा। अकेला नहीं लाठी/बल्लम लेकर/बन्दूक भी हो सकती है। उसके साथ उसके जाति भाई भी होंगे। सभी के बीच उनके आने की आशंका से भय की लहर दौड़ गयी थी। बूढ़े गुस्से में बड़बड़ा रहे थे। जबकि जवान मर्द उनसे लड़ने को जैसे तैयार थे। दिन के ग्यारह बजे थे। कुछ मर्द अपने-अपने काम पर जा चुके थे। जो शेष बचे थे उनके सामने संकट खड़ा हो गया था। औरतों के समूह बन गये थे। उनमें से अधिकांश झुनिया को ही कोस रही थीं। बस्ती में नई पीढ़ी के कुछ आग लगाऊ नौजवान भी थे। वे अपने-अपने घरों में लाठी-डंडा तलाश कर रहे थे। कुछ ने लाठी से रांपी बाँध कर उसे बल्लम की शक्ल दे दी थी। जिसके घर लाठी न थी उन्होंने चारपाई की बाई निकाल कर सुरक्षा के लिए

रख ली थी। घर-घर में हथियारों की ढूँढ़ा-भाली हो रही थी। उनके सिरों पर जुनून था हमलावरों से टकराने का। हमलावरों को ईंट का जवाब पत्थर से देने के लिए वे सजग हो गये थे। समूची बस्ती में उनके आने की दहशत फैल गयी थी। जो मर्द थोड़ा डर रहे थे उन्हें उनकी घरवालियाँ और अधिक डरा रही थीं। साथ ही उन्हें कहीं छुपने या बस्ती से भाग जाने की सलाह दे रही थीं। वहीं कुछ औरतें मर्दों से भी आगे निकल कर अपने-अपने घरों की मुंडेर पर ईंट-पत्थर इकट्ठा कर रही थीं।

मेरे लिए यह सब तमाशा था, मन में जिज्ञासा भी। हमलावरों के पास बन्दूक/कारतूस होंगे, लाठी-बल्लम होंगे। इस बात का न भय था न डर। बा/ताई माँ/भाई/बहन सभी के पेट का पानी हिलडुल रहा था। मुझे ताई माँ बार-बार घर में रहने की हिदायत दे रही थी। हमारे आँगन में खड़ा नीम चुप था और पत्ते शान्त पर हमारे भीतर जैसे अंगारे दहक रहे थे। हमारी ही बस्ती में कोई हमारी बेइज्जती करके जाए। इसी बात को लेकर लोग-लुगाइयों में तू-तू मैं-मैं हो रही थी। हम जड़ नहीं हो गये थे। हमारे भीतर खून खौलने लगा था। साँसें तेजी के साथ चलने लगी थीं।

थोड़ी देर में बस्ती के पूर्वी छोर से हल्ला मचा। हमलावर आ गये, हमलावर आ गये। समूची बस्ती में यह गूँज उठा। लोग सतर्क हो गये, औरतें भयभीत थीं, बूढ़ों के बदन की नसें खिंचने लगीं। बच्चे उत्सुक हो उठे। कुछ मर्द पूर्वी दिशा से भागे चले आ रहे थे। उन्होंने खतरे का अलार्म बजा दिया था। लोग उधर ही भाग चले किसी के हाथ में लाठी, किसी के पास डंडा। किसी की मुट्ठी में रांपी, किसी के पास फला। अब तक माँओं ने अपनी-अपनी जवान बहू-बेटियों को घर में छुपा दिया था। बाहर से कुंडे लगा दिये गये। भीतर जवान औरतें थीं। बाहर बूढ़ियाँ कुछ बच्चे छतों पर चढ़ गये थे। कुछ दाएँ-बाएँ होकर सड़कों पर उतर आए थे।

हमारी बस्ती की सीमा पर एक कुआँ था। उसे सकर कुइया कहते थे। वहीं तक सवर्ण हमलावर आ गये थे। उससे पहले की बस्ती का नाम इलाही बख्स था। बीच की इस पट्टी में मुसलमान रहते थे। हमारी बस्ती के लोग वजीर बिल्डिंग तक आ गये थे। सकर कुइया के बाद वजीर बिल्डिंग पड़ती थी। यही युद्ध क्षेत्र के बीच की रेखा थी। पर युद्ध हुआ नहीं। न लाठियाँ चलीं और न बल्लम। हाँ सवर्णों के दल में से हमें डराने के लिए दुनाली से हवा में फायर जरूर किया था। पर हमारी जात का कोई भी मर्द, बूढ़ा पीठ दिखाकर भागा नहीं था।

बाद में दोनों तरफ के बूढ़ों के कारण मार-काट होने से बची थी। सवर्ण हमलावर वापस लौट गये थे। इसलिए भी कि उनके सामने दलित अस्मिता की रक्षा करते हेतु बस्ती के मर्दों की भीड़ खड़ी थी।

उस दिन की वह घटना मेरठ के इतिहास में भले ही न जुड़ पाए, पर दलितों की अस्मिता के संघर्ष के इतिहास में अवश्य ही जुड़ गयी थी। शहर से बाहर मेरठ

जिले के गाँव-कस्बों के चप्पे-चप्पे को भी पता चल गया था। सच कहा जाए तो उसी दिन हमें अहसास हुआ था कि हमारी रगों में भी खून बहता है। बाबा साहेब की यह बात बस्ती के लोगों ने अपने भीतर आत्मसात् कर ली थी कि गुलामों को गुलामी का अहसास करा दो तो वे विद्रोह कर उठेंगे। बस्ती के लोगों को गुलामी का अहसास हो गया था और उन्होंने विद्रोह कर दिया था। इसीलिए तो सवर्ण हमलावर भाग खड़े हुए थे।

उस दिन से हमारी बस्ती के लोगों का कद और ऊँचा हो गया था। वैसे भी हमारी बस्ती का मान-सम्मान शहर भर में था। उसका कारण यह भी था कि हमारी बस्ती में परमपूज्य बाबा साहेब की अस्थियाँ रखी थीं। पूरे मेरठ शहर में पहला बाबा साहेब डॉ. अम्बेडकर भवन हमारी बस्ती में ही बना था। बस्ती में शिक्षा का प्रसार भी हो रहा था। लड़कों के साथ लड़कियों को भी स्कूल भेजा जाने लगा था।

साठ का दशक सामाजिक क्रान्ति का था जब एक नहीं देश के भीतर अनगिनत परिवर्तन देखे और महसूस किये गये थे। 1967 में विस्फोट के रूप में पश्चिम बंगाल से नक्सलवाद का जन्म हो चुका था। महाराष्ट्र से शिव सेना और दलित पैंथर परस्पर विरोधाभास रखते हुए दो समानान्तर जुझारू सामाजिक संगठन उभरे थे। दोनों के अपने-अपने दर्शन थे, चरित्र थे तथा स्वभाव थे। कौन जानता था कि बाद के दशक में यही दोनों संगठन हिन्दू और दलित राजनीति के उग्र तेवर उभारने में महत्त्वपूर्ण भूमिका निभाएँगे।

1969 में तो चारु मजूमदार का लेख छपा था, "चीन के चेयरमैन हमारे भी चेयरमैन, चीन का रास्ता हमारा भी रास्ता।" लेख छपने पर काफी हल्ला हुआ था।

इस तरह की खबरें मुझे उत्तेजित करती थीं। क्रान्ति का दर्शन मुझे मन्त्रमुग्ध करता था। मेरे भीतर से तरह-तरह के सवाल उपजते थे। जिनके सवाल और जवाब की कशमकश में मैं अपने आप से जूझता रहता था। मेरठ शहर के टॉउन हॉल स्थित पुस्तकालय में मैं घंटों-घंटों बिना नागा के पत्र-पत्रिकाएँ पढ़ता था। ब्लिट्ज साप्ताहिक उन दिनों मेरा प्रिय अखबार था। आर. के. करंजिया का व्यक्तित्व एवं कृतित्व मुझे प्रभावित करता था। ब्लिट्ज में दलित, उत्पीड़न के समाचार बहुत छपते थे। वैसे समाचार मुझे दहकाने का कार्य करते थे। जितना मैं दहकता, उतना ही आक्रोश मेरे भीतर से उभरता। अजीब-सी तृप्ति मुझे मिलती थी। हालाँकि इस तरह के समाचारों को पढ़ने के बाद मेरे भीतर और भी बेचैनी भर जाया करती थी।

बाद के दिनों में मैंने एक लाल डायरी बनाई थी। जिसमें मैं दलित उत्पीड़न और विशेषतौर पर महिला उत्पीड़न की खबरें लाल स्याही के पेन से लिखा करता था।

वे खबरें मेरे लिए आग की तरह होती थीं। जिस आग को मैं अपनी डायरी में सँजोकर रखता था, वह डायरी कहाँ थी, सचमुच में भट्ठी थी। मैं ही नहीं उसके आसपास का परिवेश भी दहकता होता था। मेरे भीतर हर रोज नये तरह का उद्वेलन होता था। वह उद्वेलन मुझे किसी सैलाब की तरह शहर में होनेवाले प्रदर्शन तथा रैलियों की तरफ बहा कर ले जाता था। मेरे भीतर ब्राह्मणवाद को ध्वंस के भाव घुमड़ते थे। जैसे कभी भी वे तेजाबी वर्षा कर दें। क्रान्ति, विस्फोट, विद्रोह, उत्पीड़न इन शब्दों के यथार्थवादी दर्शन से मेरी जुड़ने की लालसा होती थी। ऐसा ही कुछ करने के लिए मैं छटपटाता भी था।

हिन्दू धर्म, व्यवस्था, परम्परा तथा रूढ़ियों के प्रति अजीब-सी घृणा मेरे भीतर कहीं गहरे जाकर बैठ गयी थी। बचपन से ही मुझे यह सवाल बार-बार परेशान करता था कि मन्दिरों में मूर्तियों का औचित्य क्या है। ईंट, गारा, बालू, सीमेंट से बनाए गये मन्दिर और उनमें पत्थरों को तराशकर बनाई गयी रंग-बिरंगी मूर्तियाँ। इन मूर्तियों को रंग-बिरंगे महँगे रेशमी कपड़े पहनाए जाते थे। उन्हें नहलाया-धुलाया जाता था। उन मूर्तियों को दूध से नहलाया भी जाता था। हालाँकि जितने लोग मन्दिर में आते थे, अधिकांश के बदन पर साबुत कपड़े नहीं मिलते थे, न ही उनके बच्चों को दूध ही मयस्सर होता था। वे लोग उन्हीं पत्थर की मूर्तियों के सुबह-शाम दर्शन करते, उनकी आराधना करते और अपनी हैसियत के अनुसार पुजारी को दान-दक्षिणा भी देते।

मन्दिरों के आसपास भयानक रूप से गन्दगी होती। भिखमंगों की भीड़ होती। स्वर्ग-नरक के बीच की मानसिकता वाले भक्तजन एक-एक दो-दो पैसा उनकी तरफ उछालकर पुण्य कमाते। मन्दिर आदमी को और अपंग बनाता। उसे अपने पैरों पर खड़े होने का आत्मविश्वास नहीं देता, बल्कि भाग्य और भगवान के भरोसे उसे बीच मझधार में ही छोड़ देता। मन्दिर के भीतर और बाहर का यथार्थ मुझे बार-बार कचोटता। अधिकांश मन्दिर दलालों, भड़वों तथा रंडियों से घिरे होते थे। एक तरफ भूख में थाली-कटोरे बजाते भिखमंगे दूसरी ओर लाज बचाती महिलाएँ। यह सवाल बार-बार मैं अपने आपसे पूछता। कौन-सा ऐसा मन्दिर बचा होगा, जिसमें किसी महिला की साड़ी न उतारी गयी होगी या उसके साथ बलात्कार न हुआ होगा। मुझे बताल्कार की खबरें अधिक बेचैन करतीं। मैं उन भड़वे सरीखे देवताओं पर उबलता, आक्रोशमय होता और अपनी लाल डायरी में वे दुर्घटनाएँ दर्ज कर लेता। ऐसी दुर्घटनाओं का शिकार भी दलित महिलाएँ ही ज्यादा होती थीं। घास वालियों से लेकर कूड़ा साफ करने वालियों तक। यूँ अखबारों में सामूहिक हत्याकांड की खबरें भी छपतीं। दलितों को जलती भट्ठियों में जिन्दा ही झोंक दिया जाता। तब किसी मन्दिर में आग नहीं लगती। न आकाश टूट कर गिरता और न धरती फटती। सब कुछ वैसा ही चलता। कुछ समय के लिए सवाल उभरते और शान्त हो जाते, पर मैं स्वयं शान्त नहीं हो पाता

था। मैं उग्र हो उठता था, मेरे भीतर विद्रोह उठने लगता था। ऐसे समय पर मेरी आस्था न हिन्दू धर्म में रह पाती थी और न देवी-देवताओं में। उनकी विरासत के उत्तराधिकारियों को मैं जी भर कर कोसता। कभी-कभी बस्ती में ही देवी-देवताओं के अस्तित्व के सवाल को लेकर लम्बी बहस छिड़ जाती। जिसमें मैं अपने-आपको अलग-थलग पाता। मेरे आसपास हमारी ही जात के लोगों की भीड़ बढ़ने लगती। वे सभी आस्तिक होते और मैं नास्तिक। ये भाग्य और भगवान की महिमा का गौरवगान करते और मैं उन पर थूकता, गालियाँ देता। घर पर माँ को पता चलता तो वह सहम जाती और मुझे अलाय-बलाय से बचाने के लिए टोटके करती। वह मुझसे धीरे से कहती भी, भगवान को गाली नहीं देते, वह नाराज हो जावेगा। पर बा मुझे कुछ नहीं कहता। बा को मैंने किसी देवी-देवता की पूजा-पाठ करते नहीं देखा था। पर उसके मन में देवी-देवताओं के प्रति थोड़ी-बहुत आस्था जरूर थी। जबकि मेरे पिता ढेर सारी देवियों के चित्र रखकर उनकी पूजा-अर्चना किया करते थे। मेरे पिता उन देवियों के नाम मुझे बारी-बारी से बताया करते थे। पर मुझे न अपने पिता में रुचि थी और न उन देवियों में। यूँ मेरे चाचा-चाची भी पूजा-पाठ करने में पीछे न थे। नई माँ भी देवियों के चित्रों के सामने धूप, अगरबत्ती जलाकर रखना नहीं भूलती थी।

वे सभी सहज थे, मैं असहज। आस्थाओं के बीज अनास्था के बीज अंकुरित होना आश्चर्य तो था, पर सच भी। उसी सच से बार-बार मेरा आमना-सामना होता रहा।

बा बहुत पहले नगरपालिका सदस्य रहा था। पहली बार चुनाव जीता और दूसरी बार हार गया। तीसरी बार चुनाव में खड़ा नहीं हुआ अपनी इज्जत बचाकर चुपचाप घर बैठ गया। हालाँकि उन दिनों चुनाव में विभिन्न प्रत्याशियों के बीच एक-दूसरे की चीड़ा-फाड़ी नहीं होती थी। वैसा रिवाज भी न था। फिर स्कैंडल भी तो कम ही होते थे। नेताओं के साथ औरतों के किस्से भी कम सुनने-सुनाने को मिलते थे। धाँधली का जमाना न था। सादगी का समय था। अखबार लोग कम पढ़ते थे। रेडियो बहुत-कम घरों में था। रेडियो से अधिक ट्रांजिस्टर होते थे, जो बैट्री से चलते थे। और दूरदर्शन का तो दूर-दूर तक नामोनिशान भी न था।

बा के भीतर-बाहर खुलापन था। वह जैसा भीतर वैसा ही बाहर था। उसके चेहरे पर खुशी और गम की परछाईं बहुत कम देखने को मिलती थी। उसका जीवन सादा था। वह कुरता-पायजामा पहनता था और पैरों में चप्पल।

बस्ती में अधिकांश घरों में चप्पल-जूते ही बनाए जाते थे। पर हमारे परिवार में अलग-अलग व्यवसाय थे। मेरे पिता मिलिट्री की नौकरी में थे। वे ई.एम.ई. में स्टोर कीपर के पद पर कार्यरत थे। बस्ती ही नहीं शहर में जब उन्होंने हाईस्कूल किया था तब मुश्किल से दलित समाज के दो-चार लोगों ने हाईस्कूल किया होगा। बस्ती के

लोग तो कहते थे कि मेरे पिता ने शहर में सबसे पहले हाईस्कूल किया था। पर मुझे यह सच नहीं लगता था। चार-छह ने नहीं पर, दो-तीन ने तो मेरे पिता से पहले हाईस्कूल किया ही होगा। उन दिनों हाईस्कूल को मैट्रिक कहते थे। मेरा चाचा कचहरी की किसी इजलास में नौकरी पर था। वह मिडिल तक पढ़ा-लिखा था। और बा शायद प्राइमरी भी न था। वह हस्ताक्षर भी रुक-रुक कर करता था। पर बा को शहर ही नहीं मेरठ के गाँवों में भी बहुत मानते थे। समय-समय पर होने वाली पंचायतों में उसे बुलाया जाता था। बा घर पर ही चप्पल बनाता था। चूँकि बा ने बस्ती के बहुत लोगों को उनकी कम उम्र में चप्पल बनाना सिखाया था, इसलिए वे बा को उस्ताद जी भी कहते थे। बा का व्यवहार यूँ सीधा और सरल था पर चप्पल बनाना सिखाने में वह सख्त था। कभी-कभी चप्पल या उसी का पतावा सामने वाले के शरीर के किसी भी भाग पर फटाक से मार दिया करता था। चप्पल बनाना सीखने वाले को सुबह से शाम तक बा का हुक्का भरना होता था। हालाँकि बा इस तरह के कार्य करने को कभी नहीं कहता था, लेकिन एक-दो शागिर्दों को मालूम होता था कि कब उन्हें चिलम पलट कर दूसरी चिलम तैयार करनी है। और कब हुक्के के नेचे पर पानी डालना है। और कब हुक्के का पानी बदलना है।

हमारी जात में हुक्के का बहुत महत्त्व था। जिस घर में हुक्का नहीं होता था, उस घर के मुखिया को कम सम्मान दिया जाता था। यूँ हुक्के का रखना उम्र से भी सम्बन्ध रखता था। तीस साल से कम उम्र का व्यक्ति अपने घर में हुक्का नहीं रखता था। वह बात अलग थी कि पंचायत घर या ब्याह-शादी के अवसर पर तीस साल का युवा व्यक्ति पचास साल के बूढ़े के साथ हुक्का पीने में साथ निभाता था।

ब्याह-शादियों में तो जब आदमी जुड़ते थे तो बिना हुक्के के काम चलता ही नहीं था। हुक्का हमारी परम्परा का एक खास हिस्सा था। वह लोगों को जोड़ने में सहायक सिद्ध होता था। वहीं जब किसी का बहिष्कार करना होता था तो सबसे पहले उसका हुक्का-पानी बन्द किया जाता था। बस्ती में बहिष्कृत व्यक्ति को कोई भी हुक्का नहीं पिला सकता था। ऐसा आदेश पंचायत में सार्वजनिक रूप से दिया जाता था। जो कभी एक माह तो कभी एक माह से अधिक समय के लिए भी होता था।

हुक्का भरना एक तरह से सम्मान का प्रतीक था। कभी-कभी लोग अपने बच्चों से उनके दादा तथा नाना, ताऊ आदि के लिए हुक्का भरवाया करते थे। ऐसे समय पर बड़े-बूढ़े हुक्के की नली मुँह में डालकर पहला कश लेते और बाद में हुक्का भरने वाले को आशीष दिया करते थे। महिलाओं में भी यह परम्परा मौजूद थी। बड़ी-बूढ़ियों की चिलम भरकर कम उम्र की लड़कियाँ कली तैयार करती थीं। महिलाओं के बीच अकसर शादी-ब्याह की बातें अधिक होती थीं। सास की उम्र की औरतें एक

साथ बैठतीं और अपनी-अपनी बहुओं की कथाएँ कहतीं-सुनतीं। कम उम्र की महिलाएँ अकसर कान लगाकर इस तरह की बातें सुनती थीं। पर कुछ बहुओं को बिना सुने ही चुगल दूतियों से सब कुछ खबर लग जाती थी। जो चुगली करने में पारंगत होती थी, वे पलभर में ही इधर की बात उधर पूर देती थी। बाद में झगड़ा होता। अजीब तरह का कोहराम मचता। लोग-लुगाई चुगल दूती की तलाश करते। झगड़े में मारामारी भी होती। यूँ चुगली करने वाली को बहुत घटिया नजरों से देखा जाता था।

मेरे ताऊ, ताई जो मुझे पाल-पोस रहे थे वे कच्चे घर में रहते थे। कच्चा घर और मिट्‌टी की जमीन पर मिट्‌टी का चूल्हा। सुबह-शाम वही चूल्हा आग उगलता। जो हमारे पेट की आग शान्त करता। ताई माँ उसी चूल्हे पर रोटी सब्जी बनाती। तब तक बस्ती में गैस का चलन न हो पाया था। चूल्हे के ऊपर ताई माँ तवा रखती, नीचे घई बनाती। तवे पर रोटी सेंक घई में रखती। रोटियों के फूलते-फूलते उनके ऊपर सुनहरी चित्तियाँ उभर आतीं। रोटी को चिमटे में पकड़ कर ताई माँ बार-बार घुमाती। मजाल क्या कि कहीं से भी रोटी कच्ची रह जाए या जल जाए। अकसर ऐसे समय पर मैं वहीं चूल्हे के सामने मौजूद होता। सर्दियों में तो एक-एक घंटे तक चूल्हे के सामने बैठा रहता। नजद्रीक ही जलती हुई आँच और उसकी लपटें मन को सुहातीं। ताई माँ को भी तो अच्छा लगता। वह मुझे हर समय अपने सामने ही तो देखना चाहती थी। ऐसे में बिना किसी प्रशिक्षण के मैं आटा गूँधने से लेकर सब्जी बनानी और रोटियाँ सेंकना सीख गया था। माँ कुछ भी बनाती, मैं ध्यान से देखता, समझता। कभी-कभी माँ का स्वास्थ्य ठीक न होता। तब मैं ही उसकी मदद करता।

ताई माँ मुझे अभी भी बच्चा ही समझती थी। वह मुझे खूब लाड़-प्यार करती। मुझे कुछ हो न जाए, मेरी नजर उतारती थी। मेरे गाल पर काला टीका लगा दिया करती थी। वह काजल घर पर ही बनाती थी। पहले सोट पीसती, उसे रुई पर बिछाती फिर बत्ती बनाकर चिराग में सरसों का तेल भर कर डुबो देती। उसके ऊपर सराई टाँगती। दीया जलता होता। सराई स्याह हो जाती। फिर उसकी कालिख कागज पर छुड़ा लेती। बाद में उसमें थोड़ी अफीम डालती। नीम के ढाई अलवाये पत्ते, थोड़ा असली घी बस काजल बन जाता। जिसे वह डिबिया में भर लेती। मेरी आँखों में ताई माँ रोज काजल डालती थी।

पैठ से मेरे लिए कपड़े लाती, उन दिनों जुम्मे की पैठ नजदीक ही लगती थी। मैं भी कभी-कभी जाता था। जब माँ को अधिक चीजें लानी होती थीं। बस्ती की सभी औरतें पैठ जाती थीं। बीच में हगनहट पड़ता था। आगे जाकर लोद्धों का पुल, फिर पैठ। पैठ में लोग-लुगाइयों की खूब भीड़ होती। बच्चे कम होते। वहाँ सभी तरह का

घरेलू सामान मिलता था। औरतें एक-एक सामान को हाथ में लेकर नापतीं-तौलतीं, फिर भाव पूछतीं। भाव करने में ही उन्हें आधा-आधा घंटा लग जाता था।

हमारी बस्ती से यूँ सभी वर्ग के लोग होकर गुजरते थे। गाँवों की तरह शहर की बस्तियों में आने-जाने के लिए वैसा निषेध न था। सवर्ण हमारी बस्तियों से होकर गुजरते थे और हम सवर्णों की बस्तियों/मोहल्लों से होकर आते-जाते थे। रोक-टोक हो भी नहीं सकती थी। इसलिए कि लगभग सभी बस्तियों के दोनों सिरे खुले होते थे। बन्द गलियाँ कम होती थीं। कहीं-कहीं तो पाँच-छह बस्तियों में आने-जाने के साझा रास्ते होते थे, लेकिन जीवन में साझा व्यवहार का अभाव था। इसलिए समाज की बुनावट में गाँठें बहुत पड़ती थीं।

बस्ती से जब-जब भी लोग गुजरते, उनकी चाल में तेजी होती। सवर्ण जाति की औरतें गुजरते हुए अकसर नाक-मुँह सिकोड़तीं। वे नाक पर कभी-कभी रूमाल भी रख लेतीं। रूमाल न होने पर साड़ी या धोती के टुकड़े का बखूबी प्रयोग करतीं। बुरके वालियों को न रूमाल की जरूरत पड़ती और न ही साड़ी या धोती की। उनका तो समूचा जिस्म ही ढका होता था। बदबू का कोई भी झोंका उनकी नाक को शायद ही छू पाता हो।

बस्ती से गुजरते हुए औरतें हमारे घरों के भीतर कंगाली के मानचित्र को देख उपहास करतीं। उनकी बातों में जाति सूचक सम्बोधन होते। बस्ती की औरतें उन्हें देखतीं और वे बस्ती की औरतों को। हमारी बस्ती में गलियाँ या बक्खल भी थीं। सड़क के दोनों तरफ वैसे अधिकतर पंक्तिवार कच्चे घर थे। वे घर खुले होते थे। जैसे घरों के भीतर-बाहर खुलापन था वैसे ही उन घरों में रहने वालों के खुलेपन की भी कोई सीमा न होती थी। एक आदमी किसी एक कोने से किसी को आवाज देता था तो बस्ती के दूसरे कोने पर उसकी आवाज सुनाई देती थी। लोग फुसफुसा कर बातें कम करते थे और तेज आवाज में अधिक बोलते थे। वे शालीनता में विश्वास नहीं करते थे। आदतन चीखते-चिल्लाते थे। फिर वे चाहे महिलाएँ ही क्यों न हों। आरम्भ में महिलाएँ लाज के पर्दे में रहती थीं, पर धीरे-धीरे वे भी मर्दों की तरह ही खुलने लगती थीं। वैसी ही बोलचाल, परस्पर वार्तालाप की शैली। कभी-कभी सड़क पर आते-जाते लोग भी ठिठक कर रह जाते। जवान लड़कियाँ ऊँचा बोलना अपनी माँओं तथा चाचियों से सीखतीं। फिर उनकी जबान इतनी आगे निकल जाती थी कि माँ और चाचियाँ पीछे रह जातीं। माँ कभी-कभी गुस्से में कह उठती, "चल ठहर तेरी...मैं आग लगाऊँ।" लड़की भी तुनक कर जवाब दे देती, "अपनी में लगा ले।"

ऐसे समय पर अधिकांश माँएँ चुप हो जातीं, पर कुछ अपनी बेटियों के बाल पकड़ कर दो-चार थप्पड़-घूँसे लगा देतीं।

हम जिस बक्खल में रहते थे उसमें कोई जवान लड़की नहीं थी, पर उनके

जवान होने में देरी भी कुछ नहीं थी। लड़कियाँ तो बारह वर्ष के बाद जवान-सी दिखने लगती हैं। विशेषतौर से माँ-बाप, ताई, चाचा, चाची उन्हें बात-बात में टोकने-डाँटने लग ही जाते हैं।

बक्खल में एक-दो नये किरायेदार आ गये थे। कुछ एक साल रहते थे और कुछ दो साल, पर हम वहीं थे। जैसे हम वैसे ही मकान। न हम बदलते थे और न ही हमारे कच्चे घर! ऋतुएँ बदल जातीं, पर हमारे घर वैसे ही होते। बरसात में उनकी छतें टपकतीं, सर्दी में उनमें सीलन और अधिक हो जाती, गर्मी में वे ही घर और गर्म हो जाते।

बड़ी मुश्किल से इधर-उधर से कर्ज लेकर साझे का दूसरा मकान बना था। जो मान-सम्मान हाथ से कुछ समय के लिए निकल गया था उसे चाचा, ताऊ (बा) तथा पिता ने संयुक्त रूप से पकड़ने का प्रयास किया था। किसी सीमा तक इस मुहिम में वे सफल भी हुए थे। हमें पुराने मकान के हाथ से निकल जाने का अफसोस तो था, पर नए मकान के तैयार होने पर थोड़ा संतोष भी हुआ था। हालाँकि मकान के अधिकांश कमरों में दरवाजे न थे। हवा और बारिश बेरोकटोक सीधे कमरों में आती थी, जिनसे कभी-कभी बहुत परेशानी उठानी पड़ती थी। विशेषतौर पर सर्दियों के दिनों में तो पूरा कमरा ही बर्फ की तरह ठंडा हो जाता था। इससे अधिक जब धूल भरी आँधियाँ चलती थीं तो सब किरकिरा हो जाता था। कुछ अतिरिक्त पैसा हर माह मिले, इस उद्देश्य से उसी मकान में एक किरायेदार रख लिया था। वह नीचे की मंजिल के आगे वाले कमरे में आ गया था। जो चाचा के हिस्से में था। किरायेदार यानी एक अदद मर्द। कुछ दिनों बाद वह अपनी पत्नी को भी ले आया। तीन माह पहले ही गौना हुआ था उसका। कद-काठी में वह कद्दावर मर्द था। और उसकी बीवी भी स्वस्थ थी। पुरुष का नाम लक्ष्मीचंद था जिसे मौसी लखमी कहती थी और औरत का नाम सरोजवती। वह केवल सरोज के नाम से जानी जाती थी। लखमी शाम को ऑफिस से आता और उसी बाहर वाले कमरे में सरोज को लेकर घुस जाता। कमरा उनके लिए सुरंग बन जाती। देर रात तक उनकी चारपाई बोलती रहती थी। चारपाई क्यों बोलती थी, यह बात हमें बचपन में ही समझ आ गयी थी। इसका ज्ञान लेने के लिए हमें किसी मास्टर के पास नहीं जाना पड़ता था। कुछ बातें खुद-ब-खुद मालूम हो जाती थीं। जिन घरों में चारपाइयाँ बोलती थीं, उन घरों की कच्ची दीवारों, खिड़की तथा दरवाजों से कान लगाकर हम अन्दर की खुसर-पुसर सुनने का प्रयास करते थे। अपने दूसरे मकान की निचली मंजिल में रहने वाले किरायेदार जल्दी ही दीवा-बाती बुझा कर सो जाते थे। पर हम जागते रहते थे। मैं कभी-कभी उसके बराबर वाले कमरे में पढ़ने के लिए जाता था।

उनकी आवाजें हमारे भीतर जिज्ञासा भरता था। "बस्स, बस्स...हइ...उइ माँ...नई, बस्स कर, मैं मर गयी।"

देर रात तक हमें शब्द सुनाई पड़ते। हमारे कान और भी कुछ सुनने को बेताब हो जाते थे। "चल हट, भौत देर हई गयी, अब बस कर," बीच-बीच में चारपाई बोलने की आवाजें। उनका यह रतराग कई-कई घंटे तक चलता। कई बार मौसी ने डाँटा था सरोज को... "अरी रात भर क्यों चिल्लावे है? तेरा खसम ही तो है," वह जवाब में कहती, "मइया भौत जुलम करै है।" मौसी प्यार से समझाती—पगली यह जुलम थोड़ाई है तुझै प्यार करै है।"

"पर ऐसा क्या...?" वह बीच में बोल उठती।

"सभी मरद ऐसई करै हैं। तुझे पता नई।'—मौसी फिर कहती।

"ना।"

"तो फिर क्यूँ कराया था बिया?"

"वह तो बस्स हो गया।"

मौसी चिढ़ाते हुए कहती—वह तो बस्स हो गया—मौसी के सामने सरोज फिर चुप हो जाती। बोलने के लिए उसके पास कुछ होता ही नहीं। बातें करते-करते शर्म से वह दोहरी हो जाती। पता चलने पर आस-पड़ोस की औरतें और अधिक छेड़तीं। वह शर्म से सिमट जाती। बाद में उस कमरे से वैसी आवाजें आनी बन्द हो गयी थीं। फिर भी हम कुछ-न-कुछ सुनने की कोशिश करते पर हमारी कोशिश विफल रहती। रात में कमरे में घुप अँधेरा रहता। उसी अँधेरे में पति-पत्नी डूबकर गुपचुप रहते। वे दोनों बाहर के लोगों से बातें भी कम करते थे। बस अपने मतलब से मतलब रखते थे।

रसवंती अब उपले नहीं पाथती थी। वह जब भी ससुराल से अपने मायके आती थी, खूब उजले तथा भड़कीले कपड़े पहनती थी। मेरे लिए वह उफनती नदी जैसी थी। जैसे आवेशमय नदी आसपास के परिवेश को प्रभावित करती है। इसी तरह उसकी मौजूदगी मुझे अजीबोगरीब तरह से तड़पाती थी। वह गुमसुम भी नहीं रहती थी। खूब चहकती थी। हँसती तथा खिलखिलाती थी। वह सावन में मायके आ जाती और खूब चहकती। उसकी मौजूदगी और गैर-मौजूदगी दोनों ही मुझे परेशान करती थीं। मेरे भीतर कोई बवंडर उठता था जिसे झेलते-झेलते मेरी स्थिति ज्वार-भाटा में फँसी किश्ती की तरह बन जाती थी।

मेरे भीतर लिखने का प्रवाह वहीं से उमड़ना शुरू हुआ था। मैं उपन्यास भी पढ़ता था। उपन्यास पढ़ने से मेरे भीतर लिखने की प्रवृत्ति और भी अधिक तेजी के

साथ बढ़ी। मेरठ तो उपन्यास लिखने वालों और छापने वालों का वैसे ही केन्द्र था। वैसे मैं अपने भीतर के जुनून से जूझता था। बस और आड़े-तिरछे शब्दों को कोरे कागजों पर उतार लेता था। उन दिनों मैं नये-नये शब्दों का आविष्कार भी करता था। कुछ शब्द कहानियों तथा उपन्यासों से लेता था। हमारे बीच संवाद न था। संवादहीनता की स्थिति में भी किसी-न-किसी रूप में संवाद की प्रक्रिया बनी हुई थी। वह इस मामले में सजग थी। न वह मुझे देख मुस्कराती थी और न ही मेरी ओर टकटकी लगाकर देखती थी। वह अपनी जिम्मेदारी को अच्छी तरह निभा रही थी। जबकि इस सन्दर्भ में मैं निरा लापरवाह बनता चला जा रहा था। मैं अभी भी उसे पढ़ना चाहता था और स्वयं मुझे मेरे घरवाले तथा बस्ती के लोग पढ़ते थे। मेरी छोटी-छोटी गतिविधियों पर कड़ी नजर रखते थे। मैं भले ही आकाश में उड़ता था, पर वे जमीन पर रहते हुए भी मुझे देख, समझ लेते थे।

बिरजो, सुभद्रा तथा मंगो शादी होने के बाद मायके में कम आती थीं। आती भी थीं तो अपने-आप में सीमित रहतीं। उतनी खुलती नहीं थीं वे। खुलने के स्थान पर और सिमटती ही थीं। सिमटना उनकी विशेषता थी। बातें करते हुए कहीं उन्हें कोई देख तो नहीं रहा है वे इस बारे में सजग रहतीं। बस्ती में तो इस बात पर कभी-कभी कोहराम हो जाता था। फलाने की लड़की फलाने के लड़के से बातें कर रही थी। एक के मुँह से बातें निकलते देर नहीं लगती कि बात का बतंगड़ ही बन जाता था। बस्ती की औरतें राई का पर्वत बनाना खूब जानती थीं।

उन दिनों शहर में होमगार्ड की भर्ती हो रही थी। हम होमगार्ड में जैसे खेल-खेल में भर्ती हो गये थे। पर धीरे-धीरे गम्भीर होते गये। सुबह पाँच बजे परेड करने के लिए घर से दो मील दूर जाना पड़ता था। और फिर दो मील वापस लौटना। एक घन्टा परेड होती थी। यह परेड रविवार तथा छुट्टी वाले दिनों में विशेषतौर पर होती थी। परेड का मैदान भैसाली ग्राउंड में था। जो मेरठ को शहर और छावनी में बाँटता था। उस तरफ छावनी थी और इस तरफ शहर। हमारी परेड शहर की तरफ ही होती। त्रिभुवन नारायण कम्पनी कमांडर थे। वे अकसर पान चबाते रहते थे। बस्ती से हम तीन-चार ही होमगार्ड में जाते थे।

होमगार्ड में भरती होने का एक सीधे-सीधे लाभ मुझे यह हो गया था, कि पहनने को खाकी पैंट, कमीज, मोजे, जूते आदि मिल गये थे। चूँकि यह सब दो-दो जोड़ी मिले थे, इसलिए मैं घर पर भी पहनता। सर्दियों में पूरी बाजू का गर्म स्वेटर भी मिलता था। मेरे पास जूते नहीं थे। अतः यही जूते इस्तेमाल करता। हालाँकि जूते बड़े और भारी थे। आरम्भ में थोड़ा कष्ट हुआ था चलने-फिरने में। बाद में मैं अभ्यस्त हो गया। यहाँ तक कि सर्दियों में स्कूल भी उन्हें ही पहनकर जाता था। उन फौजी बूटों को पहनकर चलने से आवाज भी बहुत होती थी। ठक-ठक-ठक कभी रात में

हम घर लौटते, सुनसान परिवेश में उन्हें पहनकर चलने से अजीब-सी आवाजें होतीं। गली/बस्ती के कुत्ते हमें भौंकते। हम कुत्तों पर नाराज होते। उन पर ईंट/पत्थर उठाकर फेंकते। वे और अधिक भौंकते। कभी-कभी सामूहिक रूप से चार-पाँच कुत्ते भौंकने लगते। दाँत निकाले फाड़ खाने को वे सबके सब हमारे ऊपर आते। हम बचते-बचाते अपने-अपने दड़बों में घुस जाते। बाद में पता चला उनकी रंजिश खाकी कपड़े वालों विशेषतौर पर पुलिस वालों से थी। कुत्ते भौंकने पर हमें मालूम हो जाता था कि हमारी बस्ती में सड़क पर लाठियाँ पटकते पुलिस के सिपाही आ पहुँचे हैं। बस्ती में पुलिस आ जाने से सवाल-दर-सवाल उभर आते थे। यह सोच कर कि पता नहीं इस बार किसकी बारी है। पुलिस किसको पकड़ कर ले जाएगी।

कपड़ों के अलावा हर माह हमें थोड़ा इनसेंटिव भी मिलता था। इसके अलावा कहीं मेले या हाट में ड्यूटी लगती तो उसका अतिरिक्त पैसा भी मिल जाता।

हम फौजी न थे, पर फौज़ियों जैसे लेफ्ट-राइट, लेफ्ट-राइट करते घूमते थे। सड़क पर हम कभी सावधान की मुद्रा में खड़े होते और कभी विश्राम। खाकी कपड़े पहनने के बाद हमारे भीतर खुद-ब-खुद असर होने लगा था। कभी-कभी लोग हमें पुलिस वाला समझ बैठते। उस समय कोई हमें दीवान जी कहता तो कोई हवलदार जी। ऐसे समय खुशी से फूले न समाते। हमारा मस्तक गर्व से ऊँचा हो जाता। पुरुषों की अपेक्षा महिलाएँ जल्दी धोखा खा जाती थीं।

पुलिस की मदद के लिए उन दिनों होमगार्ड जैसे अतिरिक्त बल का गठन हुआ था। होमगार्ड बल में भर्ती के लिए किसी शैक्षिक योग्यता की जरूरत नहीं पड़ती थी। फिर हमारी भर्ती तो रंगरूटों में हुई थी। रंगरूटों में शिक्षित और अशिक्षित दोनों तरह के जवान थे। पर उन्हें मिलने वाले एलाउंस एक समान थे। इन रंगरूटों में जूते-चप्पल बनाने वाले, पैठ में कपड़ा बेचने वाले, बोझा ढोने वाले, साइकिल मरम्मत करने वाले, रिक्शा चलाने वाले, अखबार बेचने वाले यानी सबके-सब मेहनतकश वर्ग से सम्बन्धित थे। खास वर्गों के कुछ लोग कम्पनी कमांडर, प्लाटून कमांडर आदि पदों पर थे। मूलतः होमगार्ड्स का रिश्ता जनता से ही अधिक था। उन्हीं के बीच से रंगरूटों की भर्ती की गयी थी।

विशेषतौर पर जब कभी शहर में मेले-ठेले लगते तब होमगार्ड्स की जरूरत पड़ती थी। ऐसे समय पर हमें एक दिन पहले सूचना दे दी जाती थी और हम मुस्तैद होकर वहाँ पहुँच जाते थे। यूँ हमें बन्दूक चलाने का भी प्रशिक्षण दिया गया था, लेकिन ड्यूटी के समय हमें बन्दूक के स्थान पर केवल डंडा ही मिलता था। कभी-कभी छड़ी बाजार से हमें लाठी स्वयं ही खरीदनी पड़ती थी। इसके अलावा हमारे पास कुछ नहीं होता था। शरीर पर खाकी कपड़े होते थे, जिनसे थोड़ा-बहुत रुआब होता था। वह रुआब ही हमें एक तरह का नशा देता था। हम अपने आप को अफलातून

समझकर हवा में लाठी मारने लगते थे। कभी तारकोल की सड़क पर लाठी को बजाते थे। ठक जैसी आवाज गूँजती, हमें अच्छा लगता। रास्ते में लोग हमें नमस्ते राम, राम करते। हम फूल कर कुप्पा हो जाते।

शहर में नौचंदी का मेला लगने की तैयारी होने लगी थी। वह मेला हर साल लगता था। मेला जिस मौसम में लगता था, उन दिनों न गर्मी होती थी और न सर्दी। मिला-जुला मौसम होता था जो अच्छा लगता था।

कम्पनी कमांडर जैन साहब मेले में हमारी ड्यूटी का फरमान लेकर स्वयं बस्ती में आए थे। आते ही उन्होंने बतलाया था। दस-दस दिनों की ड्यूटी लगेगी। जिसे ड्यूटी बजाना हो कल परेड ग्राउंड पर रिपोर्ट करे। हम चार-पाँच साथियों ने आपस में सलाह-मशविरा किया। सभी नौचंदी में ड्यूटी देने को राजी हो गये थे।

अगले दिन भैसाली मैदान में परेड करने के बाद जैन साहब को बतला दिया था। वे भी खुश थे। अपने उच्च अधिकारी को यही रिपोर्ट देनी थी। उन दिनों लोग मिलते कहाँ थे। फिर होमगार्ड एक नया बल था, जिसके पास अपना कोई अधिकार न था। पुलिस की गफलत में हमें थोड़ा-बहुत सम्मान मिल जाता था। यह बात अलग थी। परेड के बाद हम सब इकट्ठा थे। शहर की अन्य बस्तियों से भी होमगार्ड उपस्थित थे। उच्च अधिकारी हमें तरह-तरह से हिदायत दे रहे थे। हमें क्या करना है क्या नहीं, फौजी ढंग से इस बारे में जानकारी दे रहे थे। हम आराम की पोजीशन में खड़े एक अधिकारी के बाद दूसरे अधिकारी की बातें ध्यान से सुन रहे थे। अन्त में कप्पनी कमांडर ने यह कहते हुए परेड बर्खास्त की कि हमारी तरफ से कोई भी शिकायत नहीं मिलनी चाहिए। यह सब देखने के लिए अधिकारी राउंड लेंगे। वे हमसे आश्वस्त होना चाहते थे और हम उनसे। परेड ग्राउंड से लौटते हुए हमने ड्यूटी के पेपर अपनी-अपनी जेब में रख लिए थे। जिसमें स्थान के साथ समय भी लिखा था।

नौचंदी मेला भरपूर तरह से लग गया था। नगरपालिका की तरफ से प्रकाश व्यवस्था भी हो गयी थी। शहर में बाहर से आने वालों का दबाव बढ़ रहा था। मेरठ में स्थानीय स्तर पर यातायात के दो ही साधन थे-रिक्शा और ताँगा। हमारी बस्ती से मेला स्थल तक जाने के लिए एक आना लगता था। रिक्शा वाले कभी एक आना तो कभी डेढ़ आना लेते थे। मेले के समय सारी रात यातायात चलता था। मुक्त भाव से लोग बिना किसी भय के घूमते थे। इन दिनों सिनेमा हॉल में सारी रात शो चलती थी। रात में बारह से तीन और फिर तीन से छह। कुछ लोग रात का समय फिल्म शो में ही बिताते थे। टिकिट मात्र छह आना और बारह आना। बारह आने का मतलब एक रुपया होता था।

नौचंदी मेले में बस्ती के चार रंगरूटों, जिनमें मैं भी एक था की ड्यूटी अलग-अलग जगह लगी थी। मेरी ड्यूटी पटेल चौक के पास लगी थी। जब भी कोई अधिकारी

उधर से गुजरता। मैं मुस्तैद हो जाता और सावधान की मुद्रा में होकर सैल्यूट मारता। पहले दिन मुझे थोड़ा अजीब-सा जरूर लगा था। थकान भी हुई थी घूमते-घूमते। पर अगले दिनों से आदत पड़ गयी थी। बीच में साथियों ने पूछा, "तूने सरकस देखा?"

"नहीं," मेरे मुँह से निकला।

उन्होंने फिर पूछा, "नौटंकी देखी।"

"नहीं," मेरा फिर नकारात्मक उत्तर था।

"जादू का खेल देखा।"

"नहीं।"

"फिर क्या देखा।"

"कुछ नहीं।" मेरे मुँह से निकला।

"धत्त तेरे की। तूने तो रात ऐसे ही काली की।"

"पर मैंने तो ड्यूटी दी।"

"ओफ्फ वह तो हमने भी दी। अच्छा कल से यह सब देखना। अरे देखना सर्कस का मैनेजर भी तुझे सैल्यूट मारेगा।" वे बोले।

अगले दिन से साथियों की बातों को मैंने प्रैक्टिकल में किया। उस दिन से मुझे ड्यूटी बोझ नहीं लगी। बल्कि उसमें रस आने लगा। रस आता भी क्यों नहीं, जहाँ भी जाता, लोग मुझे सलाम मारते। मैं फूला न समाता।

इन दिनों मेले में सब कुछ देखा। मेरी ड्यूटी जिस क्षेत्र तक सीमित थी, मैं उसे पार कर दूसरे की सीमा में चला जाता। सर्कस में भीतर जाकर देखता दो-तीन साथी वहीं मँडराते होते। कुछ खाने-पीने की दुकानें होतीं। दुकान का मालिक, लाला, चाय, पानी, पकौड़ी आदि को पूछता। मैं कहीं पी लेता कहीं मना कर देता। कुछ गाँव के लोग मुझसे रास्ता पूछते, कुछ खोए हुए रिश्तेदारों की बाबत मालूम करते।

एक दिन साथियों ने पूछा, "अरे मोहनदास तूने नौटंकी देखी?"

"हाँ," मैंने उत्तर दिया।

"अरे, आज देखी।"

"नहीं तो।"

"चल आज देखते हैं।"

"पर आज क्या बात है?"

"सुना है दिल्ली से डफली वाला डांस करने के लिए कोई आई है। चलो चलते हैं।" मेरे मुँह से अनायास नहीं निकल पड़ा, "स्सालो कहीं अपनी डफली ही मत बजवा देना। अगर कहीं चेकिंग हो गयी तो।"

"अच्छा तू चिन्ता मत कर। चलो, चलते हैं।"

नजदीक ही उस नौटंकी का तम्बू डेरा था। शो शुरू होने वाला था। बाहर कोई

लड़की नाच रही थी। उसी के नजदीक जोकर डफली हाथ में लेकर जोकर डफली वाले नाच का प्रचार कर रहा था। बीच में टिकिट खिड़की से एक जोकर और जोर-जोर से आवाज लगा रहा था।

"आइए चार आने में डफली वाला नाच देखिए। आइए, बिना देखे मत जाइए।"

हम सब डफली वाला नाच देखने के लिए भीतर चले गये। अन्दर खाकी वर्दीधारियों की संख्या अधिक थी। ठीक समय पर कार्यक्रम शुरू हुआ। पहले दो लड़कियाँ अलग-अलग नाचीं, फिर अन्य चार-पाँच लड़कियाँ सामूहिक रूप में, पूरा एक घंटे का शो था।

अगले दिन हमें पता चला कि हमारी शिकायत ऊपर अधिकारियों से किसी ने की है। पुलिस के साथ होमगाड्‌र्स को भी अपनी-अपनी ड्यूटी ठीक-ठाक तरह से करने की हिदायत दी गई। हमने आगे की ड्यूटी मुस्तैदी से की। फिर न किसी डफली वाली का नाच देखा और न ढोल वाले का।

मूलतः नौचंदी का मेला कस्बाई स्तर पर ही होता था। गाँव और कस्बे के लोग ही इसमें अधिक आते थे। शहर के लोग तो शाम ढले खाना लेने के बाद थोड़ा भर घूमने के लिए ही अपने-अपने घरों से निकलते थे। वे भी जल्दी ही लौट आते थे, पर गाँव से आने वाले लोग तो सारी रात ही मेला देखने में लगा दिया करते थे। थकान महसूस हुई तो कुछ देर के लिए कहीं भी पसर गये। वैसे धीरे-धीरे मेले के स्तर में विकास हो रहा था। बड़ी-बड़ी दुकानें, शोरूम के साथ केन्द्र तथा राज्य सरकारों के अन्तर्गत समाज कल्याण तथा कृषि से सम्बन्धित प्रदर्शनी लगने लगी थीं।

मैंने पहली बार दो मेले देखे। दोनों ही मेरे लिए अजीबोगरीब थे। उन मेलों को देखने के बाद मेरे भीतर बार-बार जिज्ञासा उभरती थी। पहला था गधों का मेला और दूसरा रंडियों का मेला। गधों का मेला मोदीनगर के नजदीक सीकरी गाँव में भरता था। उसे सीकरी का मेला भी कहते थे। रंडियों का मेला कलियर में लगता था। जो रुड़की और सहारनपुर के बीच में पड़ता था। उसे कलियर का मेला भी कहा जाता था। दोनों मेले हर साल गर्मियों में भरते थे। मेरठ में नौचंदी का मेला भी हर साल लगता था। मेरठ में फूलडोल और छड़ियों का मेला भी लगता था। भारतीय समाज में इन मेलों का अपना महत्त्व तथा औचित्य रहा है। छड़ी का मेला और बाले मियाँ का मेला भी शहर में ही लगता था। कुछ मेले अलग-अलग माह में लगते थे। बूढ़ा बाबू का मेला वैशाख में लगता था। माता का मेला बरसात में, गंगा का मेला सर्दियों में, आठे और नवरात्रे का मेला चैत में, छठ का मेला भादों में, जिसमें कंस का पुतला बनाकर फूँका जाता था। नगर कोट का मेला...भुमिया रानी का मेला...अनेक मेले थे। कुछ मेले अपने

आप में विशेष होते थे। उनसे अनगिनत परम्परा तथा प्रथाएँ जुड़ी होती थीं। वे भारतीय समाज की संरचना और बुनावट में महत्त्वपूर्ण भूमिका रखते थे। गोगा पीर का मेला उत्तर प्रदेश और हरियाणा में लगता था। जिसमें मोरपंख की झाड़ बनाते थे। बच्चों को होने वाली बीमारी उससे अधिक झड़ाते थे। कभी-कभी महिलाओं की रहस्यमय बीमारियाँ भी इसी मोरपंख से कोई हकीम/ओझा/या मौलवी दूर करता था। नवरात्रे के मेले को बासोड़े के रूप में भी याद करते थे। इसमें थोड़ा खाना रात में बनाकर रखते थे। फिर अगली सुबह बासी पानी से थोड़ा भोजन और तैयार किया जाता था। इसमें बच्चों का मुंडन भी कराया जाता था। इन दिनों बच्चे कोड़ियों से खेलते थे। रोग निवारण खप्पड़...।

पर इन सबमें कलियर के मेले का अलग महत्त्व था। जब शरद ऋतु बीतने को होती उन दिनों वैशाख में रुड़की और सहारनपुर के बीच यह मेला दस दिनों के लिए लगता था। पखवाड़े के लिए एक वीरान क्षेत्र आबाद हो जाता था। हो भी क्यों न भला। इस मेले की बात ही कुछ ऐसी थी। वही तो आकर्षण था मेले का। आसपास के लोगों के साथ दूर-दूर से जनता आती थी। उनके अपने-अपने तम्बू लगते थे।

मेरे जीजा जब हरिद्वार के भेल कम्पनी में सुपरवाइजर थे। वे मुझे हरिद्वार से ही एक शाम अपने साथ ले गये। हम केवल दो ही जने थे। पहले हमने इधर-उधर घूम कर मेला देखा। मुझे वहाँ कुछ विशेष न लगा। मैंने यह बात कही भी। इस मेले में खास क्या है? ऐसा तो हम नौचंदी में ही देख लेते थे। वे कुछ नहीं बोले। फिर वे मुझे खास जगह ले गये। वहाँ सचमुच खास ही था। पर विशेष जगह खास और आम दोनों ही लोग छितरे हुए थे। उनके अलग-अलग तम्बू-डेरे थे। नजदीक से संगीत के स्वर उभरने लगे थे। पैरों की पायल की आवाज, घुँघरू, हँसी-कहकहे क्या नहीं था वहाँ। उनके पंडाल किसी रंग-महल से कम नजर नहीं आते थे। जिन पंडालों में अनगिनत तरह के शोख और चटक रंग बिखरे थे।

मुझे मेरे जीजा ने बतलाया था। देशभर से कलियर के मेले में नाचने वाली आती थीं। उनके अलग-अलग बीस-पच्चीस डेरे थे। उन डेरों में कोई प्रवेश शुल्क न था। चाहे जो वहाँ बैठे, नाच देखे तथा पान के बीड़े, सौंफ, इलायची मुँह में डालकर चलता बने। वहाँ किसी पर कोई रोक-टोक न थी। सब बेरोक-टोक आते-जाते थे। ऊँची-नीची जातियाँ किसी के रास्ते में नहीं आती थीं। वहाँ के बाजार और तम्बू-डेरों में होते जश्न में सब शामिल होते थे। सच पूछा जाए तो यह मेला टोका-टोकी करने वालों का न था। यहाँ आदमी कहीं से भी आता, वह और अधिक खुलना चाहता था। न वे सिमटते थे, न नाचने वाली सिमटना चाहती थीं। वे भीतर-बाहर दोनों तरफ से खुलती, चहकती, खिलखिलाती मस्ती बिखेरतीं। उनके पाँवों में बँधे घुंघरू बजते ही

लोगों के दिल पर बिजलियाँ गिरने लगती थीं। हालाँकि उनमें कोई बिजली न थी। चंपा, चमेली, मुमताज, सायरा, चाहे कोई भी नाम हो उनका, उन्हें लोग नाचने व मुजरा करने वाली कम कहते थे और रंडी अधिक कहते थे। समाज में यही प्रचलित नाम था उनका। उन्हें कोई नगर वधू भी नहीं कहता था।

कलियर में वे माल-असबाब के साथ आती थीं। उनके साथ दलाल भी होते थे और भड़वे भी। ढोलकी, तबलची, तो रात-दिन साथ में वैसे ही होते थे। उनके कलियर में आने से पहले ही उनके नामों की गूँज आसपास के गाँव-कस्बों में खुशबू की तरह फैल उठती थी। वे अपने नाम से कम और शहर के नामों से अधिक जानी जाती थीं। जैसे बम्बई वाली, आगरे वाली, मेरठ वाली, लखनऊ वाली। नाम भी कोई लेता तो दूसरे अन्दाज में, अरे वही गुलाबजान हुस्न बानो या छम्मक छल्लो और जब वे कलियर में आ जाती तो शोहदे, लौंडे-लपाड़ों के साथ आसपास के नवाब/जमींदार दौड़े-दौड़े आते। वे भरी जेब लेकर आते और खाली कर अपने भीतर अजीब तरह की मस्ती लिए गुनगुनाते हुए हाथ में चमेली के फूलों का गजरा घुमाते हुए अपने-अपने घर लौट पड़ते।

पर हम दोनों की जेब में जितने पैसे यहाँ आने से पहले थे, यहाँ से जाने के बाद भी उतने ही थे। एक दमड़ी भी किसी नाचने वाली को न दी थी। हालाँकि दो डेरों पर हमने बारी-बारी मुजरा देखा था। मुजरा देखने के साथ पान के बीड़े भी मुँह में रख होंठ लाल किये थे। इलायची के साथ सौंफ भी ली थी। यह सब देने के लिए वहीं की कोई औरत हमारे पास आई थी। यूँ नाचने वाली को हम वाह, वाह कर खाली दाद देते। जबकि हमारे बीच ही बैठे लोग उन पर रुपये-पैसों की बारिश करते। मेरा जीजा हर बार बतलाता देख यह फलानी जगह का नवाब है और यह फलाँ गाँव का जमींदार। वे लोग बड़े ठसके से वहाँ बैठकर नाचने वालियों पर धन-दौलत लुटाते। वे अकूत धन के मालिक थे।

मुझे याद है एक नाचने वाली ने अपना गगारा फैलाते हुए मेरे गालों को हल्के से अपनी अँगुलियों से छुआ था। उसके स्पर्श से मैं रोमांचित हो उठा था। तभी जीजा ने कान में कहा था, "ले भई, यह तो तुझ पर फिदा हो गयी।"

मैंने कुछ न कहा था। बस शर्म से मेरा चेहरा सुर्ख हो रहा था। आधी रात में हम वहाँ से लौटे थे।

बस्ती में स्थायी और अस्थायी दोनों तरह के भगत थे। स्थायी भगत का नाम भगवान सहाय था। जिसे लोग भगवान्ना या भगवानसा अधिक कहते थे। कुछ नाम न लेकर केवल भगत जी ही कहते थे। उसकी पत्नी का नाम था कलिया, पर उसे भी बस्ती के

लोग भगतन या भगतनी के नाम से ही अधिक सम्बोधित करते थे। हालाँकि कलिया न किसी की झाड़-फूँक करती थी और न ही किसी के सिर पर से भूत-चुड़ैल उतारती थी। वह सीधी-सादी गृहिणी थी, पर विशेषतौर से बस्ती की औरतें उसे जबर्दस्ती भगतन बनाने पर आमादा रहती थीं।

यूँ भूत-प्रेत उतारने का कार्य कलिया का मर्द यानी भगवान सहाय ही करता था। वह इस कार्य में सिद्ध हो गया था। शायद ही कोई ऐसा दिन बिना नागा के जाता जब कोई भुतयाया आदमी या भुतियाई औरत उसके दरवाजे पर आकर टक्कर नहीं मारते थे। उसके पास आदमियों से अधिक औरतें ही आती थीं। ऐसे समय पर कलिया केवल आग में चिमटा गर्म करना, आग में मिर्च डालना, धूप, अगरबत्ती या लोबान जलाने के साथ हाथ-पाँव पटकते हुए या खेलती हुई भुतियाई औरत को पकड़े रखती थी। दूसरी तरफ भगत उसके बाल या चोटी पकड़ कर आरम्भ में सीधे-सीधे पूछता, "बोल कहाँ से आया तू, पटियाले से या मवाना से।" मेरठ के पास मवाना नाम के दो कस्बे थे। छोटा मवाना और बड़ा मवाना। भगत कुछ देर बाद पूछता, "छोटे मवाना से या बड़े मवाना से।"

सामान्यतः औरत की जब तक खूब पिटाई नहीं हो जाती तब तक वह स्वयं या उसके भीतर बैठा कोई भूत, भूतली या चुड़ैल नहीं बक्कारती थी। ऐसी औरतों को गर्म चिमटे में पीटा जाता था। कुछ औरतें बाल खोल कर जोर से रोतीं, कभी हँसना शुरू कर देतीं। वे उठ कर नाचना शुरू कर देतीं कभी-कभी आसपास बैठे किसी आदमी या औरत पर आँखें लाल कर दाँत भींचते हुए हमला भी कर देती थीं। ऐसे वार स्वयं भगत पर भी हो जाते थे। इसलिए सावधानीवश भगत आदमी हो या औरत उसके बाल ही मजबूती से पकड़ कर रखता था। उनकी पिटाई करना तो आम बात थी। ऐसे समय कोई खेलना शुरू करता उसके पाँच-सात मिनट बाद से ही भगत पहले डाँटता-फटकारता फिर पीटना आरम्भ कर देता। पुरुष होता तो उसे चप्पल या जूतों से पीटा जाता और औरत होने पर गर्म चिमटे से। इसके अलावा थप्पड़ घूँसे तो दोनों को ही लगा दिये जाते थे। बीच-बीच में भगत ओर जोर-जोर से बोलता। "जय हो कलकत्ते वाली, तेरा वचन न जाए खाली, जय शिवजी, महेश, जय हो पीर बादशाह," वह पीर का नाम भी लेता कभी-कभी अमुक पीर से अनुनय-विनय भी करता। किसी बड़े पीर होने पर उससे विनम्रतापूर्वक भुतियाए व्यक्ति के भीतर से जाने के लिए कहा जाता था। छोटा पीर होने की स्थिति में भगत बिना किसी भय के उसे डाँट-डपट कर चले जाने को कहता था। प्रायः जिद्दी पीरों के तौड़ के लिए भी पीर होते थे। एक पीर को दूसरे पीर से लड़ाया जाता था। कभी पीर बाहर होते तो कभी भीतर। पीरों की या भूत-प्रेत-चुड़ैलों की तो पिटाई होती होगी या नहीं पर ऐसी स्थिति में भुतियाए पुरुष या भुतियाई औरत

पिटते-पिटते बेदम हो जाती थी। और निढाल होकर धीरे-धीरे बोलने लगती थी।

कभी-कभी ऐसे पुरुष या औरतों के घर या आस-पड़ोस में किसी की मृत्यु हो जाती तो वह भी उसके भीतर वास कर लेता था। भगत उसे निकालने की हजार कोशिशें करता था। ऐसे समय पर मनौती माँगी जाती थी। भगत पूछता, ''तुझे कलेजी चइय्यै।''

सामने खेलते/झूलते/पगलाए से आदमी या औरत सहज ही गर्दन हिला देते। फिर भगत बोलता, ''ठीक है तुझे आधा किलो कलेजी मिलेगी। अब जा तू, इसे बख्श दे। यह नादान है, गरीब है। तुझे इससे क्या मिलेगा?'' इसी तरह से बार-बार अन्य वस्तुओं की भेंट देने की बात भगत कहता। घर में जेठ देवर पति ससुर की मृत्यु होने पर ऐसी स्थिति होती। कभी-कभी कोई विवाहित महिला अगर पर-पुरुष गामी होती और उस पुरुष की अचानक किसी दुर्घटना में मृत्यु हो जाती तो भी उस महिला को मृतक के भूत से जूझना पड़ता था। ऐसी लड़कियाँ जिनका विवाह किसी कारणवश न हो पाता या विवाह होने के बाद कुछ औरतें ससुराल में न रहकर मायके में रहती हों उनके सिर पर भी भूत-बलाय अधिक आते थे। पर इन सबका इलाज लगभग एक जैसा ही होता था। तीन-चार घंटों की जद्दोजहद के बाद वे अपने सगे-सम्बन्धी या रिश्तेदारों के साथ वापस लौट जाते थे।

कुछ को तो रास्ते में ही नीम हकीम पकड़ लेते थे और उल्टे-सीधे तरीके से झाड़-फूँक करते थे। इस तरह के मामलों में महिलाओं के यौन-शोषण का खतरा अधिक होता था। झाड़-फूँक द्वारा किसी महिला को भूत के चंगुल से मुक्त कराने के लिए उचित और अनुचित टोटके भी किये जाते थे। मेरठ तथा आसपास के इलाकों में उन दिनों ऐसे भगत तथा नीम हकीम बड़ी संख्या में अपनी दुकानदारी चला रहे थे। और दुकान भी क्यों न चले भला। जब आँख के अन्धे और गाँठ के पूरे लोगों की कमी न हो। देश में तो वैसे ही अन्धविश्वासी लोग बड़ी संख्या में थे। मेरठ भी ऐसे लोगों। से बचा न था। कदम-कदम पर पीर थे, मौलवी थे, नीम हकीम तो हर तीसरे-चौथे घरों में विद्यमान रहते थे। अमुक के हाथ में सत्त है, अमुक के पास सिद्धि है। कोई सन्त है तो कोई ओलिया। मजार, पीर मन्दिरों पर पैसा बरसता था। मजारों पर चादर चढ़ाई जाती थीं, जिसे बटोरने वाले गिद्ध की तरह तुरन्त झपट्टा मारने के लिए तैयार बैठे रहते थे।

दलित जातियों में हालाँकि शिक्षा आने लगी थी, पर वह सतही सिद्ध हो रही थी। लोग परम्पराओं को छोड़ना चाह कर उन्हें सीने से चिपटाए रखने में ही अधिक विश्वास करते थे। दलितों में कुल देवता और गोत्र देवता उभरने लगे थे। वे अपने बाप-दादाओं की छोड़ी हुई लकीरें पीटने में लगे थे। उस लकीर को मिटाकर नई लकीर खींचने का साहस बहुत कम लोगों में था, जो संघर्षशील थे, कुछ नया करने के

लिए जूझ रहे थे। पर दलित बस्तियों के आसपास कुकुरमुत्तों की तरह उग रहे मन्दिरों तथा पीरों की मजारें उन्हें पीछे की ओर धकेल रही थीं।

जैसे-जैसे महँगाई बढ़ रही थी वैसे-वैसे और अधिक आर्थिक संकट से हम जूझ रहे थे। हमें विरासत में धन-दौलत तो मिली नहीं थी। हमारी जात में अधिकांश लोगों की रोज कुआँ खोदते और रोज पानी पीने की मजबूरी थी। एक-दो दिन काम की नागा हो जाती तो बड़ी मुश्किल होती। अगले दिनों में अतिरिक्त मेहनत कर जिसकी भरपाई की जाती थी। बस्ती में नौकरी-पेशा तो बहुत ही कम लोग थे। अधिकतर चप्पल, जूते बनाते या मजदूरी करते थे।

स्कूल से कॉलिज में प्रवेश करने के बाद फर्क तो पड़ना ही था। स्कूल की फीस जहाँ पहले एक-डेढ़ रुपये महीना थी वहीं अब दो-ढाई रुपये हो गयी थी। कपड़ों में कोई खास फर्क नहीं आया था। अलबत्ता किताबों का खर्च कुछ बढ़ गया था। पर ग्यारहवीं कक्षा में आने से एक लाभ यह हुआ कि मुझे स्कॉलरशिप मिलने लगा। स्कॉलरशिप के बहाने मैंने साहूकार के घर का रास्ता तलाश कर लिया था। एक-सौ रुपये पर तीन रुपये सैकड़ा का ब्याज था उन दिनों। कर्ज मिलने में बहुत अधिक दिक्कत तो न हुई थीं हाँ तीन-चार बार साहूकार के घर अवश्य ही जाना पड़ा था। मुझे इस बात का अहसास भी था कि बा के नाम को मेरे कर्ज लेने से बट्टा लगेगा, पर मैं कर क्या सकता था। इसके अलावा और कोई चारा भी तो नहीं था। आखिर बा से कब तक किताब-कॉपियों के लिए पैसे माँगता। कपड़े तो मेरे एक साल में एक ही बार बनते थे। दो जोड़ी कपड़ों के साथ एक जोड़ी स्कूल की ड्रेस होती थी। उन्हें ही बार-बार धो-धो कर पहनना पड़ता था।

उन दिनों इलेक्ट्रिक प्रेस न थी। लकड़ी के कोयले डाल कर प्रेस गर्म की जाती थी। प्रेस के भीतर जितनी देर तक आग बनी रहती, प्रेस गर्म रहती। सभी जगह वही इस्तेमाल होती थी। फर्क केवल इतना था कि प्रेस के साइज छोटे-बड़े होते थे। धोबी एक कपड़े की प्रेस करने के बदले पाँच पैसे लेता था। तथा कपड़े अगर धोने हों तो दस पैसे। धोने के बाद उसे इस्तरी भी करनी पड़ती थी। जब तक हमारे घर में प्रेस नहीं आई थी, मैं अधिकांश रूप में सुबह पहनकर जाने वाले कपड़े रात में सोते हुए तकिए के नीचे तै लगाकर रखा लेता था। रात भर में कपड़ों की इस्तरी अपने आप हो जाती थी। बहुत अच्छी प्रेस तो नहीं हो पाती थी पर काम चल ही जाता था। कपड़ों से अधिकांश सलवटें निकल जाती थीं।

बाद में जब भाई की शादी में कोयलों से चलने वाली प्रेस मिली तो हम उससे ही इस्तरी करने लगे। वह भी भरे-पूरे परिवार में इकलौती प्रेस ही थी। कभी कोई माँग

कर ले जाता कभी कोई। अब तक पड़ोसियों को भी कपड़ों पर इस्तरी करने का चस्का लग गया था। वे भी प्रेस माँगने में हिचकिचाते नहीं थे।

उस प्रेस में लकड़ी के कोयले इस्तेमाल होते थे। जितना अधिक कोयले दहकते उतनी ही प्रेस गर्म होती। ये कोयले बाजार से हम बहुत कम ही खरीद कर लाते थे। चूँकि घर पर ही सुबह-शाम हमें वे उपलब्ध हो जाते थे। ताई माँ चूल्हे में जली लकड़ियों से कोयले निकाल कर उन्हें चिमटे से पकड़-पकड़ कर घड़े में डाल देती थी। इस तरह घड़े में बहुत सारे कोयले इकट्ठा हो जाते थे। जिनका उपयोग ताई माँ अपनी चिलम के साथ सुबह अँगीठी जलाने के लिए भी करती थी। और हमें प्रेस के लिए कोयले भी मिल जाते थे। प्रेस गर्म कर कपड़ों पर प्रेस करना हमारे लिए सुविधाजनक था। पर कभी-कभी प्रेस में नीचे की ओर खुले आठ-दस सूराखों से दिक्कत हो जाती थी। उनके भीतर से कोई पतंगा बाहर आकर कपड़ों पर गिर जाता था परिणामस्वरूप कपड़ा जल जाता था। ऐसे समय पर मुझे बहुत दुख होता था। जला कपड़ा देख मेरी आँखों में आँसू छलछला उठते थे। नये-नये कपड़े बनना हमें कहाँ नसीब होता था। फिर उसे ही रफू करा कर कम-से-कम अगले छः माह निकालने ही पड़ते थे। रफू कराने का काम मैं चुपके से कराता। बा को कहीं पता चल गया तो डाँट अलग से खानी पड़ सकती थी।

नई माँ का व्यवहार मेरे प्रति बुरा नहीं था। बल्कि अच्छा ही था। वह उन सौतेली माँओं में हर्गिज न थी जिनके गलत व्यवहार के किस्से कहानियाँ हम अकसर सुनते रहते थे। कुछ दिनों बाद उसकी कोख भी हरी हो गयी थी। उसे भी अच्छा लगा और हमें भी। घर में और कोई बच्चा तो था नहीं। मेरी बहनों का विवाह पहले ही हो गया था। पिता ऑफिस से आकर पूजा-पाठ में व्यस्त रहते या निन्यानबे के चक्कर में फँसे रहते। उनके भीतर और पैसा कमाने की धुन रहती। हालाँकि इस धुन या जुनून ने उन्हें बाद के दिनों में फटेहाल जिन्दगी जीने पर विवश भी किया था।

मेरे भाई मोतीलाल को नई-नई नौकरी करने और छोड़ने का चस्का लग गया था। वे बार-बार भाग कर ससुराल जाते। वहाँ हफ्ता भर रहते, फिर लौट आते। मेरठ आकर पिता से लड़ते। कभी-कभी दोनों में हाथापाई भी हो जाती। मुझे शर्म आती, पर उन्हें नहीं। ऐसा कोई सप्ताह खाली नहीं जाता होगा, तब उनमें आपस में कहा-सुनी नहीं होती थी। ऐसे समय पर मुझे अजीब-सी चुभन और बेचैनी होती। मैं धुआँ-धुआँ होता, घर की अस्मिता तार-तार होती, पर यह सब कभी समाप्त नहीं होता।

कभी पिता पर देवी आ जाती। वे आल बवाल बकते, चीखते-चिल्लाते। अड़ोसी-पड़ोसी इकट्ठा होते, वे हँसते और हम रोते। मुझे आज तक पता नहीं चला कि

वह देवी कौन-सी थी, कहाँ से आती थी और घंटे भर बाद न जाने कहाँ चली जाती थी। पिताजी जिन देवियों की पूजा-पाठ करते थे, शायद उन्हीं में से कोई हो। ऐसा सोच कर कई बार उन देवियों को कूड़े में फेंकने का मन हुआ, पर मैं जानता था कि देवी के चित्रों को वहाँ न पाकर पिताजी बौखला उठेंगे। और घर ही नहीं सारी बस्ती ही सिर पर उठाकर रख देंगे। उस शोर-शराबे से मुझे डर लगता था। मजबूरी में यह सब झेलता भी आया था।

हमारे दूसरे मकान के भी बिकने पर पिता टीन के घर में आ गये थे। तीन दीवारों पर टीन की छत डाल दी गय़ी थी। आगे के हिस्से में टाट का पर्दा टाँग दिया गया था। यह छत गर्मी में अथाह भभकती तथा बरसात में टपकती थी। बरसात में कभी-कभी हम उस पर सफेदा या तारकोल लगाते। वह कुछ दिन ठहरता, फिर टीन के भींतर से पानी आने लगता। सबसे अधिक परेशानी तो आँधी-तूफान में होती। क्योंकि तीनों तरफ की दीवारों में छोटी-छोटी जाली बनी हुई थीं। उनके रास्ते से धूल- मिट्टी भीतर आती। कपड़े-लत्तों की बात ही क्या भीतर रखा भोजन भी खराब हो जाता। एक बार तो टीन ही उड़कर पीछे गनी के आँगन में जा गिरा था। बड़ी मुश्किल से जिसे वहाँ से लाया गया और फिर लोहे के मोटे तारों से बाँधा गया।

जब-जब भी मौसम बदलता टीन में रहने का स्वाद भी बदल जाता। अलग-अलग ऋतुओं में मरे पिता की बोली भी बदल जाती। मिजाज में परिवर्तन होता। हर बार वे बिदकते, बेचैन होते और हाथ-पाँव मार कर बैठ जाते।

उस परेशानी के आलम में वे घर में सभी को कोसते। गालियाँ देते और कभी-कभी मारने को भी दौड़ पड़ते, पर अपने भीतर कभी झाँकने का प्रयास उन्होंने नहीं किया था। इसलिए समस्या घटने के स्थान पर बढ़ती ही गयी थी। यूँ हम सबके लिए समस्याएँ आक्टोपसी रूप धारण करती जा रही थीं। घर के हर सदस्य की अपनी-अपनी समस्याएँ थीं। जो अपने-अपने हिसाब से चीखते/चिल्लाते/रोते/तथा सिर धुनते थे। पर इन सबमें बा अधिकांश समय शान्त रहता था। वह कुढ़ता कम था। बस अपने काम में लगा रहता था। बा की सादगी और आदर्श चरित्र मुझे प्रेरणा देता था। उनसे मुझे बल मिलता था। वरना घर में तो वैसे ही कोहराम मचा होता था। बा समन्दर बन जाता था। सब कुछ झेल कर भी उसके भीतर से बेचैनी कम फूटती थी। पर जब ज्वार आता था तो सब कुछ डगमगाने जैसा हो जाता था।

हमारा नीम, हमारी बक्खल, हमारे घरों की मिली हुई छतें और यहाँ तक हमारे घरों की कच्ची भीत भी साझा संस्कृति के रसूख को आगे बढ़ाने में हमेशा मददगार रही। हमारा कच्चा घर तीन तरफ से मुस्लिम बसापत से घिरा था। यही स्थिति लगभग

हमारी बस्ती की भी थी। हम तीन ओर से मुसलमानों से घिरे थे। तो भी हमें असुरक्षित होने का भय नहीं था। वह इसलिए भी कि हम मुस्लिम या दलित बाद में थे, पहले अच्छे पड़ोसी थे।

मुसलमानों के लड़के नीम पर चुपके से चढ़ कर पत्ते या टहनी तोड़ कर ले जाते। ताई माँ को पता चलता। पहले वह उन्हें डाँटती। शोर मचाती, फिर स्वयं ही कहती, "चल चौद्दों को ले जाने दे। हैं तो पड़ोसी ही।" कभी वे हमारी छतों पर भागते-दौड़ते और कभी हम उनकी छतों पर जा पहुँचते। हमारी दीवारों से आर-पार का सुनाई पड़ता। कभी वे रोएँ और हम हँसें ऐसा नहीं होता ना हम रोएँ और वह हँसते रहें। हम लोग बराबर एक-दूसरे के सुख-दुःख में भागीदारी निभाते थे। उधर से जरा भी रोने की आवाज सुनाई पड़ती, ताई माँ तुरन्त भागी-भागी जाती और छत की मुंडेर से उनके रोने का कारण बार-बार पूछती। उनके मुर्गी या मुर्गे को बिल्ली या बिलौटा भी पकड़ कर हमारी तरफ ले आता तो हम उससे वह छुड़ाते। मुर्गी जान बचा कर कुकुड़कूँ करते हुए भागती। मेरी याद में कभी भी ऐसा नहीं हुआ कि उनकी मुर्गी हमारी बक्खल में आ गयी और हमने उसे मार कर खा लिया हो। कई बार उधर से मुर्गी आ जाती थी, हम उसे तुरन्त उन्हीं की ओर उड़ाते। भगा देते थे।

पिछली तरफ रहने वाले गनी के परिवार से दो आदमी पाकिस्तान चले गये थे। हमें दो आदमियों के घटने का अहसास हुआ था। लम्बे समय तक उनकी यादें मन को कचोटती रही थीं। वे पाकिस्तान से लौट कर नहीं आए थे। वहीं बस गये थे। जब भी पाकिस्तान से उनकी चिट्ठी आती गनी के लड़के की बीवी ताई माँ को जरूर आकर बतलाती। बत्तो के लड़के की शादी हुई तो एक जना बढ़ गया। पड़ोस में चलती मेहमानों की भनक हम तक भी आती। घर में कितने चाँदी के बर्तन आए हैं कितने सिलवर और पीतल के, कौन-सी बहू को नाक की लौंग मिली है और कौन-सी को बाली, बत्तो स्वयं छत पर आकर ताई माँ को बतलाती।

बाद में बत्तो ने भी अपने घर के आँगन में नीम लगाया। हमें कतई भी बुरा नहीं लगा। बल्कि अच्छा ही लगा। नीम मीठा न सही, कड़वा होने के बाद भी दुःखदायी तो न था। उसकी कड़वाहट ही तो औषधि थी। हम उसकी कड़वाहट को रोज अर्क की तरह निगलते थे। नीम के साए तले मैंने न जाने कितने पत्ते चबाए थे, कितनी निबोली चूसी थीं। मैं भीतर-बाहर से कड़वा था। नीम के साए में रहने के कारण या अन्य परिस्थितिवश मुझमें कड़वाहट आई थी। इस बारे में कुछ कह नहीं सकता। पर आरम्भ से ही मुझे मीठे लोगों से अजीब-सी वितृष्णा होती थी। लोग हँस-हँस कर बातें करते। मुझे लगता कि इन्होंने कहीं अपने चेहरों पर नकाब लगाए हुए हैं। वे जैसे बाहर से दिखलाई पड़ते हैं वैसे भीतर से नहीं होते।

चाचा ने इस बार अपना अलग मकान बनवाने की हिम्मत जुटायी थी। बार-बार मकान बनता और बिक जाता। यह सब साझे का ही परिणाम था। ऐसा चाचा का मानना था। सही था या गलत, इस बारे में भला मैं क्या कह सकता था। मेरी उम्र उन दिनों विश्लेषण करने की नहीं थी। भले ही हमें कुछ भी झेलना क्यों न पड़े। और हम झेलते भी थे। मैं तो समाज की विषमता के साथ घर-परिवार में व्याप्त विषमता को बचपन से ही झेलता आया था। मेरे पास अनगिनत सवाल इकट्ठा हो गये थे। पर उनमें जवाब किसी का नहीं मिल पाता था।

चाचा ने जो मकान खरीदा था, उसी में नूर मोहम्मद किरायेदार के रूप में रहता था। बड़ी मुश्किल से उसने घर खाली किया था। गनी के बराबर की गली में ही वह रहने लगा था। गोश्त की दुकान उसकी पहले वाले स्थान पर ही थी यानी चाचा के घर के ठीक सामने। वह कभी-कभी चोरी-चुपके से बकरे को अपनी दुकान में ही हलाल कर देता। तब नाली में खून ही खून भर जाता। इसकी शिकायत भी लोग नहीं कर पाते थे। हाँ, दुकान खुलते ही गोश्त मिलने की चाह में आ जाते थे। बीच-बीच में वह बीमार बकरे या भेड़ को भी काट लेता। बस्ती के लोगों को तो पता चल जाता था, पर गाँव, कस्बों से आने वाले लोगों को मालूम नहीं हो पाता था। पर एक तरह से वह बदनाम कसाई था। जो एक बार आया, वह दोबारा नहीं आता था।

वह सुबह-शाम शरीर पर तेल मालिश कर दंड-बैठक भी लगाता। उसका बदन शीशे की तरह साफ और चमकीला था। हालाँकि मैंने कभी उसे किसी अखाड़े में किसी पहलवान से भिड़ते नहीं देखा था, पर लोग अकसर उसे नूर मोहम्मद पहलवान ही कह कर पुकारते थे। वह आती-जाती महिलाओं को देख फिक्रे कसने में पीछे न रहता था। न मालूम यह आदत उसके भीतर कहाँ से और कब से आई थी। अधिक गोश्त खाने से इस तरह के लोगों को एय्याशी भी करने की सूझती थी या कोई और कारण था। उसके मिलने वालों में अधिकतर कसाई ही होते थे या फिर दलित जाति के लोग। मेरठ में वैसे भी कसाई जाति के लोग बड़ी संख्या में रहते थे। गाँव और कस्बों में बुनकर (अंसारी) ज्यादा रहते थे। जिनमें से कुछ ने अपने घरों में खड्डियाँ लगाई हुई थीं। जिस पर वे कपड़ा बुनते थे। शहर में भी इलाही बख्श, शोहराब गेट, सराय बहलीम और नौचंदी के पास की बस्तियों में खड्डियों के चलने की आवाजें सुनी जा सकती थीं। ऐसे बुनकर सुबह ही सुबह अपनी पीठ और कन्धों पर बनाए बुने हुए थान लाद कर लाते, जिन्हें खरीदने वाले दुकानदार हिन्दू होते थे। इस तरह मुसलमान अलग-अलग तरह के अलग-अलग रंगों के धागों से बुनावट करते। जिसे हिन्दू बेचते, पर पहनने वालों में हिन्दू भी होते और मुसलमान भी। वही कपड़ा पहनने के बाद पता ही नहीं चलता कि किसने बनाया और किसने बेचा। अपनी-अपनी

खड्डियों पर कपड़ा बुनने वालों की स्थिति कभी-कभी दलितों से भी अधिक शोचनीय हो जाती। पर वे सब कुछ सहने पर विवश होते।

देवनागरी इंटर कॉलिज में मेरे कम ही मित्र थे। कुछ बामन, बनिए तथा ठाकुरों के लड़के थे, वे अपनी शान में रहते थे। बड़ी-बड़ी बातें करते थे। कभी-कभी उनके मुँह से हमारी जात के लोगों के लिए विशेषतौर पर महिलाओं के लिए गालियाँ भी निकल जाती थीं। ऐसे समय पर मुझे बहुत बुरा लगता था। एक-दो बार उनसे कहा-सुनी भी हो गयी थी, पर बाद में उनके साथ मैंने उठ-बैठ ही छोड़ दी थी।

असल में गलती उनकी भी नहीं थी। संस्कार में उन्हें दलितों को गालियाँ देने की आदत मिली थी। यह बात गाँव के ही एक लड़के ने बताई थी। उनके बाप-दादा बिना रोक-टोक के मजदूरों को गालियाँ देते थे, उनकी पिटाई करते थे, उनकी औरतों को अपनी हवश का शिकार बनाते थे। वे सामन्त थे, जमींदार थे, काश्तकार थे। गाँव तथा गाँव के लोग उनकी मुट्ठी में होते थे। वे चाहे जैसा व्यवहार उनसे करें। अब उन्हीं के लड़के जब गाँव में पढ़ने आते थे तब उन्हें शहर में हो रहा बदलाव रास नहीं आता था। गाँव और शहर में दलितों के रहन-सहन में अन्तर था। गाँव में तो भले ही मजबूरी में दलितों को उनकी गुलामी करनी ही पड़ती थी, पर शहर में दलितों के बीच चेतना आ रही थी। उन्हें अपने अस्तित्व और अस्मिता का भान हो रहा था।

कॉलिज में ही अन्य एक लड़का था, जो मेरा सहपाठी था। उसका नाम लखपत था। वह कुम्हार जात से था। वह पढ़ता भी था और मिट्टी के बर्तन, सराई, करवा, अक्खोरे, दीवे, चीगले आदि बनवाने में घरवालों की मदद भी करता था। यही नहीं तैयार माल को दूध की दुकानों तथा अन्य स्थानों पर पहुँचाता था। उन दिनों मिट्टी के अक्खोरों में दूध पीने का रिवाज था। हलवाइयों के यहाँ सराई और अक्खोरों की बड़ी मात्रा में खपत थी। सराई दही; रबड़ी और गुलाब-जामुन के लिए इस्तेमाल होती थी।

लखपत अच्छी कद-काठी का मेरी उम्र का ही लड़का था। उसका शरीर बलिष्ठ था। दो-तीन लड़कों को तो वह यूँ ही चकरी की तरह घुमा कर रख देता था। अन्य लड़कों से कई बार हुई हाथापाई तथा मारपीट में मैंने उसकी ताकत और फुर्ती का प्रदर्शन देखा था। उन दिनों मेरठ में रामपुरी चाकुओं का बोलबाला था। उनमें भी विशेषतौर पर बटन वाले चाकू दुकानों पर खुलेआम बिकते थे। न खरीदने वालों पर पाबन्दी थी और न बेचने वालों पर। चौदह इंची तक के चाकू सुलभ थे। शहर में

इन्हीं रामपुरी चाकुओं का जोर था। बस हो या ट्रेन, बाजार हो या पार्क, स्कूल हो या कॉलिज, जरा-सी तू-तू, मैं-मैं हुई नहीं कि तुरता-फुरती से चाकू निकल आते थे। बाद में जब खून-खराबा होने या रास्ते में चाकुओं के बल पर राहजनी के कारण शहर भर में अफरा-तफरी मची तो पुलिस की नींद खुली। फिर रामपुरी चाकुओं की बिक्री पर रोक लगी।

लखपत के पास भी हमेशा रामपुरी चाकू रहता था। कभी-कभी वह देशी कट्टा भी अपने पास रखता था। कई बार उस पर हमले भी हुए थे। तब इन्हीं तमंचे और चाकू के बल पर वह बचा था। मैंने सुना था एक बार कॉलिज में ही किसी सवर्ण जाति के लड़के ने उसे सार्वजनिक रूप से "चल-चल स्साला बड़ा आया कुम्हार का" कह दिया था। उसने बिजली की तेजी से उसके पेट में वही रामपुरी चाकू घोंप दिया था। उस लड़के की आँत/ओझड़ी बाहर निकल आई थी। खून से लथपथ हो वह वहीं गिर पड़ा था। किसी की हिम्मत नहीं हुई थी कि वह लखपत को हाथ भी लगाता। लखपत वहाँ से फुर्ती से चला गया था। कॉलिज के समूचे परिवेश में सन्नाटा उतर आया था। किसी की हिम्मत नहीं हुई थी कि कोई भी छात्र लखपत के खिलाफ गवाही देता। इलाके का एस.एच.ओ. भी पिछड़ी जाति से था। और केस रफा-दफा हो गया था।

मुझे भी लखपत ने एक बार वैसा ही रामपुरी चाकू भेंट किया था। चार-पाँच दिनों तक उसी चाकू के कारण मेरे भीतर सनसनाहट भी रही थी। मैंने अनगिनत बार चाकू को खोल कर देखा था। जरा-सा ही बटन को दबाओ, चाकू का फल बिजली की गति से बाहर आता था। सोते हुए मैं चाकू को तकिए के नीचे रखता था। उन दिनों मेरठ में 'फूल और पत्थर' फिल्म लगी थी। जिसमें धर्मेन्द्र पर शाका नाम का खलनायक इसी रामपुरी चाकू से बार-बार वार करने की कोशिश करता था।

हथियार कोई भी हो, हथियार रखने वाले के भीतर साहस और निर्भयता का संचार होता है। यह एक मनोवैज्ञानिक सच है। चाहे हथियार रखने वाला दलित हो या सवर्ण। सवर्णों के पास आरम्भ से ही हथियारों का जखीरा रहा। उनकी हवेली तथा बड़े-बड़े मकानों में लाठी, बल्लम तथा फरसों की तो बात ही क्या बन्दूकें भी दीवारों पर टँगी होती थीं। यही एक बड़ा कारण रहा कि गाँव/कस्बों में दलित उत्पीड़न की घटनाएँ प्रचुरता में होती रहीं। दलित समाज में महिलाओं को सरेआम नंगा किया जाता था। बोले भी कौन इधर से कोई बोलेगा, उधर से गोलियाँ चलेंगी। पुलिस और न्याय व्यवस्था में सवर्ण ही अधिक संख्या में होते थे। दलित जाति के जजों की संख्या बहुत कम थी। इस पर भी उन पर तरह-तरह के दबाव रहते। जिनके चलते वे कोई निर्णय नहीं ले पाते थे। बड़े पदों पर काम करने के बावजूद वे अपने आपको

विवशता में महसूस करते थे। जरा-सा भी कुछ हुआ कि सस्पेंड कर दिये जाते थे। उनकी सी.आर. खराब होना तो मामूली बात थी। वकील भी दलितों में कम ही होते थे।

हाँ मन्नु नाम ही था उसका। खूब गोरा रंग, सुर्ख होंठ, गोल-मटोल शरीर। अधिक वह मोटा भी न था। हम दोनों में गहरी दोस्ती हो गयी थी। कैम्प में अधिकांश लड़के हम दोनों को छेड़ते थे। मन्नु मेरे टेंट में मेरे पास सोता था। कुछ लड़के रात में जानबूझ कर हमारे टेंट में आ जाते थे और बार-बार कहने पर भी नहीं जाते थे। लड़कों की बात तो दूर रही। एक-दो इंस्ट्रक्टर की भी हम दोनों पर नजर थी। परेड के समय वे हम दोनों की ड्रेस ठीक करने के बहाने कमर/पेट/जाँघ/तथा गालों पर अपनी अँगुलियाँ गड़ाते/छुआते थे। और हम दोनों उनकी हरकतों से अनजान रहते थे। एक इंस्ट्रक्टर तो, जो पूर्वी उत्तर प्रदेश का था, बार-बार मुझ पर नये-नये कटाक्ष किया करता था। जरा भी नहीं गलती हो जाए कि बस बिना एक पल ठहरे चिल्ला कर कहता था–''तेरे ये लाल-लाल होंठन कू काट-ई डालूँगा।'' ऐसे समय पर अधिकांश लड़कों की निगाहें मेरे होंठों पर टिक जाती थीं। इंस्ट्रक्टर की नजरें तो गिद्ध की तरह ही थीं। एक बार मेरी तरफ देखा नहीं कि हटने का नाम ही नहीं। रात में भी वही इंस्ट्रक्टर टॉर्च लेकर टेंट में घुस जाता। और सोते हुओं पर रोशनी फेंकता। सर्दियों के दिन थे। मैं और मन्नु एक ही रजाई में सोते थे। कई बार वह कहता भी। सब कैडट्स अलग-अलग सोएँगे। इसलिए हम दोनों दस बजे तक बातें करते रहते। साथ में चार लड़के और भी हमारे टेंट में सोते थे। दस के बाद हम एक कंबल में हो जाते थे। रात में एक साथ सोने का सबसे बड़ा कारण था कि हमारे टेंट के ही दो-तीन लड़के मन्नु को बहुत परेशान करते थे। इसलिए वह स्वयं भी मेरे साथ ही सोना चाहता था।

प्रादेशिक शिक्षा दल के इस लखनऊ कैम्प में कुल मिलाकर डेढ़ सौ लड़के होंगे। कई जिलों के इंटरमीडिएट कॉलिजों से लड़के आए थे। लखनऊ जाने के पहले कड़ी चुनाव प्रक्रिया से गुजरना पड़ा था। हमारे कॉलिज यानी देवनागरी इंटर कॉलिज से चार-पाँच लड़कों का ही चुनाव हो पाया था। जिनमें मैं भी एक था। मेरठ छोड़ने से पहले मुझे साथियों ने बधाई दी थी। मेरा सीना फूल कर एक गज का हो गया था। जैसे हिमालय पर्वत पर चढ़ने वाले पर्वततारोहियों में मेरा नाम चुन लिया गया हो। मुझे बेहद खुशी हो रही थी।

लखनऊ जाने का मेरा यह पहला अवसर था। लखनऊ उत्तर प्रदेश की राजधानी थी। नजाकत और नफासत की नगरी। जहाँ छोटे और बड़े इमामबाड़ों से लेकर खूब सजा-सँवरा हजरतगंज बाजार था। दारुलसफा था और नदियों में नदी थी गोमती,

जिसके किनारे अनगिनत शहंशाह/नवाब/और रजवाड़ों के चश्मदीद गवाह थे। जिसका अतीत इतिहास से जुड़ा था और वर्तमान राजनीति से। उसी गोमती नदी के किनारे पुलिस लाइन में प्रादेशिक शिक्षा दल का कैम्प लगा था। सामने ही लखनऊ यूनिवर्सिटी थी। जहाँ हर पहर चहल-पहल रहती थी। दिन में तो लड़के-लड़कियों के झुंड पेड़ों के नीचे बैठे होते। वे पक्षियों की तरह गुटरगूँ कर रहे होते थे। मुझे उन्हें देख कर अच्छा लगता था। उनके कपड़े, बोलचाल, हावभाव से लखनऊ की तहजीब का पता चलता था। दिसम्बर की सर्दियों में मैं साथियों के साथ लखनऊ स्टेशन पर उतरा था। और जब पुलिस लाइन के खुले मैदान में तम्बू-डेरे लगे देखे तो मुझे बड़ा अजीब-सा लगा। यह सोचकर भी कि इतनी ठिठुरती सर्दी में कैसे रहना होगा। हालाँकि मेरे सिवाय सभी लड़के अपने साथ गर्म कपड़े भी लाए थे। हर टेंट में छः लड़कों को रहना था। नीचे पुआल और उसके ऊपर दरी बिछी थी। फिर अपने-अपने बिस्तर। रात के लिए एक-एक लालटेन भी मिली थी। एक-दो लड़के अपने साथ छोटी टॉर्च भी लाए थे। जो इमरजेंसी के लिए रखी हुई थीं। पहली रात बहुत सर्दी लगी थी। रात होने पर खाना भी ठिठुरते हुए ही खाया था। रौलकॉल में अपनी-अपनी हाजिरी लगवा कर सभी टेंटों में चले गये थे। और रात में अपने-अपने बिस्तर में दुबक/सिमट गये थे। उस रात मन्नु और मैं अलग-अलग बिस्तर में ही सोए थे। पर मेरे नजदीक ही सोया था वह। अन्य लड़कों के साथ उससे भी पहली मुलाकात थी।

अगले दिन सुबह उठ कर पाँच बजे हमें दौड़ लगानी थी। वह भी खाकी हाफपैंट और बनियान में। रात में ही आदेश मिल गये थे। हमें ऐसे आदेश की उम्मीद न थी। यह तो सरासर ज्यादती हुई। दिसम्बर का महीना और हाफपैंट बनियान में दौड़ लगाना। अगली सुबह न चाहते हुए भी उठे। लिहाफ शरीर से अलग करने का मन नहीं कर रहा था। पर आदेश तो मानना ही था। टेंट के बाहर भयंकर सर्दी थी। घना अँधेरा भी। निक्कर बनियान के साथ जूते-मोजे पहन सभी बाहर आ गये थे। लगभग तीन किलोमीटर दौड़ना था। हमने एक साथ रेस शुरू की। कुछ ही देर में सर्दी भाग गयी थी। दौड़ते-दौड़ते पसीने आने लगे थे। लगभग चालीस मिनट दौड़ लगाई थी। फिर चाय के लिए छुट्टी। आधे घंटे में तैयार होना था। हाथ-मुँह धोने से जंगल जाने तथा दूसरी ड्रेस पहनने तक उसके बाद परेड ग्राउंड में तैयार होकर जाना होता था। हमें कद के हिसाब से आगे-पीछे खड़े होना होता था। कभी-कभी एक-दूसरे से हम अपना-अपना कद भी मिलाते थे। परेड ग्राउंड में पी. टी. के साथ सावधान, विश्राम, पीछे मुड़, दाएँ-बाएँ मुड़ अधिक होता था। इंस्ट्रक्टर बार-बार यही सब कराते थे। बीच में दौड़ाते भी थे। बैठने की भी एक एक्सरसाइज होती थी। उसमें भी सावधान और विश्राम दोनों। नीचे जमीन पर पलथी मार कर बिल्कुल सीधे बैठना पड़ता था। हथेली दोनों घुटनों पर लगी हों। इसी पोजीशन में

घुटनों से हाथ हटा कर उठना पड़ता था। कहीं हाथ लग जाएँ तो दोबारा फिर यही एक्सरसाइज करनी पड़ती थी।

एक दिन मेरे ही साथ अजीब घटना हो गयी। पूरा दिन मैं उपहास का पात्र बना रहा। हुआ यूँ कि सुबह दौड़ लगाने के बाद जल्दी-जल्दी तैयार होकर मैं अन्य लड़कों के साथ परेड ग्राउंड पहुँच चुका था। सावधान-विश्राम भी होने लगा था। हम अपनी-अपनी लाइन में खड़े थे। हल्का उजाला हो गया था। तभी किसी की नजर मेरी खाली टाँगों पर पड़ी। एक ने दूसरे को इशारा किया और दूसरे ने तीसरे को। मुझे बताया नहीं। अच्छा हुआ तब तक इंस्ट्रक्टर आया न था। हमारे ही बीच में से एक साथी सावधान-विश्राम करा रहा था। किसी ने मुझे संकेत किया। मैंने अपनी टाँगों को देखा, पेट से नीचे सब कुछ नंगा था। मैंने कमीज तो पहन ली थी। जूते और मोजें भी। सिर पर कैप भी थी। पर पैंट नदारद थी। तब मैं सर पर पाँव रख कर भागा था। और टेंट में जाकर पैंट पहन कर आया था। इस घटना की चर्चा दो-तीन दिन खूब जोरों पर रही थी।

लखनऊ में हम एक सप्ताह रहे। बीच में शहर देखने का मन करता था। पर छुट्टी न मिल पाती थी। फिर हम चोरी से बिना कहे चले जाते थे। कभी दिन में और कभी शाम को। इसी एक सप्ताह में हजरतगंज बाजार, छोटा इमामबाड़ा/बड़ा इमामबाड़ा/दारुलसफा आदि देख लिए थे। लखनवी ताँगे में भी हम बैठे थे। ताँगे वालों की बोली मन को अच्छी लगती थी। जैसे एक-एक ताँगे वाले में लखनऊ की तहजीब समाई हुई हो। लखनऊ का रेलवे स्टेशन भी खूब कलात्मक था। बड़े-बड़े मेहराब/चौड़े दरवाजे। प्लेटफार्म तो हर समय साफ रहता था। उसे और अधिक चमकीला बनाने के लिए दो-तीन आदमी तैनात रहते थे। गोमती के किनारे भी हम खूब सैर करते थे। उस समय गोमती में पानी कम था। अधिक पानी न होने से किनारे चौड़े हो गये थे।

उत्तर प्रदेश में उन दिनों चौ. चरणसिंह की सरकार थी। मेरी बहन गीता के ससुर हरिसिंह घाट पांचली से विधायक थे। पहली बार मैंने विधानसभा देखी थी। जो चौधरी साहब के काफी नजदीक थे।

हम जितने भी दिन लखनऊ में रहे, हमें अच्छा लगा। घर से दूर पंछी बन गये हों जैसे। नीला आकाश, दिशाओं के अलग-अलग रंग, जमीन से उभरती हरियाली, हमारे आसपास इन्द्रधनुषी सपने थे। न चाहते हुए भी हमें लौटना पड़ा था।

इंटरमीडिएट बोर्ड की परीक्षा समाप्त हो गयी थी। उसके बाद दो माह की छुट्टियाँ होने के कारण स्कूल बन्द हो गये थे। हमारा एक और कैम्प लगा था। होमगार्ड्स के शिविर को ज्वाइन करने में हमें और भी सुविधा हो गयी थी। यह शिविर पूरे एक सप्ताह तक चला था। मेरठ शहर तथा आसपास के गाँव और कस्बों से भी

कुछ होमगार्ड्स आए थे, लेकिन अधिक संख्या शहर में रहने वालों की थी। कुछ साथी बीच-बीच में दो-तीन घंटे के लिए घर भी चले जाते थे, पर शाम ढले ही लौट आते थे। क्योंकि रात सोने से पहले रौलकॉल होती थी यानी सबकी हाजिरी। कोई अनुपस्थित तो नहीं हो गया है। फिर सोने के समय भी टॉर्च लेकर हमारे अफसर चेक करते थे। इस बारे में शिविर में कड़ाई बरती जाती थी।

शिविर में पहले ही दिन एक घटना हो गयी। हम दो-तीन साथी रसोई में चले गये। और वहाँ क्या बना था, कैसा बना था, इसकी जाँच-पड़ताल करने लगे। बनी हुई सब्जी के वहाँ बड़े-बड़े बर्तन रखे थे। दो आदमी रोटियाँ बेल रहे थे और एक आदमी चूल्हे पर वहीं रोटियाँ सेंक रहा था। मैंने एक टब को उघाड़ कर जैसे ही भीतर रखी सब्जी देखनी चाही रसोइए ने इसका एतराज उठाते हुए गुस्से में कह दिया, ''न जाने तुम लोग कहाँ से आए हो, कौन हो। सब्जी का बर्तन ही छू दिया।'' हमें भी गुस्सा आ गया। हमने लगभग चिल्लाते हुए कहा, ''हम चमार हैं और इसी शहर से ही आए हैं।''

''तब तो और भी गड़बड़ हो गया।''

रसोइया उफनते हुए बोला।

''क्या गड़बड़ हो गया?'' हमने भी उफनते हुए पूछा।

''यही कि सब्जी खराब हो गयी।'' वह तत्काल बोला।

''कैसे खराब हो गयी?'' हमारे स्वर गर्म थे।

''राम, राम, राम..., सब कुछ भरस्ट हो गया। हमें क्या मालूम था कि...।''

उसकी बात बीच में ही रह गयी थी। जब हमने जोरदार आवाज में पूछा, ''क्या बोला...।''

हमारी तेज आवाज से वह सकते में आ गया था। उसे सपने में भी उम्मीद न थी कि उसके सामने दो-चार चमारों के लौंडे इतनी तेज आवाज में बोलेंगे। हम खाली बोल ही नहीं रहे थे बल्कि बरस भी रहे थे। हमारे चारों ओर भीड़ इकट्ठा हो गयी थी। उनमें अधिकतर होमगार्ड्स ही थे। कम्पनी कमांडर शर्मा भी आ गये थे। वे हमारी बस्ती में आकर एक-दो साथियों के घरों पर चाय-पानी भी पीते थे। उन्होंने माजरा सुना और इससे पूर्व कि वे कोई बात कहते, हमने तुरन्त अल्टीमेटम दे दिया, ''जब तक इस पंडित को यहाँ से नहीं भगाया जाता है, हममें से कोई भी भोजन नहीं लेगा।''

''हाँ-हाँ कोई भी रोट्टी नहीं खाएगा।'' अन्य साथियों ने भी हमारी बात को मजबूत किया था। लगभग आधा घंटे तक बहस होती रही थी। अन्ततः उस बहस का नतीजा निकला। मेस इंचार्ज को उस रसोइए की तत्काल ही छुट्टी करनी पड़ी। यह हमारी जीत थी। कुछ साथियों को अच्छा लगा था और कुछ अफसरों ने बुरा भी

माना था। पर वे अफसर हमारा बिगाड़ क्या सकते थे। हमें वहाँ पदवी, मेडल तो मिल नहीं रहे थे। फिर हमारी नौकरी भी नहीं थी। हम तो अलमस्त जवान थे, मूड किया तो कवायद पर चले गये वरना नहीं। पर इस घटना का असर काफी हुआ था। गनीमत रही कि अखबार का कोई संवाददाता सूँघते-सूँघते वहाँ तक नहीं आया। हमें तसल्ली यह हुई थी कि उस पंडित रसोइए की छुट्टी कर दी गयी थी। लेकिन अगले दिन सुबह की चाय, नाश्ता और दोपहर के भोजन की तैयारी में हमें हाथ बँटाना पड़ा था। हम सभी साथियों ने मेहनत से वह कार्य किया था। शाम को किसी नये रसोइए का इन्तजाम हो गया था। वह पिछड़ी जाति से था।

दूसरी घटना शिविर की तीसरी रात में हुई। अच्छा हुआ कि यह घटना दुर्घटना नहीं बनी। वरना मेरी स्थिति कुछ और ही होती। हुआ यूँ कि सभी जवानों की ड्यूटी एक-एक बार गार्डरूम में लगती थी। उस रात मेरी बारी थी। रौलकॉल के बाद मेरे हाथ में संगीन वाली राइफल थमा दी गयी। यूँ थ्री नॉट थ्री की राइफल चलाने से साफ करने तक हमें सिखाया गया था। उसका इस्तेमाल और सावधानी आदि के बारे में भी बताया गया था।

रौलकॉल के बाद मेरी अकेले की ही ड्यूटी वहाँ थी। एक बड़े कमरे में लगभग एक सौ राइफल रखी थीं। उनकी भी रखवाली मुझे करनी थी। रात के बारह बजे थे, अचानक परेड ग्राउंड में कोई मोटर साइकिल प्रवेश हुई। मोटर साइकिल सवार गार्डरूम की तरफ ही आ रहा था। रात का अन्धकार, मेरे अलावा आसपास कोई नहीं था। मैंने वहीं से चिल्लाते हुए कहा, "कौन?" पर मोटर साइकिल नहीं रुकी। वह मेरी ओर ही आ रही थी। अभी वह मुझसे एक सौ गज की दूरी पर ही होगी कि मैंने राइफल सँभालते हुए 'हाल्ट' कहा। पर मोटर साइकिल के फिर भी न रुकने पर अन्त में मैं राइफल की संगीन उसकी ओर कर 'हाल्ट' कहते हुए दौड़ा। मोटर साइकिल रुकनी ही थी। अब तक मेरी आवाजें सुन एक-दो साथी भी जाग गये थे। वे सब गार्डरूम की ओर दौड़े। मैं फुर्ती से उधर बढ़ा। राइफल उसी की तरफ थी। बिल्कुल सीने के पास संगीन लगाते हुए मैंने पूछा, "कौन हैं आप, सुनाई नहीं दिया, मैंने कितनी बार हाल्ट कहा।"

"तुम कौन हो?" उल्टे उसी ने मुझसे पूछ लिया था। उसके स्वर में रुआब था।

"अभी बतलाता हूँ, मैं कौन हूँ।"

मैं राइफल लिए उसकी ओर बढ़ा। तभी पीछे से कम्पनी कमांडर की आवाज मुझे सुनाई दी।

"अरे...रे, क्या कर रहे हो। ये तो अपने असिस्टेंट कमांडेंट साहब हैं।"

उनकी बात सुन कर मुझे अचानक डर भी लगा। मैंने इतने बड़े अधिकारी को डाँट दिया था, पर अपने भीतर का भय छुपाते हुए मैंने कह दिया, "अब हमें क्या मालूम ये कौन हैं। हम तो बार-बार पूछ रहे थे।"

खैर उस रात बीच-बचाव हो गया। अफसर भी अधिक नहीं बोला। अफसर चाहे कितना ही बड़ा क्यों न हो। जब गलती उसी की हो तो भला कैसे बोलेगा और क्यों बोलेगा? अगले दिन परेड ग्राउंड में वही अफसर यानी असिस्टेंट कमांडेंट भी मौजूद था। उसने रात वाली बात का जिक्र किया और मुझे शाबासी दी।

इस तरह एक सप्ताह का शिविर पूरा हुआ। हम लगभग आधे रंगरूट बन कर घर लौटे। घर लौटते हुए हम बावर्दी थे। हमारे भीतर अजीब तरह का उल्लास था। जैसे हम किसी मोर्चे से कोई युद्ध जीत कर आ रहे हों।

बड़े भइया जानकी प्रसाद का पाँच साल पुराना रिश्ता टूट गया था। इसलिए कि वे मर्द होने की भूमिका निभाने में असफल सिद्ध हुए थे। वे पुरुष थे, पर उनके भीतर पुरुषत्व नहीं था। भाभी अब हमारे घर नहीं रहती थी। उसकी केवल यादें थीं जो घर के हर कोने में बस गयी थीं। वह अपने मायके में माँ-बाप के पास रहती थी। बीच-बीच में हमें उसकी खबर अवश्य ही मिलती रहती थी। हमारी बस्ती में हापुड़ की एक औरत थी, बस्ती में जो हपड़ों के नाम से जानी जाती थी। वह जब कभी हापुड़ जाती तो सोटावाली गाँव जरूर जाती वहाँ से खोज-खबर भी लाती। वह छोटी-छोटी बात भी सूँघने में माहिर थी। कहाँ से बात शुरू करती और कहाँ खत्म होती, उसे स्वयं पता नहीं होता था। जब वह हापुड़ से लौट कर आती तो हमारे भीतर भी बड़े भाई की पूर्व ससुराल और विशेष रूप से भाभी के बारे में जानने की जिज्ञासा होती थी। कभी वह स्वयं बताने के लिए चली आती तो कभी हममें से कोई उसके घर पर जा पहुँचता।

दो-तीन वर्षों के बाद पता चला कि उसका कराव हो गया है यानी वह किसी अन्य पुरुष के घर बैठ गयी है। हालाँकि अब उससे हमारा कोई रिश्ता न था, पर फिर भी न जाने हमें उसका अन्य के साथ विवाह कर लेना क्यों बुरा लगा। विवाह तो सभी करते हैं और फिर वह क्या सारी उम्र ऐसे ही अपने घर बैठे रहती।

उसके एक बरस बाद किसी ने बतलाया कि उसने मुझे बुलाया था। पर चाहते हुए भी मैं नहीं जा सका। बा ने साफ मना करते हुए कहा था जब हमसे उसका रिश्ता ही टूट गया तो उसके पास जाने का कोई मतलब नहीं लेकिन यह जानते हुए भी हम उसके और हमारे बीच कोई रिश्ता नहीं रहा, न जाने क्यों मैं उससे भावनात्मक स्तर पर रिश्ता बनाए हुए था। उसकी यादें बार-बार मन को बुरी तरह कचोटती थीं। कम उम्र होने के बाद भी मैं अपने भीतर की उथल-पुथल महसूस करता था। महसूस होता भी क्यों नहीं? बचपन में ही माँ छोड़ कर चली गयीं और बाद में भाभी। और किस-किस को मेरे जीवन से जाना था, मुझे पता नहीं।

गर्मियों की छुट्टी में कुछ दिनों के लिए पहले मैं गाँव चला जाता था। फिर दिल्ली जाने लगा। गाँव से बेहतर दिल्ली तो थी ही, पर गाँव में जाकर रहने का अलग आकर्षण था। वहाँ जितना खुलापन था दिल्ली में उतना ही छोटी-छोटी गलियों में बन्द डिब्बे जैसे मकानों में रहने की विवशता। गाँव में अथाह गरीबी होती फिर भी एक-दूसरे के सुख-दुःख में सम्मिलित होने की भावना थी। और शहर में थोड़ा पैसा होने के बाद लोग एक-दूसरे से बचना चाहते थे। पर शहरों की दलित बस्तियों में तब तक ऐसा नहीं था। वहाँ पड़ोसी को हाँड़ी पर चढ़ी दाल के फुदकने का पता चल ही जाता था। वही दाल कटोरी और कटोरों में बँट कर अड़ोसी-पड़ोसियों के यहाँ पहुँच जाया करती थी। दिल्ली का चरित्र तब तक शहरी कम और कस्बाई अधिक था। इसका कारण भी था। दिल्ली में रहने वालों में अधिकांश गाँव तथा कस्बों के लोग ही थे। वे शहरों से उखड़ कर नहीं आए थे बल्कि जो पहले से ही उखड़े हुए लोग थे। रोजगार की तलाश में आकर धीरे-धीरे दिल्ली आकर बसने लगे थे। उस समय दिल्ली में उतनी महँगाई भी नहीं थी। दस-पन्द्रह रुपये रोज कमाने वाला व्यक्ति अपने भरे-पूरे परिवार के साथ मस्ती से रहता था। घरों में गैस नहीं थी, टी.वी. नहीं थे, फ्रिज नहीं थे। हाँ रेडियो अवश्य थे।

दिल्ली में मेरे दो बड़े भाइयों की ससुराल थी। एक की करोल बाग रैगरपुरा में तथा दूसरे की जामा मस्जिद के पास कलाँमहल में। दोनों ही परम्परागत रूप से बसी बस्तियाँ थीं। फर्क केवल यह था कि रैगरपुरा में सभी हिन्दू और दलित रहते थे। दूसरे कलाँमहल में मुस्लिम और दलितों के मकान ही थे। यहाँ मुस्लिमों की घनी आबादी थी। दलित छितरे हुए थे। उनके दस-दस बीस-बीस घर लगभग हर कटरे तथा हर गली में थे।

करोल बाग और देवनगर में दलित काफी संख्या में रहते थे। यही एक ऐसी जगह थी जहाँ समूची दिल्ली में दलितों की संख्या सबसे अधिक थी। करोल बाग वैसे भी सुरक्षित चुनाव क्षेत्र था। दलितों में भी जाटव और रैगरों की संख्या ही अधिक थी। रैगर राजस्थान से आए थे और जाटव हरियाणा, राजस्थान और उत्तर प्रदेश से। यहाँ के लोगों में समय के साथ जागरूकता बढ़ रही थी। नई पीढ़ी में चेतना आ रही थी। करोल बाग वैसे भी राजनीति का गढ़ माना जाता था। राजनीतिज्ञ यहाँ बराबर आते रहते थे। स्वयं मेरे भाई मोतीलाल की ससुराल में बी. पी. मौर्य कई बार आए थे। जहाँ छोटी-बड़ी बैठकें भी उन्होंने ली थीं। पर वे उनके संघर्ष के दिन थे। बड़े भाई के साले का नाम था बनारसी लाल दीवान। लोग उन्हें बी.एल. दीवान अधिक कहा करते थे। आरम्भ के दिनों में उन्होंने चुनाव भी लड़ा। घर पर उनके वही परम्परागत कार्य यानी चप्पल/सैंडल बनती थीं। घर-घर में यही व्यवसाय होता था। दलित जाति के दस्तकार बड़ी लगन और मेहनत से फैंसी (सजावट वाली) चप्पल/सैंडल बनाया करते थे।

बाजार में इनकी खूब माँग थी। इन्हीं को बेच-बेच कर न जाने कितने लाला/बनिए करोड़पति बन गये थे। पर दस्तकारों में उस समय लखपति भी कोई नहीं बन सका था। इन दस्तकारों को फी एक जोड़ी चप्पल पर एक रुपया ही मिलता था, सैंडल पर डेढ़ या दो रुपये मिल जाते थे। जबकि दुकानदार इन्हीं पर पाँच-दस रुपये कमाते थे। रोज शाम होते-होते टोकरे भर-भर करोल बाग के बाजार में ये दस्तकार ले जाते थे। पर दुकानदार इन्हें कभी भी पूरे पैसे नहीं देते थे। वे थोड़े पैसे देकर पर्ची थमा देते थे। उस पर्ची को दिखला कर ये दुकान से चमड़ा आदि खरीदते थे। ये दुकानें भी किसी लाला/किसी बनिए/ या किसी पंजाबी की हुआ करती थीं। वे उस पर्ची को देख कर अधिक दामों पर सामान दिया करते थे। इस तरह दलित की हर जगह कटौती होती थी। उसके द्वारा बनाए माल पर कम मुनाफा मिलता था दूसरे रॉ मैटेरियल के दाम उसे अधिक देने पड़ते थे। उसे खटना ही पड़ता था। अधिकांश दलित शराब के नशे में अपने पास की जमापूँजी गँवाते थे। पैसा जब पास नहीं होता था तब उन्हीं दुकानदारों के सामने हाथ फैलाते थे। जो उनका भरपूर शोषण करते थे।

जितने भी दलित बस्तियों में सार्वजनिक नल या पाख़ाने हुआ करते थे, इन दोनों स्थानों पर स्वयं दलितों की पहचान और भी सार्वजनिक हुआ करती थी। सुबह के समय जब हम शौचालय जाते तब वहाँ लम्बी लाइन लगी होती। कुछ लोग तो बाहर ही गाँड खोल कर टट्टी करने बैठ जाते। भीतर बीड़ी-दर-बीड़ी पीते/फूँकते लोग जोर लगाते। बाहर से आवाज आती, "अबे जल्दी निकल, मेरी निकल गयी।"

वह आदमी अन्दर से ही बोलता, "अबे चूतड़ पर हाथ रख ले।" और बाहर वाला आदमी सचमुच अपनी चूतड़ पर हाथ रख धम्म से बैठ जाता। कुछ देर के बाद जब अन्दर से कोई निकलता तो बाहर वाला आदमी तेजी से अन्दर घुसता और धप्प से चोथ मार देता। ऐसे समय पर वह आदमी पैजामे का नाड़ा पहले से ही खोल कर रखता। क्योंकि एक सेकेंड की भी देरी होने पर पाख़ाना उसके पैजामे में ही निकलने की सम्भावना होती थी। पुरुष तथा महिलाओं के शौचालय अगल-बगल ही थे। कभी-कभी जल्दी में कोई पुरुष महिलाओं की तरफ जाकर हग देता पकड़े जाने पर उसे मार पड़ती। वह जैसे-तैसे घर भागता।

चूँकि मेरी स्थिति मेहमान की होती, इसलिए अधिक समय लाइन में खड़े नहीं रहना पड़ता था। कोई-कोई तो अपने नम्बर पर मुझे भीतर भेज देता था। पर कभी-कभी मुझे भी बहुत परेशानी होती थी। मेरा प्रेशर बढ़ता पर मैं शर्म के कारण किसी को न बतलाता। बस चुपचाप खड़े हुए भीतर से आने वाले आदमी का इन्तजार करता। रैगरपुरे में हमें अधिकांश मेरठी कह कर पुकारते थे।

जहाँ तक मेरे दूसरे भाई मदन गोपाल की ससुराल यानी कलाँमहल की बात है वहाँ ऐसी परेशानी न थी। वहाँ उनका बड़ा मकान था। जिसमें पानी और शौचालय

दोनों घर में ही थे। उनकी चप्पल-जूतों की दुकान नई सड़क में थी। माली हालत अच्छी थी क्योंकि मेरी भाभी की माँ भी पढ़ाती थी। वे मिडिल स्कूल में प्रधानाचार्य थी। उन दिनों दलित परिवार से किसी महिला का स्कूल में पढ़ाना बड़ी बात थी। असल में आजादी से पूर्व ही भाभी के परिवार में पढ़ाई-लिखाई आरम्भ हो गयी थी। उनके दादा मन्त्री देवीदास उत्तरी भारत में बाबा साहेब डॉ. अम्बेडकर के समान्तर दलित आन्दोलन चलाने वालों में आगे की पंक्ति के समाजसेवी थे।

कलाँमहल वाली भाभी के यहाँ रह कर मैं खूब चाट-पकौड़ी खाता। गली में दोपहर को छाबरीवाला आता था। दिन में छत पर जाकर पतंग उड़ाता। यहाँ मेरठ की तरह मैं छत उलाँघ कर पड़ोसी की छत पर नहीं जा सकता था। बस अपनी छत पर ही मुझे रहना पड़ता था। क्योंकि अगल-बगल मुसलमानों के मकान ही अधिक थे। उनकी छतों पर जाने का मतलब नई मुसीबत मोल लेना। मैं इस बात से परिचित था। इसलिए सामने कटी पतंग पड़ी देख कर भी मैं अपने पाँवों को वहीं रोक लेता था। हालाँकि मुसलमानों के लड़के कभी-कभी भाभी वाले मकान की छत पर आ जाते थे। पर वे मुसलमान थे और हम दलित।

मेरे दोनों भाइयों की सालियाँ भी थीं। रैगरपुरा में कस्तूरा और कलाँमहल में दुलारी। वे दोनों मुझे अच्छी लगती थीं। और उन दोनों को भी मैं अच्छा लगता था। मेरे घरवालों को भी वे दोनों अच्छी लगती थीं। दोनों सुन्दर थीं और तेजी से जवान हो रही थीं।

उन दोनों के साथ ही मेरे विवाह की बात समय-समय पर चलती थी। पर बातचीत से अधिक खींचतान थी यानी मेरे घर पर ही दो तरह के पक्ष वाले लोग थे। एक का मानना था कि मेरा विवाह कस्तूरा से होना चाहिए। जबकि दूसरा पक्ष इस प्रयास में था कि दुलारी के साथ रिश्ता हो जाए तो अच्छा हो। हालाँकि मेरे मन में ऐसी कोई बात नहीं थी। मैं जब भी दिल्ली जाता उन दोनों से ही समान भाव से मिलता-जुलता। दुलारी से मैं कम मिल पाता था क्योंकि वह भाभी के ताऊ की लड़की थी। जिनका अलग मकान था। जब-जब भी मैं छत पर होता, दुलारी को अपनी ओर टकटकी लगाए अवश्य ही देखते हुए पाता। वह कम बोलती थी। पर उसकी आँखें जैसे बहुत कुछ कह दिया करती थीं। उसकी माँ नहीं थी। माँ मेरी भी बचपन में चल बसी थी। मुझे उससे भावनात्मक लगाव अधिक था।

हमारी बस्ती से तीन बस्तियाँ उलाँघ कर चौथी बस्ती पड़ती थी। बीच में नाला पड़ता था। जिस पर आने-जाने के लिए पुल था। उसे भुमिया का पुल कहते थे। यह बस्ती दलितों से पटी पड़ी थी। आसपास बड़ी संख्या में मुसलमान रहते थे। दलितों में

चमार, भंगी और खटीक आदि की संख्या अधिक थी। यूँ उनके कारोबार अलग थे, पर चमड़ा खींचने, जानवरों की खाल साफ करने, हड्डियाँ निकाल कर अलग करने से लेकर खून पकाने के कार्य से भी कुछ परिवार जुड़े थे। हम उन्हें खून पकव्वा कहते थे। वे हमारे ही बीच से थे, पर न जाने अलग तरह का कार्य होने से उन्हें कभी चामड़ अथवा रईए भी कह दिया करते थे। दलितों के भीतर ही जाति तथा उपजातियों की अनगिनत सुरंगें थीं, जो कभी-कभी दलित अस्मिता और पहचान को बाँटती तथा तोड़ती थीं। हालाँकि एक सुरंग से दूसरी सुरंग में जाने के सभी रास्ते बन्द थे। जातियों की रचना की प्रक्रिया में उलझाव ही अधिक थे। उन्हें सुलझाने वाले कम थे और गाँठें डालने वाले अधिक। हर जाति के अपने-अपने अन्तर्द्वन्द्व थे। वैसे अन्तर्द्वन्द्व समय-समय पर उभरते थे। अलग-अलग जातियों की अलग-अलग पंचायतें थीं पंचों की उठ-बैठ अपने ही लोगों तक सीमित थी, पर कभी-कभी किसी विशेष समस्या खड़ी होने पर एक जाति के पंचों/प्रधानों/चौधरियों/प्रमुखों की दूसरी जाति के लोगों से बातचीत हुआ करती थी। उन मुलाकातों का कोई सामाजिक महत्त्व न था। वह सब केवल दिखावे के लिए ही होता था।

कुछ समय पहले तक उस बस्ती को कमेला नाम से जाना जाता था। कमेला यानी पशुओं का वधस्थल। जहाँ गाय और भैंस बड़ी मात्रा में काटे जाते थे। चारों तरफ खून बहता था। हड्डियों के पहाड़ बन जाते थे। जिनके लिए कौवों/गिद्धों तथा कुत्तों के बीच छीना-झपटी होती थी। वे खाते कम थे और एक-दूसरे से नोचते-खसोटते तथा बिखेरते अधिक थे। बस्ती के ऊपर आकाश में हर समय चीलें मँडराती-तैरती होती थीं। वे किसी घर की मुंडेरे पर बैठी चोंच में कोई छीछड़ा लिये उसे कुतर-कुतर कर अपना पेट भरतीं। मुर्दा शरीरों को नोचने-कुतरने के बदले में कभी-कभी वे जिन्दा शरीरों को ही नोच डालतीं। सड़क पर चलता हुआ आदमी चीख कर रह जाता। हर रोज बस्ती के एक-न-एक आदमी या बच्चे का जख्मी होना तो लाजमी था। कसाई खून से सने ताजा मोस को उसी बस्ती से होकर बाहर ले जाते। जहाँ से शहर की सभी मुस्लिम बस्तियों को गाय-भैंस का मांस सप्लाई करते। बोरी या टाट में लदे मांस से खून चू-चूकर सड़क और गलियों में फैलता। पर परवाह किसे थी। न कसाइयों को और न नगरपालिका के डॉक्टर और स्वास्थ्य विभाग के इंस्पेक्टर तथा कर्मचारियों को। और परवाह भी क्यों हो क्योंकि वहाँ तथाकथित ब्रह्मा के मुख से पैदा हुए बामन थोड़ा ही रहते थे। उन्हीं खून से तरबतर गलियों में तो ब्रह्मा के पाँवों से उत्पन्न शूद्र रहते थे। जिनका जन्म ही शायद इस तरह की बस्तियों में रहने के लिए हुआ था। वे चील-कौवे तथा गिद्धों के तो समकक्ष थे। भारतीय समाज की संरचना में उनका स्थान ऐसी ही बदबूदार जगहों में रखा गया था। उन्हें कहीं भी फेंक दो वहीं रहने लगेंगे। बदबू के झोंकों से तीखी गन्ध को रोकने के लिए न वे अपनी

नाक बन्द रखेंगे और न ही उस पर रूमाल रखेंगे। ऐसी बस्तियों में रहने को वे देर-सवेर आदी हो जाते थे।

बाद में कुछ सुधारवादी अभियान चले थे। ऐसी बस्तियों की सफाई भी होने लगी थी। कमेले को भी यहाँ से हटा दिया गया था। अब इस बस्ती का नाम भगवतपुरा हो गया था। कमेला एकाएक नहीं हटा था। धीरे-धीरे खून के दाग धोए जा रहे थे। लेकिन हड्डियों के गोदाम अभी भी इसी बस्ती में वैसे ही थे। उन्हें हटाने की मुहिम तेज हुई। कुछ हटे और कुछ हटे भी नहीं। बहरहाल सफाई का पहला चरण आरम्भ हुआ।

उसी बस्ती के बीचोबीच झग्गड़ सिंह नाम के कोई नेताजी रहते थे। जिनके मकान के एक तरफ खेत थे तो दूसरी ओर हड्डियों के गोदाम। उनके घर जाने के लिए रास्ते भी दो तरफ से ही पड़ते थे यानी हड्डियों के गोदाम की ओर से और दूसरा रास्ता घुमावदार होते हुए खेतों के बीच से जाता था। हम उनके घर जाने के लिए समयानुसार दोनों ही रास्ते इस्तेमाल करते थे। बस फर्क यही होता था कि जब हड्डियों के गोदाम की ओर से जाते तो बदबूदार परिवेश से होकर गुजरना पड़ता था। कच्चे और सड़े हुए मांस से उठी बदबू के तीखे झोंके हवा को दूषित किये रहते थे। चूँकि नेताजी का घर हड्डियों के गोदाम के नजदीक ही था इसलिए जब पछवा हवा चलती तो उनके घर में मांस सड़ने की बदबू होती। उनकी पत्नी दूध बेचने का धन्धा करती थी। पाँच-छह भैंसें वहीं रखी हुई थीं। आधे घर में गोबर फैला होता था और आधे में गृहस्थी का सामान। हर बार एक-न-एक भैंस पेशाब करती होती थी। हम जब भी उनके घर जाते, उनकी पत्नी दूध और गोबर के कारोबार में लगी होती और नेताजी खाट पर बैठ कर अखबार पढ़ रहे होते।

हमारे जाने के बाद बात खबरों से शुरू होती और दलित आन्दोलन पर खत्म होती। मेरे साथ कभी देशराज भारती होते थे। वैसे अधिकांश रूप में मैं अकेला ही उनके घर जाता था। हमारे जाते ही वे चाय बनवाते। हम चाय सुड़कने के साथ गोबर तथा हड्डियों के गोदाम से आने वाली गन्ध का भी मजा लेते।

नेताजी मुझे अच्छे लगते थे या यूँ कहा जाए कि मैं उनसे प्रभावित था। वे खादी का बिना प्रेस किया हुआ कुरता-पैजामा पहनते थे। आरम्भ में वे सोशलिस्ट पार्टी में थे। गाँधी-लोहिया के पक्के भक्त थे। उत्तर प्रदेश परिवहन की यूनियन चलाते थे। बाद में समय के हिसाब से बाबा साहेब डॉ. अम्बेडकर के विचार तथा दर्शन से रू-ब-रू होते गये। वे स्वयं दलित समाज से थे, पर अम्बेडकर को जानने-समझने से पूर्व समस्याओं को सामान्य रूप में देखा करते थे। बाद में जब दलित उत्पीड़न की घटनाएँ ताबड़तोड़ तरह से होने लगीं तो उनकी मानसिकता में बदलाव आया। परिवहन यूनियन के अलावा भी वे दलित बस्तियों के सामाजिक

कार्यकर्ताओं से मिलने लगे। साथियों के बीच दलित राजनीति और आन्दोलन के सवालों के साथ जंगल-खेतों में काम-धन्धे के लिए जाती हमारी जाति की महिलाओं की स्थितियों पर भी बहस होती। हम इन सब सवालों की अपने-अपने ढंग से विश्लेषण करते। हमारे बीच बहस भी खूब होती। इस बहस के कारण कभी-कभी तनाव हो जाता। फिर अलग-अलग दलित बस्तियों की पंचायतों का जिक्र आता। पंचों के फैसले का हम बारी-बारी से विश्लेषण करते। शिक्षा के सवाल पर चर्चा होती। पढ़-लिख कर नौकरी मिलने के बाद स्वयं दलित अधिकारियों और कर्मचारियों के अलग-थलग हो जाने की प्रवृत्ति की भी आलोचना की जाती। विशेषतौर पर अधिकारियों के उदासीन रवैये पर टीका-टिप्पणी की जाती। राशनिंग में कभी-कभी गेहूँ नहीं मिल पाता, चीनी कम मिलती, बनिया वैसे भी डंडी मार कर कम सामान देता। दूध में पानी मिलाने के सवाल, दलित युवकों में बढ़ती बेरोजगारी की समस्या, दस्तकारों को बैंक से मिलने वाले कर्ज में होने वाली धाँधली के सवाल। राष्ट्र और देश की समस्याओं में हमारी रुचि कम होती। गली/बस्ती/गाँव/कस्बों की समस्याओं से उत्पन्न अनगिनत सवालों से ही हम अधिक जूझते होते।

दलित बस्तियों में परस्पर कहा-सुनी, लड़ाई-दंगे भी होते। हम और भी उनमें उलझ जाते। सार्वजनिक नलों में पानी कम आता। कम पानी और अधिक जरूरत वाले लोग। कभी-कभी तो नल पर घड़े, टोकनी तथा बाल्टियों की लाइन लग जाती। ऐसे में कुएँ तथा उसके पानी की याद आती, पर उसे तो पहले से ही गन्दा कर दिया गया था। बस्ती में एक पगला व्यक्ति रहता था। कई बार उसने कुएँ पर बैठ कर उसमें पाख़ाना कर दिया था। अब कुएँ में कौन उतरे, कौन सफाई करे।

हमें ब्राह्मण ने जातियों में बाँट और समाज के सबसे निचले स्तर पर लाकर अपना उल्लू सीधा किया था। अभी भी हम एक-दूसरे को अपने से ऊपर-नीचे की जातियों में बाँट कर स्वयं उल्लू बने हुए हैं। जातियों की उन लकीरों को किसने खींचा, कब खींचा क्यों खींचा, इस पर शोध करने और बहस में अपना अधिक समय लगाने के आदी हो गये, पर स्वयं के बीच में जो जाति भेद बरकरार थे। इस पर हमसे दो शब्द भी कोई नहीं कहेंगे और न लिखेंगे। इससे अधिक कूपमंडूकता और क्या हो सकती है। मेरे भीतर इस तरह के सवाल उठते थे।

अधिकांश दलित नेताओं को तो जाति की इन रेखाओं से कुछ लेना-देना नहीं है। सच यह भी है कि रेखाएँ रहेंगी तो उनकी राजनीति चलेगी, वरना फिर उन्हें कौन पूछेगा। इसलिए वैसे नेता समाज से जाति भेद के खत्म होने की बात नहीं सोचते। इसके विपरीत वर्ण व्यवस्था के अनुसार वे रेखाएँ और उभरें इस बारे में वे प्रयास करेंगे। जगह-जगह जाकर दलितों के बीच जाति भेद पर भाषण देंगे। हमें कम मिला उन्हें ज्यादा क्यों मिला, इस पर तूफान खड़ा कर देंगे। जिन जातियों को कम मिला

उन्हें बरगलाएँगे, बहलाएँगे तथा अपने भाषणों से मन्त्रमुग्ध कर उनकी वोटों से सौदा कर संसद और विधानसभाओं में पहुँचेंगे। यही है उनकी राजनीति। इसका फायदा उठाते हैं सवर्ण। उन्हें फिर यह कहने के अवसर मिल जाते हैं कि भई पहले अपने बीच से तो जातिभेद कम करो, हम पर पत्थर क्यों मारते हो?

भारत में जातियों-उपजातियों की संरचना और बनावट कुछ ऐसी हो गयी कि इसकी गिरफ्त से कोई बाहर आना नहीं चाहता। निश्चित ही दलित समाज की भीतरी संरचना में भी जाति भेद अपने चरम पर था। छोटी-छोटी संख्या की जातियाँ अपने-अपने अस्तित्व को बचाए रखने की फिक्र में शुतुरमुर्ग की तरह और सिकुड़ने का प्रयास करतीं। मुझे कहीं ऐसा पढ़ने-सुनने और देखने को नहीं मिला कि जब किसी दलित नेता ने सभी अनुसूचित जातियों को बुला कर कोई सम्मेलन कराया हो। उत्तर प्रदेश, दिल्ली तथा राजस्थान में उन दिनों दलित चेतना के सम्बन्ध में कुछ कार्यक्रम अवश्य होते थे, पर उस भीड़ में कुछ जातियों का ही दबदबा रहता था। नारेबाजी करने तथा तालियाँ बजाने में उन्हीं जातियों के लोग रहते थे।

मेरठ तथा आसपास के क्षेत्रों में उस समय जाटव या चमार जातियों के लोगों का ही दबदबा अधिक था। वे पढ़-लिख कर चेतन हो रहे थे, संघर्ष कर रहे थे। उनकी आवाज संसद तथा विधानसभाओं में भी गूँजती थी। जाटव महासंघ आदि कुछ संगठन भी बने हुए थे। मेरठ, हापुड़, अलीगढ़, आगरा, एटा, मैनपुरी, उत्तर प्रदेश में कुछ ऐसे गढ़ थे जहाँ दलितों में विशेष संघर्ष हो रहे थे। इन्हीं स्थानों से राजनीति में लोग आगे थे, यहीं से प्रशासनिक अधिकारी भी बन रहे थे। भारतीय प्रशासनिक सेवा तथा प्रोविंसियल सिविल सेवा में जा रहे थे। इस आगे भागने की प्रतिस्पर्धा में कुछ जातियाँ पिछड़ती जा रही थीं। जो पहले से ही पिछड़ी हुई थीं, उनका तो नामोनिशान ही मिटता जा रहा था। वे दलितों में दलित थे। उनकी चिन्ता न सरकार को थी और न नेताओं को।

हमारे बीच से ही एक उपजाति चामड़ जाति के नाम से जानी जाती थी। जिन्हें हम रईए भी कहते थे। वे परम्परागत तरीके से चमड़ा रंगने तथा खींचने का कार्य करते थे। उनके बड़े-बड़े नाखून होते, लगातार चमड़े की रंगाई से उनकी अँगुलियाँ लाल-पीली हो जाती थीं। बाद में शहर के बाहर टेंड्री खुल गयी थी, जहाँ वैसी ही थी। भारतीय समाज में आरम्भ से ही विभिन्न अलगाव इसी पहचान और अस्मिता के कारण होते रहे हैं।

मेरठ शहर में सूरज कुंड रोड़ पर फुटबॉल-वॉलीबॉल बनाने वाले दस्तकारों में अधिकांश पंजाब से आए हुए रमदसिया सिख थे। उनमें बहुत से साथी मेरठ में समय-समय पर होती सामाजिक गतिविधियों में शामिल होते थे। उनका हमारे घरों में भी आना-जाना था, लेकिन शादी-विवाहों में भी उन्हें हम तथा वे हमें बुलाते थे लेकिन विवाह स्तर पर रिश्ते उनके हमारे बीच न होते थे।

उत्तर प्रदेश में चमार, रविदास, जैसवार, अन्तर्वेदी, कुरील, धुसिया, जाटव, दोहरे, अहरवार, गुलिया, रैदासी, संखवार ये सभी एक ही जाति परिवार की विभिन्न शाखाएँ थीं। उनके व्यवसाय कहीं एक जैसे भी थे, कहीं अलग-अलग भी। आजादी से पहले भी और बाद में भी पश्चिमी उत्तर प्रदेश में इन लोगों ने अपने को जाटव के नाम से संगठित किया था। अपने को क्षत्रिय वंश से जोड़ कर कुछ अपने नाम के सामने 'सिंह' लगाने लगे। इनमें से कुछ अपने नाम के आगे पिप्पल, कर्दम, केन, खेम, निम, पिपरिया लिखने लगे।

बाबा साहेब डॉ. अम्बेडकर के समानान्तर ही 1942 में कानपुर के स्वामी अछूतानंद 'हरिहर' ने 'आदि हिन्दू धर्म' नाम से आन्दोलन भी चलाया था। जिसका कुछ असर अवश्य हुआ था। पहले गाँवों में दलित मरे हुए पशु उठाते थे, स्त्रियाँ सवर्ण परिवारों में जाकर बच्चों की नाल काटती थीं। आजादी के बाद अधिकांश स्थानों पर यह सब हुआ था। पर अनुसूचित जातियों के बीच सामाजिक एवं सांस्कृतिक स्तर पर संवाद उतना नहीं बन पाया था। बाबा साहेब ने तो बौद्ध धर्म अपनाने पर बल भी दिया था, उत्तरी भारत में उसका असर वैसा नहीं रहा। मुझे मालूम नहीं कि जाटव या चमार आदि तथाकथित जातियों के अलावा अन्य किसी जाति (अनुसूचित जाति) ने बौद्ध धर्म अपनाया हो। इसमें अपवाद हो सकता है, पर उदासीन अवश्य थी।

दलितों में ही जाटव और वाल्मीकि जातियों के बीच संवाद का अभाव तो था ही साथ ही आपस में घृणा और तनाव का वातावरण भी रहता था। कभी-कभी मारपीट भी हो जाती थी। दोनों जातियों के व्यवसाय, रहन-सहन, खान-पान तथा धार्मिक परम्पराओं और प्रथाओं में जमीन-आसमान का अन्तर था। एक जाति के लोग सूअर खाते थे, दूसरी जाति के लोग सूअर देखना भी नहीं चाहते। पर दोनों की आर्थिक स्थिति में भी फर्क था। वाल्मीकि समाज के लोग आर्थिक दृष्टि से कमजोर थे जबकि जाटवों की माली हालत लगभग ठीक-ठाक ही थी। हालाँकि देश की आजादी मिलने तक दोनों ही जातियों के अधिकांश लोग गुलाम जैसा जीवन जीने को बाध्य थे। आजादी के बाद भी पूर्वी उत्तर प्रदेश के कुछ गाँव-कस्बों में यह स्थिति बँधुआ मजदूरों की तरह भी थी। पर दुखद आश्चर्य की बात तो यह भी थी कि वहीं एक जाति दूसरी जाति के साथ गुलामों और जानवरों जैसा व्यवहार करती थी। इसका मुख्य कारण था कि जाटवों में से कुछ जो बौद्ध हो गये थे और उन्होंने पूरी तरह से बाबा साहेब के दर्शन को आत्मसात् नहीं किया था। और वे उसी वर्ण व्यवस्था-परम्परा तथा जातिभेद को आँख मींचकर मानते थे।

हमारी जात के घरों में भी सफाई करने वाले/सफाई करने वाली आती थीं, जिन्हें अन्य की तरह हम भी अबे ओ भंगी के, अरी ओ भंगन...आदि-आदि नामों से पुकारने में अपना बड़प्पन समझते थे। उन्हें बात-बात पर गालियाँ भी दे देते थे।

हमारे घरों में जब किसी की मृत्यु हो जाती तो मृतक के अन्य कपड़े, सामान आदि उन्हें दिये जाते थे। शादी-विवाहों के अवसरों पर उनकी स्थिति दीनहीनता से भरपूर और भी विचित्र बन जाती थी। जब सभी लोगों का भोजन समाप्त हो जाता था तब तक टोकरा, सिलवर की परात, गिलास आदि लिये वे भिखमंगे की तरह इन्तजार करते थे। बीच में उनकी औरतें चिरौरी करतीं और हमें सेठजी, चौधरी, माई-बाप, हजूर आदि-आदि नामों से अलंकृत करतीं। दूसरी तरफ मर्द उन्हें डाँटे-फटकारे बिना न रहते। कभी-कभी गालियाँ भी दे देते। वे विवश, भूखे पेट लिए घर बैठे बच्चों को जल्द-से-जल्द जूठन खिलाने के लिए सब कुछ सहन करतीं। असल में इस जूठन में सब कुछ मिल कर गड़बड़ हो जाती थी। वैसे वे अपने टोकरों में वैसे ही समेटतीं कभी-कभी वे चील, गिद्ध और कौवे बन जाते और जमीन पर पड़ी या बिखरी जूठन को अपनी अँगुलियों से कुरेदतीं। हमारी जात के लोग उन्हें कुत्ता-बिल्ली समझ कर डाँटते-फटकारते तथा भगाते। पर वे वहीं जमीं रहतीं। एक-एक मुट्ठी चावल के लिए घंटों-घंटों खुशामद कर पाँवों को हाथ लगातीं। पर उसके अलावा थोड़े साफ-स्वच्छ भोजन की भी चाह उन्हें होती। जब सारे लोग भोजन कर लेते, तब उनको थोड़ा-बहुत बाँटने का समय आता था।

उस समय तक हमारी जात के विवाह आदि में कोई भी वाल्मीकि समाज का व्यक्ति पंगत में हमारे साथ बैठने की हिम्मत नहीं करता था। और न ही हमारे बीच से ही कोई उन्हें बुलाने का साहस करता था। दलित जातियों में भी परस्पर समरसता का अभाव था। एक-दूसरे के प्रति घृणा तथा ईर्ष्या अधिक थी। मैं कभी-कभी वाल्मीकि बस्ती में जाता, उनके घर पर थोड़ा समय ठहरता, चाय-पानी पीता और लौट आता। मेरठ की कुछ बस्तियों से वाल्मीकि परिवारों से दलित-आन्दोलन में शामिल होने लगे थे। उनके होंठों पर भी बाबा साहेब डॉ. अम्बेडकर का नाम आने लगा था। वे भी शिक्षा, व्यापार तथा राजनीति में प्रगति कर रहे थे, पर उन्हें इस बात का मलाल अवश्य ही था कि वाल्मीकि जाटवों से पीछे क्यों हैं।

मेरठ आरम्भ से ही अनगिनत रक्त-रंजित युद्ध और लड़ाइयों का स्थल रहा है। वहाँ रहने वालों ने अपने ही इतिहास को जितना झेला शायद ही किसी अन्य शहर के बाशिन्दों को वह सब देखना/सहना पड़ा हो। मेरठ से होकर मराठे भी गुजरे और अंग्रेज भी, तुर्क भी और मुगल भी। दिल्ली पर चढ़ाई करने वाला कौन-सा ऐसा हमलावर रहा होगा जिसकी सेना ने इस शहर से गुजरते हुए हरियाली ओढ़े हुए यहाँ के खेतों को रौंद कर तहस-नहस न किया होगा। यहाँ की जनता का कत्लेआम न किया होगा। महिलाओं की अस्मिता को तार-तार न किया होगा।

मेरठ का ज़र्रा-ज़र्रा आदमी के मांस और खून के कतरे-कतरे बूँद-बूँद के गिरने-टपकने का चश्मदीद गवाह रहा है। आदमी के बाद पहले गली-बस्तियाँ ध्वस्त हुईं फिर हवेलियाँ और किले। बार-बार यह शहर हिम्मत कर उठा फिर गिरा। शहर में जितना निर्माण कार्य हुआ उतना ही ध्वस्त होने से खाक होने का खामियाजा भी इसी नगर को भुगतना पड़ा। यूँ मन्दिर से मजिस्द तक तथा मठ से लेकर मकबरों तक की धूप-छाँव भी शहर में रही, पर कौन-सी गली-मौहल्ले तथा बस्ती ऐसी होगी जिसमें रहने वालों में कोई-न-कोई धर्म, जाति, संप्रदाय के आधार पर हुए दंगे में मारा न गया होगा। इतिहास से सबक लेने की बात यहाँ के परिवेश में बार-बार गूँजती रही, पर वर्तमान ने कहाँ सबक लिया वह तो स्वयं वैसा ही रक्त-रंजित इतिहास बन भविष्य को कँपकँपाता रहा।

मेरे शहर में इस बार भी दंगा हुआ। एक दंगे में हुई आगजनी और मारकाट से हुए जख्म भरते नहीं कि दूसरी बार का दंगा फिर से नये जख्म दे देता। मेरे अपने पचीस बरस के जीवन में दस बार दंगा होने की जख्मी यादें तो मेरे ही भीतर बसी थीं। कभी-कभी तो एक ही बरस में दो-दो बार दंगा हो जाता। मौसम की तरह दंगे की ऋतु लौट-लौट कर आती और लोगों को सम्प्रदाय के नाम पर और अधिक बाँटती। इस तरह के दंगे में महिलाओं का जीवन अधिक बर्बाद होता। उनकी अस्मिता रौंद दी जाती। भावनाओं को टुकड़े-टुकड़े कर दिया जाता। फिर उन्हें कतरा-कतरा जीवन जीने को अभिशप्त होना पड़ता।

एक ओर मई-जून की गर्मी दूसरी तरफ दंगे की आग। समूचे शहर में लोग झुलस रहे थे। दिन में थोड़ी राहत मिलती, पर रात में हमें अपने-अपने पिंजरों में बन्द होना पड़ता। उन पिंजरों में आने-जाने के लिए हवा भी नहीं होती। बन्द पिंजरों में हम कसमसाते। बाहर सड़क पर फौजी गाड़ियाँ घूमतीं, पुलिस के सायरन बजते। सड़क पर जूतों की आवाजें गूँजतीं। हमारे भीतर-बाहर हाहाकार होता। हम गर्मी में पिघलने से अधिक दंगे से उत्पन्न दहशत में सिकुड़ते।

जितनी बार भी दंगा होता उतनी बार हम बीच में पिसते। पर हम क्यों पिसे? हम न हिन्दू थे और न मुसलमान। हमारी अलग पहचान थी। इस बार के कई स्थानीय अखबारों ने छापा भी। मेरठ में दलितों और मुसलमानों के बीच दंगा भड़का। यह खबर हमें बार-बार परेशान करती रही। क्या हम दलित ही हैं, हिन्दू नहीं...? बीच में दिन में कर्फ्यू खुला तो हमने हिम्मत की। पहले हम नजदीक की चार-पाँच दलित बस्तियों में गये। बातचीत में यही निश्चित हुआ कि सभी दलित अपने-अपने पड़ोसी मुसलमानों में शान्ति की वार्ता करें तथा एक-दूसरे से हमला न करने का आश्वासन लें तथा दें। मेरठ में अमन और चैन को वापस लाने के लिए इससे बेहतर दूसरा रास्ता और क्या हो सकता था। पर मन के भीतर डर था। कहीं

मुसलमान हमें अपने पाले में आया देख हम पर हमला ही न कर दें। इस बारे में बस्ती के लोगों की दो दिन लगातार बैठकें होती रहीं। पहल कौन करे? समस्या यही थी। इस पर हम बार-बार विचार कर रहे थे।

अन्ततः रास्ता निकल ही आया। पहले दिन छत पर चढ़ कर हमने अपने पड़ोसी मुसलमानों को यह सन्देश बताया। वे सकुचाते हुए ऊपर आए। बाद में बस्ती के आठ-दस लोग करमअली की मस्जिद में गये। जिनमें सबसे कम उम्र का मैं ही था। उन्होंने चाय का प्रबन्ध किया। पहली बार मस्जिद में बैठ कर मैंने चाय पी थी। हमें सुखद आश्चर्य हुआ। अच्छा भी लगा कि हम शान्ति और भाईचारे के अभियान में लगे हैं। अंजाम चाहे कुछ भी हो। और अंजाम अच्छा ही हुआ। हम सबकी मेहनत रंग लाई। तीसरे दिन कर्फ्यू खुल गया। लोग खुली सड़कों पर आ गये। बाजार में पहले जैसी गहमागहमी हो गयी। इस बार उधर से पड़ोसी मुसलमान आए। हमने उन्हें शर्बत दिया। उन्होंने वह स्वीकार किया। इस घटना के बाद आगे लम्बे समय तक शहर में दंगा नहीं हुआ था।

1971 में मैंने बी.ए. कर लिया था और अब 1972 लग गया था। दिल्ली प्रशासन में क्लर्क के पद के लिए लिखित प्रतियोगिता में शामिल हुआ था। उसका परिणाम चार माह में ही आ गया था। मैंने लिखित परीक्षा पास कर ली थी। एक तरह से देखा जाए तो मुझे नौकरी मिल जानी चाहिए थी, पर दिल्ली प्रशासन के कुछ अधिकारियों की लापरवाही और नालायकी के कारण मैं न इधर का रहा था और न ही उधर का। कुछ साथियों ने बतलाया था कि लिखित परीक्षा पास करने वालों का भी कभी-कभी पैनल रद्द कर दिया जाता है। इसलिए यह नौकरी मिलने की उम्मीद भी खो बैठा था। हफ्ता-दस दिनों के बाद गर्मियों की तपती दोपहरी में दिल्ली की सड़कों पर पैदल ही निकल जाता था। मेरठ से यहाँ आकर थोड़ा चेंज हो जाता था, पर लौटना तो फिर वहीं वापस था। वहीं कच्चे घरों में सिमटा अभाव और महँगाई के बोझ से दबते हम सभी। बा गीले चमड़े को खूब जोरों से हाड़े से कूटता-पीटता। ऐसे करते हुए उसके शरीर की नसें फूल उठतीं। उसका सारा जिस्म पसीने से भीग जाता। मुझे कभी-कभी लगता कि बा मुझ पर क्रोध न उतार कर उन चमड़े के टुकड़ों पर उतार रहा होता था। जिन्हें काट-पीट कर सोल के रूप में इस्तेमाल किया जाता था। जितना भी उन्हें ठोंका-पीटा जाता, वे उतना ही मजबूत हो जाते। कभी-कभी वह चोट चमड़े पर न पड़ पत्थर की सिल पर पड़ती। तब छन्न जैसी आवाज पैदा होती। सिल मजबूत काले-लाल और सफेद पत्थर की हुआ करती थी। उसी पर चमड़े के छोटे-बड़े टुकड़े रख उन्हें हाड़े से पीट-पीट कर उनके भीतर पड़ी सलवटें निकाल कर सपाट बनाया जाता था।

मुझ पर भी तो बराबर इधर-उधर से चोट पड़ रही थी। पर मैं मजबूत नहीं और कमजोर होता चला जा रहा था। जीवित चमड़ा कमजोर हो रहा था और मुर्दा चमड़ा मजबूत। यह अजीब बात थी। हालाँकि दोनों ही चमड़े थे। मैंने कुछ महीने अंग्रेजी टाइप भी सीखी। बाद में टाइप कोचिंग सेंटर जाना बन्द कर दिया था। पाँच रुपये माह टाइप सीखने के लगते थे उन दिनों, पर कभी-कभी पाँच रुपयों का भी समय पर जुगाड़ न हो पाता था। ऐसे में दुकान मालिक बार-बार पैसों का तगादा करता था जो मुझे अच्छा नहीं लगता था। गुस्से में आकर कभी-कभी वह मेरी अँगुलियों को 'ए' से लेकर 'जेड' तक के लोहे के उभरे अक्षरों के बीच में घुसा देता था। ऐसी स्थिति में एक-दो अँगुलियों का मांस छिल जाता था। बड़ी टीस होती थी अँगुलियों में भी और मन के भीतर भी। ऐसी परिस्थितियों में मुझे उपन्यासों से ही सहारा मिलता था। उपन्यास तो मैं पहले से ही पढ़ता था, पर गर्दिश के इन दिनों में कुछ अधिक ही पढ़ने लगा था। उन दिनों एक उपन्यास का किराया होता था दस पैसे प्रति दिन। कभी नगद तो कभी उधार। लाला के बाजार में अनगिनत दुकानें थीं जहाँ से किराये पर उपन्यास पढ़ने को मिलते थे। मेरे प्रिय उपन्यासकार प्यारेलाल शर्मा, गुलशन नंदा, रानू, ओमप्रकाश शर्मा, वेदप्रकाश कंबोज, कर्नल रंजीत, इब्ने सफी...आदि आदि थे। मैं पहले एक दिन में एक ही उपन्यास पढ़ता था। फिर बस्ती में एक लाला की दुकान खुली उसे भी उपन्यास पढ़ने का शौक था। मैं उसे अपना उपन्यास दे देता और उससे उसका ले लेता। उसे भी फायदा और मुझे भी। इस तरह दस पैसे में दो-दो उपन्यास पढ़ने लगा।

अधिकतर उपन्यास मैं नीम के नीचे बैठ कर पढ़ता था। चूँकि हमारे कच्चे घरों में बिजली तो थी नहीं इसलिए रात में सार्वजनिक लैम्पपोस्ट के नीचे पढ़ता था। उपन्यास पढ़ते-पढ़ते मैं धीरे-धीरे कहानियाँ, कविताएँ, उपन्यास लिखने की कोशिश भी करने लगा था। इससे मुझे और भी सुकून मिलने लगा था। जख्मों पर फाहा रखने वाला कोई न था। यह काम मैं स्वयं ही करता था। उन्हीं दिनों शहर में अँगिया-चोली बनाने वाले एक व्यक्ति ने प्रेस लगाकर उपन्यास छापना आरम्भ कर दिया था। मेरठ उपन्यासों के लिए वैसे ही प्रसिद्ध था। मैं अपनी पांडुलिपि लेकर अँगिया/चोली बनाने वाली फैक्ट्री में गया था। जगह-जगह अलग-अलग नाप की चोलियाँ टँगी थीं। पांडुलिपि उलट-पलट कर वह उपन्यास छापने को राजी हो गया था। पर मेरे नाम से नहीं ओमप्रकाश शर्मा के नाम से। उन दिनों ओमप्रकाश शर्मा की धूम मची थी। जितने उपन्यास थोक में स्वयं ओमप्रकाश शर्मा लिखते थे, उससे अधिक उन्हीं के नाम से अन्य गुमनाम लेखकों से थोड़ा-बहुत पैसा देकर लिखवाए जाते थे। एक तरफ नकली उपन्यास बिकते थे दूसरी तरफ असली। पर असली-नकली में पाठक अन्तर महसूस न कर पाते थे। लेकिन मैं उसकी शर्त पर उपन्यास छापने के लिए

तैयार न हुआ था। मुझे पैसे से अधिक नाम चाहिए था। वैसे भी हर दूसरे लेखक को नाम की अधिक ख्वाहिश रहती है। मेरे भीतर भी वैसी ही चाह थी। मैं जितने भी उपन्यास पढ़ता उतनी ही नये तरह से स्वयं लिखने का प्रयास करता। उपन्यास आरम्भ करते हुए बहुत जल्दबाजी से काम लेता। इसका हश्र यह होता कि बीस-तीस पृष्ठों के बाद मेरा लेखन रुक जाता। बाद में धीरे-धीरे गाड़ी आगे बढ़ती। एक उपन्यास पूरा नहीं होता दूसरे किसी विषय पर लिखना शुरू कर देता। कभी-कभी ऐसा भी होता कि दोनों में कोई भी उपन्यास पूरा नहीं होता। फिर तीसरा विषय ले बैठता। दिन भर में मेरे भीतर अनगिनत पात्र नये-नये विषय के साथ उभरते, पर शाम होते-होते वे सब सूरज की तरह डूब जाते। तब तक मेरी कल्पनाओं के घोड़े भी दौड़ते-दौड़ते थक जाते। पर सोने से पहले फिर उन्हीं कल्पनाओं के घोड़े पर सवार हो जाता। पर विशेष कुछ हाथ नहीं लगता। क्योंकि किसी भी विषय पर गम्भीरतापूर्वक मनन नहीं कर पाता था। मैं लेखक तो था नहीं, मैं बस कल्पनाओं की उड़न तश्तरी में यूँ ही बैठ जाता था।

असल में लिख़ने के लिए साधना मैं नहीं कर पाता था। लिखने से पहले सतही तरह से सोचना था। यह बात मुझे बाद में समझ आई। उस समय तक लिख-लिख कर मैंने ढेर लगा लिया था, जो किसी काम का नहीं था। अपनी कुछ रचनाओं को तो मैं दो-चार दिन बाद ही फाड़ देता था। जितना फाड़ता, उससे अधिक लिखता। उन दिनों मेरा लेखन रोमांच और रोमांस के आसपास अधिक हुआ करता था। तब तक प्रेम-पत्र लिखना भी सीख गया था। हालाँकि असलियत में प्रेम-पत्र लिखने की वैसी सम्भावना न थी, पर फिल्म देखने तथा कहानियाँ और उपन्यास पढ़ने से प्रेम-पत्र लिखने की कला से मैं अनभिज्ञ न रहा था।

मेरठ से दो-तीन अखबार दलितों के थे। पर उनमें एक विशेष था। उसका नाम था भीम सैनिक, संपादक थे पी.एस. मौर्या। इससे पूर्व घंटाघर के पास एक घड़ी की दुकान के नीचे फुटपाथ पर बैठ कर वे किताबें बेचा करते थे। किताबें भी कैसी, फिल्मी गानों की और सामाजिक-जासूसी उपन्यास। बाद में कुछ पैसे इकट्ठा कर उन्होंने भीम सैनिक अखबार निकाला था। 14 अप्रैल या अन्य चुनावी सभाओं में उनसे मेरी मुलाकात होती रहती थी। वे घूम-घूम कर अपना अखबार बेचा करते थे। मेरे भीतर तभी से कुछ लिखने की इच्छा जाग्रत हुई थी। पर कुछ विशेष कभी लिखा न था। कभी-कभी अखबार के प्रूफ प्रेस में जाकर देख लिया करता था या छोटी-मोटी रिपोर्टिंग कर दिया करता था। मेरठ की किसी बस्ती में कोई कार्यक्रम होता या घटना हो जाती, उसकी न्यूज बना कर दे दिया करता था। यही मेरी पत्रकारिता का आरम्भिक

दौर था। बड़े-बड़े लेख उन दिनों न लिख पाता था। कहानियाँ और कविताएँ लिखने का प्रयास करता था। उपन्यास लिखने के प्रयास भी किये थे।

दलितों में राजनैतिक चेतना आ रही थी। देश भर में फैले छोटे-बड़े संगठन सामाजिक क्षेत्र में कार्यरत थे। पर वे राजनीति से अछूते न थे। हर दूसरा संगठन किसी-न-किसी राजनीतिज्ञ से अवश्य ही जुड़ा था। या यूँ कहिए कि दस में से कम-से-कम चार छोटे-बड़े नेताओं के पास अपने-अपने संगठन हुआ करते थे। उनमें से कुछ संगठनों को केन्द्र सरकार तथा राज्य सरकारों की मार्फत राज्य आर्थिक अनुदान भी मिलता था। बाबूजी के खाते में भी भारतीय दलित वर्ग संघ जैसा बड़ा संगठन था। जिसके प्रतिवर्ष दिल्ली में सम्मेलन होते थे। इस संघ को लम्बे समय से केन्द्र सरकार से आर्थिक मदद मिलती रही थी। पर उसकी राजनीति की आँच थोड़ी मन्द हो गयी थी। मेरठ और उसके आसपास बी.पी. मौर्या का अभी दबदबा था, पर उनके कांग्रेस में चले जाने से वह दबदबा कम हो गया था। बल्कि दलितों के भीतर कुंठाएँ और आक्रोश उभर आया था। उत्तरी भारत में इस तरह दलितों में विशेषतौर पर तीन ग्रुप हो गये थे। पहला, मौर्या में अभी भी आस्था रखता था, दूसरा उसके खिलाफ था और तीसरा, बाबू जी की तरफ था। ये सब बाबा साहेब को मानते थे, पर अलग-अलग राजनैतिक दलों में इनकी घुसपैठ थी। सच कहा जाए तो डॉ. अम्बेडकर के नाम पर यह मजाक ही था। जिसे और उपहासजनक स्थिति में लाने के लिए कुछ दलित नेता जिम्मेदार थे। बी.पी. मौर्य तो सभाओं में कहते भी थे—मैं गोरा चमार हूँ और जगजीवन राम काला चमार है। वे जगजीवन राम को कभी बाबूजी नहीं कहते थे। उनके व्यक्तित्व को हल्का करने के लिए मजाक में वह सब कुछ कह दिया करते थे जो दलित अस्मिता को सार्वजनिक रूप से तोड़ता था। पर यहाँ तक मुझे याद है बाबूजी ने डॉ. अम्बेडकर के बारे में ऐसा कभी कुछ नहीं कहा था।

उस समय बी.ए. करने का अर्थ बहुत कुछ था। पर उस तरह का बड़ा अर्थ मुझे बहुत छोटा लगता था। जैसे-जैसे समाज की समस्याओं से परिचय हो रहा था और दलित आन्दोलन मेरे भीतर रचने-बसने लगा था, वैसे-वैसे कुछ दूसरी तरह से मैं सोचने लगा था। मेरे भीतर विद्रोह का बीजारोपण वहीं से हुआ था। जिससे मेरे व्यक्तित्व में कुछ अलग से जुड़ा था।

बी.ए. करने के बाद मेरे पास समय था। परिस्थितियाँ भी मुझे नया कुछ करने के लिए उकसा रही थीं। दलित समाज के सन्दर्भ में नये विचार दर्शन बन रहे थे। मैं चाहता था कि स्वयं अपना एक हिन्दी सप्ताहिक आरम्भ किया जाए। बस यही सोच कर मैंने अखबार प्रकाशित करने पर जोर-शोर से कार्य शुरू कर दिया। नये-पुराने साथियों से मिलता और उनसे अखबार के बारे में राय लेता। लगभग दो माह में मुझे

अखबार का टाइटल मिल गया। नाम था 'समताशक्ति'। इसे मैंने साप्ताहिक ही रखा। ब्लिट्ज से थोड़ा छोटे साइज में था। मेरठ की ही एक प्रेस में छपाया। पहले अंक की एक हजार प्रतियाँ छपवाईं। कुछ ने चन्दा दिया कुछ ने नहीं। अलबत्ता कुछ परेशानियाँ होने के बावजूद भी मैं पत्रकारिता से पूरी तरह जुड़ ही गया। जिलाधीश के ऑफिस से लेकर सूचना विभाग तक के चक्कर लगाने लगा। न्यूज के लिए आसपास के गाँवों में भी जाना आरम्भ किया। गाँव से कुछ लोग स्वयं मेरे पास आ जाते थे। गाँवों में अधिकतर खबरें दलित उत्पीड़न की ही हुआ करती थीं या फिर सरकारी योजनाओं के प्रचार के लिए प्रेस-विज्ञप्ति। इस बीच मेरठ के अन्य पत्रकारों से भी मुलाकातें होतीं। जिनके अपने ऑफिस थे, टेलीफोन थे। अखबार चलाने के लिए उनके पास बहुत-कुछ था, पर मेरे पास कुछ भी नहीं। यही स्थिति अन्य दो-तीन दलित संपादकों तथा पत्रकारों की भी थी। मेरी तरह वे भी अपने-अपने घरों से ही अखबार निकालते थे। थोड़ा-बहुत उन्हें चन्दा मिल जाता। कुछ घर से लगाते और अखबार प्रेस से छपवाते।

मुझे भी आरम्भ में कुछ साथियों ने सहयोग दिया। पर बाद में लोग किनारा करने लगे। लोगों ने चन्दा देना ही बन्द नहीं किया मिलना भी छोड़ दिया। ऊपर से मेरे बारे में अलग-अलग तरह से टिप्पणी करते। पाँच रुपया देते हुए भी उन्हें कष्ट होता था। कुछ साथी मदद न करने के बहाने बनाते। हालाँकि मुझे उनके झूठ बोलने का अहसास हो जाता था। और जब मैं उनसे इस बारे में कहता तो वे दाँत निकाल देते। हाँ दलितों के मसले पर घंटों-घंटों बहस करते। आलोचना करने में वे सबसे आगे होते। सरकार यह नहीं कर रही, सरकार वह नहीं कर रही, पर स्वयं वे दलित आन्दोलन को मजबूत बनाने के लिए क्या कर रहे थे इस बारे में आत्मविवेचना नहीं करते। कभी-कभी मेरी उनसे बड़ी तीखी बहस हो जाती।

आखिर वही हुआ जिसका भय था। समताशक्ति एक-दो अंक निकलने के पश्चात् ही बन्द हो गया। अखबार छापने के लिए मेरे पास तो पैसा था नहीं। विज्ञापन मिलने की भी कोई उम्मीद न थी। बड़ी-बड़ी कम्पनियाँ, कल-कारखाने तो सवर्णों के ही थे। वे भला हमें कैसे और क्यों विज्ञापन देने लगे। अखबार तो बन्द हो गया, पर फायदा यह हुआ कि दलित बस्तियों तथा गाँवों में मेरे और सम्बन्ध बढ़ गये। लोगों की कथनी करनी का भी पता चला। वे किस बारे में क्या सोचते हैं, इसका भी अन्दाजा हुआ।

घरवाले अलग मुझसे बिदकने लगे थे। वे मेरी भावनाओं को समझते थे, पर उनकी भी कोई सीमा थी। जबकि मैं किसी सीमा में बँध कर रहना नहीं चाहता था। फिर न जाने एक दिन कैसे एक बिचौलिया मेरे विवाह की बात करते-करते घर तक आ

गया। बा तथा चाचा ने उससे बात की। उन्हें वह रिश्ता कुछ जँचा। वे मुझे घेर लेना चाहते थे। यह रिश्ता हापुड़ से था। वहाँ कोई आलू प्याज का व्यवसाय करने वाले ठेकेदार थे। जिनकी इकलौती लड़की थी। जमीन जायदाद थी। उस बिचौलिया के अनुसार लड़की भी देखने-दिखाने लायक थी। घर में कुछ लोगों का तर्क था कि यह रिश्तो हो जाए तो नौकरी की भी जरूरत नहीं। सब कुछ तो लड़की का ही होगा और जो उस लड़की से विवाह करेगा, वह लड़की के साथ जमीन-जायदाद का भी मालिक होगा। पर उनकी एक शर्त थी। और वह यह कि दामाद को ससुराल में ही रहना पड़ेगा। असल में वे घर-जंवाई बनाना चाहते थे। घर में कुछ लोग चाहते थे और कुछ नहीं। जो नहीं चाहते थे उनके मुँह में भी पानी आता था।

पर मेरे मुँह में पानी नहीं था। मैंने बार-बार इस बात का विरोध किया। मेरे पास उनके द्वारा जबर्दस्ती थोपे जा रहे रिश्ते के काटने के लिए तर्क था। मैंने दिल्ली में नौकरी के लिए लिखित परीक्षा तो उत्तीर्ण कर ही ली थी। दो-चार माह में उम्मीद थी नौकरी मिलने की। पर दूसरी तरफ घर में उस रिश्ते को करने के बारे में बहुमत होता जा रहा था और घर में अधिकांश घर-जंवाई बनने पर मुझ पर जोर डालने लगे थे।

उन दिनों मुझे ऐसा लगा कि मैं अपने ही घर में अकेला पड़ गया हूँ। दिल्ली में बड़े भाई रहते थे। यहीं वे नौकरी पर थे। मुझे भी नौकरी के लिए सम्बन्धित अधिकारियों से मिलना था। यही सोच कर मैं मेरठ से दिल्ली आ गया।

गर्मी के दिन। परिवेश में अच्छी-खासी उमस और तमस। मेरे नीचे की जमीन भभकती थी। मैं भभकता था। भरी दोपहरी में घूमने-फिरने से मेरा सिर गर्म हो जाता था। कभी-कभी मेरे भीतर मौजूदा व्यवस्था के खिलाफ बवंडर उठता। मैं बड़बड़ाता/उफनता। दिल्ली प्रशासन के अफसरों से झड़प भी हो जाती। एक दिन मेरे एक मित्र ने सलाह दी। नैमिशरायजी तुम तो अखबार की ताकत समझते हो। ब्लिट्ज में दिल्ली प्रशासन की इस अन्धेरगर्दी की खबर लिख कर भेजो। मैंने उसी दिन मैटर बनाया और ब्लिट्ज के ऑफिस बम्बई डाक से लिफाफा भेज दिया। अगले पखवाड़े मेरे द्वारा दिया गया मैटर छप भी गया।

जिस पल मैंने ब्लिट्ज में अपनी परेशानी की खबर बॉक्स में पढ़ी। मुझे बेहद खुशी हुई। मेरे भीतर अजीब तरह की सनसनाहट कुछ समय तक होती रही। मैं बार-बार वह खबर पढ़ता रहा। और सनसनाहट बढ़ती रही। मेरे लिए वह चरम सुख था। इस खबर के छपने के लगभग चार दिन बाद मुझे किसी आई.ए.एस. अधिकारी रेवा नय्यर का पत्र मिला। उन्होंने मुझे बुलाया था। मैं पुराने सचिवालय स्थित उनके कमरे में गया। वह सर्विस विभाग की उच्च्व अधिकारी थी। मैंने देखा, वह फोन पर किसी से बात कर रही थी। शायद घर पर मुन्ने को दूध पिलाना है। पर मेरे भीतर रोटी की भूख थी। वह हँस रही थी। मैं कुढ़ रहा था। थोड़ी देर में उसने फोन पर बातचीत बन्द की।

मुझे देख कर वह लापरवाही और नाराजगी के स्वर में बोली, ''आपने ब्लिट्ज में यह सब क्यों दिया?'' उनके हाथ में ब्लिट्ज के ताजा अंक की प्रति थी।

''आप जैसे अधिकारियों को नींद से जगाने के लिए।'' मैंने दो-टूक जवाब दिया। मेरे उत्तर से वह और भी गर्म हो उठी। और भभकते हुए पुनः बोली, ''आप समझते हैं कि हम यहाँ आकर सोते हैं?''

''ज़ी, बहुत गहरी नींद में।'' मेरा उत्तर फिर संक्षिप्त था।

''आप समझते क्या हैं अपने आपको?'' वह फिर भभकी।

मेरा उत्तर था, ''जैसा आपने समझा।''

न जाने क्यों उसने अपने आपको थोड़ा संयत किया। गुस्से को पीते हुए कहा, ''अभी तो आपकी सर्विस लगी भी नहीं, आपके ये हाल हैं। सर्विस में आने के बाद क्या होगा?''

''यह तो मैडम वक्त ही बतलाएगा।'' मैं बोला।

''ठीक है, ठीक है, मैंने आपकी समस्या समझ ली है। आपको पत्र मिल जाएगा।'' उसने कहा।

''बहुत देर बाद आपने मेरी समस्या समझी।'' मैं पुनः बोला। पर वह चुप रही। और मैं बाहर निकल आया।

अगले सप्ताह मुझे नियुक्ति पत्र मिल गया। मेरा खुश होना लाजमी था। वही पत्र लेकर मैं मेरठ लौटा। बा को अच्छा लगा। मेरी बहन ने सुना तो तपाक से बोली, ''चलो उस तोते की नाक वाली की नौकरी से तो अच्छी नौकरी मिली।''

''तोते की नाक वाली, तोते वाली। मैं कुछ समझा नहीं।'' मैंने पूछा।

''अरे भइया वई, हापुड़ वाली, लोग बतावैं थे कि देखने में तो अच्छी थी, पर तोते जैसी नाक थी उसकी।'' बहन ने खुलासा किया था।

मेरी पहली पोस्टिंग दरियागंज एप्लायमेंट एक्सचेंज में हुई थी। दिल्ली पहले भी कई बार आ चुका था। नौकरी मिली भी तो रोजगार कार्यालय में। इसमें कोई सन्देह नहीं कि दिल्ली एक खूबसूरत शहर था। दिल्ली में जब उतनी गन्दगी नहीं थी। न ही अधिक भीड़भाड़ ही। आबादी का दबाव कम था। पूरे देश से लोग दौड़े-दौड़े राजधानी नहीं आते थे। न ही सम्मेलन और रैलियों के लिए लाल किले के पीछे तम्बू-डेरे ही लगते थे। लाल किले के आसपास विशेषतौर पर पिछवाड़े की ओर सुनसान ही रहता था। दिल्ली में हरियाली भी काफी थी। कनॉट सर्कस की सड़कें तो शीशे की तरह साफ और चमकीली हुआ करती थीं। यूँ दिल्ली से मैं कम ही परिचित था। कहीं जाना होता था तो दस बार लोगों से पूछता था। तब बस या फिटफिटी लेता था।

दिल्ली में नौकरी लगने की तो खुशी हुई थी, पर समस्या थी रहने की। दो-तीन

रिश्तेदारियाँ थीं। उनमें से कहीं रहने की कोई तुक न थी। बड़े भाई भी दिल्ली रहते थे। पर मैं मेरठ में ही रहना चाहता था। अतः मेरठ से ही आने का निर्णय किया। मेरठ से हजारों लोग रोज आते थे। जो दिल्ली में ही किसी-न-किसी विभाग में नौकरी करते थे। मेरठ शहर से मेरठ शटल नाम से ट्रेन बनकर चलती थी। सुबह सात बज कर चालीस मिनट पर ट्रेन मेरठ से छूटती थी। और दस बजते-बजते दिल्ली आ जाती थी, पर वह मुझे माफिक नहीं थी। इसलिए कि हमारा ऑफिस सुबह नौ बजे से खुल जाता था। अतः उससे पहले की गाड़ी से आना शुरू किया। वह छह बज कर बीस मिनट पर चलती थी। इसका नाम नांगल डेम था जो एक्सप्रेस थी। पुरानी दिल्ली साढ़े आठ बजे पहुँच जाती थी। नौ बजे बड़े आराम से मैं अपने ऑफिस पहुँच जाता था। इस गाड़ी को पकड़ने के लिए मुझे घर से पौने छह बजे चलना पड़ता था। मैं स्टेशन तक साइकिल से आता था। साइकिल वहीं स्टैंड पर छोड़ देता था। जिसे शाम को लेकर घर पहुँचता था।

पर बाद में यही गाड़ी लेट होने लगी। बीच-बीच में आई.टी.आई. में पढ़ने वाले लड़के जंजीर खींचते थे। वहाँ स्टॉप न था। जंजीर खींचने के बाद ट्रेन धीमी होती तो उतर-उतर कर भागते।

कभी-कभी मुझे देर हो जाती तो ऑफिस में अलग डाँट पड़ती। हालाँकि मेरा इंचार्ज भला आदमी था। वह कुछ अधिक नहीं कहता था। पर जब तक मैं एम्प्लायमेंट एक्सचेंज पहुँचता था तब तक रजिस्ट्रेशन कराने वाले लड़कों की लम्बी लाइन लग जाती थी। नौ बजने के दस मिनट बाद ही वे शोर मचाने लगते थे। मेरी ड्यूटी दरियागंज एम्प्लायमेंट एक्सचेंज के कमरा नं. एक में थी। जहाँ अनुसूचित जाति, जनजाति तथा एक्स सर्विसमैन के रजिस्ट्रेशन होते थे। इनमें से अधिकांश गाँवों से आते थे। कुछ दिल्ली के बाहर के भी होते थे। दिन भर बहुत भीड़ रहती थी। दोपहर बाद जाकर थोड़ा आराम मिलता था।

उन दिनों एम्प्लायमेंट एक्सचेंज में कार्य करने का अपना अलग ही नशा था। यह नशा जब और भी बढ़ा तब तक मुझे गर्ल्स रजिस्ट्रेशन ब्रांच में भेज दिया गया। यह कमरा भी दरियागंज एम्प्लायमेंट एक्सचेंज की बिल्डिंग में था, जहाँ लड़कों से अलग लड़कियों के रजिस्ट्रेशन होते थे। उस समय इस ब्रांच की इंचार्ज श्रीमती पाठक थी। जो आम महिलाओं से हट कर थी। उसके मित्रों में पुरुष अधिक होते थे। वह जांबाज महिला थी। गोरी-चिट्टी, भरा हुआ बदन कभी-कभी जब स्कर्ट पहन कर ऑफिस आती थी तो चाय पीने के बहाने तीन-चार पुरुष सहकर्मी आते। वह सबसे बिना हिचकिचाहट के बातें करती, चाय पिलाती, और खूब गपशप करती। मुझे उसकी शागिर्दी खूब भाती थी। इसलिए भी वह टोका-टाकी बिल्कुल नहीं करती थी। वह पैंतीस के आसपास थी और मैं बाईस के लगभग। कुछ सहकर्मी उन्हें आंटी कहते

थे। पर मैं केवल मैडम कह कर पुकारता था। और वह मुझे मोहनदास कह कर बुलाती थी। दो बजे के बाद वह आमतौर पर चली जाती थी। तब मैं कमरे में अकेला रह जाता था। लंच के बाद सबमिशन का काम होता था। जितने कार्ड सुबह बनते, उन्हें यथास्थान पर व्यवस्थित कर रखना, रजिस्ट्रेशन कार्डों का नवीनीकरण भी तब मैं ही करता था। कुछ लिफाफे डाक से आते थे, उनको भी देखना होता था। अधिकतर लिफाफे यू.पी. से आते थे।

रजिस्ट्रेशन हेतु बेरोजगार लड़कियों में हर तरह की लड़कियाँ होती थीं। गरीब-अमीर, दलित, सवर्ण, कम पढ़ी-लिखी, अधिक पढ़ी-लिखी। कुछ बहुत जरूरतमन्द तो कुछ शौकिया। कुछ बार-बार अपने प्रोफेशन बदलने वाली भी। और इन सबके बीच कुछ तन दिखाऊ तथा मन लुभाऊ भी। जिनका उद्देश्य केवल तफरीह के लिए यहाँ आना होता था। उनके कपड़े, चाल-ढाल, रंग-ढंग तथा बोलचाल से यह सब पता लग जाता था कि वे क्या चाहती थीं। कम लड़कियाँ होती थीं जिनकी आँखों से दीनता टपकती थी। वरना अधिकांश शोख और चंचल होती थीं। जिनकी आँखों में कुछ ऐसा अवश्य बहता था जिसको देख कर कोई भी पुरुष प्रभावित हुए बिना नहीं रह सकता था।

गर्ल्स रजिस्ट्रेशन ब्रांच में कार्य करना मुझे आरम्भ में बहुत अच्छा लगता था। शेष सहकर्मी तो मुझसे ईर्ष्या भी करते थे। वे कभी-कभी लड़कियों की मौजूदगी में आते और चुटकी लेते। कादर खान स्टाइल में अपने डॉयलॉग मेरी तरफ फेंकते और कभी मेरी ओर देखते कभी लड़कियों की ओर। पर साथियों की चुटकियों का जवाब न मैं देता और न वे लड़कियाँ। हाँ, इतना अवश्य ही होता था कि उनके जाने के बाद वे मुझ पर हावी हो जाया करती थीं। उन्हीं में से कोई कहती, ''सर आपके दोस्त ऐसी बातें करते हैं।'' दूसरी तुरन्त बोल पड़ती, ''हाँ भई लड़कों की तो आदत ही होती है कि लड़कियों को देख कर घुमा-फिरा कर अपनी बात कहें।'' ऐसे समय तीसरी जैसे बोलने को तैयार ही बैठी होती, ''अरे साहब, अगर कुछ कहना ही है तो सीधे-सीधे क्यों नहीं कहते?'' चौथी झट बोल पड़ती, ''तो गोया आप सुनने को तैयार हैं।'' ''हाँ भई, देर किस बात की है।'' तीसरी भी जवाब में कहती और फिर से खिलखिलाकर हँस पड़ती। थोड़ी देर बाद दो-तीन लड़कियों को पीछे से ठेल कर कोई आगे आकर अपने स्वर को मधुर बनाते हुए अनुनय करती, ''सर पहले मेरा काम कर दीजिए न।'' प्लीज-प्लीज कहते हुए वह शब्द को खींचकर बोलती और नजदीक आ जाती।

ऐसे में दूसरी लड़कियाँ थोड़ा नाराजगी भरे स्वर में मुस्कराती हुई कहतीं, ''हाँ सर इसका काम पहले क़र दीजिए प्लीज। बहुत बेसब्र हो रही है यह।'' श्रीमती पाठक तो मुझे अकेला छोड़ कर चली ही जाती थी। और मैं उन सब चुलबुलियों-मस्तानियों के तीरों को झेलने के लिए अकेला कमरे में रह जाता था।

अगले दिन सुबह श्रीमती पाठक आती और पूछती, ''कहो नैमिशरायजी, कैसा

चल रहा है।" जब वह फुर्सत में होती तो मुझे नैमिशरायजी कह कर ही पुकारती थी। उस समय अगर वहीं कोई सहकर्मी मौजूद होता तो झट से कह उठता "अरे पाठक जी, नैमिशरायजी की क्या बात पूछते हैं, इनका काम तो दौड़ता है आजकल।" वही सहकर्मी बाद में होंठों ही होंठों में मुस्कराता। श्रीमती पाठक उसके कहने के अन्दाज से सब कुछ समझ जाती। पर वे उसे ही कहती, "सबको अपनी तरह से मत समझो बच्चू।" ऐसे समय मैं चुप ही रहता।

एम्प्लायमेंट एक्सचेंज में कार्य करते हुए पहले दिन बीते, फिर सप्ताह और बाद में माह। यहाँ आने वाली बहुत-सी लड़कियों में एक लड़की ने मेरे बिल्कुल नजदीक होना चाहा, वह हुई भी, न मालूम वह मुझसे क्या चाहती थी। नौकरी के लिए कॉल लेटर भी यहाँ से मिल जाता तो नौकरी नहीं लगती। क्योंकि वह केवल हाई स्कूल थी। टाइप उसे आती नहीं थी। सामान्य ज्ञान के साथ अंग्रेजी भी उसकी बहुत कमजोर थी। पर वह लटके रहना चाहती थी। पर मेरी उसे लटकाने में कोई रुचि नहीं थी। उसके दो नाम थे, चंदा और चाँदनी। उसके पिता दिल्ली पुलिस में हवलदार थे। हालाँकि मैंने कभी उनके पिता को नहीं देखा। वैसे अकसर उसके साथ एक अधेड़ उम्र की औरत आती थी। जिसकी आँखों में अजीब तरह का सम्मोहन होता था। मैं कभी-कभी उससे आँखें मिलाने से कतराता था। वह बड़ी-बड़ी आँखों वाली गोरे रंग की लगभग चालीस साल की महिला थी। चाँदनी अभी उन्नीस की ही हुई थी। दोनों ही लंच के बाद आतीं। दो-तीन मुलाकातों में वे शिष्टाचार निभाते हुए थोड़ा सीमित ही रहीं। बाद में खुलने लगीं। चंदा तो आते ही कह उठती, "सर चाय नहीं पिलवाएँगे।"

"अभी मँगाता हूँ।" मैं चपरासी को भेज कर चाय मँगाता। देखा-देखी दूसरी लड़कियाँ भी चाय के लिए कहने लगीं। इधर मेरी जेब हल्की होती उधर उन्हें मजा आता।

एक दिन लगभग चार बजे चंदा आई। कमरे में कोई न था। इस बार वह अकेली थी। आते ही उसने चाय की फरमाइश की। मैंने जैसे चाय के लिए चपरासी को आवाज देना चाहा। वह धीरे से बोली, "सर आप भी खूब हैं, हर बार कमरे में ही चाय मँगाते हैं। कभी बाहर भी चाय पिलाया करें।"

चार बजे थे। पाँच बजे हमारी छुट्टी हो जाती थी। मैं दस मिनट बाद उसके साथ बाहर आया। ऑफिस से निकलने हुए मेरे सहकर्मी रावत ने मुस्कराते हुए मेरी तरफ देखा, पर कहा कुछ नहीं।

"हाँ तो बताइए चाँदनीजी, कहाँ चाय पीएँगी?"

मैंने पूछा उससे।

"सर इधर तो बहुत भीड़भाड़ है। रिंग रोड की तरफ चलते हैं। वहीं पिएँगे। मैं

उसके सम्मोहन में खिंचा हुआ उधर ही चलता गया। सामने राजघाट था। यानी गाँधीजी की समाधि। पहली बार मैं राजघाट आया था। वह मुझे पार्क के भीतर ले आई, ऊपर पहाड़ीनुमा चढ़ाई थी। फिर ढलान। हम दोनों वहाँ तक आ गये थे। वह मुझे और आगे ले आई कहीं-कहीं जोड़े बैठे थे, उनमें से एक-दो आपस में गुँथे हुए थे। कहीं पुरुष लेटा हुआ था और उससे सट कर बैठी महिला थी। कहीं-कहीं इसके विपरीत चित्र थे। अलग-अलग चित्र और अलग-अलग उनकी भाव भंगिमा। जुड़ने से अलग होने तक फिर यही प्रेम कथाएँ दोहराई जा रही थीं। वैसे जीते-जागते चित्र देख कर मेरे भीतर-बाहर सनसनाहट होने लगी थी। उसी समय चंदा ने मेरा हाथ अपने हाथ में लेकर हल्के से दबाते हुए कहा, ''सर आप घूमते ही रहोगे या बैठोगे भी।''

एक जगह घास पर बैठते हुए मेरे मुँह से सहसा ही निकल पड़ा, ''पर चाय...'' वह खिलखिलाकर हँसी। उसकी आँखें कह रही थीं कि अब उसे चाय की जरूरत नहीं है। हम वहाँ काफी देर तक बैठे रहे। वह अपने बारे में तथा सहेलियों के बारे में बतलाती रही। मुझे अचानक याद आया कि वापस मेरठ भी जाना है। घड़ी देखी तो साढ़े पाँच बजे थे। मैंने उसे वापस जाने की बात बतलाई तो वह उदास हो गयी थी। चाँद के चेहरे पर जैसे बदली घिर आई थी। अन्ततः वह न चाहते हुए उठी। अब तो मेरठ शटल चली गयी होगी। बाद में पुरानी दिल्ली से मैंने हरिद्वार एक्सप्रेस पकड़ी।

अगले दिन रविवार था। मैं घर पर ही रहा। सोमवार को मैं ऑफिस पहुँचा। वह फिर आ गयी। हम साढ़े चार बजे फिर राजघाट यानी गाँधी समाधि गये। फिर देर हुई और मुझे हरिद्वार एक्सप्रेस पकड़नी पड़ी। इस तरह से हफ्ते में कम-से-कम एक बार वह अवश्य आती थी। पर मेरे और उसके बीच ऐसा कुछ नहीं हुआ जिससे हम दोनों को ही दिक्कत होती। बस कभी मैं उसके खुले बालों में अपनी अँगुलियाँ डाल कर उन्हें और बिखरा देता। फिर कहता देखो, बदली छा गयी है, बारिश आएगी। वह हँसती, खिलखिलाती उसका मन बहकने को करता कभी-कभी मेरा भी, पर हमें डर लगता। एक दिन सच में बारिश आ गयी। लोग भागने लगे। हम वहीं बैठे रहे। बिल्कुल पास-पास। उसका चेहरा बारिश कैसे भीग गया था। कपड़े भी थोड़े गीले हो गये थे। थोड़ी देर में बारिश थम गयी। मैं फिर मेरठ की ट्रेन लेने के लिए भागा।

लड़कियों की भीड़ से अपने आपको घिरे पाकर जहाँ मुझे अच्छा लगता था वहीं मुझे भय भी होता था कि कहीं ऐसा-वैसा कुछ हो गया तो मुझे नौकरी से हाथ धोना

पड़ेगा। यहाँ आकर लड़कियाँ जैसे खुलने-बहकने लगती थीं। उनका क्या बिगड़ेगा, नुकसान तो मेरा होगा। मैं सरकारी कर्मचारी था आखिर। कुछ लड़कियाँ ऑफिस में ही मुझसे सट कर खड़ी होती थीं। इस आशय से कि या तो मेरी अँगुलियाँ उनसे छू जाएँ या उनकी अँगुलियाँ मेरे जिस्म से छुएँ। चाकू कैसे भी और कहीं भी गिरे नुकसान तो खरबूजे का ही था। मैं अपने को खरबूजा मानता था और उन लड़कियों को धारदार चाकू-छुरियाँ।

एक दिन मैंने अपने मन की बात अपने उच्च अधिकारी तायल साहब से कह दी। वे तब रीजनल एम्प्लायमेंट ऑफिसर थे। मेरी बात सुन वे हल्के से मुस्कराते हुए बोले, "नैमिशराय क्या यह बात तुम्हारी अजीब नहीं है?"

"सर कैसे?"

"यही कि जिस सेक्शन से तुम अपना ट्रांसफर कराना चाहते हो, वहाँ काम करने को लड़के लालायित रहते हैं।"

"पर सर...।" मैं बोला।

मेरी बात बीच में ही काटते हुए उन्होंने कहा, "कोई बात नहीं कल से तुम ब्वॉयज रजिस्ट्रेशन ब्रांच में आ जाना।" दोपहर बाद श्रीमती पाठक मुझे खोजती हुई आई और आते ही बोली, "ओए नैमिशराय, तू इधर क्यों आ गया?" मैंने जब कारण बतलाया तो वह खिलखिलाकर हँसी। फिर कहने लगी, "भई लड़के तो बहुत देखे, पर तुझ जैसा नहीं, जो लड़कियों को ही देख कर घबराने लगा। अब मुझे ही देख कितना मेरे दाएँ-बाएँ लोग रहते हैं पर मजाल है कि कोई कुछ करे।" अब मैं कैसे उन्हें समझाता कि लड़कियों ने तो उसे कई बार च्यूटि तक काट ली। मैं चुप रहा। चार-छह दिन ब्वॉयज ऑफिस में मजाक का पात्र बना रहा। फिर एक माह बाद मेरा ट्रांसफर कमला मार्किट एम्प्लायमेंट एक्सचेंज में हो गया। जहाँ ब्वॉयज और गर्ल्स रजिस्ट्रेशन दोनों होते थे। यहाँ भी लड़के तथा पुरुषों के साथ लड़कियाँ और औरतें आती थीं। वहाँ रामफल नाम के एम्प्लायमेंट ऑफिसर थे। मैंने उन्हें यही परेशानी बतलाई तो ठट्ठा मार कर हँसे, फिर कहने लगे, "देख भाई मोहनदास, गलती तेरी नहीं, तेरी सूरत और सीरत की है।"

मैं वहाँ लगभग दो-तीन माह रहा। फिर वहाँ से मेरा ट्रांसफर पूसा एम्प्लायमेंट एक्सचेंज हो गया। वहाँ केवल ब्वॉयज रजिस्ट्रेशन ही मुझे करने होते थे।

मैं अभी भी डेली पैसेंजर था। रोज आने-जाने में अनगिनत परेशानियों से जूझना पड़ता था। पहली परेशानी तो यही थी कि हफ्ते में दो-तीन ट्रेन लेट हो जाती थी। दूसरे सर्दी के मौसम में मेरठ से दिल्ली आने-जाने की यात्रा और भी कष्टमय हो जाती थी। कुछ कम्पार्टमेंट में खिड़कियाँ बिना शीशे-दरवाजे की होती थीं, उनमें से शीत लहर आकर हमें अच्छा-खासा ठंडा कर देती थी। हम काँपते/अपनी हथेलियों

को रगड़ते हुए रेलवे विभाग को गालियाँ दिया करते थे। पर हममें इस समस्या को सुलझाने के लिए जॉर्ज फर्नांडीस की तरह रेल की पटरियों को उखाड़ने की हिम्मत कहाँ थी। फिर कभी-कभी शाम को एक मिनट की भी देरी हो जाए तो मेरठ शटल निकल जाती थी। उसके लगभग एक-डेढ़ घंटे बाद जाने वाली ट्रेन हरिद्वार एक्सप्रेस से जाना पड़ता था, जो पौने नौ बजे और कभी-कभी साढ़े नौ बजे मेरठ जाकर लगती थी। सर्दियों में तो साढ़े नौ बजे अधिकांश लोग सो जाते थे। खाना खाओ और सो जाओ फिर सुबह-सुबह उठो और भागो। यही हमारी दिनचर्या थी। ऐसे में माँ को भी अँगीठी सुलगाने से लेकर चाय-दूध बनाने के बीच परेशानी उठानी पड़ती थी। बा सुबह ही सुबह दूध के लिए भागता था। कभी समय पर दूध नहीं मिलता तो चाय तक भी नसीब नहीं होती थी। और ऐसे ही खाली पेट भागना पड़ता था।

इनके अलावा एक और भी समस्या थी। विशेषतौर पर मेरठ शटल से प्रतिदिन दिल्ली आने-जाने वाले यात्रियों के भीतर से उनकी अपनी-अपनी जाति-उपजातियों के अहम और बड़प्पन फूटने लगे थे। दलित और सवर्ण यात्रियों के बीच तू-तू मैं-मैं से हाथापाई तक की नौबत भी आ गयी। असल में वह इलाका ही कुछ ऐसा था। मेरठ से नई दिल्ली के बीच और गाजियाबाद से पहले मोदीनगर और मुरादनगर दो ऐसे कस्बे थे जहाँ जाट/त्यागी/तगा/और गूजरों का दबदबा था। उनमें से अधिकांश बिना गाली के बात ही नहीं करते थे। इन दोनों स्टेशनों से सैकड़ों डेली पैसेंजर मेरठ शटल में दिल्ली के लिए चढ़ते थे। उनमें दलित भी होते थे और इन सभी जातियों के कर्मचारी भी। जरा-सी कोई बात हुई नहीं कि मारो-मारो का शोर गूँजने लगता था। इनमें भी जाति के अलावा गाँव-नगला तथा मोहल्ले और बस्तियों के गुट बने हुए थे। वे लोग अपने-अपने गुटों के साथ कम्पार्टमेंट में बैठते थे। महीउद्दीनपुर से मोदीनगर के साथियों के लिए और मोदीनगर से मुरादनगर के साथियों की पहले से ही सीट घेर लेते थे। कोई नया यात्री वहाँ बैठना चाहता तो उसे बैठने ही नहीं दिया जाता। बैठ भी गया तो उठ, उठ कर साथी के आने पर उठा दिया जाता था। थोड़ी-बहुत जगह बैठने की होती तो वे वहाना बनाते हुए जोर-जोर से कहते, "अरे ऊ ना आया, और ऊ फलाने/ठिकाने का" दूसरा साथी तत्काल जवाब देता, "अग्गे के सटेशन से आता होगा। घनी तावली मत मचा।"

इस बीच कोई अगर थोड़ी जगह देख बैठ जाता, तो उसे फिर उठा दिया जाता। "दिके, तू फेर बैठ गया, तुझे सुनाई ना दिया, अभी बस दो मिनट में म्हारा आदमी आवै है।" वह बेचारा मजबूरी में उठ जाता।

असल में यह लड़ाई-झगड़े जगह की कमी होने के कारण नहीं होते थे। बल्कि सवर्णों के झूठे दम्भ और अहम के कारण होते थे। उनके बराबर में कोई दलित बैठे, यह उन्हें गवारा न था। साथ-साथ ट्रेन में चलते-चलते एक-दूसरे की जाति का भी

पता चल जाता था। तब और भी वाद-विवाद हो जाता था। विषय कुछ भी हो, जातियों के ऊँचे-नीचे होने की बातें सवर्णों द्वारा अवश्य ही दोहराई जाती थीं।

मेरठ से चढ़ने वाले डेली पैसेंजर्स के बीच इस तरह की कटुता कम आती थी। उसका कारण भी था। वहाँ से आने वाले यात्रियों में अधिकांश बनिए-लालाओं और पंजाबियों के लड़के होते थे। जो दलित जाति तथा दलितों से उतना परहेज नहीं करते थे। वे धीरे-धीरे समाज में हो रहे बदलाव के साथ स्वयं भी बदल रहे थे। पर गाँव-कस्बों के इन तथाकथित जातियों (जिनमें भी पिछड़े अधिक थे) के लोग बिल्कुल बदलने को तैयार ही न थे।

मैं अधिकतर मेरठ से उन्हीं बनियों-लालाओं तथा पंजाबियों के लड़कों के साथ बैठता था। हमारी बस्ती से मेरा पड़ोसी लखपत सिंह भी डेली पैसेंजर था। पर कभी-कभी मुझे एक-दो मिनट की देरी हो जाती तो बैठने की सब जगह भर जाती थी। फिर मुझे दिल्ली तक खड़े-खड़े ही जाना पड़ता था। खड़े होने में भी मुश्किल होती जब कम्पार्टमेंट में भीड़ हो जाती। ऐसे में कहीं अन्य कम्पार्टमेंट में जाकर जगह तलाश करनी पड़ती।

एक बार मेरे साथ ऐसी ही घटना हुई। मैं नये कम्पार्टमेंट में चढ़ ही रहा था। मेरे आगे सुरेन्द्र सिंह था, जिसे साथी सुरेनदर कहते थे। वह मुरादनगर से आता था। बहुत ही अक्खड़ था। जाति से जाट था। अचानक उसके पीछे मेरा हाथ लग गया। वह झट मेरी ओर घूमा और बोला, ''अबे कौन है तू, मेरी गाँड में उँगली क्यूँ कर रहा है?'' मैं उसकी बात सुन हक्का-बक्का रह गया। मेरे मुँह से निकला, ''मेरा हाथ भीड़ के कारण लग गया। मैंने तो ऐसा बिल्कुल भी नहीं किया। आप गलत कह रहे हैं।''

मेरे जवाब से वह और भी उखड़ गया और गुस्से में बोला, ''अर तू हमै गलत भी बतावे है। तैन्ने अंग्गुल भी कर दी अर हमें पढ़ान भी लागरा है। दिके जानै न तू हमै मैं मुरादनगर का जाट हूँ।''

''मैं जानता हूँ।'' मेरे मुँह से निकला।

''अच्छा जानै है फैर भी म्हारी गाँड में उंग्गल कर दी।''

बाद में एक-दो साथी बीच में पड़े और मारपीट होते-होते बची। क्योंकि उसके बारे में सब जानते थे कि वह फौरन हाथ उठा देता है। उस दिन से मैं उस कम्पार्टमेंट में नहीं बैठता था जिसमें वह होता था। बाद में जयपाल नाम का एक लड़का मोदीनगर से चढ़ने लगा। जो कद-काठी से मजबूत था। वह भी जाट तथा त्यागियों की तरह जोर-जोर से बोलता था। आरम्भ में हम उसे सवर्ण ही मानते थे। पर बाद में जब ट्रेन में ही एक दिन मारपीट हो गयी तो हमें पता चला कि वह भी दलित समाज से था। उस दिन से मेरठ, मुहीउद्दीनपुर, मोदीनगर, दुहाई तथा मुरादनगर से चढ़ने वाले दलित उसके नजदीक होते गये यानी हमारा भी जाति के आधार पर एक अलग खेमा बनने लगा। हम जातियों की विषमता को तोड़ नहीं

पाए बल्कि अपनी ही जाति के बीच अपने-आपको मजबूत और सुरक्षित समझने लगे।

कुछ माह बाद मैंने मेरठ से आना बन्द कर दिया था। और नई दिल्ली की भोगल नाम से बड़ी जगह की एक छोटी बस्ती सम्मन बाजार में किराए पर कमरा ले लिया था। जिसे कमरा कहना तो उपयुक्त न था, बस टीन की छत वाली एक कोठरी थी। जिसकी छत उतनी ही ऊँची थी जितना मेरा कद। फर्श और दीवारें भी कच्ची थीं। लाइट थी, पर पंखा न था। यह कोठरी दूसरी मंजिल पर थी। मेरी इस कोठरी के सामने एक साफ-सुथरे पक्के आँगन वाला कमरा भी था, जिसमें कोई अन्य किरायेदार रहता था। बराबर में एक कमरा और था जो मकान मालिक के दोनों बेटों का अध्ययन कक्ष था। यह मकान मेरे भाई के साढ़ू का था। पर था तो वह मेरा मकान मालिक ही। वे रिश्तेदारी भी निभाते थे और मकान मालिक होने का धर्म भी पूरा करते थे। मैं भी रिश्तेदारी निभाने के साथ किरायेदार का धर्म निभाता था। मेरे उनके बीच में अलिखित कुछ नियम-कायदे भी थे। जिन पर हमें चलना पड़ता था।

मैंने अभी तक स्वतंत्र रूप से यानी बिना किसी की मदद के खाना तैयार नहीं किया था। मेरठ घर पर रहते हुए माँ से बहुत कुछ सीखा था। मेरठ में भी हालाँकि कई बार सब्जी-रोटियाँ बनाईं, पर माँ की मौजूदगी में। पर यहाँ तो ताई माँ मेरे पास नहीं थी। मुझे ही सब कुछ करना था। पहले सप्ताह में चकला/बेलन/तवा/चिमटे से लेकर मिट्टी के तेल से चलने वाला स्टोव खरीदा। शेष घर-गृहस्थी का सामान भी लिया। मुझे जामा मस्जिद पर रविवार को लगने वाले बाजार के बारे में किसी ने बतलाया। दो-चार लोगों के मुँह से उस बाजार तथा बिकने वाले सामान की प्रशंसा भी सुनी थी। लोग कहते थे कि वहाँ सुई से लेकर हवाई जहाज तक औने-पौने दामों पर मिल जाते हैं। खैर मुझे हवाई जहाज तो खरीदना नहीं था। वैसे मैंने कहीं किसी कबाड़ी के पास कोई नया या पुराना हवाई जहाज़ खड़ा या पड़ा भी नहीं देखा। हाँ सूई से लेकर स्टूल, रैक, पुरानी शर्ट, पैन, स्टोव में इस्तेमाल होने वाली पिन तथा बर्नर के साथ किताबें समय-समय पर वहाँ से खरीदता रहा। काँच के गिलास तथा कप-प्लेट वहीं से खरीद कर लाया। मेरठ से थाली, गिलास, चम्मच तथा कटोरी आदि ले आया। यह सब सामान खरीदने में मुझे लगभग तीन माह लगे। कभी लगता कि मेरा घर यानी वही कोठरी अधूरा है। पर उसे कैसे सजाऊँ। बारिश में टीन की छत टपक-टपक कर मुझे चिढ़ाती, खाना बनाने के लिए जब स्टोव चलता तो कोठरी में धुआँ भर जाता। फिर भक्क-से आग गोलाकार रूप में फैलती, जिससे कई बार मेरा मुँह झुलसते-झुलसते बचा। आँखों में धुआँ या हल्के कण चले जाते तो उनसे पानी आने लगता। आँखें लाल हो जातीं। गर्म तवे पर रोटियाँ सेंकने से अँगुली और हाथ जल जाते। दो-तीन रोटियाँ और थोड़ी सब्जी बनाने में ही मैं आरम्भ के दिनों में

परेशान हो उठता था। कभी-कभी मिट्टी का तेल नहीं मिलता। मैं तेल की खाली टंकी उठा कर घर आता और उसे एक कोने में पटक देता। ऐसे समय पर रामसिंह जी खाने के लिए पूछ लेते। मैं उनके बच्चों के साथ खाना ले लेता। पर ऐसी परेशानी तो लगभग हर सप्ताह आ जाती थी। फिर हलवाई की दुकान पर जाकर पेट की आग को बुझाना पड़ता था।

इस बीच जब कभी रविवार या छुट्टी वाले दिन मेरठ जाता तो ताई माँ अक्सर मुझसे पूछती, ''मौनदास, वाँ तो कच्ची-पक्की रोट्टी खात्ता होगा।''

फिर वह मेरी अँगुली देखती, और जली हुई खाल की सतह पर उभरे काले-लाल निशान को ढूँढ़ लेती। बस उसे मेरे विवाह की बात छेड़ने का बहाना मिल जाता। वह अधिकार भाव से कहती, ''तू बिया क्यों न कराता है अब, तेरी नौकरी भी लग गयी है फिर भी।'' ऐसा कहते हुए वह मेरा मन टटोलती। पर मेरे समन्दर जैसे मन की गहराई में वह कुछ खोज न पाती। अन्त में नाराज होकर कह उठती, ''देख ले, म्हारी बात नई मानेग्गा तो खता खावैगा।''

यूँ घर में अकेली माँ ही मेरे विवाह के बारे में चिन्तित नहीं थी। बा के साथ सभी ऐसा ही सोचते-विचारते थे सिवाय मेरे पिता को छोड़ कर। पिता सोचते भी हों, पर कहते कुछ न थे।

मेरे साथ समय का अजीब फेर था। मैं बन गया था क्लर्क, पर बा मुझे थानेदार बनाना चाहता था या डिप्टी कलेक्टर। इन दोनों में से वह वरीयता थानेदार को ही देता था। थानेदार का पद उसके लिए सबसे बड़ा पद था। उसकी बात वाजिब भी थी। बस्ती में जब थानेदार आता था, अचानक हड़कम्प मच उठता था। मर्दों का दम बाहर-भीतर होने लगता था और औरतों के पेट का पानी असंयम हो हिलने-डुलने लगता था। बच्चों के लिए तो खाकी वर्दी खौफ का प्रतीक रही थी। उन्हें आरम्भ से शिक्षा ही ऐसी दी जाती थी। उन्हें डराने के लिए और अधिक डराया जाता था। माँएँ/चाचियाँ/मौसियाँ कहा करतीं, देख जल्दी सो जा, वरना शेर आ जाएगा और फिर शेर के गुर्राने की नकल करतीं। फिर कहतीं देख जल्दी से दूध पी ले, वरना बिलौट्टा पी लेगा, वे बिलौट्टे की नकल करतीं। प्रायः बच्चों को डराने के लिए पुलिस का नाम भी लिया जाता था और शराबी, जुआरी, भाइयों, पतियों, पिताओं को धमकाने के लिए थानेदार की बात तो अधिकतर कही जाती थी। हालाँकि थानेदार बस्ती में कम ही आता था। अलबत्ता पुलिस कांस्टेबल और अधिक-से-अधिक दीवान या हवलदार बस्ती में कभी-कभी आ धमकते थे।

बा ने कई इज्जतदार लोगों को थानेदार के द्वारा बिलबिलाते-पिटते देखा था। वह

कहता भी, देख थानेदार रस्ते चलते किसी का भी पिसाब निकाल दें। वह अपनी जगह मालिक होता है। चाहे तो किसी को छोड़ दे, और उसकी मर्जी हवालात में बन्द कर दे। उसके सामने किसी की नहीं चलती। वह सबको सजा दे सकता है। उसे कोई कुछ भी नहीं कह सकता है। हमारे मकान मालिक नवाब का एक रिश्तेदार भी थानेदार था। महबूब नाम था उसका। बड़े ठसके से रहता था। सब उसे झुक-झुक कर सलाम करते थे। पर वह बा को सलाम करता था। कभी-कभी चप्पल-जूते रिपेयर कराने आता था। बस दो मिनट ठहरता और चला जाता। बड़ौत में उसकी पोस्टिंग थी।

मुझ पर भी जैसे बा की बात का रंग चढ़ने लगा था। यूँ कहा जाए कि मेरे भीतर थानेदार बनने की लालसा उगने लगी थी। जब-जब भी मैं किसी थानेदार को देखता, मेरे भीतर की लालसा और अधिक उग्र हो उठती। मैं खाकी वर्दी पर चमकते उनके सितारों को बड़े चाव से देखता। कोई-कोई इंस्पेक्टर तो अपने कन्धे पर लगे पीतल के स्टार तथा चमड़े की बैल्ट के बीच में लगे बक्कल को बहुत चमका कर रखता था। उन दिनों टेरीकोट का चलन नहीं था पुलिस की खाकी वर्दियाँ सूती कपड़े की हुआ करती थीं। जिस पर कलफ लगाने का फैशन था। कलफ लगाने के बाद प्रेस करते-करते पैंट कमीज अच्छी-खासी कड़क हो जाया करती थी। कलफ लगी पुलिस की खाकी वर्दी पहनने वाला और भी कड़क हो जाता था। ऐसे में उसका चेहरा खूब चमकता-दमकता था। खाकी वर्दी पहनने के बाद हैसियत में अच्छी-खासी बढ़ोत्तरी हो जाती थी। खाकी वर्दी यानी कानून का पालनहार, रक्षक। उसके सामने अन्य सरकारी कर्मचारी तथा अधिकारी फीके बैठते थे।

जब-जब मैं मेरठ आता बा समय-समय पर मुझे, मेरठ में पुलिस भर्ती हो रही है, ऐसा बतलाता। थानेदार की नौकरी में मुझसे नहीं अधिक बा को रुचि थी। पर दिक्कत यह थी कि न तो मेरा शरीर भरा हुआ था और सीना भी छत्तीस का नहीं था। छत्तीस की बात छोड़िए चौंतीस भी नहीं था। लेकिन बा को इन सबसे कोई मतलब नहीं था। उसके सिर पर तो मुझे थानेदार बनाने का भूत सवार था। अतः जैसे ही सब-इंस्पेक्टर की जगह निकली। मुझे आवेदन पत्र भरने की हिदायत दी गयी। और एक दिन मेरठ की कचहरी स्थित पुलिस ऑफिस से मैं फॉर्म भी ले आया। दो दिनों में वह भर कर भी दे दिया। इस बीच मुझे कई बार पुलिस ऑफिस जाना पड़ा। जहाँ खाकी वर्दी पहने छोटे-बड़े कर्मचारी और अधिकारी होते। वे आश्चर्य से मुझे देखते और मैं उन्हें। लंबे-चौड़े डील-डौल वाले पुलिस अफसरों के लिए तो मैं बच्चा ही था। उम्र भी कोई अधिक न थी। यही चौबीस के आसपास। लगभग पन्द्रह दिन बाद मुझे कॉल लेटर मिला। पुलिस लाइन बुलाया था।

पुलिस लाइन का खूब लम्बा-चौड़ा मैदान दूर-दूर तक फैला हुआ था। यह मैदान बिना घास का था। जिस पर पुलिस के जवान मुस्तैदी से परेड किया करते थे।

उसी के बीचोंबीच एक तरफ वर्दीधारी खड़े थे दूसरी ओर वर्दी पहनने को इच्छुक सैकड़ों युवक। सब-इंस्पेक्टर के पद के लिए फिजिकल टेस्ट हो रहे थे। बा के मन में बड़ी आस थी कि घर में से कोई थानेदार बने। कलेक्टर से भी ज्यादा थानेदार की थानेदारी को मानते थे। थानेदार ही उनके लिए सब कुछ था। फार्म ही नहीं भराया बल्कि फिजिकल पास कराने के लिए सिफारिश भी ढूँढ़ ली थी। मेरठ की ही एक बस्ती कंबोह गेट में डालचंद रहता था, जिसे पप्पू कहते थे सब। बा ने मेरे बारे में बात की थी। वह घर भी आया था कई बार। बा की इज्जत करता था वह। हमारी ही जात का था। उसका एक लड़का थानेदार था।

मेरा सीना तो निर्धारित सीमा से काम था। यह बात डालचंद को पहले ही बतला दी गयी थी। फिर भी उसने फार्म भरने को कह दिया था। मेरठ में फिजिकल होने थे और मुरादाबाद में फाइनल। मैं रोज सुबह-शाम एक्सरसाइज किया करता था।

मेरठ पुलिस लाइन में मुझे बुलाया गया। एस.एच.ओ. फीता लेकर सबके सीने नाप रहा था। लड़के अपनी बारी आने से पहले ही कमीज उतार देते थे। मेरी भी बारी आई। सीना नापा गया। वह कम तो था ही। वहीं पर पप्पू डालचंद भी था। जिन्हें हम दादा कहते थे। उन्होंने एस.एच.ओ. को समझाया। कुछ देर में मामला सुलझा। उसके बाद दौड़ होनी थी। हाई जम्प/शार्ट फुट/लाँग जम्प सभी में मुझे प्रवेश मिला था। उन सबमें आगे रहने का प्रयास भी किया था। पर दोपहर होते-होते मैं थोड़ा पीछे रह गया था। अब तक परेड मैदान में सभी लड़के एक जैसे थे। कोई कहीं से भी आया, किसी भी जाति से था। किसी को क्या..., सब अपने-अपने को अव्वल सिद्ध करने की दौड़ में थे।

सबके बीच में आया था वही एस.एच.ओ. जिसने परेड ग्राउंड में खड़े लड़कों को दो भागों में बाँट दिया था। एक भाग सवर्णों का, दूसरा दलितों का। मैं दलितों वाले भाग में सिमट गया था। मेरी देखी-देखी दूसरे भी एक-दूसरे के पीछे सिमट गये थे। सच कहा जाए तो उस दिन भरी दोपहरी में हमारे व्यक्तित्व बौने हो गये थे। हम बौने हो गये थे। हमारी प्रतिभाएँ जैसे कुंद-सी हो गयी थीं।

एस.एच.ओ. ने ऊँची आवाज में कहा था—"जो सुडलकास्ट लड़के हैं वे एक तरफ हो जाएँ हमें फाइनल लिस्ट बनानी है।" कैसे चाबुक से लगे थे उसके वे शब्द हमारे शरीर और मन पर। गर्म सलाखों की तरह हम दहक उठे थे। आँखों में लाली उतर आई थी। पर किसी ने कुछ कहा नहीं था। सिर पर आग उगलता सूरज था और नीचे तपती जमीन। हम तप रहे थे और अपने ही आप में सिकुड़ रहे थे। कुछ लड़के तो धीरे से सकुचाए-हिचकिचाते हुए दलितों के झुंड में शामिल हुए थे।

हमारे सामने के बड़े झुंड में खड़े थे सवर्ण। उन्हीं में से अधिकांश की आँखें हम

सब पर लगी थीं। कुछ की आँखों में उपहास था। कुछ में व्यंग्य। कुछ हिकारत से हमें देख रहे थे। जैसे वे कहना चाहते हों। स्साले बड़े लाटसाह बन रहे थे। अब आ गये न अपनी जात के खेमे में। ससुरों को रिजर्वेशन चाहिए। शान तो देखो कि...। सूरज की आँच में उतनी तेजी न थी जितनी उनकी आँखों से बाहर आती तिरस्कृत चमक थी। हममें से बहुत-से लड़कों ने तुरन्त इस बात का एतराज भी उठाया था कि एस.एच.ओ. को इस तरह से मैदान में घोषणा नहीं करनी चाहिए थी। सबके होंठ फड़क रहे थे। वे कुछ-न-कुछ बुदबुदा भी रहे थे। कुछ उसी एस.एच.ओ. को माँ-बहन की गालियाँ दे रहे थे। पर एस.एच.ओ. तो हम सभी की भावनाओं से बेखबर था। उसके हाथ में एक बड़ा रजिस्टर था जिसमें कम्प्यूटरिंग अन्दाज में हमारे नाम-पते लिखे जा रहे थे। उसे क्या मतलब था कि हमारे भीतर अजीब तरह की कशमकश थी। हम अपने-आप से ही जूझ रहे थे। हम अपनी जाति की पहचान के बारे में सोच रहे थे। उसके उद्भव और विकास का विश्लेषण कर रहे थे। और सामने ही खड़े अन्य प्रत्याशी हम पर हँस रहे थे।

दिल्ली में ढेर सारे रिश्तेदार होने के बावजूद भी मैं अपने-आपको अकेला ही महसूस करता था। कभी-कभी किसी एक रिश्तेदारी में मैं चला भी जाता था, पर शाम को लौट आता था। मैं इन दिनों पूसा एम्प्लायमेंट एक्सचेंज में कार्य करता था। भोगल से कोई सीधी बस नहीं जाती थी। इसलिए दो बसें लेनी पड़ती थी। बाहर बस स्टैंड से लगभग एक मील लम्बा रास्ता पैदल ही पूरा करना पड़ता था। क्योंकि पूसा गेट के भीतर कैम्पस में कोई बस नहीं जाती थी। ऑफिस में मेरा कार्य रजिस्ट्रेशन करना ही था। ऑफिस के बाद जब भी मुझे समय मिलता, मैं अपना अधिकतर समय पढ़ने-लिखने में ही लगाता था। उन दिनों कानपुर से एक अच्छी पत्रिका, निर्णायक-भीम छपती थी। उसकी प्रति भी मैं मँगाता था। यह पत्रिका पूर्ण रूप से दलित समाज के लिए ही समर्पित थी। आर. कमल इसके संपादक थे। बाद में इसी पत्रिका की प्रकाशित सामग्री पर मार्क्सवाद का प्रभाव भी देखा-पढ़ा गया। सव्यसाची के लेख इसमें खूब छपते थे। मेरे भी एक-दो लेख, कविता आदि इसमें प्रकाशित हुईं। दिल्ली में मैं दिल्ली पब्लिक लाइब्रेरी का सदस्य भी बन गया था। वहाँ से ऑफिस टाइम में कभी जाकर किताबें ले आता।

जहाँ तक फिल्मों की बात है, माह में औसतन दो ही फिल्म देखने का समय निकाल पाता था। मेरठ में हर सप्ताह फिल्म देखने की आदत दिल्ली आकर समाप्त हो गयी थी। दिल्ली में रहने का अर्थ भी था नये सिरे से जिन्दगी को जीना। कभी समय मिलता तो लाजपत नगर में ही फिल्म देखने चला जाता। फिल्म के बहाने ही मेरे जीवन में एक ऐसी घटना हो गयी जिसने मुझे लड़के से पुरुष बना दिया। यूँ उसे दुर्घटना भी कहा जा सकता था।

महानगरीय भोग और संभोग की चरम संस्कृति का यह मेरा पहला अनुभव था। न जाने कैसे यह सब हो गया था। उस समय सपने जैसा लगा था। अपने अकेलेपन को एक रात उसने मेरे साथ बाँटा था। हालाँकि वह उम्र में मुझसे दोगुनी थी। पर उसकी देह अभी भी भरी-पूरी थी। गोरे रंग की चौड़े माथे-वाली औरत थी वह। पर मेरा शरीर पाने और झिंझोड़ने का न उसके भीतर उन्माद था और न आक्रोश। बल्कि वह तो स्वयं पिघलने वाली औरतों में से थी। जो अपनी उदास और तनहा रात में भले ही चन्द पलों के लिए किसी मर्द की बाँहों में खो जाना चाहती थी। पर न तो मेरी भुजाएँ भीष्म जैसी थीं, और न ही मेरी छाती पर काले बाल तब तक उगे थे। मैं वैसा मर्द तो न था। मैं तो उसके लिए बस नर्म गोश्त का टुकड़ा भर था। उस रात उसने मुझे मर्द बना दिया था। एक मर्द को ऐसे समय क्या करना चाहिए, यह भी सिखला दिया था।

मैं उस शाम लाजपत नगर स्थित अलंकार टॉकीज पर फिल्म देखने गया था। जहाँ बरसात फिल्म लगी थी। शाम की शो में भीड़भाड़ हो गयी थी। मैं इसी ऊहापोह में था कि फिल्म देखी जाए या ऐसे ही वापस लौटा जाए। तभी एक अधेड़ उम्र की महिला मेरे करीब आई। उसने आते ही पूछा, ''ऐ मिस्टर टिकट चाहिए।''

टिकट सुन कर मेरे कान खड़े हो गये। मुझे और क्या चाहिए था। मेरे मुँह से अचानक निकल पड़ा, ''कितने का है टिकट?''

''अरे आम गिनने हैं या खाने हैं।''

उसके स्वर में अधिकार भाव था। मैंने फिर कुछ न पूछा।

''आओ मेरे साथ।'' वह बोली।

मैं उसके पीछे-पीछे था। आसपास हल्ला-गुल्ला बढ़ने लगा था।

थोड़ी देर में हम दोनों बालकोनी में थे। हालाँकि बालकोनी के टिकट महँगे थे, पर पुनः सस्ते-महँगे का सवाल मैंने नहीं उठाया था। जल्दी ही शो आरम्भ हो गया था। अभी भी लोग आ-जा रहे थे जिनसे व्यवधान पैदा हो रहा था। कुछ देर बाद सभी सीटों पर लोग बैठ गये थे। हॉल में शान्ति हो गयी थी। वह कभी मुझे और कभी मैं उसे देख लेता था। बीच-बीच में वह अपना हाथ मेरे हाथ पर रख देती थी।

मध्यान्तर हुआ तो उसी महिला के साथ मैं बाहर आ गया। उसने दो कोक का ऑर्डर दिया। कोक पीने के बीच ही शो आरम्भ होने की घंटी बजने लगी। हमने जल्दी-जल्दी बोतल खाली की। मैंने पैसे देने के लिए जेब में हाथ डाला तो उसने मना करते हुए पर्स से पाँच रुपये का नोट उसकी तरफ बढ़ा दिया। काउंटर पर बोतल रख कर पुनः हम हॉल के भीतर आ गये थे। सामने पर्दे पर विज्ञापन आ रहे थे। उसने मेरी तरफ देख कहा, ''क्यूँ मिस्टर, यह फिल्म वाले बीच में विज्ञापन क्यों घुसेड़ देते हैं।'' मैं चुप ही रहा। वह फिर झल्लाई, ''स्साले समय खराब करते हैं।''

अब फिल्म का शेष भाग आरम्भ हो गया था। फिल्म के दौरान कभी-कभी हल्ला होता था। वह मेरी तरफ कनखियों से देख लेती थी। मैं बाहर से चुप था, पर मेरे भीतर-ही-भीतर अजीब तरह की सनसनाहट हो रही थी। मैं उसी के बारे में बार-बार सोच रहा था। कौन है वह महिला। अकेली क्यों आई फिल्म देखने? उसका अकेले आना जैसे मुझे अखर रहा था।

शो खत्म होने पर हम बाहर आए। चूँकि वह मुझसे मेरे निवास के बारे में पहले ही पूछ चुकी थी। इसलिए मुझे रुकने के लिए कहा। वह ईस्ट निजामुद्दीन रहती थी जो भोगल से नजदीक ही था। जल्दी ही वह कार ले आई। मैं उसी के साथ आगे की सीट पर बैठ गया। कार एक धचके के साथ आगे बढ़ गयी। दस मिनट में ही मुझे महसूस हुआ कि कार वह अच्छी तरह से चला लेती थी। थोड़ी देर बाद एक बड़े मकान के सामने उसने कार धीमे की।

''चाय पीकर जाना।'' कार रोकते हुए वह बोली।

मुझे उसके घर कोई विशेष एतराज न था चाय पीने में। हालाँकि उसके प्रति जिज्ञासा बराबर बढ़ रही थी। मैंने कार से उतर कर उस मकान में प्रवेश किया। भीतर मेड सरवेंट और एक छोटे प्यारे से कुत्ते ने हमारा स्वागत किया।

''घबराओ मत, यह आदमी की तरह काटेगा नहीं।'' वह बोली।

और चाय आदि के लिए मेड सरवेंट को कह वह भीतर चली गयी थी। कुत्ता मेरे पास ही रह गया। जल्दी ही वह महिला नाइटी पहन आ गयी थी। जिसमें वह आकर्षक लगने लगी थी। अंगों के साथ उनका उभार भी साफ नजर आने लगा था। उसके आते ही वह कुत्ता उसकी गोद में कूद कर सिमट गया था। वह उसके महीन रेशमी जैसे बालों को हाथों की अँगुलियों से सहलाने लगी थी। कुत्ता जीभ निकाले कभी मुझे और कभी उसे बारी-बारी से देखता था। ''मेरा नाम रमा है और तुम्हारा,'' कहते हुए उसने मेरी ओर देखा। मैंने अपना नाम बताया तो वह बोली। ''मैं मोहन ही कहूँगी।'' जैसे आपकी मर्जी। मैंने स्वीकृति दी थी। उसे अच्छा लगा। तभी मेड सरवेंट ट्रे में बिस्किट तथा चाय ले आई। ''लीजिए मोहनजी चाय पीजिए।'' मेड सरवेंट अभी वहीं खड़ी थी। वह मेरी और अजीब-सी नजरों से देख रही थी। उसकी आँखों में कुछ खास चमक थी। उस चमक के पीछे जैसे कोई रहस्य था।

''अच्छा नीना तुम जाओ।'' उसने कहा।

''जी,'' मैंने देखा जाते हुए उसने मुझे कनखियों से देखा था। अब वहाँ हम दोनों रह गये थे और एक अदद कुत्ता।

''लो भई, चाय पियो न। ठंडी हो जाएगी।''

मैंने ट्रे से चाय का कप उठा कर होंठों से लगा लिया था।

''भई बिस्किट भी खाओ न। शरमा क्यूँ रहे हो, इसे अपना ही घर समझो।''—

कहते हुए टॉमी को भी एक बिस्किट खिलाया। कुत्ता बिस्किट खाते हुए बार-बार मेरी ओर देखता था। वह उसे पुचाकरते हुए बीच-बीच में चूमती भी थी। कुत्ता बिल्कुल उसके वक्षस्थल से सटा था। कभी-कभी उन्हें मुँह लगाता। तब वह उसे और भी अपने पास सटा लेती।

थोड़ी देर में मेरे कप की चाय समाप्त हो गयी तो मैंने उठते हुए जाने की इजाजत चाही। उसने अपने स्वर में मिश्री घोलते हुए कहा।

"अरे चले जाना भई, इतनी भी क्या जल्दी है। पास में ही तो रहते हैं आप।" मैं सकुचाया-सा थोड़ा ठहर गया। मैंने महसूस किया। उसे मेरा थोड़ा और रुकना अच्छा लगा था।

"टॉमी तुम जाओ, हमें नये मेहमान से बातें करने दो।"

टॉमी नाम के कुत्ते से मुखातिब होते हुए फिर वह मेरी तरफ पलटी। अब टॉमी वहाँ से चला गया था।

"हाँ तो जनाब अब बताएँ और क्या पिएँगे।"

मैं सकुचाए-सा जितना सिमट रहा था वह उतना ही खुल रही थी।

"आप तो कुछ बोलते ही नहीं, ऐसी चुप्पी भी किस काम की। आइए दूसरे कमरे में चलते हैं।" वह सोफे से उठ कर मेरे नजदीक आई और मेरा हाथ पकड़ते हुए मुझे उठाने का प्रयास करने लगी। मैं भी मन्त्रमुग्ध-सा हो उसके साथ दूसरे कमरे में चला गया। यह कमरा पहले से थोड़ा अधिक सुन्दर था। सामने डबल बेड, जिस पर करीने से बिछी चादर, दो अलग-अलग तकिए। दूसरी ओर गोल मेज, उसके बाईं तरफ अलमारी और दाएँ ओर सोफा सेट। सामने शो-केस में रखे छोटे-छोटे रंग-बिरंगे खिलौने।

"कहिए, कमरा पसन्द आया हमारा।" उसने मुस्कराते हुए पूछा।

"जैसी आप सुन्दर वैसा ही कमरा भी।" मैंने देखा, उसका चेहरा खिल उठा था।

"तुम एक मिनट बैठो मैं अभी आई।" कुछ देर में वह लौटी तो नये रूप में ही थी। उसे होंठों पर लाली थोड़ी बढ़ गयी थी। इस बार उसने दूसरी नाइटी पहनी हुई थी। जो पारदर्शी थी। भीतर के अंग साफ चमक रहे थे। आते ही उसने एक ट्रे मेज पर रख दी जिसमें रखी छोटी प्लेट में नमकीन, दो गिलास, सोडे की दो बोतलें।

"भई देखो, शाम ढल गयी है और फिर आप तो हमारे घर पहली बार आए हो।" कहते हुए वह अलमारी से वाइन की बोतल ले आई थी। अजीब से सम्मोहन के कारण मुझसे उस समय इनकार नहीं हो सका। उसने पेग बनाए फिर सोडा डाला

पहले उसने गिलास हाथ में लिया फिर मैंने। हम दोनों ने चैस किया। टॉमी का कहीं अता-पता नहीं था। मैंने पहला घूँट पिया। अजीब-सा स्वाद था, पर उतना कड़वा न था। पहला पेग पीने के बाद मेरे सामने इन्द्रधनुषी सपने बिखरने लगे थे।

"बहुत सुस्त हो तुम तो। इस छोटे से पेग को अभी तक लिये बैठे हो। अरे भई तुम्हारी जगह दूसरा होता, वह मुझे ही पी डालता।"

"क्या?" मेरे मुँह से अचानक निकल पड़ा।

"बहुत भोले हो।" मुस्कराते हुए वह बोली। "अच्छा जल्दी से गिलास की शराब खत्म करो।"

मैंने अपना गिलास खाली किया तो उसने दूसरा पेग भी बना दिया। अब वह मेरे पास आ गयी थी। मेरे हाथ में हाथ लिया। उसे चूमती रही, फिर मेरे गालों को चूमा, होंठों को भी। तुम मुझे नहीं चूमोगे? उसने अपना सिर मेरी गोद में रख लिया था। धीरे-धीरे मेरा शरीर गर्म होने लगा था। मुझे लगा नजदीक ही कोई अलाव जल रहा था जिसमें से चिनगारी छिटक-छिटक कर मेरे ऊपर आ रही थी। मैं कब तक बचता। मैं अनाड़ी था और वह खिलाड़ी।

"लेट जाओ न।" वह मेरे मुड़े हुए घुटनों को दोनों हाथों से सीधे करती है। मैं लेट जाता हूँ उसके जिस्म की गन्ध मेरे भीतर रेंगने लगी थी। असल में कुछ ही देर में वह मेरी मनःस्थिति पहचान गयी थी। मैं उसकी नजरों में अनाड़ी था। वैसे भी किसी औरत के साथ सहवास का यह पहला अवसर था। उसने कहा भी था—"लगता है पहली बार...।" उसकी बात का उत्तर मेरी चुप्पी ने दे दिया था। वह फिर बोली थी—"कोई बात नहीं, मैं मदद करूँगी।"

रात के करीब बाहर बजे मैं घर लौटा। नीचे का दरवाजा बन्द था। वहीं से होकर मुझे जाना पड़ता था। मैंने बाहर से सांकल खटखटाई। उन दिनों दरवाजों पर कॉलबेल इस्तेमाल करने का रिवाज कम था। रात में किसी-न-किसी तरह दरवाजे पर दस्तक देनी ही पड़ती थी। लगभग पाँच मिनट बाद रामसिंहजी ने दरवाजा खोलते हुए देरी से आने का कारण पूछा। उत्तर में मैंने यूँ ही कह दिया। बस फँस गया था कहीं। वे तत्काल बोल उठे, "नैमिशरायजी, दिल्ली में कहीं अधिक मत फँसा करो। वरना कभी ऐसे फँसोगे कि निकल न सकोगे।"

मेरे आने के बाद उन्होंने भीतर से सांकल लगाई। मैं सीढ़ियाँ चढ़ते हुए ऊपर आ गया। और टीन का दरवाजा खोल कर चारपाई पर लेट गया। भीतर अँधेरा था। मैंने लाइट का स्विच जानबूझ कर ऑन नहीं किया। सच में मैं फँसते-फँसते रह गया था। बहुत देर तक मैं उसी महिला के बारे में सोचता रहा। उसका कुत्ता, उसका बिस्तर, उसकी शराब, उसकी आँखें, उसका घर और घर की दीवारें, सोफा सेट, मेज,

कुर्सी सभी में जैसे कुछ-न-कुछ आकर्षण था। मेरे बाहर जितनी उमस थी, उतनी ही भीतर भी। काफी देर बाद मेरी आँखें लगीं।

इस बार मैं मेरठ गया तो दो बातें हुईं। एक तो थानेदार के इम्तहान में मैं असफल हो गया था और दूसरे घेर-घोट कर मेरे रिश्ते की बात घरवालों ने पक्की कर ही डाली थी। चाचा का कहना था मैं बहुत उछला-उछला फिर रहा हूँ। मुझे बाँधना जरूरी था। बस्ती में जब भी उनके मानदंड से किसी लड़के या लड़की की उम्र थोड़ी भी विवाह की उम्र से अधिक होने लगती थी उस समय पर वे इसी तरह से आपस में बोलते-बतलाते थे। पहला कहता, ''अरे साँड का साँड हो गया अर बिया ना करावै है।'' फिर दूसरा अपने तरह से जोड़ता, ''अरे भइया आजकल की औलाद ही ऐसी हैं इने क्या मतलब माँ-बाप की परेशानी से।'' वहीं बैठा तीसरा व्यक्ति किसी का उदाहरण देकर कहता, ''अर फलाने के लौंडे को ना देक्खो। चार रिश्ते आ गये और चारों को ही नापसन्द कर दिया।''

बस्ती में जहाँ भी तीन-चार लोग बैठते वे अपने-अपने इंचीटेप तथा गजों से जवान होते लड़के-लड़कियों की उम्र को नापने के साथ उनकी गतिविधियों पर भी कड़ी नजर रखते। जबकि बस्ती की महिलाएँ तो इस मामले में और भी दो गज आगे होतीं। नीम की ठंडी छाँह तले कली पीती औरतें। उन्हें तो जरा-सा बहाना चाहिए। जब तक कली सुलगती होती तब तक औरतों की पंचायत जमी रहती। उनका आपस में बतियाना जारी रहता। कोई कहती, ''अर देख ना ताई, ऊ फलाने की लोंडिया है ना...।''

''कौन भला?'' दूसरी समझ न आने पर पूछ बैठती।

''अर ऊई, तू तो गुडलावै घनी है।'' पहली के स्वर में थोड़ा नाराजगी होती। तभी तीसरी उत्सुकता में बोलती, ''अरे कहवै भी भाची भला।''

पहली औरत को जैसे बल मिलता। वह कहना शुरू करती, ''अरी, कऊँ क्या, कित्ती धींगड़ी हो रई है व्व। कै रई थी की...।''

''क्या कै रई थी?'' इस बीच चौथी को सुननै की और भी उत्सुकता होती।

''कै रई थी की उसे तो पढ़ा-लिखा खसम चइयै।'

''फिर।'' ताई के अलावा दो का संयुक्त स्वर उभरता।

''फिर क्या, अब ढूँढ़ रये हैं उसके लिए चिराग लेकर पढ़ा-लिखा खसम।''

ताई अन्त में अपनी बात कहती। ''अग्गे-अग्गे एसई होगा। अभी तो कुछ ना है। अरी गुटकी (उसका कद छोटा था।) म्हारे भी तो सादी-बिया हुए हैं। जाँ माँ-बाप ने हाथ पकड़ा दिया वईं चले गये।'' ताई की बात का वे तीनों समर्थन करतीं। तभी

अचानक उनमें से किसी को ठंडी होती कली की याद आ जाती। वह चिलम के बीच में दहक कर ठंडे होते पतंगों को अँगुलियों में छूकर महसूस करती। फिर झट बोल उठती, "अरी ताई चिलम की आग तो ठंडी हो गयी। तमाकू भी सुलग गया होगा। दूसरी चिलम भरूँ।"

"नई।" ताई कली को एक तरफ सरका कर मना कर देती।

उनके जाने के बाद ताई माँ घड़े से एक गिलास ठंडा पानी पीती। फिर कहीं दूसरी बैठक में शरीक होने के लिए के लिए चल देती।

मेरे विवाह यानी सगाई की शुरुआत ही परम्परागत तरीके से हुई थी। मेरठ में पहले मेरे श्वसुर मुझे देखने के लिए आए थे। वैसे दिल्ली में उन्होंने मुझे कई बार देखा था। उसके बाद हमारी बारी थी। शकुन को देखने के लिए हमें जनकपुरी दिल्ली बुलाया था। जहाँ मेरे भाई के साढ़ू का मकान था। उनका नाम किशन लाल कदम था। वे दिल्ली प्रशासन की नौकरी में अधिकारी पद पर थे। शकुन को देखने के लिए मैं, मेरा बड़ा भाई, भाभी तथा बा गये थे। वे मेरठ और मुरादनगर से आए थे और मैं भोगल दिल्ली से ही। तब मैं भोगल के सम्मन बाजार में एक किराये के कमरे में रहता था।

शकुन को देखने से पूर्व न जाने कितनी कल्पनाएँ मेरे मन में उगी थीं। वह कैसी होगी। भाई ने बताया था साँवले रंग की है। भोगल से जनकपुरी आते हुए उस दिन सड़क पर जिनती भी साँवली लड़कियाँ मुझे दिखाई दीं या मैंने उन्हें देखा, मैं उन्हीं के बीच कहीं शकुन को ढूँढ़ता रहा, खोजता रहा। और हजारों साँवली तथा काले रंग की लड़कियों में मेरी तलाश तब तक रही जब तक कि मैं जनकपुरी जाकर शकुन से रू-ब-रू न हो गया।

जब वह आई तो हम सबकी नजरें उसी पर थीं। वह दो मिनट के लिए हमारे बीच रही। सीधी-सादी-सी औसत दर्जे की लड़की। उसमें कुछ विशेष आकर्षण न था, पर वह देखने में बुरी भी नहीं थी। मेरे भीतर अजीब तरह का द्वन्द्व-सा था। बार-बार उसके रंग-रूप के बारे में विश्लेषण उभरता था। मैं अपने आप से सवाल करता और स्वयं जवाब देता था। 'मेरे होने वाले श्वसुर खूब पैसे वाले थे।' कदम ने बताया था। वे लेबर ऑफिस में थे। मेरे घरवालों पर उनके पैसे का नशा बढ़ रहा था, पर मुझ पर नहीं। वे सब फाइनल करना चाहते थे। अन्ततः मुझे भी अपनी स्वीकृति देनी पड़ी। मैंने सीताराम खोड़ावालजी से केवल एक ही बात कही थी। वे भी इस रिश्ते को कराने में शामिल थे। मैंने कहा था। मैं पढ़ने-लिखने वाला व्यक्ति हूँ। क्या ऐसा हो सकता कि मेरी होने वाली पत्नी जरूरत पड़ने पर मेरे लिए मेरे कार्ड पर दिल्ली पब्लिक लाइब्रेरी से किताबें ले आए। उन्होंने तुरन्त जवाब में कहा था—हो क्यों नहीं सकता, ऐसा ही होगा। और वह फिर किसी गाँव में थोड़ा ही रह रही है। दिल्ली में रहती है। मैंने उनकी बात मान ली थी।

यूँ हमारे परिवार में मेरी जानकारी में बहुत-से विवाह हुए थे। रिश्ता होने के शुरुआती दौर में ही कितने झूठ दोनों तरफ से बोले जाते हैं। मेरा रिश्ता पक्का होने तक मुझे उन झूठे वायदों का अच्छा-खासा अनुभव हो गया था। फिर भी भारतीय समाज में विवाह को पवित्र बन्धन माना गया है। विवाह के नाम पर लोग शेखी बघराते हैं। विवाह के बहाने एक-दूसरे से झूठे वायदे करते हैं। विवाह होते-होते एक-दूसरे को नीचा दिखाते हैं। इससे अधिक हमारा दोगलापन और क्या हो सकता है। ऐसे दोगले समाज की संरचना में दलित जातियों के लोग भी बढ़-चढ़ कर हिस्सेदारी निभा रहे थे। वे कहते कुछ थे और करते कुछ थे। न उनके पास अपनी जमीन थी और न जमीर। महानगरीय चमक-दमक में वे भी सवर्णों की नकल कर रहे थे।

जिस बस्ती में मैं रहता था इसमें अधिकतर घर दलितों के ही थे। पर घर पक्के थे। दलित परिवारों में कोई-न-कोई व्यक्ति नौकरी अवश्य करता था। लगभग सभी परिवारों में शिक्षा का प्रचार-प्रसार हो रहा था। मेरठ की हमारी बस्ती के बनिस्बत यहाँ थोड़ी खुशहाली अधिक थी। बौद्ध विहार भी था और उसी के नजदीक चर्च भी। पर आसपास न कोई मन्दिर था और न गुरुद्वारा। मस्जिद भी नहीं थी। मेरे लिए यह अच्छी बात थी। क्योंकि जहाँ ये तीनों धार्मिक इमारतें होती हैं वहाँ रहते हुए मेरी सेहत खराब होने लगती है। इन तीनों जगह यानी खुदा, भगवान और वाहे गुरु की याद में कानफाड़ू अजान, गीता तथा गुरुग्रन्थ साहिब का पाठ तो होता ही था। लगता ऐसे था कि ये सभी एक-दूसरे से प्रतिस्पर्धा करते थे शोर मचाने में। अब किसी के कान में दर्द हो या और कहीं इन्हें तो धर्म की अपनी-अपनी डफली बजाने से मतलब था। पर एक ही बात को हजार बार दोहराने की न जाने क्या तुक थी। पर ये धार्मिक मदारी से अधिक कुछ न थे।

मुझे यहाँ रहते हुए एक बात और अच्छी लगी। वह यह कि दलितों में पूजा-पाठ नहीं के बराबर था। जंगल तो आसपास था नहीं इसलिए हमारी बस्ती की औरतों की तरह यहाँ से जंगल में काम की खोज में जाने का सवाल ही नहीं पैदा होता था।

मैं जब कभी फुरसत में होता तो अड़ोसी-पड़ोसियों के साथ दलित आन्दोलन या दलित राजनीति के विषय पर बहस में शामिल हो जाता था। वे मेरी बात कम सुनते और अपनी ज्यादा कहते। मुझे वे अभी बच्चा ही समझते थे। पर इससे बढ़ कर उनके अधिक बोलने और मुझ पर हावी रहने का एक मुख्य कारण और था। वह यह कि वे अपने-आप को दिल्ली का मानते थे। (हालाँकि वे भी कहीं-न-कहीं बाहर से ही आए थे।) और मुझे मेरठी।

हमारे देश में लोगों को थोथी सुपीरियरिटी काम्प्लेक्स की खुशफहमी में जीने की भावना जातियों के ऊँच-नीच होने के आधार पर ही नहीं होती थी बल्कि छोटे

शहर बड़े शहर में रहने के कारण भी कुछ लोग अपने-आप को तीसमारखाँ समझे थे। दिल्ली चूँकि देश की राजधानी थी इसलिए उसमें रहने का नशा कुछ और ही था।

मेरी टीन की कोठरी-खोली या झोंपड़ी चाहे जो कहा जाए, उसके सामने बने कमरे में जो परिवार रहता था, उसके चले जाने पर वह कमरा खाली हो गया था। मेरी तो नजर उस कमरे पर पहले से ही थी। अतः जैसे ही वह किरायेदार गया उसके अगले दिन ही मैंने मकान मालिक के सामने उसमें अपना सामान रखने का प्रस्ताव या सुझाव रख दिया। जिसे थोड़ा-बहुत सोच-विचारने पर उन्होंने मान लिया था। इस कमरे का किराया कोठरी से पचास रुपये अधिक था। मैंने एक सौ पचीस रुपये देने स्वीकार कर लिए। छत का पंखा यहाँ भी न था। लेकिन पिछली तरफ जंगला था, जिसमें से ठंडी हवा आती थी और बाहर आँगन। छुट्टी वाले दिन मैंने वह कोठरी खाली कर अपना सारा सामान कमरे में रख लिया। इस कमरे में आकर मुझे अच्छा लगा। अब तक मैंने अपना सभी सामान व्यवस्थित रूप से रख लिया था। चूँकि कमरे में जगह थी, इसलिए जामा मस्जिद के रविवार वाले बाजार से एक पुरानी कुर्सी और एक मेज भी ले आया था। वहीं से मैंने कुछ पुरानी किताबें तथा पत्रिकाओं के साथ गृहस्थी का और भी सामान खरीदा।

अगले सप्ताह मैंने देखा। उसी कोठरी में नया परिवार आ गया था। वे भी दलित ही थे। पति-पत्नी, लड़का, लड़की कहीं हॉस्टल में रहती थी। वहीं पढ़ती थी। एक दिन उन्होंने मुझे चाय का प्याला भिजवाया। तभी उनके बारे में थोड़ा-बहुत पता चला।

भारतीय प्रशासनिक सेवा के रुतबे और उसकी चमक-दमक की खूबी यही थी कि भारतीय समाज पर उसका अभी भी अच्छा-खासा प्रभाव था। हमारे लोग अफसरों का मान-सम्मान उस तरह से करते थे कि उनसे बड़ा दुनिया में जैसे कोई हो ही नहीं। जिले का कलेक्टर/एस.पी./डी.एस.पी/डिप्टी कलेक्टर आदि ऐसे पद थे जिनके रुतबे को बस्ती के लोग बढ़ा-चढ़ा कर वर्णन करते थे। उनमें अधिक उम्र के लोग ही ज्यादातर होते थे। जिन्होंने अंग्रेजों का राज देखा था। तब तो लाल पगड़ी वाला अदना-सा सिपाही भी बहुत बड़ा कर्मचारी माना जाता था। फिर दीवानजी/हवलदारजी/थानेदारजी का तो कहना ही क्या।

मेरठ में ही बाबू राम वर्माजी थे जिनका आजादी के आरम्भिक दशक में प्रशासनिक सेवा में सेलेक्शन हो गया था। पर बाद में कुछ कारणवश उन्हें नौकरी से हाथ धोना

पड़ा था। वे हमारे घर अकसर आते थे। बा को बहुत मानते थे। मैं भी कभी-कभी उनके घर जाता रहता था। जब भी दिल्ली से आता, उनसे अवश्य ही मिलता था। वे भी मुझे पी.सी.एस. तथा आई.ए.एस. की प्रतिस्पर्धात्मक परीक्षाओं के लिखित और साक्षात्कार दोनों के बारे में गाइड करते थे। तरह-तरह की जानकारी देते थे। वे अंग्रेजी भाषा के पढ़ने-लिखने पर अधिक जोर देते थे। मैं पहली बार 1974 में प्रोविंसियल सिविल सर्विस में बैठा था। उन दिनों इलाहाबाद में ही लिखित परीक्षा होती थी। दिसम्बर माह में वहाँ जाना होता था। ठिठुरती रातों में हम ढेर सारी किताबों से घिरे रहते थे। मेरी इतिहास पर अच्छी पकड़ थी। पी.सी.एस. के ऐच्छिक विषयों में तीन विषय इतिहास पर ही कवर होते थे। शेष सामान्य ज्ञान, सामान्य अंग्रेजी, निबंध, हिन्दी-अंग्रेजी दोनों भाषाओं में लिखना होता था। इस तरह कुल मिलाकर आठ या नौ पेपर होते थे।

पी.सी.एस. में आना मेरे लिए उतना आसान न था। यह बात मुझे एक साल के अध्ययन और पी.सी.एस. के परिणाम के आने पर महसूस हुई। असल में तब तक मैंने कोई विशेष कोचिंग तो अटेंड किया नहीं था। दिल्ली में इस बारे में मुझे कुछ जानकारी भी न थी। जो थी, वह अधकचरी थी। फिर दिल्ली में रहते हुए मेरे उस तरह के सम्बन्ध भी अधिक न थे। मेरठ की बात अलग थी। दिल्ली से तो जुड़ा ही था मैं। नौकरी के लिए सामाजिक गतिविधियाँ और दलित आन्दोलन के लिए हमारी सभा, प्रदर्शन तथा रैलियाँ तो मेरठ में ही हुआ करती थीं जहाँ हमारी जड़ें भी थीं। इसलिए बार-बार मैं मेरठ जरूर आता था। दिल्ली में शुरू-शुरू में वैसे भी मुझे बड़ा अजीब लगा था। बाद के दिनों में दिल्ली मुझमें और मैं दिल्ली में बसने लगा था। दिल्ली मुझे रास आने लगी थी।

अरब की सराय (निजामुद्दीन) एम्प्लायमेंट एक्सचेंज में कार्य करने के अनुभव कुछ अलग ही थे। वहाँ भी आते तो थे बेरोजगार ही, पर उनमें बहुत-से बारोजगार भी होते थे। कुछ और अच्छे पद मिलने के लिए वे यहाँ रजिस्ट्रेशन कराते थे। वहाँ शिक्षकों के लिए दो-तीन ग्रेड थे। मेरे अलावा चार-पाँच कर्मचारी और थे। सब रीजनल एम्प्लायमेंट ऑफिसर माथुर थे। जो शायराना मिजाज के व्यक्ति थे। कभी-कभी वे मेरे कमरे में आकर ताजा गुलाब का फूल दिया करते थे। फूल देते हुए शेर भी सुनाते थे। ऑफिस का अच्छा वातावरण था। तनाव वाली स्थिति बिल्कुल न थी। यहाँ भीड़भाड़ भी कम ही होती थी। यहाँ भीड़भाड़ कम होती थी। यहाँ भी मुझे रजिस्ट्रेशन करने की जिम्मेवारी दी गयी।

एक दिन लंच के बाद कोई व्यक्ति मेरे पास आया। कहने लगा, ''नैमिशराय आप ही हैं।''

मेरे मुँह से निकला, ''कहिए क्या बात है?''

''थोड़ा बाहर आएँगे, कोई मैडम आपको मिलना चाहती हैं।'' वह बोला।

मैं उसके साथ कमरे के बाहर बरामदे तक आया। वहाँ एक तेईस-चौबीस वर्षीया गोरी-चिट्टी लड़की खड़ी थी। नयन-नक्श उसके आकर्षक थे। उसने साड़ी पहनी हुई थी। कद उसका लम्बा था। मुझे देख कर हाथ जोड़ कर नमस्ते की उसने, मैंने महसूस किया। वह सलीके वाली लड़की थी। सामने उसकी कार खड़ी थी। हम चलते हुए वहीं तक आ गये।

''आपसे कुछ बातें करनी है।''

''ठीक है, बताइए।''

मेरे भीतर उत्सुकता बढ़ रही थी।

''हम कहीं रेस्तरां में बैठ कर चाय पियें...।'' उसके साथ के आदमी ने पूछा।

''ठीक है।'' मैंने अपनी स्वीकृति दे दी थी।

नजदीक ही रेस्तरां था। मैं उनके साथ कार में बैठ गया। वह व्यक्ति कार चला रहा था। मैं पिछली सीट पर बैठा। वह लड़की भी मेरे साथ बैठी। कार चली तो उसने कहा, ''मेरा नाम तृप्ती है।''

''बहुत अच्छा नाम है।'' मेरे मुँह से निकला।

वापसी में लौटा तो ऑफिस में ही कार्यरत एक साथी, जिसका नाम रामजस था, मेरी ओर मुस्कराते हुए पूछा, ''कौन थी वह?''

मैंने उनसे छुपाना उचित नहीं समझा और सब कुछ साफ-साफ बतला दिया।

''तो कॉल लेटर निकलवाना है उसे।'' रामजस फिर बोला।

''हाँ।'' मेरा उत्तर था।

''पर तुझे क्या देगी वह।'' रामजस ने अजीब-से स्वर में कहा था।

''सब कुछ, जो भी मैं चाहूँ।''

मेरा उत्तर सुन उसका मुँह आश्चर्य से खुला का खुला रह गया। फिर बोला, ''देख सँभलकर रहियो। इन कार वालियों का कोई भरोसा नहीं है।''

''ठीक है जो भी कुछ करूँगा, तुझसे सलाह लेकर ही करूँगा।''

वह जोरों से हँसा और चाय की फरमाइश की। हमने वहीं ऑफिस में चाय मँगा कर पी।

अगले दिन तृप्ती आ गयी। आज उसने नई साड़ी पहनी हुई थी। जिसमें वह और सुन्दर लग रहीं थी। रामजस मेरे साथ ही बैठा था। उसने कोहनी मार कर मुझे बतलाया।

''नैमिशराय जी, तेरी वो आ गयी।''

मैंने गर्दन ऊपर उठा कर देखा। सामने वह खड़ी थी। मैं उसके साथ बाहर आ गया। वह बिना देरी किये बोली, ''चलें कहीं बैठें।''

"हाँ।" मेरे मुँह से भी निकला।

हम घूमते हुए ऑफिस के पीछे आ गये। जहाँ सुनसान था। कहीं-कहीं घास उगी थी। कहीं-कहीं फूल भी उगे थे। जमीन पर छोटे-बड़े पत्थरों के टुकड़े बिखरे थे। और उनके आसपास बिखरा था मुगलिया सल्तनत का इतिहास। वहाँ सब कुछ खँडहर था। टूटी हुई दीवारें, टूटी हुई गुम्बद। सब कुछ जैसे जार-जार हो रहा था। कुछ समय तक हम दोनों ऐसे ही घूमते रहे। बीच-बीच में बातें भी की। उसने बतलाया था कि उसकी उम्र निकली जा रही है। केवल छह माह में अगर नौकरी मिल गयी तो ठीक होगा, अन्यथा उसकी डिग्रियाँ बेकार हो जाएँगी। वह एम.ए.एल.टी. थी। कहते-कहते वह उदास हो गयी थी। मैंने दिलासा दी और कोई-न-कोई रास्ता निकालने की बात की। फिर रुक कर बोली, "कैसे भी, किसी तरह भी मेरी कॉल निकलनी चाहिए। मैं हर तरह से तैयार हूँ।"

मैंने देखा। उसकी आँखों में विवशता झाँकने लगी थी। उसका स्वर थका-थका-सा हो चला था। उसने मेरा हाथ अपने हाथ में लेते हुए कहा, "प्लीज नैमिशराय जी, मेरी स्थिति समझिए।"

कुछ देर बाद हम दोनों वापस आ गये थे। मैं उसे कार तक छोड़ने गया। आज वह अकेली ही आई थी। ऑफिस में गया तो रामजस मेरे इन्तजार में बैठा था। मुझे देखते ही बोला,

"कहो, नैमिशराय जी कुछ काम बना।"

"नहीं।" मेरे मुँह से निकला।

"क्यूँ भई, एक घंटे में क्या करते रहे?" उसने पूछा।

"बस घूमते रहे।" मेरे मुँह से निकला।

उसने मेरी नकल की, "बस घूमते रहे। भई यह भी कोई बात हुई।"

बाद में मैं एक्स-वन की एंट्री में लग गया। वह भी अपना करने लगा।

उस रात मैं सो नहीं सका। बीच-बीच में तृप्ती की याद आती रही। उसकी भोली शक्ल, गले में फँसी जैसी आवाज, उम्र निकल जाने की आशंका, नौकरी न मिल पाने का भय, इन सबके लिए अपने-आप को मेरे सामने आत्मसमर्पण करने की विवशता, लाचारी।

"मुझसे यह सब कैसे हो सकता था। पर मदद तो करनी ही चाहिए।" लेटे हुए मेरे मुँह से अनायास ही निकल पड़ा।

अगले दिन सुबह मैं ऑफिस तैयार होकर गया। माथुर साहब गुलाब का ताजा फूल मेरे लिए लाए। फूल देते हुए जैसे उन्होंने मेरे चेहरे की लकीरों को पढ़ लिया था। फिर पूछा, "क्या बात है नैमिशराय जी, कुछ दिक्कत है परेशानी है।"

"जी।" मेरे मुँह से निकला।

"अच्छा मेरे कमरे में आओ।" कहते हुए वे चले गये थे। मैं उनके पीछे-पीछे कमरे में गया।

मैंने उन्हें सब कुछ साफ-साफ बतला दिया था। वे पहले मुस्कराए और फिर अपनी सीट से उठ कर मेरे पास आकर मेरे कन्धे पर हाथ रख बोले।

"दोस्त, मैंने पहली बार ऐसा आदमी देखा, जैसे तुम हो।"

"पर सर वह मुझसे उम्र में बड़ी है और उसकी मजबूरी...।"

मेरे कहने के बाद उन्होंने खड़े-खड़े ही एक शेर सुनाया। मैंने उनकी ओर देखा। वे फिर बोले,

"नैमिशराय जी, तुम्हारी जगह कोई भी होता तो अब तक उसे घोल कर पी लेता।" कहते हुए अपनी सीट पा जा बैठे थे।

"सर मेरी जगह आप होते तो।..." मैंने उनसे पूछा।

कुछ देर वे चुप रहे। फिर चुप्पी तोड़ते हुए बोले, "शायद मैं भी वही करता जो तुम्हारे सिवाय दूसरे करते।"

"क्या!" मेरे मुँह से निकला।

"हाँ दोस्त, मैं सच कह रहा हूँ क्योंकि तुमने भी तो सच कहा है। पर वह जीवन का सच नहीं है। तुम्हारे भीतर का सच है।"

कहते हुए वे अपने काम में लग गये थे। मैं कुछ देर वहीं बैठा रहा। उन्होंने टाइपराइटर पर कोई कागज लगाया और टाइप करने लगे। वे स्वयं टाइप करते थे। फिर बोले,

"ख़ैर, वह लड़की जब आए तो उसे कहना, हमारा मुँह मीठा कराए।"

"सर, थैंक्स।"

मैं अपने कमरे में आ गया था। रामजस ने मुझे देख पूछा, "माथुर साहब ने क्या दे दिया भई, जो इतने खुश नजर आ रहे हो।"

"बहुत कुछ।" मैंने इतना ही कहा।

अगले दिन तृप्ती ऑफिस में आई। मैंने माथुर साहब के वही शब्द उसके सामने दोहरा दिये। जिन्हें सुन कर वह खुशी से झूम उठी। उसकी आँखों में वह सब कुछ लौट आया जो किसी भी जवान लड़की के भीतर होता है। आज मैंने वहीं ऑफिस में उसके साथ चाय मँगा कर पी। माथुर साहब ऑफिस में नहीं थे। रामजस मेरे साथ था।

कुछ दिन बाद पता चला कि उसकी नौकरी लग गयी थी। और रविवार के दिन वह मेरा पता पूछते-पूछते घर आ गयी। फीएट कार से वह घर के सामने उतरी तो आसपास खड़े लोगों की उत्सुकता हुई। मैं बाहर छत पर था। वहाँ से अपने कमरे में आया। वह रामसिंह के साथ ऊपर आ गयी थी। उसके हाथ में बंगाली मिठाई का

डिब्बा था। वह बंगाल से थी। आज वह उदास नहीं थी। चहक रही थी। साथ ही मेरा गुणगान कर रही थी। कह रही थी अगर आप नहीं होते तो मुझे नौकरी नहीं मिलती। मैं उसकी बातें चुपचाप सुनता रहा। खुशी मुझे भी तो थी। मेरी उससे यह अन्तिम मुलाकात थी। हालाँकि उसने मुझे अपने घर का पता दिया था। पर मैं चाहते हुए भी उसके घर न गया था।

1975 में मैंने जगजीवन विद्या भवन ज्वाइन किया। जहाँ पी.सी.एस. और आई.ए.एस. की परीक्षाओं में प्रवेश के लिए तैयारी कराई जाती थी। वहाँ शाम को क्लास चलती थीं। मैं हर रोज ऑफिस के बाद यहाँ आता था। अनुसूचित जाति तथा अनुसूचित जनजाति के प्रत्याशियों से कोई फीस आदि नहीं ली जाती थी। हुकमचन्द जाटव जो उन दिनों दिल्ली में सहायक पुलिस आयुक्त थे, वे भी क्लास लेने के लिए जगजीवन विद्या भवन आते थे। तीन-चार प्रोफेसर और वे जो सभी दो-दो, तीन-तीन पीरियड प्रतिदिन लेते थे। हमें यहाँ अंग्रेजी भाषा में लेक्चर भी देना होता था। मुझे उस समय भला अंग्रेजी ही क्या हिन्दी में भी लेक्चर देना नहीं आता था। हिन्दी में तो चलो किसी-न-किसी तरह भाषण दिया ही जा सकता था। पर अंग्रेजी में कहाँ सम्भव था। प्रो. अरोड़ा, जो वहाँ अंग्रेजी पढ़ाते थे वे हमसे जबर्दस्ती किसी-न-किसी विषय पर बुलवाते अवश्य थे। आरम्भ में थोड़ा हिचकिचाहट हुई, पर बाद में हमने कोई एक विषय चुन कर भाषण देने का प्रयास किया। गलतियाँ तो होती ही थीं। पर गलतियों के बाद ही सुधार की गुंजाइश होती है। मुझमें भी सुधार हो रहा था। आई.ए.एस., पी. सी.एस. के लिए 'राव' का कोचिंग भी उन दिनों था। जो देश में सब से बेहतर माना जाता था, पर उसकी फीस बहुत अधिक थी। जो मेरे बूते के बाहर थी। हाँ, राव द्वारा लिखित सामान्य अंग्रेजी की पुस्तक मैंने अवश्य ही खरीदी। अंग्रेजी की यह एक स्तरीय किताब थी। हालाँकि उसे पढ़ने के लिए डिक्शनरी देखनी पड़ती थी। लेकिन मेरे लिए बड़ी लाभदायक सिद्ध हुई। अंग्रेजी सीखने की तो मेरे भीतर लालसा थी ही, इन दिनों मैंने अंग्रेजी की पत्र-पत्रिकाएँ भी पढ़ना आरम्भ किया।

प्रोविंसियल सिविल सर्विस की लिखित परीक्षा उत्तीर्ण करने में मुझे मदद मिली। अंग्रेजी में वाक्य बनाने की कला मैंने सीखी, फ्रेज, प्रोवर्ब याद किये, स्टेंजा भी खूब याद किये। पर कुछ विशेष हुआ नहीं। रात-दिन पढ़ने-लिखने के बाद भी मैं न आई.ए.एस. बन सका और न पी.सी.एस.। बावजूद इसके मेरी मेहनत जारी थी।

विवाह के डेढ़-दो बरस पहले उससे मेरी पहली मुलाकात हुई। यह मिलना अचानक नहीं बल्कि व्यवस्थित रूप में हुआ। जैसे उससे मेरी मुलाकात होना निश्चित था। वैसे सब कुछ पूर्व निश्चित होता नहीं। इस घटना चक्र में कौन किसके साथ कहाँ और कब उलझ जाए। किसी को मालूम नहीं होता। वह बात अलग है कि हमारे ही बीच अधिकांश लोग भाग्य और भगवान के भ्रम इस तरह की अटकलें

लगाते रहते हैं। पर मैंने कभी ऐसा नहीं सोचा। वह यानी विमला तृप्ती नहीं।

रसवंती की तरह न तो उसकी आँखें मोटी-मोटी थीं और न वह स्वयं। उसकी छातियों में उभार भी न था। हालाँकि वह सोलहवें बरस को पार कर गयी थी। उसके होंठ पतले और नर्म थे। वह दुबली-पतली स्कूल जाने वाली लड़की थी। वह बोलती तो लगता जैसे कोई नन्ही चिड़िया चहक रही हो। पहली बार मैंने उसे देखा तो मेरे भीतर हूक-सी हुई। और वही बौराया-सा मन उसकी ओर आकर्षित हुए बिना न रह सका। बाद के दिनों में उसके प्रति आकर्षण बढ़ता ही गया।

मैं अभी भी एम्प्लायमेंट एक्सचेंज में नौकरी करता था। और भोगल में ही रहता था। भोगल में मेरे भाई के साढ़ू का मकान था। उनके मकान के एक कमरे में बतौर किरायेदार के रूप में रहता था मैं।

यूँ उससे पहली मुलाकात कुछ खास न थी। बस दो-चार पल ही तो बात हुई थी। बात भी नमस्ते भर ही में सिमट कर रह गयी थी। वह कौन थी न मैंने उससे पूछा और न ही उसने मुझे बतलाया।

उस रोज छुट्टी का दिन था। दोमंजिले पर मैं अपने कमरे के बाहर आँगन में किसी पत्रिका के पन्ने उलट-पलट रहा था। तभी वह सीढ़ियाँ चढ़ते हुए ऊपर आई। मेरे ही सामने टीन की छत वाली एक कोठरी में दूसरे किरायेदार रहते थे। बाहर से आकर मम्मी कहते हुए वह उसी कोठरी में घुस गयी थी। कोठरी में तीन सदस्य और थे लालवती, उसका मर्द और संजय बेटा। वह सलीके से कपड़े पहने थी। उसकी बोलचाल अभिजात वर्ग से मिलती-जुलती थी। पल भर उसे देख कर मुझे आश्चर्य भी हुआ। फिर उसकी मम्मी यानी लालवती ने कहा था—''अरी विमला अपने अंकल को नमस्ते नहीं की।'' बाद में उसने मुझे नमस्ते की थी। मैंने भी जिज्ञासा और उल्लास में नमस्ते का उत्तर दिया था।

उसी शाम पता चला था। वह लालवती की बेटी थी। मुझे आश्चर्य के साथ खुशी भी हुई थी। इसलिए कि जब-जब वह यहाँ आया करेगी मेरी आँखें उस गुड़िया-सी खूबसूरत लड़की को देखा करेंगी। वह कस्तूरबा गांधी विद्यालय में पढ़ती थी जहाँ हॉस्टल भी था। अनुसूचित जाति के विद्यार्थियों को वहाँ खाना, रहना मुफ्त था। साथ में पढ़ाई के खर्च में भी मदद मिलती थी। उसके पिता की आर्थिक स्थिति ठीक न थी।

उसी शाम वह वापस चली गयी। मुझे उसका जाना अच्छा नहीं लगा। हालाँकि उसका आना बहुत भाया था। कुछ घंटों की उसकी मौजूदगी ने मेरी तन्हाई को और बढ़ा दिया था। अकेलेपन का अहसास जब बढ़ जाता ऐसे समय पर किताबों को मैं अपना साथी बना लेता। वे मेरी बेचैनी अपने-आप में समेट लेतीं। मैं जितना नई-नई किताबें बढ़ता उतना ही मुझे सहारा मिलता।

शाम हो गयी थी। मैं ऑफिस से आकर सुस्ताने के मूड में था। मैंने उसी कोठरी से चिड़िया के चहचहाने की आवाज सुनी। चिड़िया नहीं थी, नन्ही-सी गुड़िया थी। वही गुड़िया जिसका नाम विमला था। घर आने के बाद छुट्टियों की पहली शाम थी उसकी। पर मेरे भीतर जैसे सुबह हुई थी। जब उसके कदमों की आहट मैंने अपने खुले दरवाजे के पास महसूस की। मैं मंटों की कहानी 'खोल दो' पढ़ रहा था। मेरा ध्यान अपनी ओर आकर्षित करने के लिए उसने दरवाजे पर दस्तक दी। मेरे सामने वही थी। मैंने उसकी ओर भरपूर निगाहों से देखा। मुझे इस बार वह पहले से भी अधिक खूबसूरत लगी। वह गुलाबी रंग का सलवार-कमीज पहने थी। बाद में मुझे उसकी रंगों की च्वाइस पता चली थी। वह रंग गुलाबी था। कन्धे पर काले रंग का महीन दुपट्टा। कमीज में आगे की तरफ फूल कढ़े थे जो उसकी छातियों के हल्के उभार पर फैले थे बिल्कुल जैसे किसी पहाड़ी पर फूल खिले हों। वे फूल काले रंग के बारीक दुपट्टे के भीतर और भी अच्छे लग रहे थे। मेरा ध्यान टूटा। वह चाय के लिए मुझसे पूछ रही थी। मैंने तत्काल ही अपनी सहमति दे दी। मैंने देखा मेरी सहमति पाकर उसके होंठों के भीतर मन्द-मन्द मुस्कान थिरक आई थी। कुछ ही देर में वह कप में मेरे लिए चाय ले आई। साथ में प्लेट में नमकीन भी। मैंने धन्यवाद कहते हुए उसके हाथों से चाय ले ली। उसने तपाक से उत्तर में कहा, "अभी तो आपने चाय भी नहीं पी, फिर धन्यवाद किस बात का।" यह उसकी फिलॉसफी थी। मुझे अच्छा लगा। कुछ तो नई बात थी। बाद में मेरे कहने पर वह अपनी चाय भी ले आई। मेरे कमरे में एक ही कुर्सी थी। मैं उठ कर चारपाई पर बैठ गया था। उसने कुर्सी पर बैठते हुए पूछा—"चाय कैसी बनी?" "अच्छी, बहुत स्वादिष्ट।" मैंने चाय के दो-तीन घूँट एक साथ पीने के बाद अपनी राय दी थी। उसके होंठों पर फिर मुस्कान थिरक आई। "आपने बनाई?" मेरा दूसरा सवाल था। जवाब में उसने केवल "जी" कहा। कुछ देर हमारे बीच चुप्पी रही। जो स्वयं उसी ने तोड़ी—"आप इतनी सारी किताबें पढ़ते हैं।"

"हाँ" मैंने कहा, "कुछ साहित्यिक हैं शेष आई.ए.एस., पी.सी.एस. की।" मैं उन दिनों आई.ए.एस., पी.सी.एस. की तैयारी भी कर रहा था। चाय समाप्त हुई। तो वह मेरी किताबों को उलट-पलट कर देखने लगी। कभी-कभी कनखियों से मेरी तरफ भी देख लेती थी। तभी सामने से उसकी माँ की आवाज आई, "विमला, इधर तो आ जरा।"

"आई मम्मी," वह किताबों को उलटना-पलटना छोड़ कर दोनों कप और प्लेट लेकर फुर्ती से मेरे कमरे से निकल गयी। उसके जाने के बाद मुझे लगा जिस कमरे में मैं बैठा था वह पूरी तरह से खाली हो गया है। मैं भी स्वयं अपने भीतर खालीपन अनुभव करने लगा था। वही खालीपन भरने के लिए मैं मन्टो की 'खोल दो' कहानी को पुनः पढ़ने लगा था। इन दिनों सआदत हसन मंटो और कृश्न चन्द्र की कहानियाँ अकसर मैं

पढ़ता था। कभी-कभी समय निकालकर दिल्ली पब्लिक लाइब्रेरी चला जाता था। भोगल के आसपास अन्य किसी पुस्तकालय होने की मुझे जानकारी न थी।

अँधेरा घिर आया था। बस्ती में खाना बनाने के लिए बर्तन-भाँड़े खड़कने-बजने लगे थे। घर-घर में चूल्हे जल उठे थे। परिवेश में धुआँ घुल-मिल गया था। चीख-पुकार और कोलाहल भी। यह समय माँओं का अपनी बेटियों को डाँटने-फटकारने का होता था। साथ ही बच्चों का अपनी माँओं से जल्दी रोटी-सब्जी माँगने का भी।

माँ/बेटी/भाभी/बुआएँ अपने-अपने घरों के चूल्हे में ईंधन डाल कर जल्दी-जल्दी रोटी-सब्जी बनाने में जुट जाती थीं। ऐसे में बाहर से आती रोटी-सब्जी की गन्ध मुझे परेशान कर देती थी। और मेरे पेट की भूख बढ़ उठती थी। इन दिनों मैं सुबह-शाम बाहर ही खाना लेता था। कभी होटल में तो कभी ढाबे पर। जब जैसी सुविधा हो। माँ इसी परेशानी को सामने रख मेरे सामने विवाह के प्रस्ताव पर प्रस्ताव रखती थी। जैसे शादी करने का अर्थ आदमी की भूख मिटाना ही रहा हो। भूख चाहे पेट की हो या पेट के नीचे की। पर जब-जब ताई माँ विवाह की बात करती मैं टाल जाता। कभी-कभी बा भी जोर देकर कहता—"अरे तू इतना बड़ा तो हो गया है। तेरी नौकरी भी लग गयी है। फिर भी बियाह नहीं करता। उम्र निकल जाने पर मुश्किल हो जाती है।" उन दिनों हमारी जात में बीस साल तक की उम्र में विवाह हो जाते थे। और मैं तो बाईसवें बरस में चल रहा था।

मुझे मालूम था बिना विवाह जीवन बिताने की असन्तोषजनक परिस्थितियों के खट्टे-मीठे स्वाद का। उन सबमें जो अभाव खलता है, उसे महसूस भी किया था। अभाव-दर-अभाव, भूख जब उग्र हो जाती थी तब अपने-आप को सँभाल पाना मुश्किल हो उठता था। ऐसे समय पर या तो उस भूख से लड़ता था या फिर अपने-आप से। पर आज की रात ऐसा नहीं हुआ। पूरे दो माह बाद मुझे गेहूँ की फूली हुई गर्म-गर्म रोटियाँ खाने को मिली थी। विमला मेरे सामने थाली में रोटी-सब्जी लिये सकुचायी-सी खड़ी थी। खाना खा लीजिए।

"अरे, आप, इसकी भला क्या जरूरत थी।" उसे थाली लिये खड़ी देख अचानक मैंने कहा।

"क्यों आपको अच्छा नहीं लगा?"

उसके स्वर में नाराजगी उभर आई थी।

"नहीं-नहीं ऐसी बात नहीं।" मैंने स्थिति को सँभालते हुए कहा।

"तो खाइए फिर।" तनिक देर में ही उसके स्वर में अधिकार का भाव आ गया था। मुझे खाते देख उसे अच्छा लगा। उसकी आँखों में अजीब-सी तृप्ति देखी थी मैंने। वह और गर्म-गर्म फुल्के ले आई। मना करने के बाद भी बार-बार अधिकार से खिलाती रही।

इस तरह कभी चाय, कभी हलवा तो कभी खीर, लेकर वह मेरे पास आती। मेरे साथ बैठती, मुझसे बातें करती। पहले दिन बीते, फिर सप्ताह और बाद में माह। उसकी समर वेकेशन समाप्त होने की थी। मैं उसे पढ़ाने लगा था। ट्यूशन का समय रात आठ बजे निर्धारित हुआ था। न उसे एतराज था, न मुझे। मुझे तो एतराज होने का कोई सवाल ही नहीं उठता था। उसके घरवाले खुश थे। मैं भी खुश था। वह अपने विषय के अलावा नये-नये सवाल पूछती। मैं उन सबके उत्तर देने की कोशिश करता। हालाँकि मेरे जवाब से वह कम ही सन्तुष्ट होती थी। उसे बहस करने में मजा आता था। साथ ही मुझे छेड़ने में भी। रात कितनी भी अधिक क्यों न हो जाए न उसे नींद आती थी और न मुझे। तब तक कुछ लोग सो चुके होते या सोने की तैयारी कर रहे होते थे। आसपास के कुछ लोग इस आशय से खाँसते-मठारते कि कुछ गलत मत कर बैठना हम जाग रहे हैं। पर गलत-सही को जानने-समझने की हमारी उम्र कहाँ थी।

मुलाकात के शुरुआती दिनों में वह मुझे अंकल कह कर सम्बोधन करती थी। पर बाद में जैसे-जैसे हम एक-दूसरे के करीब होते गये यह अंकल का सम्बोधन हमारे बीच से गायब होता गया। शिष्टाचार भी पहले अधिक था अब कम होने लगा था। उसके स्थान पर कभी रूठना, कभी मनाना, इन सबका सिलसिला बढ़ने लगा था। एक माह के भीतर ही हम दोनों के बीच ढेर सारे सपनों के अंकुर निकलने लगे थे। ये अंकुर और बड़े होते और लोगों को हमारे बीच क्या पक रहा था, उसकी भनक लगती और उनमें कानाफूसी होती इससे पूर्व विमला वापस हॉस्टल चली गयी थी। क्योंकि उसकी गर्मियों की छुट्टियाँ समाप्त हो गयी थीं।

इस एक माह में जैसे समय को पंख लग गये थे। हम लोग रोज मिलते थे। कभी घर में तो कभी बाहर। वह मेरे ऑफिस भी आ जाती थी। उसके आने पर नीचे से कोई चपरासी या इंस्ट्रक्टर मेरे कमरे में आता और मुस्कराते से कहता, ''नैमिशरायजी, तुम्हारी वो बुला रही है।''

मैं ऑफिस की फाइल एक तरफ रख सेक्शन इंचार्ज से थोड़ी देर में आने की कह कमरे से बाहर निकल आता था। ऑफिस के पिछली तरफ हुमायूँ के मकबरे के नाम पर बहुत बड़ी जगह घिरी हुई थी। जहाँ खँडहर ही खँडहर थे। उन खँडहरों में मैं इतिहास खोजने नहीं आता था, बल्कि एकान्त की तलाश करता था। कहीं-कहीं बड़ी-बड़ी झाड़ियाँ उगी थीं। वहाँ की एक-एक ईंट तथा पत्थर मुगल इतिहास के दस्तावेज थे, पर किसे चिन्ता थी, उन सबकी उसी के मलबे से आसपास कोठियाँ बँगले बन रहे थे। जो मुगल इतिहास की जमीन पर खड़े हो आज की कथा कह रहे थे।

विमला के जाने पर मैं फिर अकेला हो गया था। उसके हॉस्टल जाने के

दो-तीन दिनों तक तो मुझे अजीब-सा ही लगता रहता था। वैसी स्थिति में मैं बार-बार अपने आप से सवाल करता। वह कौन थी मेरी? अचानक जो उससे इतना आकर्षण हो गया था। कहीं कुछ तो थी वह। मेरे आसपास कहीं-न-कहीं कुछ जुड़ा था।

लगभग एक सप्ताह इसी कशमकश में बीत गया। बाद में दो रोज के लिए मैं मेरठ भी हो आया। मेरठ जाने पर थोड़ा चेंज हुआ था। बेचैनी कम हुई थी, पर मेरठ से पुनः दिल्ली लौटने पर वही बेचैनी फिर से मेरे भीतर भर आई थी।

एक शाम को मैं घर लौट ही रहा था कि रास्ते में चलते-चलते मेरे पेट में दर्द उठने लगा। मैं पेट पकड़ कर वहीं फुटपाथ पर बैठ गया। मेरे माथे पर पसीना छलछला आया था पेट के भीतर उथल-पुथल हुई थी जैसे। दस मिनट मैं पेट पकड़ कर ऐसे ही बैठा रहा। लोग आ-जा रहे थे। धुँधले प्रकाश में उन्हें देख रहा था। पलकें निढाल-सी थी, कितने लोग थे, पर मेरी सुध लेने वाला कौन था। बाद में मैंने साहस किया और उठ कर जैसे-तैसे घर तक आया। घर आकर मैंने पहले नींबू पानी पिया। लगभग आधा घंटे बाद फिर दर्द उभर आया। इस बार पहले से तेज दर्द थे जो मेरे बर्दाश्त के बाहर था। कमरे के भीतर अकेला मैं माँ, माँ चिल्ला रहा था। तभी लालवती भागी-भागी आई। उसी समय सब्जी लेकर बाजार से वह लौटी थी। मुझे दर्द से छटपटाता देख वह बोली–

"मोहनदास जी, क्या हुआ?"

उसकी बात जाने मुझे सुनाई दे रही थी या नहीं, मैं पीड़ा से बिलबिला रहा था। कभी इस करवट होता कभी उस करवट। मुझे इस तरह से दर्द में करवटें बदलते देख वह भी हक्की-बक्की रह गयी। उसकी आवाज में भी कम्पन आने लगा था। वह फिर बोली, "मोहनदास जी, क्या हुआ तुम्हें?"

"द...र...द।" मेरे मुँह से इतना ही निकल सका।

"कहाँ?" उसने पूछा।

मैंने केवल हाथ से पेट की ओर इशारा किया। दर्द अभी भी बढ़ता जा रहा था। वह भागी-भागी नीचे गयी। वापसी में आई तो उसके साथ मेरी भाभी की बहन थी। और उनके पति यानी रामसिंहजी। रामसिंहजी मौलाना अबुल कलाम आजाद मेडिकल कॉलिज में लैब असिस्टेंट थे। उन्होंने आधा मिनट मुझे देखा, फिर फुर्ती से नीचे गये और वहाँ से गोलियों का पैकेट ले आए। मुझे उठाते हुए उन्होंने एक गोली पानी से दी। दस मिनट बाद थोड़ा आराम मिला। दर्द बन्द हुआ। पीड़ा से निजात मिली। बाद में उन्होंने बतलाया कि यह ब्लारगन की गोलियाँ थीं। एक गोली उन्होंने आधा घंटे बाद लेने के लिए कहा।

थोड़ी देर में वे दोनों नीचे चले गये। पर लालवती वहीं रह गयी। मेरे नजदीक सिरहाने की ओर बैठ गयी। मुझे लगा कि मेरे पास मेरी माँ बैठी थी। बीच-बीच में

वह बोल-बतला लेती थी। उसकी आवाज में भारीपन था। जैसे मेरे भीतर का दर्द उभर आया था। थोड़ी देर बाद उसने मुझे दूध गर्म कर दिया। फिर वह चली गयी। कुछ देर में मुझे भी नींद आ गयी।

अगले दिन मैं ऑफिस न गया। दोपहरी में विमला आ गयी थी। मैं कमरे में अकेला लेटा था। इस बार उसने दरवाजे पर दस्तक न दी। पर दबे पाँव आई। बिल्कुल मेरे नजदीक आकर धीरे से पूछा, ''अब कैसी तबियत है?''

''अरे तुम विमला, कब आई।'' मेरे मुँह से निकला।

''अभी आई। तुम्हारी त...बी...यत...।'' वह रुक-रुक कर बोली।

''पर तुम्हें कैसे पता चला?'' मैंने पूछा।

''माँ ने फोन किया था।'' उसने कहा।

''पहली बार दर्द हुआ।'' उसने डॉक्टर की तरह पूछा।

''हाँ।'' मेरे मुँह से निकला।

''अब कैसा लग रहा है?'' उसने पूछा।

''ठीक हूँ...।'' मैंने जवाब दिया।

थोड़ी देर में वह मेरे लिए थाली में खाना ले आई। मुझे खाते हुए बड़े चाव से देखती रही। खाने के बाद चाय लाई। दो बज गये थे। वह अधिकार भाव से बोली, ''चलो मुझे हॉस्टल छोड़ कर आओ।''

लगभग आधा घंटे में मैं तैयार हुआ। हम दोनों नीचे आ गये थे। उसने मम्मी से हाथ हिला कर टाटा की। पहले लाजपत नगर के बाजार गये। थोड़ा घूमे-फिरे। तीन बज रहे थे। उसने फिल्म देखने का प्रस्ताव रखा। वहीं नजदीक अलंकार टॉकीज था। 'जूली' फिल्म लगी थी।

शाम साढ़े छह बजे मैं उसके हॉस्टल तक गया। विदा होते हुए उसने कहा, ''अब दर्द मत ले लेना।''

दूसरी बार इलाहाबाद आया था। प्रोविंसियल सिविल सर्विस की लिखित परीक्षा देने के लिए उन दिनों एक-एक माह के लिए इलाहाबाद ही जाकर रहना पड़ता था। वहीं लिखित परीक्षा केन्द्र होता था। जिन दिनों ठिठुरती सर्दी होती थी, हम इलाहाबाद में रह कर रात-दिन पढ़ते थे। मेरठ के मेरे कुछ साथी इलाहाबाद की सिविल लाइन स्थित ममफोर्डगंज बस्ती में किराये का कमरा लेकर इकट्ठे ठहरते थे। जबकि मैं स्टेशन के नजदीक ही बच्चों की जेल में ठहरता था। एक-दो बार इलाहाबाद आया था। हर बार वहीं पर रहता था। पहली बार आने पर कुछ अजीब जरूर लगा था। बच्चों की इस जेल में लगभग तीस कमरे रहे होंगे। उनमें अधिकांश कमरों की दीवारें और फर्श कच्चे ही थे। वहाँ की मिट्टी में अजीब-सी गन्ध थी। सर्दी में तो उन कच्चे

कमरों में और भी सीलन उतर आती थी। मेरे कमरे में एक तख्त-मेज तथा कुर्सी थी। कभी-कभी मैं तख्त पर बैठ कर भी पढ़ता था। कमरे में सामने दीवार पर लगे साठ वाट के बल्ब के उजाले में मैं पढ़ता था। रात में साठ वाट के दूधिया बल्ब की रोशनी में दीवारें और भी पीली-पीली नजर आने लगती थीं। कमरे में मकड़ी के जाले भी खूब थे और छिपकलियाँ भी। मच्छर कम थे। पर चूँकि यहाँ ठहरने की सुविधा बिना शुल्क के मिल जाती थी इसलिए अफसोस नहीं होता था। यहाँ रहते हुए दो-तीन बातें मुझे बार-बार बेचैन भी करती थीं। पढ़ाई से जी उचट कर इधर-उधर भटकने लगता था।

गुनगुनी धूप में उस दिन बाहर आँगन में कुर्सी बिछा कर मैं पढ़ रहा था। अगले दिन इतिहास का पेपर था। तभी बराबर से जनानी आवाजें आईं। ऐ भइया! ऐ सइयाँ, ऐ बाऊ, ऐ लड़के वे मुझे अनेक नामों से पुकार रही थीं। उनके स्वर में अजीब मस्ती का आलम। साथ ही सी-सी...की आवाजें करते हुए वे इशारे भी कर रहीं थीं। मैंने देखा सामने दीवार पर तीन-चार लड़कियाँ बैठी हुई आपस में बातचीत कर रही थीं। वे सब जवान थीं। सुन्दर भी। पहली बार मेरी कुछ समझ में नहीं आया था। सोचा कोई संयुक्त परिवार रहता होगा और वे लड़कियाँ धूप खाने के लिए दीवार पर बैठी होंगी। अगले दिन मैंने दूबे से पूछा, मेरी बात सुन पहले तो वह जोरों से ठ्ठा मार कर हँसा। हँसी थमी तो मुस्कराते हुए बोला था, ''इनसे सँभल कर रहना दास साहब।'' मुझे वह दास साहब ही कह कर पुकारता था।

''बात क्या है दूबेजी?'' मेरे पूछने पर जवाब में वह फिर मुस्कराया था और हँसते हुए वह बोला था—''ससुरी रंडियाँ हैं सबकी-सब।''

''क्या!'' मेरी आँखें आश्चर्य से फैल गयी थीं। ''पर इनकी तो उम्र भी...।''

मेरे मुँह से निकला था।

''दास साहब, रंडियाँ उम्र से नहीं फुद्दी से बनती हैं। और वो तो इनके पास है ही।'' कहते हुए दूबे खुल कर हँसा था। मैं उसकी बातों को सुन कर हैरान था। मेरे मन में सैकड़ों सवाल एक साथ उभर आए थे। और उसके चेहरे पर एक शिकन तक न थी। मेरी ओर देख कर दूबे अभी भी हो...हो कर हँस रहा था।

उस दिन मैंने दूबे के स्वभाव को समझा और पढ़ डाला था। वह बेहद ही घटिया पर खुशमिजाज आदमी था। जो बातें कम करता और हँसता अधिक था। हँसने का भी उसका तरीका था। रामलीला में मैंने रावण को इस तरह हँसते देखा था। उसकी आवाज भारी थी हँसता तो और भी भारी हो जाती। खी-खी करते हुए वह तालियाँ भी बजाता। हँसने तथा तालियों की मिली-जुली आवाज सुन मकान की छत और पेड़ पर बैठे पक्षी पंख फड़फड़ा कर उड़ जाते थे। कभी-कभी जब वह मूड में होता तो तुलसीदास की कोई चौपाई लय में जोर-जोर से गाता। उस समय नारी-निकेतन की लड़कियाँ-औरतें दीवार से उचक-उचक कर उसे देखतीं तथा उसके द्वारा गाई जाने

वाली चौपाई का रसास्वादन भी करतीं। खैर दूबे तो हँसी-ठट्ठा कर तथा चौपाई सुना कर चला जाता, बाद में नारी-निकतेन की लड़कियाँ तथा औरतें तरह-तरह से मुझे तंग करतीं। कभी वह छोटे-छोटे कंकर-पत्थर मेरी तरफ निशाना लगाकर फेंकतीं। और कभी फिल्मी गीत गुनगुनातीं और कभी दूबे द्वारा दोहराई जाने वाली एक मात्र चौपाई की वे पैरोडी बना कर सुनातीं—ऐ रामचन्द्र कह गए हमी से, एक दिन अइसा, आएगा, जब हम उड़ जाएँगी हियाँ से, कोई हमें आके ले जाएगा। वहीं से आवाज देकर मुझसे मेरे घर का पता पूछतीं। यह भी पूछतीं कि उसका यानी मेरा निवास जी. बी. रोड (दिल्ली में रंडियों का बाजार) से कितना दूर है। दो-तीन लड़कियाँ तो दीवार पर चढ़ कर पाँच-पाँच, दस-दस मिनट नाचतीं। ऐसे में जेल के बच्चों की भी मेरे आसपास भीड़ इकट्ठा हो जाती थी। उनमें छोटी-बड़ी उम्र के सभी बच्चे होते उन्हें खूब मजा आता। उस दिन के बाद से मैंने सिविल लाइन में स्थित एक बड़े चर्च के पार्क में पढ़ना शुरू कर दिया था। समूचा चर्च वीरान होता था। मेरे लिए यह सुविधा की बात थी। दिन में मैं किताबों का बोझ लेकर वहीं चला जाता था। पर सुबह-शाम जब जेल के भीतर होता तब भी वे परेशान किये बिना नहीं रहती थीं। शाम को चारदीवारी के उस पार से आवाजें आतीं। रात में वैसे ही सपने आते। लगता ढेर सारी लड़कियाँ मेरे चारों तरफ आकर इकट्ठा हो गयी हैं। वे मुझे अलग-अलग तरह से लुभा-फुसला रही हैं। मुझे अपने पास बुला रही हैं। इस तरह के सपनों से होता यह था कि मेरे भीतर जिस्मानी भूख जागने लग जाती थी। जिसे दबाते-दबाते मैं परेशान-सा हो उठता था। ठंडी रातों में तो इस तरह की स्थिति और भी विकट हो जाती। करवटें बदल-बदल कर जैसे-तैसे रात पूरी होती थी।

आँगन में दो कुर्सियाँ रखवा कर धूप में प्रत्येक रविवार को दूबे नंगे बदन पर तेल की मालिश करता था। मैं अपने कमरे में होता तो मुझे किसी बच्चे को भेज कर बुलवा लिया करता था। खुद तेल मालिश करने के साथ-साथ टाँगे चौड़ा कर बच्चों से भी मालिश कराता था। फिर बीच में जाने क्या याद आ जाता। चार-पांच बच्चों में से एक को सम्बोधन करते हुए कहता :

''क्यों बे घोषाल, रात में गाँड मरवाई या मार दी किसी की?''

ऐसे समय घोषाल नाम का लड़का चुप ही रहता। शेष बच्चे ही-ही कर हँसते। फिर मेरी तरफ मुँह कर दूबे कहता :

''दास साहब, ये स्साले रात में रोज एक-दूसरे की गाँड मारते और मरवाते हैं। भवेसिए हो गये हैं स्साले। ऐसे में मैं चुप ही रहता। बदन की मालिश हो जाती तो किसी छोटू/पतलू/मोटू/नाटे/साठे/आटे/घाटे को वह लात मार कर जमीन पर लिटा देता। और उसके ऊपर बैठ जाता। उसका कान उमेठते हुए पूछता बता स्साले रात में किसके पास सोया था। वह बच्चा नई-ई करता, वह जोरों से कान उमेठता रहता।

ऐसे समय वह मोटा डंडा रखता था। दो-चार की पिटाई लगा देता। बीच-बीच में मुझसे भी बातें करता जाता। कुछ बच्चे हँसते कुछ रोते। कुछ ऐसे भी थे जो न रोते थे और न हँसते थे। "दास साहब, ये स्साले बड़े हरामी होते हैं। इनकी चमड़ी पर जब तक डंडा नहीं पड़ता, इन्हें मजा ही नहीं आता।" और फिर कस कर एक-दो की चूतड़ों पर डंडा जमाते-जमाते हुए कहता—"लो स्सालो लो, इस डंडे का भी तो मजा लो! रात को खूब गाँड पोती करते हो।" सर्दी के दिनों में बच्चों की खाल पर डंडा पड़ता तो वे बिलबिला उठते। जितना वे चीखते, दूबे को और मजा आता। बच्चों की आँखों में आँसू भर आते। पर दूबे को वे सब दिखाई न देते। पिटने वाले बच्चों में एक-दो जमीन पर बैठ कर अपने हाथ/अँगुलियाँ/पेट/कमर को सहलाते।

दूबे फ़िर मुझसे कह उठता—"दास साहब इन्हें पीटना जरूरी है स्साले खूब खाते हैं और सँड़ियाते हैं।" पर मैं चुप ही रहता। ऐसे समय मैं प्राचीन भारतीय संस्कृति के चैप्टर में उलझा होता। दूबे की बातें सुनता था बस। अपनी राय नहीं देता था। फलस्वरूप वह खुद ही सवाल करता और स्वयं अपने सवाल का उत्तर भी दे देता। थोड़ी देर मौन रहता। फिर आलू से गोभी तक के भाव गिना देता। एक-एक घंटे तक तेल की मालिश करता था। चपरासी तेल की भरी हुई बोतल लेकर नजदीक ही खड़ा रहता। कटोरी में तेल खत्म हो जाता तो चपरासी बोतल को थोड़ा तिरछी कर कटोरी तेल से भर देता। और दूबे अपनी अँगुलियाँ डुबो-डुबो कर सारे शरीर पर खूब तेल लगाता था। शरीर पर तेल डाल-डाल कर वह मलता रहता। कभी-कभी खड़ा होकर इधर-उधर हाथ-पाँव फेंकता। हल्की एक्सरसाइज भी करता। बीच-बीच में नारी-निकेतन की तरफ भी आँख उठा कर देख लेता—उधर देख कर जैसे कुछ याद आ जाता।

"दास बाबू, आज कोई चिड़िया नहीं आई।" मेरी आँखें भारतीय संस्कृति के चैप्टर से हट कर नारी-निकेतन की खाली पड़ी दीवार की तरफ उठ जातीं। वह फिर टोकता, "दास बाबू इन ससुरियों का कोई भरोसा नहीं। पता नहीं कितने घर बरबाद किये होंगे इन छिनालों ने।" मेरे पास उसकी हाँ में हाँ मिलाने के अलावा और कोई चारा भी न होता था। और मैं वही करता था। कुछ देर बाद वह चपरासी को बम्बे पर तौलिया-साबुन रखने के कहता। पूर्वी क्षेत्र में सभी नल को बम्बा कह कर पुकारते थे। गालियाँ देने में वह चपरासी को भी नहीं बख्शता था। फिर भी वह आगे-पीछे गुलाम की तरह लगा रहता था। शायद यही उसकी मजबूरी भी थी। जूते और गालियाँ खाने के बाद भी चपरासी को उसकी सेवा करनी ही होती थी। इसका एक बड़ा कारण यह भी था कि दूबे ब्राह्मण था और वह दलित। भारतीय संस्कृति को इसी बात पर तो अभिमान था।

बच्चों की उस जेल में चार-पाँच ही कर्मचारी थे। दूबे, जेलर था। उसके साथ

एक चपरासी, एक चौकीदार जो बाहर दरवाजे के पास बैठता था और एक क्लर्क। क्लर्क तो चार-पाँच घंटे के लिए ही आता था। जेल में बच्चे थे। लगभग पचास-साठ। हर प्रदेश/उम्र/रंग/जाति/स्वभाव के बच्चे। रेलवे स्टेशन तथा बस स्टैंड के आसपास घूमते हुए आवारा बच्चों को महीने-दो महीनों में होने वाली 'रेड' में पकड़ा जाता था। उनमें अधिकांश को बन्द कर दिया जाता था। अधिकांश यहीं रह जाते थे। कुछ के माँ-बाप आकर ले जाते थे। बीच-बीच में उन्हें मजिस्ट्रेट की इजलास में भी ले जाया जाता था। कुछ को दूसरी जेल में भी भेज दिया जाता था। हर बच्चे की अलग कहानी थी। और वे सभी अपनी-अपनी कहानी के भुक्तभोगी थे। उनके जख्म उभरे हुए थे। घोषाल उनमें वैसा ही बच्चा था। जिसके माँ-बाप पता चलने पर भी लेने नहीं आए थे। यासीन की अम्मी सौतेली थी। किसी का बाप नहीं था तो किसी की माँ। सब अपनी-अपनी जमीन से उखड़े हुए थे। घर परिवेश की यादें उन्हें कचोटती थीं। उनकी आँखों के आँसू सूख गये थे। दर्द उभरता तो उन्हें स्वयं को ही हजम करना होता था।

जेल में अधिकांश बच्चे बहुत गन्दे रहते थे। वे गन्दे ही कपड़े पहनते थे। नहाते न थे। हर समय अपने-अपने शरीर खुजाते रहते थे। नंगे पाँव, अर्धनग्न स्थिति में। मैं कभी-कभी उनमें से दो-चार से बातें किया करता था। उन्हें अच्छा लगता था। वे मुझे साहब ही कह कर पुकारते थे। एक-दो मुझसे अपने-अपने खत भी पढ़वाते थे। खाना वे वहीं खुले में जमीन पर बैठ कर ही खाते थे। अपने-अपने काँसे-सिलवर के बर्तन खाने के समय अजीब मारामारी मचती। रोटी के साथ उन्हें गालियाँ भी मिलतीं। दिन में मास्टर जी आते थे, जो बच्चों को बेंत की कुर्सी/मेज/टोकरी बुनना सिखाते थे। उनके आते ही बच्चे उन्हें चारों ओर से घेर लेते थे। वे भी बच्चों को खूब प्यार करते थे। बच्चे उनसे हिल-मिल गये थे। वह कभी-कभी मेरे पास भी आ जाते थे। वे हर दूसरे रोज नियत समय पर आते थे। बड़ी अभ्यस्त अँगुलियाँ थीं उनकी। कुर्सी में जरा भी झोल होता, उन्हें पता लग जाता था। एक-एक अँगुली से बच्चों की बुनी हुई कुर्सी-टोकरी चेक करते। बच्चे गलती करते तो उन्हें पीटते भी खूब थे। जिस बच्चे से गलती होती, उसी का नाम लेकर पुकारते वह बच्चा आगे आता, हथेली फैलाता उसी पर वह डंडी सरे से मारते। फिर बतलाता भी। कहाँ गलती हुई है, कैसे हुई? उसे दुरुस्त करने की तरकीब बतलाता था।

मास्टर एक ही था। पर उनकी ड्यूटी अलग-अलग होती। कुर्सियाँ बनने के साथ वह संगीत भी सिखाते थे। गीत भी सिखाते। बच्चे भी जैसे उनका इन्तजार करते। तीन घंटे वह भरपूर मनोरंजन करते थे। बीच-बीच में बच्चे उन्हें चाय-पानी की पूछते। खाना वे लेकर ही आते थे। उनकी आँखें नहीं थीं। पर मन की आँखों से वे देखते थे। मुझे वे अच्छे लगते थे।

जबकि दूबे सामन्ती विचारों का व्यक्ति था। वैसे भी बामन था। यानी करेला

और नीम चढ़ा। कई बार मैंने सुना। वह चपरासी के बारे में मुझसे बातें करते-करते अकसर कह दिया करता था :

"अरे ऊ चमरवा, स्साला बहुत गन्दा आदमी है।"

फिर किसी अन्य के बारे में कहता :

"ससुर बहुत घटिया आदमी था। था तो चमरवा ही, जात का असर तो जाएगा ही नहीं।"

मेरे कानों में यह सब शब्द पिघले शीशे की तरह महसूस होते। बेचैन हो जाता था मैं। एक-दो बार मैंने कहा भी—"दूबेजी मैं भी तो चमार हूँ और मेरे ही सामने...।" वह झट मेरी बात काट देता। हँसते हुए कहता—"अरे दास साहब आप तो बहुत अच्छे आदमी हैं। आपके भाई साहब भी हीरा हैं हीरा। (मेरे भाई मोतीलाल भी मेरठ में बच्चों की जेल में सुपरिंटेंडेंट थे)। मैं तो उस ससुर की बात कर रहा हूँ।" ऐसे समय मैं निरुत्तर हो जाता। पर मुझे बहुत बुरा भी लगता था। कभी-कभी किसी लड़के को डाँटना हो तो मेरी जात का नाम लेता—अरे ससुर चमरवा की तरह ही रहेगा। नहाएगा नई हाथ धोएगा नई आदि आदि। ऐसा नहीं था कि वह मुझे सुनाने के लिए कहता था। दरअसल कुछ लोगों की आदत बन जाती है बात-बात में जाति को बीच में घुसेड़ने की। दूबे उन्हीं में से एक था। इसलिए मैं उसकी बात पर अधिक ध्यान न देता था। फिर दोष उसका भी न था। दोष था उस परिवेश का जिससे वह आया था। उसकी भाषा/स्वभाव/संस्कृति/परम्परा दो-चार दिनों में तो बदल नहीं जाएँगे। हजारों सालों की मानसिकता धीरे-धीरे ही दूर होगी।

आधे से अधिक मेरे पेपर हो गये थे। बीच-बीच में छुट्टी पड़ जाती थी। तब मेरी बोरियत बढ़ जाती थी। आसपास कोई बातें करने वाला भी नहीं होता था। हाँ कभी-कभी त्रिपाठी का साला उधर आता था। उम्र होगी यही सोलह बरस। गोरा-चिट्टा रंग। पतला बदन। नयन-नक्श अच्छे थे। दूबे उसके बारे में मुझसे कहा करता था—"दास साहब नमकीन लौंडा है। स्साले को लिटा लेना कभी बगल में।" उसकी बातें सुन मैं केवल मुस्करा देता था। जैसे उसे भी अपनी बात का जवाब मिल जाता था। तब वह दो कदम और आगे बढ़ जाता। "रात में कभी बुलाओगे तो दौड़ा-दौड़ा आएगा। ससुर मुझे तो गँड़ुआ लगता है। गाँड मार ही दो किसी दिन इस की जम कर।"

असल में त्रिपाठी जेल का सुपरिंटेंडेंट था। वह अपने परिवार के साथ बाहर ही रहता था। मुझसे थोड़ा-बहुत सीखने/जानने/समझने के लिए वह अपने साले को मेरे पास भेज दिया करता था। ज्ञानरंजन नाम था उसका। वह हाईस्कूल में पढ़ता था। इस बीच नारी-निकेतन की औरतों-लड़कियों ने अजीब धमा-चौकड़ी मचाई हुई थी। दिन में वे दीवार पर चढ़ जातीं और वहीं नाचने लगतीं। उनके गीत फिल्मी कम होते

थे। लोकगीत अधिक जिनमें फागुन/मस्ती/जवानी/रतिया/खटिया/जीवन/बलमा/सइयाँ/छतियाँ/गाल/जवानी/पेट/ और जाँघों का प्रचुरता में इस्तेमाल होता था। कमरे के भीतर भी जाऊँ तो वहाँ भी उनके रसीले-मस्ती के गीतों की आवाजें तो आती ही थीं। मेरे बदन के भीतर आग पैदा होती। मैं ढेर सारा पानी पीता। पर वह बुझती नहीं। भड़कती रहती लगातार। दिन तो जैसे-तैसे बीत जाता, रात मुश्किल से कटती। ऐसी स्थिति में मैं परेशान हो उठता। एक्जाम के भूत के साथ मुझ पर वासना का भूत भी चढ़ उठता और मैं उस ज्वार में बहने लगता। मन पढ़ाई में लग नहीं पाता था। एक दिन त्रिपाठी से उन मस्तानियों की शिकायत भी की थी। पर कोई फायदा न हुआ था।

मेरी उम्र उस समय तेईस वर्ष के लगभग थी। दूबे कभी-कभी मजाक में कह भी देता था। "अरे दास साहब, सारा दिन सारी रात किताबों को ही छतियन से लगाई रहोगे या कभी कुछ और भी...।" अपनी बात वह अधूरी छोड़ कर मेरी तरफ मुस्कराते हुए देखता। फिर कहता—"कुछ मौज-मस्ती कर आओ। यहाँ भी रंडियों का बाजार है।" अन्ततः मेरी जिज्ञासा फूट पड़ी—"क्या नाम है बाजार का?" मेरी बात सुन दूबे हा-हा कर हँसा। हँसी थमने पर वह बोला, "लियों सारा इलाहाबाद जानै है रंडियों के बाजार को और तुम...पर मैं बतलाता हूँ। मीरगंज नाम है उस बाजार का।"

मेरी बेचैनी का सबब शायद वहीं दूर होना था। मेरे भीतर बादलों के गड़गड़ाने जैसा कुछ होता है। शाम को मैं चिल्ड्रन जेल से बाहर आता हूँ तो मीरगंज बाजार की ओर मुझे मेरा प्यासा मन धकेलना चाहता है। गेट के बाहर रिक्शा स्टैंड था। मैं हिचकिचाते से एक रिक्शा वाले से पूछा, "मीरगंज बाजार चलना है।" रिक्शा वाला जवाब देने से पहले मुझे ऊपर से नीचे तक घूरता है। मेरे कपड़ों को देखता है। दो-चार पल बाद कहता है—दुई रुपया।

"मीरंगज...।" मैं वही नाम दोहराता हूँ। अपने-आपसे सवाल करता हूँ। मुझे याद आई दूबे की बात।

"हाँ भई मीरगंज, पर दास बाबू केवल नाम लेते रहने से कुछ न होगा। मीर गंज एक बार हो ही आओ।" पर मेरे कदम ठिठक कर रह जाते हैं। मैं वापस लौट आता हूँ।

दूबे बड़ा विचित्र व्यक्ति था। जैसे रंडियों का कोई दलाल हो कि मेरे वहाँ जाने से दो-चार रुपये कमीशन के मिल जाएँगे। वह दलालों की तरह ही मुझे उस बाजार में धकेल देना चाहता था। बार-बार हो-हो ही-ही कर हँसता, दाँत चमकाता। पर मेरे भीतर अजीब तरह की कशमकश थी। मैं उसी से जूझ रहा था। उन लड़कियों के बारे में बार-बार सोचता था, जो मुझे देख सीटियाँ बजाती थीं। गाने गाती थीं और उछलती-कूदती थीं। मेरे भीतर से उनके लिए न जाने क्यों हमदर्दी उमड़ आई थी। वे

मेरी कौन थीं। वे भी तो किसी-न-किसी परिवार से आई होंगी। कहाँ होगा उनका परिवार...। मेरे आसपास घर से भागे हुए बच्चे थे और दीवार के उस पर लड़कियाँ। उनके आर-पार के सवाल-दर-सवाल मुझे छेदने लगे थे।

लिखित परीक्षा समाप्त हुई तो मैं वापस दिल्ली लौट आया था।

विवाह नाम की संस्था आदमी में बहुत जोड़ती है। जहाँ उसके माध्यम से नये सम्बन्ध बनते हैं वहीं पुराने रिश्ते टूटते भी हैं मेरे साथ भी कुछ नये सम्बन्ध बन रहे थे। भूले-बिसरे रिश्तेदारों को मेरी याद आ रही थी या उनकी हमें बात एक ही थी। विवाह न हों तो लोग अलग-थलग पड़े रहें। कौन किसको बुलाए और कौन किसके यहाँ जाए। विवाह को हम एक परम्परा भी कह सकते हैं। तभी तो कुछ लोग विवाह का विरोध करते हैं। मैं भी कुछ समय तक विवाह का विरोध करता रहा था।

विवाह के बहुत सारे प्रस्ताव आए थे। कहीं मैंने उन प्रस्तावों को अस्वीकार किया था तो किसी ने मुझे भी। मैं कौन-सी रियासत या सूबे का राजकुमार था। हम सभी समान स्तर के लोग थे। कच्चे घरों से पक्के घरों में रहना सीखा था। हाशिये से उठ कर केन्द्र में आने का प्रयास कर रहे थे हम। पर हमारे अपने-अपने द्वन्द्व थे। दलित समाज के भीतर जैसे-जैसे उनके बीच परस्पर टकराव होने लगे थे। आर्थिक खुशहाली के आधार पर लोगों की कीमत आँकी जाने लगी थी। दलितों के बीच से ही कुछ लोग अपने-अपने ढंग से चौधरी और मुख्तियार बनने लगे थे। विवाह के नाम पर आडम्बर की बातें होने लगी थी। फिजूलखर्ची सामाजिक परम्पराओं के खिलाफ मैंने कोई ठोस कदम भी तो नहीं उठाया था। केवल हर सप्ताह इस बारे में वाद-विवाद होता था। बहस खूब होती थी, पर मेरे सारे तर्क ढीले पड़ जाते थे। भाई और मित्र कहा करते थे, ऐसे सिद्धान्तों को थोड़ी देर के लिए जेब में रख लो। सच में सिद्धान्तों को कोई नहीं पूछता था। वे जेब में न सही किताबों में तो अवश्य थे। जिन्हें हम पढ़-पढ़ कर कुछ नया करना चाहते थे, पर जीवन संघर्ष के क्षेत्र में कहाँ कुछ हो पाता था। किताबें हमारी ऊर्जा और प्रेरणा होतीं, लेकिन थोड़े समय के लिए। समय जैसे-जैसे बीतता, पाखंडी समाज वह सब न करने देता। वही समाज सिद्धान्तों को चाट जाता। ऐसे लोग कभी-कभी टूट कर बिखर भी जाते थे। हालाँकि मेरे सामने टूटने का खतरा न था क्योंकि मैं बारोजगार था। दिल्ली में रहता था। पर फिर भी मैं असहाय, विवश था, न जाने क्यों...?

अजीब बात यह भी कि मेरे ससुर साहब दहेज का समर्थन जोरदार ढंग से कर रहे थे। उनके एक-दो साथी और भी इसके समर्थन में अपनी-अपनी दलीलें मेरे सामने हर दूसरे दिन पेश करते थे। वे कभी मुझे बुलाते तथा कभी स्वयं धड़धड़ाते हुए

मेरे घर चले आते। दुखद आश्चर्य तो मुझे तब हुआ जब मेरे ससुर भोगल के बुद्ध विहार ले गये तथा एक बौद्ध भिक्षु ने भी उनके सामने दहेज का समर्थन करते हुए कहा कि यह सब तो सामाजिक परम्पराएँ हैं। इन्हें मानना ही पड़ता है। मुझे उस दिन बहुत बुरा लगा था। इस चीवरधारी भंते पर गुस्सा भी था।

असल में मेरे ससुर साहेब आगरे के थे। वहाँ के लोगों में तो उनका दबदबा था ही, दिल्ली की आर्य नगर बस्ती में भी वे अपने को चौधरी समझते थे। हालाँकि आगरे जैसी परिस्थितियाँ यहाँ न थीं। वे लेबर इंस्पेक्टर थे। उनकी तनख्वाह के अतिरिक्त आय अच्छी-खासी थी। वे नहीं चाहते थे कि उनके दरवाजे पर उनकी बेटी की बरात सीधे-सादे ढंग से आए। इससे तो उनकी इज्जत को बट्टा लग सकता था। इसीलिए वे इधर-उधर भागदौड़ कर रहे थे। मुझे मनाने के लिए मुझ पर अलग-अलग तरह से दबाव डलवा रहे थे। जबकि आरम्भ से ही मैंने साधारण तरीके से बाबा साहेब डॉ. अम्बेडकर भवन पर विवाह की व्यवस्था करने पर बल दिया था। अपने ही कैसे कमजोर बनाते हैं। यह बात भी समझ में आई।

अन्ततः वही हुआ जो समाज चाहता था। मेरी बरात चढ़नी थी या मुझे तमाशा बनना था। बात एक ही थी। घोड़ी पर मेरा बैठना, बैंड बाजा, ताशा-पार्टी, कटोरी वाले, ढोल वाले और नाचने वाले यानी दो तरह के नचइया। व्यावसायिक और शौकिया। व्यावसायिक दिल्ली के थे और शौकिया मेरठ के यानी मेरे भाई, भतीजे, मित्र, पड़ोसी और रिश्तेदार वे सब झूम रहे थे, गा रहे थे, उछल-कूद रहे थे और मैं भीतर-ही-भीतर कुढ़ रहा था। स्वयं को तथा उनको मन-ही-मन बुरा-भला कह रहा था। घरातियों तथा बरातियों में से कुछ ने शराब भी पी थी। उन्हें न अपने कपड़ों की चिन्ता थी और न शरीर की। वे गिर-पड़ रहे थे। आल-बवाल बक रहे थे। एक मित्र ने मुझे भी शराब पीने की सलाह दी थी। मैंने इंकार कर दिया था। मैं पहले से ही परेशान था। मेरे भाई, पिता भी नाराज थे। वे बड़बड़ा रहे थे। अपनी नाराजगी प्रकट कर रहे थे, पर वहाँ लड़की वालों की ओर से कोई सुनने वाला न था। मेरे पिता तथा भाइयों की नाराजगी का कारण यह था कि बरात जहाँ से चढ़नी थी उस स्थान की ठीक से सफाई भी नहीं की गयी थी। बस वहाँ एक दरी बिछा दी गयी थी। शीला टॉकीज के पास यह छोटा-सा तिकोना उजाड़-सा पार्क था। जिसके पास रिक्शा, ताँगे वालों की भीड़ रहती थी। न कोई तम्बू, टेंट, न चाँदनी। बस चार-पाँच लोग लड़की वालों की तरफ से मेरे पाँव सिलाने (धोने) आए। कुछ नेग में दिया और चलते बने। बा खूब नाराज था। जबकि बस्ती के कुछ लोग उकसाने में लगे थे। वे मुझे भी उत्तेजित कर रहे थे। पर मैं तो आरम्भ से ही इन सब परम्पराओं को नकारना चाहता था। अतः मुझे कुछ लेना-देना न था। मैं चुप था।

कुछ रास्ते बारात सड़क पर चलती रही। फिर भीतर की गलियों में मुड़ गयी।

बैंड पार्टी के सदस्य थोड़ा सुस्त पड़ गये थे। पर न ताशे वाले थके थे और न ही नाचने वाले, झूमने वाले बराती/घराती/उनमें कुछ तो अभी भी बोतल से गिलास में डाल-डाल कर पी रहे थे। यह नाच और हुड़दंग मेरी आँखों के ठीक सामने हो रहा था। एक-दो लोग तो शराब के नशे में नाली में भी गिर गये थे। मैं उन्हें नाली में गिरते-डगमगाते देख शर्मिन्दगी महसूस कर रहा था, पर उन्हें किसी भी बात की चिन्ता न थी। वे भौंडे तरीके से अभी भी हँस रहे थे।

न जाने यह सब हुड़दंगी और पाखंडी परम्पराएँ कब शुरू हुई होंगी, किसने आरम्भ किया होगा। किन लोगों के कारण विकास हुआ होगा। मेरी भावनाएँ जख्मी हो रही थीं। मेरे मन में एक सपना था कि मैं अपने विवाह में एक आदर्श बन कर दिखाऊँगा। वह सब चकनाचूर हो गया था। मैं अपने ही भीतर की कीचड़ में लथपथ था। एक नये तरह की दलदल मेरे सामने थी। खुशी के लम्हे टुकड़ा-टुकड़ा हो रहे थे। मैं भीतर-बाहर से टूट रहा था, बिखर रहा था। मुझे पत्थर बन जाना चाहिए, पर मैं मिट्टी का टुकड़ा ही बना रहा।

उन दिनों दहेज में साइकिल देने का खूब रिवाज था। कहीं-कहीं स्कूटर-टी.वी. माँगने की ललक भी आरम्भ हो गयी थी। मुझे भी दहेज में एटलस साइकिल मिली थी। पर टी.वी. नहीं मिला था। स्कूटर की तो बात ही दूर थी। अन्य सामान में वहीं डबल बेड से लेकर सोफासेट, बर्तन भांडे आदि आदि। बस्ती में एक-दो घरों में तब तक टी.वी. आ गया था। दहेज में टी.वी. न मिलने से बा ने बुरा माना था। हालाँकि मेरे ससुर ने टी.वी. देने का वायदा किया था।

खैर दहेज के सामान पर एक-दो सप्ताह तो खूब चर्चा होती रही। बाद में नाराजगी के स्वर धीरे-धीरे हवा में विलीन होते गये। दहेज के सामान के प्रति न मुझे खुशी थी और न अफसोस। जब-जब भी घर में इस बारे में बात छिड़ती, ऐसे समय पर मैं तटस्थ ही रहता। मुझे इन सबसे कुछ लेना-देना न था। आदमी को एक अदद बीवी की जरूरत होती है, जो मुझे मिल गयी थी।

हमारे घर में गरीबी का अँधेरा था, वह उजाला बन कर नहीं आई। वह बेहद नीरस औरत थी न कोयल की तरह कूकती थी और न चिड़ियों की तरह चहकती थी। तोता-मैना के किस्से-कहानियाँ सुनाने वाली दादी अम्मा बन कर वह हमारे घर आई। छत, दीवारें तथा फर्श पर उभरे अभाव के चिह्नों को उसकी अभ्यस्त आँखों ने बहुत जल्दी पढ़ लिया था। इसलिए वह मुझ पर हावी होने का कभी-कभी प्रयास करती।

तब मैं उसे झिड़क देता। इसलिए कि मैं मर्द था। पुरुष में चाहे कोई भी कमी (पुरुषत्व के अभाव को छोड़ कर) हो, उसका पलड़ा भारी ही रहता है। भारतीय समाज की संरचना ही ऐसी थी। मैं भी तो पुरुष था। पितृसत्तात्मक समाज का प्रतीक और वह मातृसत्तात्मक समाज के अभाव में जीने वाले असहाय, अबला का प्रतीक। इसलिए मेरी डाँट-डपट सुन कर भी वह सह लेती थी। परम्पराओं ने औरत को यही सब सिखाया था। जिसका वे पालन भी करती।

कभी-कभी लगता था वह मेरी पत्नी नहीं थी, माँ थी। माँ बनकर मुझ पर अंकुश रखना चाहती थी। इस तरह वह दोहरी भूमिका निभाती। हमारे घर में बिजली का कनेक्शन नहीं था। हमारे ही घर क्यों, बक्खल में किसी के यहाँ भी लाइट का प्रबन्ध न था। किसी के घर में मिट्टी के तेल से जलने वाली कुप्पी या ढिबरी, कहीं लालटेन तो कहीं मोमबत्ती ही जलती थी। विवाह के चार-पाँच दिन पहले से पड़ोसी मुसलमान परिवार से कनेक्शन ले लिया था। एक बल्ब और टेबल फैन के लिए दस रुपये माह। हालाँकि यह ज्यादा था, पर इसके अलावा और कोई विकल्प ही नहीं था। यूँ उन दिनों एक परिवार में दस-बारह रुपया सारा ही बिल आता था। हमें सन्तोष था। लाइट कनेक्शन भले ही नहीं था, प्रकाश की व्यवस्था तो थी। पर शकुन को हमारे घर आकर सन्तोष न हुआ था। हमारी दीन-हीन स्थिति देख कर उसके भीतर से असन्तोष उभरा था। दिल्ली में उसके घर तो सब कुछ था, पर मेरठ हमारे घर कुछ भी नहीं। मैं उसका दर्द समझता था, लेकिन मजबूरी थी। हम हाशिए के लोग थे। धीरे-धीरे गिरते हुए उठ रहे थे। किसी ने कच्चा घर बना लिया, किसी ने पक्का, किसी ने मकान खरीदे तो किसी ने बने-बनाए बेच डाले। हम नियति के सामने विवश थे, लाचार थे।

रात में हम चाचा के मकान में चले जाते थे। उनके यहाँ बिजली का कनेक्शन था और छत का पंखा भी था। जिस कमरे में हम सोते थे, वह दूसरी मंजिल पर था। वहाँ कोई आता-जाता नहीं था। इसलिए हम निश्चिन्त थे। शादी की पहली रात भी हमने वहीं बिताई थी। हनीमून के लिए कहीं बाहर नहीं गये थे। केवल पहाड़ पर जाने के सपने ही लिये थे। हरी-भरी वादियों को सपने में देख मन भर लिया था। वैसे मेरे ससुर ने मसूरी में लेबर क्लास के लिए 'होली डे' में हम दोनों की व्यवस्था करने की बात की थी। पर मुझे इसका अहसास था कि विवाह से पहले बहुत सारी बातें होती हैं पर पूरी उनमें से कम ही होती हैं।

उन दिनों कछुआ छाप अगरबत्ती का आविष्कार नहीं हुआ था। न ही नाइट क्वीन जैसी टिकियों का, जिसकी सुगन्ध से मच्छर भाग जाते हों या छत पर चिपक जाते हों। मेरी अपनी जानकारी में फ्लिट भी तब नहीं था। वैसे भी मच्छर कम होते थे, लेकिन खटमलों का बोलबाला अधिक था। वे रात के अँधेरे में शरीर से चिपक कर

खून चूसते, बीच-बीच में नींद से जगने पर लाइट का स्विच ऑन करते और हम उन्हें खोजते/तलाशते/कोई-कोई रात हमारी खटमल मारने में ही बीतती। उन दिनों बान की चारपाइयाँ होती थीं, वे उन्हीं के बीच में या पाए और बाइ के सूराख में छुप जाते थे। हम चारपाई को पटकते। झाड़ते, तो भी वे वहीं चिपके होते। हम एक-दूसरे से चिपकना ही चाहते कि खटमल हमारे बीच चिपक जाते।

विवाह के लिए मैंने एक सप्ताह की छुट्टी ली थी। दो दिन पूर्व और पाँच दिन बाद में। मैंने फिर से मेरठ से ही ऑफिस जाना शुरू कर दिया था। बीच-बीच में छुट्टी हो जाती थी। मेरठ से जाने में दिक्कतें तो थीं ही, पर पहले से अब कहीं अधिक महसूस होता था। पहले मैं छड़ा था और अब डबल हो गया था। ट्रैफिक पुलिस का वह वाक्य—घर पर कोई इन्तजार कर रहा है। न मालूम कब और किसने ईजाद किया था, लेकिन विवाह होने के तुरन्त बाद मेरे भीतर न जाने किसने यही वाक्य लिख दिया था।

मेरठ में खूब गर्मी होती थी। मई माह खत्म हो रहा था। मैं अपने जिस घर में रहता था उसकी दीवारें गर्मियों में चमकने लगती थीं। इकहरे मकान थे। और वह भी खुले-खुले। सूरज की धूप हर कोने में पहुँच जाती। घर-आँगन का जो कोना धूप के स्पर्श से बच जाता, वह साथ की तपिश से गर्मा जाता। गली का हर मकान भट्ठी बन जाता था। ऊपर नीम की छाँह ही मन को तसल्ली देती थी। नीम ही हमारा पंखा था और वही एयर कूलर या एयर कंडीशन। गर्मी में जब हवा के झोंके चलते और नीम की टहनी-पत्ते हिलते तो हमें बड़ा सुख मिलता था। औरतों के अलावा सभी अपने-अपने नंगे बदन खोल कर हवा लेते। पसीने से भरे बदन पर ठंडी हवा के झोंके महसूस होते तो और भी अच्छा लगता था।

गली में दस मकान थे। पर किसी भी घर में बिजली का कनेक्शन न था। यही हालत पानी की भी थी। पानी और बिजली के कनेक्शन संयुक्त स्तर पर लेने की जोड़-तोड़ कई बार गली के लोगों ने लगाई। लेकिन हर बार वह मामला ठंडा हो जाता था। शौचालय भी सार्वजनिक ही थे। पर हमारा शौचालय वहीं पर था। दो मकानों के पिछवाड़े पतली गली थी। उसे हमने पाख़ाना बना दिया था। वहाँ दो खुड्डी थीं, खुड्डी यानी टाँगें रखने के लिए तीन चोतरे। एक वक्त में दो लोग टट्टी कर सकते थे। वैसे ऐसा कम ही होता था। इसके दूसरे तरफ दीवार थी। उसके पीछे घर जिनमें मुस्लिम परिवार रहते थे। ऊपर से खुला था। एक तरफ दरवाजे के पास टाट का पर्दा पड़ा होता था। वही दरवाजा भी होता था। कभी-कभी गड़बड़ भी हो जाती थी। भीतर गाँड खोल कर कोई बैठा है और बाहर से पेशाब करने कोई घुस जाता था। उस समय अजीब-सी स्थिति हो जाती थी। हमारा पेशाबघर और पाख़ाना वही तीन चोतरे वाली खुड्डियों से बना था। नीचे पाख़ाना करते ऊपर से पतंगबाज लौंडे गली उलाँघते हुए बेफिक्री से आर-पार चले जाते। ऐसा कई बार हुआ था। कभी-कभी तो कहा-सुनी भी

हो जाती थी। विशेषतौर पर जब लड़कियाँ-महिलाएँ हगतीं। ऐसे समय पर माँ किसी को ऊपर न जाने देती थी। वह स्वयं चली जाती। वहीं से बत्तो को आवाज देती या उसके बेटे भट्टो को। पतंगबाजों की शिकायत करती। उधर बत्तो उन पर अल्लाह का कुफ्र हो, ये दोजख में जाएँ आदि-आदि जो भी मुँह में आता कह डालती।

मैं हैदरपुर आ गया था। या यूँ कहिए कि आना पड़ा था। साथ में दहेज का सामान। ट्रक में मैं और बा। मैं ड्राइवर के बगल वाली सीट पर बैठा था और बा सामान की चौकसी रखने के लिए ट्रक में ऊपर के हिस्से पर। मेरठ से जब चले थे तो सारी चीजें चुन-चुनकर रखी थीं। मेरठ छोड़ने से पहले बा ने बहुत समझाया था। तरह-तरह के उदाहरण दिए थे। पर मेरी समझ में कुछ न आता था। बा ने नाराज होते हुए यह भी कहा था,

"ससुराल में रहना कुत्ते के जैसा होता है।"

और मैं खुशी से कुत्ता बन गया था। हालाँकि हैदरपुर न मेरी ससुराल थी और न मैं उन दिनों बेरोजगार ही था। अच्छी-खासी नौकरी पर था। लेकिन बा की बात बाद में सच हुई थी। सच यानी कुत्ते वाली बात। मेरी नौकरी छूट गयी थी या समझा जाए मैंने ही छोड़ दी थी। इसे दोनों तरह से ही कहा जा सकता है। क्लर्क की नौकरी में मैं आगे रहना भी नहीं चाहता था। मेरे भीतर कुछ विशेष बनने की चाह थी। और विशेष की चाह में साधारण से भी हाथ धो बैठा। यह सब जानबूझ कर हुआ या अनजाने में। इसका विश्लेषण करना बेकार है। औचित्य भी नहीं है। लेकिन इतना जरूर कहा जा सकता है कि हमारे स्वयं के भीतर हमारी अपनी ही भावनाएँ कभी-कभी वैसी परिस्थितियों का निर्माण कर देती हैं, जिनके बारे में उम्मीद नहीं होती। वैसा ही मेरे जीवन में भी हुआ।

हैदरपुर में मेरे ससुर ने अन्य दो लोगों के साथ मिल कर एक फैक्ट्री लगाई थी। जिसका नाम था—कंचन प्रेशर कास्टिंग्स। जहाँ प्लास्टिक और बेकलाइट पावडर को पिघलाकर कुछ सामान बनाया जाता था। वहीं अधिकांश रिश्तेदार ही काम करते थे। जिनमें मैं भी एक था। मुझे उन्होंने मैनेजर बना दिया था। पर मेरी जिम्मेदारी में सभी कुछ जुड़ा था। जो व्यावहारिक बात भी थी। फैक्ट्री में कुल सात आदमी कार्यरत थे। जब उनमें से कोई नहीं आता था तो स्वयं मुझे उसकी जगह जुटना पड़ता था। मशीन का हैंडल पकड़ कर उस पर दबाव डालते हुए मैंने 'पीस' निकालना सीख लिया था। वह बात अलग थी कि न जाने कितनी बार इस सीखने में मेरी अँगुलियाँ, हथेली के साथ कपड़े भी जले थे। हथेली की रेखाओं में लगातार काम करने से अँगुलियों में ठेक पड़ने लगी थी। जो इस बात की गवाह रही कि मैंने भी एक मजदूर के रूप में कार्य किया था। शायद इन्हीं कुछ बातों से मुझे इस बात का अहसास रहा कि मैं भी आम आदमी ही हूँ खास बनने की कोशिश न करूँ। हालाँकि मेरे भीतर

विशिष्ट या असाधारण व्यक्ति बनने की चाह बहुत पहले से रही थी। नौकरी छोड़ना उसी सम्बन्ध में एक प्रयोग भी कहा जा सकता है।

मुझे याद आया। मेरठ में चाचा का जब मकान बना था। मैंने खंती लेकर पुरानी दीवार ढहाने से लेकर नई दीवार के लिए मिट्टी में पानी मिला कर गारा बनाने तथा ईंटे फेंकने और लपकने तक का कार्य किया था। मौसी मुझे रोज रात में दूध देती थी। मुझे अच्छा लगता था। हमारा नया मकान बन रहा था। वहाँ के राज, मजदूर सभी मुझे जानते थे। पर शाहदरा में जब मेरे भाई मदन गोपाल ने नया घर बनवाया और गर्मी की चिलचिलाती धूप में मैं रोज मजदूरों के साथ मजदूर की तरह ही काम करता था। तो पहले दिन राज ने भाई से कहा था,

''बाबूजी यह मजदूर तो बहुत अच्छा है। सभी काम समझदारी से करता है।''

मेरे भाई उसकी बात सुन कर कुछ बोले नहीं थे। केवल मेरी तरफ देख कर मुस्कराए थे। मैंने भी तब कुछ बोलना उचित नहीं समझा। मजदूर तो हम थे ही। हम अपने-आप को लाट साहब क्यों कहें। हमारे जितने मकान बने थे। घर में कम-से-कम दो व्यक्ति राज मजदूरों के साथ काम करते थे। यहाँ तक कि औरतें भी काम करने में पीछे नहीं रहती थीं।

हैदरपुर में रहते हुए धीरे-धीरे मुझे बा की एक-एक बात याद आने लगी थीं। मेरे और शकुन के बीच में कहा-सुनी भी होने लगी थी। इसी लड़ाई-झगड़े का नतीजा यह हुआ कि शकुन कई बार मुझे हैदरपुर अकेला छोड़ कर पहाड़गंज गयी। ऐसा सिलसिला ही बन गया। एक बार रात में वह चली गयी। मैं परेशान, चौकीदार के साथ हम लालटेन लेकर ढूँढ़ने निकल गये। आसपास खेत थे और कुछ ही दूरी पर वीरान जंगल। तब हैदरपुर में खेतों को काट कर घर और फैक्ट्री नहीं बन पाई थीं। इसी में एक घंटा बीत गया, पर शकुन का कुछ पता नहीं चला। गर्मी के दिन थे। बाहर अँधेरे में झींगुरों की आवाजें आ रही थीं। आसमान में खूब सारे तारे उभर आए थे और मेरे भीतर चिन्ताओं के बादल उमड़ने लगे थे। अचानक मेरे मन में विचार आया। घर की पिछली दीवार के उस तरफ, जहाँ खेत थे शकुन को तलाश करना चाहिए। और सचमुच वह वहाँ मिल गयी। शकुन अपने शरीर को सिकोड़कर दीवार से सट कर चुपचाप खड़ी हुई थी। वहाँ घना अँधेरा था। सामने खेत और जंगल। हम हैरत में थे, पर उसे न भय था और न आश्चर्य। मैंने उससे क्षमा-याचना की। वह चुपचाप बिना कुछ बोले घर में आ गयी। बंटी उस समय वहाँ नहीं था। वह पहाड़गंज अपने नाना के पास था।

कभी-कभी तो दो-दो दिन तक शकुन पहाड़गंज जाकर नहीं लौटती थी। तीसरे दिन मैं उसे मनाने ससुराल पहुँच जाता था। और वह गिले-शिकवे भूल कर मेरे साथ आ जाती थीं।

हैदरपुर मेरी ससुराल से लगभग सभी आते रहते थे। मेरे ससुर तो रोज या हर दूसरे दिन आते ही थे। सास भी सप्ताह में दो दिन अवश्य आती थीं। फैक्ट्री में आते ही वह छोटे-मोटे कार्य करने लगती थीं। वे खूब मेहनत करती थीं। मेहनत तो मेरे ससुर भी करते थे, पर इस काम के अलावा नौकरी पर भी उन्हें जाना पड़ता था। उन्हें दोहरी जिम्मेवारी निभानी पड़ती थी।

मेरे सालों में अकसर सतपाल आता था। वही उनमें बड़ा था। सालियों में किरन और आशा आती थीं। शेष उम्र में छोटी थीं। आशा के साथ मेरी खूब बनती थी। झगड़ा भी होता था। पर वह मुझे मना लेती थी। कभी पत्नी से कहा-सुनी होती तो मनाने की जिम्मेदारी पत्नी नहीं बल्कि आशा ही निभाती थी। वह बारी-बारी से हम दोनों को मनाती थी। सच कहा जाए तो वह हमारे बीच पुल का काम करती थी। परिवार में रिश्तों के बीच आई खटास को मिठास में बदलने की उसकी पूरी-पूरी कोशिश रहती थी। कभी उसे पत्नी की गालियाँ भी सुननी पड़ती थी। शकुन गुस्से में कहती, "चल तू ही इनके साथ घर बसा ले।" सुन कर उसे बुरा लगता था। मेरी ओर देखती। जैसे पूछना चाहती हो। बोलो जीजाजी क्या मैं तुम्हारा घर उजाड़ कर अपना बसाना चाहती हूँ। क्या मैं इस घर में सौत हूँ।

पर कुछ देर बाद ही शकुन फिर उबल पड़ती, "हाँ-हाँ, तू मेरी सौत बन जा, तुझे पता तो चलेगा कि कैसे हैं ये?"

अब वह अधिक नहीं सुनती और झटपट जरूरी सामान ले चली जाती।

फिर वह सप्ताह भर तक नहीं आती। मैं उसकी इन्तजार करता। शकुन भी एक-दो बार जिक्र करती। अचानक उसका स्वर सुनाई पड़ता, "जीजाजी कहाँ हो?"

हम दोनों उसकी आवाज एक साथ सुनते, पर बोलती पहले शकुन ही—

"लो आ गई तुम्हारी नकचढ़ी साली।" कहते हुए पत्नी जल्दी से उसके लिए चाय बना कर ले आती। कभी-कभी वह साथ में पहाड़गंज से बिस्किट खरीद कर लाती। स्वयं खाती और हमें भी खिलाती। उसकी अभ्यस्त आँखें जाने लेती कि पिछले दो-चार दिनों में हमारे बीच झगड़ा तो नहीं हुआ है। झगड़ा न होने की स्थिति में उसे अच्छा लगता। कभी-कभी वह हम दोनों को ही समझाती। वह मेरी साली के साथ एक अच्छी दोस्त भी थी। सच कहूँ तो पत्नी के अलावा सब कुछ थी।

बीच-बीच में मैं मेरठ आ जाता था। मेरा एम.ए. क्लीयर हो गया था। और मैंने मेरठ कॉलिज से बी.एड. का फार्म भी भर दिया था। मेरे कुछ साथियों ने सलाह दी थी बी.एड. करने की। मैंने भी सोचा। बी.एड. करने के बाद कहीं शिक्षक के पद पर कार्य करने लगूँगा। ऐसी आशा सभी विद्यार्थियों के मन में होती थी तो मेरा विचार भी ऐसा बना था। यह मैंने सुना भी था कि अध्यापन एक आदर्श व्यवसाय होता है। अन्य

गतिविधियों के लिए समय भी मिलता है। इसी तरफ जाने की मेरी रुचि बढ़ रही थी। अन्ततः बी.एड. में प्रवेश मिल ही गया।

बी.एड. की कक्षाएँ दिन में नियमित रूप से चलती थीं। इसलिए मैं मेरठ में ही रहता था। दहेज में मिली साइकिल मेरे खूब काम आ रही थी। घर से मेरठ कॉलिज दो-ढाई मील के लगभग था। मैं साइकिल से ही कॉलिज जाता था। बी.एड. की कक्षा में अधिकांश लड़के गाँव से आते थे। कक्षा में करीब साठ की संख्या में लड़के-लड़कियाँ थे। वहाँ सह-शिक्षा थी। उनमें पाँच लड़के और एक लड़की दलित समाज से थी। मेरे अलावा चार लड़के गाँव से आते थे। लड़की जिसका नाम ब्रजबाला था, वह मरेठ शहर की ही एक बस्ती मन्दिर वाली गली से आती थी। वह मेरे मित्र भूपसिंह की बहन थी। मुझे अकसर भइया कहती थी। वह आम लड़कियों से थोड़ा अधिक बोल्ड थी। उसके बोलने का लहजा मर्दों जैसा था। आवाज भी भारी थी। जब-जब भी मुझे भइया कहती, मुझे अच्छा लगता था। वह बोलती तो दस लड़कों को दूर से ही सुनाई दे जाता था। उसे मेरे बारे में किसी से पूछना होता तो मेरा नाम नहीं लेती थी। मेरा भइया कहाँ है..., सीधे-सीधे ऐसे ही पूछती थी। वह एक-दो बार घर भी आई, घर पर भी उसी तरह से पूछती। असल में उसके पिता नगरपालिका में नौकरी करते थे और बा नगरपालिका के मेम्बर रह चुके थे। बा और उनके पिता के बीच भी अच्छी-खासी दोस्ती थी। दोस्ती मेरे और भूपसिंह के बीच में कम न थी। भूपसिंह आर्टिस्ट था। तरह-तरह की तस्वीरें बनाता था। मुझे अच्छा लगता था।

विवाह के एक बरस बाद बंटी का जन्म हुआ। कुछ लोगों को लगा बच्चा जल्दी हो गया, पर माँ को अच्छा लगा और हमें भी। माँ दादी बन गयी थी और मैं पिता।

हम कहीं भी जाएँ, कितनी भी बड़ी कक्षा में पढ़ें, जातियाँ हमारा पीछा नहीं छोड़तीं। जहाँ भी हम जाते, वे भी बिना किसी रोक-टोक के जा पहुँचती थीं। बल्कि हमारे साथ-साथ चलती, उठती-बैठती थीं। कभी-कभी तो साँप भी केंचुली त्याग देता है, पर आदमी अपनी-अपनी जाति की केंचुली नहीं छोड़ पाता। वह जीवन से मृत्यु तक उसी केंचुली के भीतर रहता है।

मेरठ कॉलिज के चुनाव होने पर जातियों के साथ गाँव-कस्बों तथा हिन्दू/मुसलमान/पंजाबी/ईसाइयों के सवाल उठे। हम विद्यार्थियों में बीच से ही कुछ प्रोफेसनल राजनीतिज्ञों की तरह बड़ी-बड़ी बातें करते। अपने ही साथियों को आश्वासन देते। उनके सवालों को सार्वजनिक सभाओं में उठाते। पर मैं चुनाव से आरम्भ से ही अलग रहा था। इसलिए कि चुनाव के माध्यम से ही विद्यार्थियों के बीच गुटबन्दी बढ़ रही थी और मैं किसी भी तरह की गुटबन्दी से अलग ही रहना चाहता था।

बी.एड. की फाइनल परीक्षा के बाद समर वेकेशन हुई तो मैं दिल्ली आ गया। शकुन पहले से ही दिल्ली आ गयी थी। अस्थायी तौर से बिजली का कनेक्शन बहुत

पहले ही कट चुका था। उसे अधिक गर्मी में बिना पंखे के रहने की आदत नहीं थी।

मैं जितनी भी अधिक पुस्तकें पढ़ता, मेरे भीतर बारूद पिघलने लगता। मेरे भीतर से विस्फोट होते। मेरे आसपास की बाहरी दुनिया उससे प्रभावित भी होती। पुस्तकों ने मुझे बहुत कुछ दिया था। संघर्षजीवी और क्रान्तिकारी लेखकों, साहित्यकारों से मेरे रिश्ते बने थे। मैं अब गुलशन नंदा, रानू, प्यारेलाल आवारा, कुशवाहाकांत, ओमप्रकाश शर्मा, आदि की कृतियों को नहीं पढ़ता था। समय और उम्र बढ़ने के साथ मेरे लेखक भी बदल गये थे। जो मेरे भीतर-बाहर बदलाव ला रहे थे।

दिल्ली में नरेन्द्र घायल से मेरी मित्रता होने का लाभ भी यही हुआ। वे पश्चिमपुरी में रहते थे। उन दिनों मैं अपने ससुर के मकान पर जाने के लिए वहीं से होकर गुजरता था। जिन्होंने पश्चिम विहार में कुछ बरस पूर्व ही मकान बनवाया था। नरेन्द्र घायल बिहार से थे और दिल्ली में भाषा प्रकाशन चलाते थे। मैं जब उनके घर जाता तो अलग-अलग टाइटल्स की किताबें इधर-उधर बिखरी पाता। उनका झुकाव वामपंथ की ओर अधिक था। वे नक्सलाइट मूवमेंट से भी जुड़े थे। सबसे पहले उन्होंने मुझे सव्यसाची का पूरा सेट दिया। छोटी-छोटी पुस्तकें थीं। किसी की कीमत आठ आना तो किसी की एक रुपया। इन पुस्तकों के हर दूसरे-तीसरे पृष्ठ पर लाल सलाम, परिवर्तन के लिए संघर्ष करो, आगे बढ़ो, क्रान्तिकारी बदलाव के लिए एकता जरूरी है, आदि-आदि नारे होते। जो पाठकों को क्रान्ति के सम्मोहन में बाँधते।

जहाँ तक मुझे याद आता है रामविलास पासवान से मेरी पहली मुलाकात 1977 में राजेन्द्र प्रसाद रोड पर स्थित 12 नम्बर के बँगले में हुई थी। इस मुलाकात से पहले कई बार उनके वक्तव्य पत्र-पत्रिकाओं में पढ़ता रहा था। एक-दो बार कार्यक्रम में भी उन्हें देखा था। 1977 के लोकसभा चुनाव में बिहार के हाजीपुर निर्वाचन क्षेत्र से सवा चार लाख वोटों से जीत कर संसदीय इतिहास में उन्होंने एक मिसाल कायम की थी। साथ ही गिनीज बुक ऑफ वर्ल्ड रिकॉर्ड में उनका नाम भी दर्ज हुआ था।

किसी सांसद से पहली बार इतना नजदीकी से मिला था। बातचीत भी हुई थी। दिल्ली में चल रहे दलित आन्दोलन के मौसम के बारे में उन्होंने मुझसे पूछा था। दिल्ली के अन्य सामाजिक कार्यकर्ताओं के बारे में और भी सवाल किये थे। वे सवाल-दर-सवाल कर रहे थे। मैं अपनी ओर से भरसक जवाब देने की कोशिश कर रहा था।

"इतनी कम उम्र का राजनीतिज्ञ इतना तूफानी कैसे हो सकता है?" मैं अपने-आप से ही सवाल करता था। वही तूफान बिहार से दिल्ली आ गया था। और फिर पूरे देश में फैल गया था। वे जगह-जगह जलसे और रैलियों में जाते। भीड़ को अपने उग्र तेवर से प्रभावित करते। सच कहा जाए तो उनके भीतर आग थी। वे अपने भीतर की आग को चिंगारियों में बदल कर अस्त्र के रूप में बाहर फेंकते थे। वामसेफ के कार्यक्रमों में वे अकसर आते थे। मैं वामसेफ के एक-दो कार्यक्रमों में शामिल हुआ था। मेरठ और

दिल्ली, जहाँ-जहाँ वामसेफ संस्था के कार्यक्रम होते, दलितों में इस नई संस्था के प्रति उत्सुकता जगती थी। क्योंकि दलितों के भीतर चेतना लाने के लिए औजार नये थे, जो प्रभाव भी छोड़ते थे।

1977 में देखा जाए तो दो-तीन घटनाएँ बहुत महत्त्वपूर्ण हुईं। पहली आपातकाल के खिलाफ जनता पार्टी का सरकार में आना। लोगों ने इसे दूसरी आजादी भी कहा, पर वैसा कुछ साबित नहीं हुआ। हल्ला बहुत हुआ और काम कम हुए। दलितों पर उत्पीड़न की घटनाएँ अधिक हुईं। इसी के साथ दूसरी घटना कहें या दुर्घटना बाबूजी को प्रधानमन्त्री बनने से रोका गया। क्योंकि वे दलित थे। इस बात का समूचे देश में विरोध हुआ। बीच में तीसरी दुर्घटना हो गयी यानी बेलछी हत्याकांड। पूर्व प्रधानमन्त्री श्रीमती इन्दिरा गाँधी दलितों के आँसू पोंछने हाथी पर चढ़ कर बेलछी गयीं।

उन दिनों समूचे देश में गरमा-गरम राजनीति का समय था। चर्चाओं-अफवाहों का दौर था। जनता पार्टी की सरकार द्वारा इन्दिरा के खिलाफ स्कैंडल-दर-स्कैंडल उभारे जा रहे थे, पर बाद के दिनों में वे सभी प्रयास टाँय-टाँय फिस्स रहे।

बाबा साहेब डॉ. अम्बेडकर ने ठीक ही कहा था, हम जीवन यात्रा से प्रेत यात्रा तक में अपनी-अपनी जातियों को सीने से चिपकाए रखते हैं। विवाह का भोज हो या श्मशान की यात्रा, सभी में भारतीय लोग अपनी-अपनी जातियों के लोगों को ही बुलाते थे। हमारे पड़ोस के हिन्दुओं में भी कथनी और करनी में जमीन-आसमान का भेद था। मैंने कई बार उन्हें मंचों से समता-बराबरी और भाईचारे को मजबूत करने के सम्बन्ध में भाषण देते हुए सुना था। ऐसे अवसर पर वे किराये के भड़वों से खूब तालियाँ बजवा-पिटवा कर खुश होते थे। पर मुझे घनी कोफ्त होती थी। लोग उनके बड़प्पन और तथाकथित उच्च-विचारों से भ्रमित हो तालियाँ पीटते हुए वाह-वाह करते थे। ऐसे लोग अपने-आप को महापुरुषों के चौखटों में फिट करने और करवाने की तिकड़म में ही लगे रहते हैं। वे सार्वजनिक रूप से यह बातें कहते नहीं थकते कि देखो हम तो दलितों को अपना भाई समझते हैं। उनसे कोई भेदभाव नहीं बरतते। उनका हुक्का-पानी पी लेते हैं। खाना ले लेते हैं। मन्दिर और धर्मशालाओं की दीवारों पर बड़े-बड़े शब्दों में अच्छी-अच्छी बातें लिखी होती हैं, पर वे किस काम की, जबकि इन दोनों स्थानों पर दलितों के प्रवेश का निषेध हो। हम शहर में रहते थे। शहर की सड़कों/गलियों/पार्कों/अस्पतालों/स्कूलों तथा कॉलिजों में दलितों के लिए कोई पाबन्दी नहीं थी, पर जहाँ इन्हीं पर सवर्णों का कब्जा था वहाँ जरूर ही पूछताछ तथा टोका-टाकी होती थी।

होली का त्यौहार तो हिन्दुओं में मेल-मिलाप का ही माना जाता रहा है, पर अधिकांश लोग अपनी-अपनी जातियों के लोगों से ही गले मिलते थे हर बस्ती, मोहल्ले में होली के दिन खूब धूम-धड़ाका होता था। उन दिनों टेसू के फूलों को बड़ी-बड़ी डेगों में गर्म कर उनका अर्क निकाला जाता था, जिसे गुलाल, अबीर के साथ प्रयोग किया

जाता था। हमारी बस्ती के लोग नजदीक की तीन-चार उन्हीं बस्तियों में होली खेलने जाते थे जिनमें दलित रहते थे। दो आदमी बड़ी-बड़ी बाल्टियों में रंग रखते और दो आदमी ढोल बजाते हुए चलते। पर इस दिन यह सावधानी अवश्य रखनी पड़ती थी कि किसी मुसलमान पर गलती से भी रंग न गिर जाए। पुलिस वालों पर रंग पड़ जाए तो वे डाँट-डपट कर चले जाते थे। हालाँकि दोपहर दो बजे के बाद वे भी होली खेलते थे, पर दो बजे तक ड्यूटी देते थे। दो बजे तक आम जनता ही होली खेलती थी। पर होली के दिन किसी मुसलमान पर रंग गिरने का मतलब शर्तिया शहर में दंगे का भड़कना और खून-खराबा, मार-काट।

कभी-कभी नजदीक के गाँवे से कच्ची घोड़ी लेकर भी लोग आते थे। जो रंग-बिरंगे कपड़ों से सजा कर बनाई जाती थी। दो बाँस की टोकरियों तथा खपच्चियों से मिल कर घोड़ी का ढाँचा तैयार किया जाता था जिस पर अलग-अलग रंग के कपड़े चढ़ा कर इसे सजी-धजी घोड़ी का रूप दे दिया जाता था। घोड़ी का सिर मुख्यतः खूबसूरत बनाया जाता था। इसे सजाने के लिए इस पर गोटे तथा सुनहरे सितारों आदि का प्रयोग किया जाता था। कच्ची घोड़ी का आकार कुछ ऐसा बनाया जाता था ताकि कोई भी व्यक्ति उसके बीच में खड़ा हो सके। जब नर्तक उस घोड़ी के बीच में खड़ा होकर उसे अपने कमरबन्द में लगे हुक से अटका लेता था तो ऐसा लगता था कि जैसे कोई व्यक्ति घोड़ी पर बैठा हो। घोड़ी के ऊपर का कपड़ा ज़मीन तक लटका होता था, जिसमें नर्तक के पैर भी नजर नहीं आते थे। कच्ची घोड़ी पर लोक-नृत्य करने वाले व्यक्ति को सुन्दर-सी पगड़ी पहनाई जाती थी। कपड़े भी किसी राजा की तरह पहनाए जाते थे। इस पार्टी में तीन-चार लोग होते थे। एक डफ बजाता था तथा दूसरा थाली। साथ में एक व्यक्ति और की वेशभूषा में नाचता था। उधर गुलाल-अबीर उड़ता था इधर वे नृत्य करते थे। ये लोक-नृतक हमारी ही जाति के हुआ करते थे। लोकगीत भी आम भाषा में हुआ करते थे।

हमारी बस्ती के तीन तरफ मुसलमान रहते थे और चौथी ओर सवर्ण। हम मुसलमानों की तरफ कभी भी नहीं जाते थे, हाँ सवर्णों की ओर जरूर चले जाते थे। हम उनकी बस्ती से होकर गुजरते, वे हमारी तरफ केवल उपहास की नजरों से देखा करते थे। वैसे बस्ती के लोग कभी-कभी खुद भी उपहास का कारण बनते थे। वे शराब पीकर सड़क पर गिरते-पड़ते। कभी-कभी सवर्ण उनकी और भी बुरी गत बना देते। उनके कपड़े फाड़ देते, मुँह पर सफेदा मल देते या एक विशेष काला या जामुनी रंग (जिसे गधा रंग कहते थे) बड़ी हौदी में पानी में मिला कर रखते और जैसे वे हमारे बीच से किसी को देखते, एक आदमी टाँगें, दूसरा हाथ पकड़ कर रंग से भरी हौदी में डुबो देते। वह आदमी जैसे-तैसे कर गिरते-पड़ते बाहर आता। और वे तालियाँ बजाते हुए झेल-झेल भड़वा कहते। हमारी जाति का आदमी ऐसे समय पर फिल्मी डॉयलॉग बोलता। वे और तालियाँ बजाते।

हम होली हर साल मनाते थे। सवर्ण भले ही हमसे होली खेलें या न खेलें। हमें उनकी चिन्ता नहीं थी और न उन्हें हमारी। हजारों वर्षों से शायद यही व्यवस्था चल रही होगी। जाति और वर्गों के अपने-अपने पिन्जरों में बन्द हो हम इन त्यौहारों को अपनी-अपनी बस्तियों-गाँवों में मनाते आ रहे होंगे। पर इस बार होली मनाने का जोश हमारे भीतर नहीं था। शहर की लगभग सभी दलित बस्तियों में होली न मनाने की मुनादी करा दी गयी थी। शहर ही क्यों आसपास के जिलों में भी होली के निषेध का प्रभाव देखा गया था। कुछ अखबारों में भी इस बारे में वक्तव्य छपे थे। मेरठ के ही बाजार बजाजा की दीवार पर बाबू जगजीवन राम को गधे पर बैठाए चित्र बनाया गया था। जिससे शहर के दलितों को क्रोध और भी भड़क गया था। उस समय दिल्ली दरबार में सत्ता के खेल में बाबूजी को हाशिए पर फेंक दिया गया था। उन्हें जानबूझ कर प्रधानमन्त्री नहीं बनाया गया था। सवर्ण नेताओं के मिले-जुले इस षड्यन्त्र के खिलाफ दलितों में आक्रोश था।

वर्ष 1978 की पहली जनवरी को ही ग्रांड इनवेस्टमेंट सिंडीकेट में प्रशासकीय अधिकारी के पद पर मेरी नियुक्ति हो गयी थी। यह मेरे साथ घरवालों के लिए भी खुशी की बात थी। मेरी बेरोजगारी से उन्होंने राहत की साँस ली थी। और मैंने उन लोगों से जो तरह-तरह के बहाने बना कर मेरे पीछे हाथ धो कर पड़े थे। नया ऑफिस मेरठ के शाहपीर गेट के पास पुलिस थाने के सामने था। स्टॉफ अधिक न था। मेरा कमरा अलग था। मुझे एक व्यक्तिगत सहायक भी मिला था। दरवाजे पर नेमप्लेट भी लग गयी थी। मुझे अच्छा लगा था। बेरोजगार से बारोजगार हो गया था, वह भी बड़ा अफसर यानी एडमिनिस्ट्रेटिव ऑफिसर। अच्छा-खासा रुतबे वाला पद था।

मेरे सबऑर्डिनेट स्टॉफ में मैनेजर, ब्रांच मैनेजर, क्लर्क, फील्ड ऑफिसर आदि-आदि थे।

अगले सप्ताह मैं शकुन को दिल्ली से ले आया था। वह वहीं रह रही थी। बेकार आदमी के पास भी भला कोई औरत रहेगी। शकुन भी एक औरत थी। उसकी भी कुछ इच्छाएँ थी, मुझमें आशाएँ थीं। पर आशाएँ तो मेरी भी थीं, उमंगें थीं। परिस्थितिवश हम सबकी इच्छाएँ-भावनाएँ धुआँ-धुआँ हो रही थीं।

मेरे पेट में दर्द फिर उठ आया था। बड़ा तीखा दर्द। फिर वही डॉक्टर-ब्लारगन की गोलियाँ और इंजेक्शन। मैं परेशान था, घरवाले परेशान थे, डॉक्टर परेशान था। इसलिए कि देर-सबेर, रात को कोई भी समय हम उसके घर का दरवाजा जाकर खटखटा देते थे। उन दिनों डॉक्टरों की फीस उतनी अधिक न थी। थोड़ा-बहुत वे लिहाज भी करते थे। पैसे के लिए गिद्ध न बन जाते थे। पर दर्द तो दर्द था। पैसा देकर भी दर्द फिर उभर आता था। मैं उस तीखे दर्द से बिलबिला उठता था। इस बीच दिल्ली जाकर इर्विन अस्पताल भी हो आया था। वहाँ एक्स-रे हुआ था। किडनी में कुछ परेशानी थी। किसी के भी इलाज से मुझे कुछ हो नहीं पा रहा था। दो-चार दिनों के लिए दर्द से आराम मिल जाता

और फिर वैसा ही दर्द उभर आता। मुझे किसी ने बतलाया कि होम्योपैथिक इलाज कराना ठीक होगा। पता चला कि खैरनगर बाजार में कोई मुफ्त में गोली देता है। साथ में पानी पीना पड़ता है। बस आराम मिल जाता है। मैं बा के साथ वहाँ गया था। कोई हाजी जी थे उन्होंने बड़ी गोली खाने को दी, फिर पानी। बाद की दवा में गोली न थी केवल पानी था। जितना अधिक पियोगे उतना ही फायदा होगा। मैं प्रतिदिन दस-बारह गिलास पानी पीता था। बाद के दिनों में मुझे रिलीफ मिलने लगा था।

पर अब एक और दर्द मेरे आगे-पीछे घूमने लगा था। जिससे सिरदर्द-बदन दर्द और मेरे भीतर-बाहर सब जगह दर्द उभरने लगा था। उस दर्द का शायद कोई इलाज न था। क्योंकि उसका रिश्ता भ्रष्टाचार से था। मैं जिस ऑफिस में कार्य कर रहा था, मुझे पता चला कि ग्रांड इनवेस्टमेंट सिंडीकेट बोगस चिटफंड है और मुझे इससे बचना चाहिए। असल में उन्हीं दिनों मेरठ में सिंडीकेट बैंक खुला ही था। लोग समझते थे कि हमारा ऑफिस भी उसी बैंक की कोई शाखा है। उसका नाम इसीलिए मिलता-जुलता रखा गया था। ताकि लोग भ्रम में रहें।

लोग जितने दिन गफलत में रहे उतने ही दिन एजेन्ट तथा फील्ड ऑफिसर्स के प्रयास से वे लुटते रहे। चिटफंड का मालिक स्टॉफ और जनता दोनों को धोखा देता रहा। अन्ततः मुझे तो उसके खिलाफ धोखाधड़ी की रिपोर्ट थाने में करानी ही थी। वही मैंने किया भी। कुछ अखबारों में भी मैंने इसकी प्रेस-विज्ञप्ति दी। परिणामस्वरूप वही ऑफिस सीलबन्द हो गया। लगभग चार-पाँच दिन बाद दो आदमी मेरे घर पर आ धमके। उनके पास पूरे दस हजार रुपये थे। वे मुझे वही देने आए थे। ताकि मैं उनके खिलाफ पुलिस में दर्ज कराए गये केस को वापस ले लूँ। पर मैंने वह रकम लेने से साफ इनकार कर दिया। वही लोग धमकी देकर चले गये थे। मैं आगे के एक माह इसी केस में फँसा रहा। पर हुआ कुछ नहीं। वही रकम उन्होंने थाना इंचार्ज को दे दी। फाइल बन्द कर दी गयी। मेरी मेहनत पर पानी फिर गया। ईमानदारी रखी रह गयी। सब-कुछ जैसे चौपट हो गया। आगे के दिन फिर वैसे ही आ गये। और मैं अकेला रह गया। शकुन पुनः अपने मायके लौट गयी थी। उसकी जरूरत मैं नहीं था, पैसा थी और पैसा मेरे पास था नहीं। इसलिए मेरे अपने भी मुझसे अलग होते जा रहे थे। मैं उन्हें टोकता भी तो कैसे...?" जिन्दगी को जितना समेटने की कोशिश करता उतना ही बिखरती जाती। शकुन के साथ-साथ बेटे की भी याद आती है।

कुछ दिन बाद वह लौट आई। बेटा अक्सर बीमार रहता। कभी खाँसी तो कभी बुखार। शकुन स्वयं भी तो बीमार रहती थी। कभी वह बीमार होने के कारण बच्चे को दूध नहीं पिला सकती थी, तो बेटे को बाहर का दूध देना पड़ता था। मुझे ऐसी स्थिति में रात में दो-तीन बार उसके लिए दूध गर्म करना पड़ता था। दूध गर्म भी कैसे किया जाए। हमारे घर पर न तो हीटर था और न ही गैस। तब ताई माँ ने बेकार पड़े कागजों का ढेर

देकर बतलाया था। रात में माचिस से इन कागजों को जला कर दूध गरम कर लेना। आरम्भ में मुझे अटपटा लगा था, पर बाद में यही सुविधाजनक था। मैं कटोरी में थोड़ा दूध डाल कर उसे चिमटे के दोनों तरफ रखता। चिमटे को एक तरफ से ऊपर उठा कर उसके नीचे तीन-चार कागजों के टुकड़े रख देता! माचिस से तिल्ली रगड़ कर जैसे ही कागजों पर रखता, वे भक्क-से जलने लगते। फिर उसे निप्पल की शीशी में उँड़ेल कर बेटे के होंठों के लगा देता। बेटा चुसुर-चुसुर कर दूध पीने लगता।

कभी बेटे की तबीयत खराब होती तो वह दूध नहीं पी पाता। ऐसी स्थिति में शकुन के स्तन तनने लगते थे। भीतर से दूध के स्रोत फूटते, पर दूध बाहर निकल नहीं पाता। निकले भी कैसे, बंटी तो दूध पीता ही नहीं था। इसलिए शकुन के स्तनों में खूब दर्द होता। वे पके फोड़े की तरह दुखने लगते। मुझसे यह पीड़ा देखी नहीं जाती। दूध बाहर न आ पाने की स्थिति में स्तनों के भीतर पड़े दूध में गाँठें पड़ जाती थीं। वह बार-बार बच्चे के मुँह पर स्तन लगाती पर बंटी दूध पीने को तैयार नहीं, फिर दूध कौन पिए। पत्नी की पीड़ा बढ़ने लगी थी। उसका दुःख मेरा था। एक दिन शकुन की दोनों चूचियों को बारी-बारी से मुँह लगा कर दूध पिया था और दो दिन मैं वही दूध पीता रहा। तीसरे दिन जाकर भीतर ही गाँठ खत्म हुई। शकुन को रिलीफ मिला। पर मेरे लिए यह नया अनुभव था। जैसे दूध का झरना उनमें आकर सिमट जाता हो।

वह फिर दिल्ली चली गयी थी। मेरठ में रहते हुए उसकी यादें कचोटने लगी थीं। मैं स्वयं मेरठ से एक दिन पहाड़गंज आ गया। शकुन अपनी दादी के साथ वहीं थी। बेटा भी था। मुझे उन दोनों को वहाँ पाकर जैसे राहत मिली थी। शकुन ने मेरे जाते ही सवाल ठोंक दिया था, "क्या हुआ, गिरफ्तार करा दिया चिटफंड के मालिक को?"

मेरी ईमानदारी तथा कोरे सिद्धान्तों पर उसका व्यंग्य था। मेरे पास कोई जवाब न था। निरुत्तर होकर मैं उसकी ओर टकटकी लगा कर देखता रहा। वह फिर बोली, "मेरी तरफ मत देखो, दुनिया को देखो। वह जैसे चल रही है वैसे ही चलो। अपनी तरफ से कोई नया रास्ता मत बनाओ। तुम्हारी कोई हैसियत नहीं है।"

फिर 14 अप्रैल, 1978 को आगरा कांड हो गया। आगरा, दिल्ली, मेरठ से अधिक दूर न था। दलित उत्पीड़न की यह खबर आग की तरह हिन्दी राज्यों में फैल गयी। दलित बस्तियों में सभा तथा बैठकें होने लगीं। हजारों लोगों ने आगरा की ओर कूच किया। मैं दिल्ली से मेरठ लौट आया था।

मूल रूप से सवर्णों की संकुचित मानसिकता और ईर्ष्या का ही परिणाम थी यह दुर्घटना। आगरा में जितनी भव्यता और प्रभावपूर्ण तरह से बाबा साहेब डॉ. अंबेडकर के जन्म दिवस पर झाँकियाँ निकाली जाती हैं, देश के अन्य किसी शहर में

शायद ही उतने शानदार तरीके से बाबा साहेब की शोभा यात्रा निकलती है। शाम को पुराने किले के पास ही यहाँ विशाल कार्यक्रम भी होता है। हमारे बीच से बहुत से साथी आगरा गये, जिन्होंने लौट कर बतलाया कि आगरा की ही एक बस्ती रावतपाड़ा में हिन्दू मन्दिर के सामने से एक झाँकी होकर गुजरी, सवर्णों के बीच से ही कुछ ने छतों से ईंट-पत्थर बरसाने शुरू किये। एक झाँकी हाथी (उनके देवता गणेश के रूप में) के ऊपर सजी थी। जो रूढ़िवादी सवर्णों को बुरी बात लगी। बताया जाता है कि उसी दिन अजीब अफरातफरी मची। रामजीलाल सुमन वहाँ के क्षेत्रीय सांसद थे, जो बाद में कल्याण मन्त्री भी बने।

असल में पुलिस द्वारा सामूहिक हत्याकांड बाद में हुआ। 18 अप्रैल को चक्की पाट बुद्ध विहार में कार्यकर्ताओं की एक बैठक हुई थी, जिनमें 19 अप्रैल को मौन जुलूस का आयोजन निश्चित किया गया था। उस दिन भी दलितों पर गैस छोड़ी गयी और बाद में लाठी और निर्दयता से गोलियाँ बरसाई गयीं। उस समय वहाँ पी..ए.सी. तैनात थी। तलल्या काजीवाड़ा चक्की घाट, गोपाल पुरा, जगदीश पुरा, आदि दलित बस्तियों में दलितों तथा पुलिस बल की मुठभेड़ हुई, जिसमें अनगिनत दलित मारे गये। यहाँ तक कि पुलिस ने कम उम्र के युवकों तथा महिलाओं को भी नहीं छोड़ा।

मेरठ और आगरा के दलितों में तो वैसे ही घनिष्ठ सम्बन्ध थे, उठ-बैठ थी, रिश्तेदारी भी थी। मेरठ में आगरा कांड के बारे में अवश्य ही कुछ करना था। अगर नहीं किया तो यह हमारे लिए बड़ी शर्म की बात होगी। पूरे शहर में अलग-अलग बस्तियों में आगरा कांड की ही चर्चा थी। इसी बारे में मेरठ शहर के कुमार आश्रम में सभा हुई। जिसमें हम सभी शामिल हुए। मेरठ में पी.ए.सी. के खिलाफ मौन जुलूस निकालने की योजना पर बातचीत हुई। लगभग तीन-चार घंटे तक यह बैठक चली। शहर की लगभग सभी बस्तियों से दलित साथी आए थे। जिले के गाँव-कस्बों के अधिक-से-अधिक लोग भी इस कार्यक्रम में आए। इसके लिए पोस्टर लगाने की बात पर निर्णय लिया गया। पोस्टर का मैटर लिखने, छपवाने तथा लगाने की जिम्मेदारी हम कुछ साथियों को सौंपी गयी। तुरता-फुरती में पोस्टर का मैटर बना कर प्रेस में छपवाया गया। हमारे भीतर जैसे ज्वाला धधक रही थी। हम बेचैन थे। हमारे लिए समय की भी कोई सीमा नहीं थी। सुबह घर से निकल जाते तथा देर रात लौटते। मेरे साथ देशराज भारती तथा झग्गड़ सिंह जो बाद में विधायक भी बने, आदि ने शहर के साथ गाँव तथा कस्बों में जा-जा कर दीवारों पर पोस्टर चिपकाए थे। पोस्टर चिपकाते हुए हम समय निकाल कर लोगों से बात भी करते थे। जुलूस में अधिक लोग शामिल हों, इसी प्रयास में हम जुटे थे। हम भरसक मेहनत कर रहे थे। दलितों को अब जुल्म तथा अत्याचार नहीं सहने हैं, उनका मिल-जुल कर सामना करना है। उन्हें समझा रहे थे।

अन्ततः हम सभी की मेहनत रंग लाई। 26 मई को पहले हमें घंटा घर के पास

टॉउन हॉल में इकट्ठा होना था। वहाँ से बाँहों पर काली पट्टी बाँध कर मौन जुलूस में शामिल होना था। दोपहर होते-होते टॉउन हॉल में सभी साथी जुड़ने लगे थे। हम सभी उग्रता और उत्तेजना के बीच सभी साथियों के आने की प्रतीक्षा कर रहे थे। धीरे-धीरे हमारे आसपास स्थानीय पुलिस तथा पी.ए.सी. के जवान भी इकट्ठा होने लगे थे। उनके हाथों में लाठियाँ-बन्दूकें तथा पथराव से बचाव के लिए जालियाँ थीं। वे हमें तथा हम उन्हें गहराई से देख रहे थे। हमारे भीतर तो पुलिस के खिलाफ वैसे ही घृणा तथा आक्रोश मौजूद था। जैसे-जैसे अधिक संख्या में साथी आने लगे थे, पुलिस तथा पी.ए.सी. के जवान सजग होने लगे थे। उनके अफसर उन्हें निर्देश दे रहे थे। पुलिस की वायरलेस गाड़ियाँ भी आ गयी थीं।

दोपहर बाद आगरा कांड के प्रतिरोध में मौन जुलूस चला। सबसे आगे बड़े-बड़े बैनर लिये साथी थे। उस दिन अजीब तरह की चुप्पी परिवेश में थी, पर उस चुप्पी में कहीं-न-कहीं खतरे की आहट थी। पुलिस हमसे सतर्क थी और हम उनसे। हमारे उनके बीच नफरत उभर रही थी। पुलिस बल के खिलाफ नफरत पूरे देश के दलितों के भीतर थी। क्योंकि पुलिस सवर्णों का पक्ष लेती थी। दलित उत्पीड़न में सहायक बनती थी।

कुछ दिनों के बाद मैं फिर मेरठ से दिल्ली आकर संघर्ष करता रहा। कुछ नये की तलाश मेरे भीतर बराबर थी। मैं कभी-कभी मेरठ तथा मुरादनगर भी हो आता था। नौकरी की तलाश में मैं लगभग रोज ही निकलता, पर मिलता कुछ नहीं। कभी-कभी बस तक का किराया भी जेब में नहीं होता।

एक दिन मुझे पहाड़गंज से आगे कहीं जाना था, पर जेब में केवल पाँच पैसे का सिक्का पड़ा था। मैं बस स्टैंड पर खड़े हुए अपने-आप में ही खोया हुआ था। तभी बराबर में खड़ी किसी लड़की के द्वारा पर्स खोलने से उसके भीतर से चवन्नी (चार आने का सिक्का) नीचे जमीन पर गिर पड़ी। मेरे किराये का इन्तजाम जैसे हो गया था। लड़की के जाने पर मैंने वही सिक्का उठा लिया था। पाँच पैसे मेरे पास पहले से ही थे। लोदी रोड मुझे जाना था, वहाँ से डी.टी.सी. की बस में तीस पैसे का टिकट लगता था। थोड़ी देर में बस आ गयी थी और मैं उसमें चढ़ गया था।

इस बीच मुझे एक-दो ट्यूशन मिली, मैं पढ़ाने के लिए पूसा गेट जाता था। नौकरी भी मिली तो गोल मार्किट, मीट की दुकान पर। जिसका मालिक मुसलमान नहीं हिन्दू था। वी.आई.पी. कॉलोनी में बड़ी मात्रा में वहाँ से बकरे का मांस तथा चिकन सप्लाई होता था। पर दो-तीन दिन बाद ही मुझे वहाँ टिकना भारी हो गया। घर से लाया हुआ खाना भी बड़ी मुश्किल से ले पाता था। अजीब-सी बदबू परिवेश में छाई होती थी। चारों तरफ खून, मांस, टँगी हुई खालें यही सब देखना पड़ता था। यहाँ तक कि पानी पीते

हुए अजीब-सी गन्ध आती थी। दो घूँट पानी भी मुँह-गले के नीचे नहीं जा पाता था कि उल्टी आने को तैयार रहती थी। बड़ी मुश्किल से मैं वहाँ एक माह रहा। और एक दिन जब मैंने अगले दिन से वहाँ आने से इनकार किया तो मालिक ने कहा था, ''जितना मीट घर के लिए जरूरी समझो, ले जाया करो।''

मैंने तत्काल मना कर दिया। उसे क्या मालूम था कि मीट की गन्ध या बदबू किस कदर मेरे लिए असहनीय हो गयी थी। मैंने पूरे एक माह मांस नहीं खाया था। खाता भी कैसे मेरे सामने ही जहाँ हर रोज लगभग साठ-सत्तर मुर्गे जिबह किए जाते हों, बकरे की रासें तो बाहर से ही आती थीं। दुकान के भीतर ही एक बड़ी और गहरी हौदी थी। जिसमें मुर्गे की गरदन काट कर उसे बिना धड़ के फेंक दिया जाता था। आरम्भ में वह खूब तड़पता, उछलता था। फिर थोड़ी देर में वह छटपटा कर शान्त हो जाता। मुझसे यह सब देखा नहीं जाता और कभी-कभी दुकान के बाहर निकल आता। मेरी नौकरी वहाँ एकाउंटेंट जैसी ही थी। कसाईखाने से निकलकर बाद में कथालोक पत्रिका में रहा। जो जैन परिवार था राना प्रताप बाग स्थित घर में ही ऑफिस था। संपादक थे हर्षचंन्द्र।

नया वर्ष आरम्भ हो गया था, पर मेरे लिए तो ओढ़ने-बिछाने के लिए सब कुछ वही पुराना था। दिन बदल रहे थे, रातें बीत रही थीं, पर हमारे लिए नया क्या...? नये के लिए संघर्षरत होते हुए भी हमारे पास पुराना ही अधिक था। हमारे भीतर छटपटाहट अवश्य होती। हम अपने आपको रीता-रीता-सा महसूस करते।

उन दिनों नया वर्ष मनाने में लोगों को उतनी रुचि भी न थी। हालाँकि हम कनॉट-सर्कस के नजदीक ही पहाड़गंज में रहते थे। तब नये वर्ष की पूर्व सन्ध्या या रात में इतने धूम-धड़ाके भी न होते थे। लोग शराब पीकर न बहकते थे न लड़कियों के कपड़े ही फाड़ते थे। लड़कियाँ भी रात में उस तरफ कम ही जाती थीं। वे स्वयं भी सेक्स-सिंबल न बनती थीं। शराब लोग पीते थे, पर कैम्पाकोला की तरह नहीं। रात सितारों भरी अवश्य होती थी, पर परिवेश में बारूद की गन्ध नहीं होती थी। ढोल-टप्पर कम बजते थे। लोग अपने-अपने घर-परिवारों में तिल और चौलाई के लड्डू खाते थे या फिर मूँगफली कुतरते थे। और हमारी स्थिति ऐसी थी कि हम अपने-आप को ही कुतरते थे।

यूँ गाँव और गाँववासियों से मेरा सम्पर्क और परिचय बहुत पुराना था। पर गाँव में नौकरी करने का अवसर बिल्कुल नया ही था। गाँवों से मुझे कतई भी परहेज नहीं था। गाँव मेरे भीतर बसे थे। कोई ऐसा माह नहीं बीतता था जब मैं किसी-न-किसी गाँव नहीं जाता था। अनगिनत गाँव हमारे परिवार से अभिन्न रूप से जुड़े थे। गाँव हमारी जड़ों के जैसे थे। उनसे न हम टूट सकते थे और न अलग हो सकते थे। वे हमारे ऊर्जा-स्रोत थे। उनके बिना हमारा कोई अस्तित्व न था। समूचे दलितों की सामाजिक और आर्थिक

संरचना से गाँवों के गहरे रिश्ते थे। जब-जब भी हम अपने अतीत को खोजते-तलाशते तब-तब वे रिश्ते और मजबूत होते।

पहले दिन मैं उस गाँव में साइकिल पर चढ़ कर गया। मथुरापुर नाम था गाँव का। मुरादनगर से लगभग आठ-कोस भीतर, कच्ची रेतीली सड़क, जिसे सड़क कहना ठीक नहीं था। हाँ दगड़ा कहा जा सकता था। वह दगड़ा (कम चौड़ा रास्ता) भी कहीं-कहीं बटिया में बदल जाता था। कच्ची बटिया पर साइकिल चलाते हुए मुझे परेशानी होती थी। बीच-बीच में जमीन पर पाँव टिका कर रुकता था। कभी-कभी भैंसा बुग्गी सामने से आती। रास्ता कम चौड़ा होने के कारण मुझे अपनी साइकिल खेत में उतारनी पड़ती। बुग्गी के निकलने पर साइकिल फिर कच्चे रास्ते पर ले आता।

आसमान साफ था। अक्टूबर माह चल रहा था। मौसम भी खुशगवार था। गाँव के भीतर जैसे-जैसे प्रवेश कर रहा था मेरे भीतर के इतिहास में और भी वृद्धि होने लगी थी। बीच में कुछ औरतें मिलीं, उनके सिरों पर घास तथा लकड़ियों के गट्ठर थे। वे जैसे ही मुझे देखतीं उनकी आँखों में अनगिनत सवाल उभर आते। मैं उनके लिए 'शहरी' था और हर शहरी वह भी अजनबी को देख कर उनके भीतर सवाल घुमड़ने जरूरी भी थे। अधेड़ उम्र की एक महिला ने मेरी ओर अपना सवाल फेंका भी था, "क्या बेच्चै है भई तू?"

इतने में जवाब देता, मेरी साइकिल आगे निकल गयी थी और मेरे उनके बीच फासला बढ़ गया था। हाँ मेरे कानों में उनकी सामूहिक हँसी के स्वर अवश्य ही पड़े थे। असल में मेरी साइकिल के हैंडिल के दोनों तरफ दो बड़े-बड़े झोले लटके थे तथा कैरियर पर दरी, तकिया और चादर आदि सामान बँधे थे। आगे के झोलों में किताबें, बरतन तथा खाना बनाने के लिए चकला, बेलन, स्टोव आदि भरे थे। मैं वहाँ अकेला जरूर जा रहा था, पर साइकिल पर गृहस्थी का सामान लदा था। मेरठ से चलने से पहले सभी-सभी जरूरी वस्तुओं का प्रबन्ध किया था मैंने। मेरठ से मुरादनगर लगभग 25-30 कोस था। घर से ही मैं साइकिल लेकर चला था। बस में इतना सामान कैसे ढोता? फिर मुरादनगर से अन्दर गाँव जाने की भी समस्या थी।

गाँव नजदीक आने पर पेड़ों की कतारें घनी हो गयी थीं। जमीन के अधिकांश हिस्सों पर बिटोड़े उभर आए थे। महिला, बच्चों तथा बूढ़ों का परिवेश में कोलाहल गूँजने लगा था। मथुरापुर गाँव के किनारे पर सबसे पहले मेरा स्वागत कुत्तों ने किया। मैं उनके लिए अजनबी जो था। वे मुझसे परिचय पूछ रहे थे और मैं नाहक ही उन पर झुँझला रहा था। एक-दो बड़े-बूढ़ों ने साले-ससुरों की गालियाँ देते हुए उन्हें दूर भगाया। मैंने उन्हें बताया, मैं गाँव में जूनियर हाईस्कूल में नये मास्टर के रूप में आया हूँ। सुन कर उन्हें अच्छा लगा। फिर ढंग से राम-राम हुई। बच्चों ने सुना तो शोर मचाते हुए स्कूल की तरफ भागे। नये मास्टर जी आ गये, नये मास्टर जी आ गये।

इस परिचय से गाँव में प्रवेश करते ही मेरा कद और रुतबा दोनों बढ़ गये थे। अब

तक जिनकी नजरों में मैं बिसातखाने की दुकान अपनी साइकिल पर उठाए एक अदद फेरी वाला या इसी के आसपास कुछ था, उनके लिए मैं मास्टरजी हो गया था। वे मुझे नमस्ते तथा राम-राम करने लगे थे। औरतों के भीतर विशेष जिज्ञासा थी। बच्चे बार-बार मेरे सामान को छूकर देख-परख रहे थे तथा कुत्ते मेरे पाँव तथा टाँगों को सूँघने में लगे थे। जैसे ही वे मेरे पास आते, गाँव का ही कोई बड़ा-बूढ़ा उन्हें दुत्कार देता, "दिके जात्ता ना है हियाँ से।" दूसरा कहता, "अरे क्या लेवे है इनसै।" तीसरा मजाक करता, "चल राम-राम कर इनसै। तुझै पता नई, सकूल में नये मास्टरजी आए है।"

एक-दो कुत्ते बड़े-बूढ़ों की डाँट-फटकार सुन कर मुझसे स्नेह का आदान-प्रदान करने के लिए पूँछ हिलाते हुए मेरे आगे-पीछे नाचने, उछलने की मुद्रा में आ गए थे। अब तक मैं साइकिल से उतर कर पैदल चलने लगा था। सामने ही ऊँचे टीले पर स्कूल था। स्कूल का न कोई बोर्ड था और न ही बाउंड्री। स्कूल की बिल्डिंग के नाम पर बस दो-तीन बिना दीवारों के खुले कमरे थे। जहाँ बैठ कर बच्चे पढ़ते थे। इसके अलावा चार कमरे और थे। दो कमरे हेडमास्टर तथा उनके परिवार के रहने के लिए। शेष दो में एक-एक अध्यापक बिना परिवार के रहते थे। उस समय एक कमरा खाली था। पिछला अध्यापक आ नहीं रहा था। वह कमरा मेरे लिए खोला गया।

कमरा कुछ विशेष नहीं गाँव के हिसाब से ठीक ही था। पीछे की तरफ एक बड़ा जंगला था। दो आले, तीन खुंटिया तथा एक अलमारी। इनके साथ एक मेज, कुर्सी, चारपाई, चूल्हा और हीटर आदि भी थे। गनीमत थी कि स्कूल में लाइट कनेक्शन था। कमरे के दरवाजे सीधे-सीधे लकड़ी के तख्तों को काट-पीट कर बनाए गये थे। हेडमास्टर ने ताला-कुंजी मेरे हवाले कर दिया था। कुछ बच्चों ने मुझे अभी भी घेर रखा था। हेडमास्टर ने उन सबको उनके घर भगा दिया था।

अब तक अँधेरा घिर आया था। मैंने हैंडपम्प से पानी लेकर हाथ-मुँह धोए। किताबों के साथ अन्य वस्तुएँ यथास्थान पर रखीं। बराबर के कमरे के दरवाजे पर ताला लगा था। पता लगा कि वह अध्यापक एक सप्ताह की छुट्टी लेकर अपने घर गया हुआ है। हेडमास्टर के दो बच्चे शहर के स्कूल में थे। केवल उसकी पत्नी साथ में थी। इतनी बड़ी जगह और केवल तीन लोग। स्कूल की बाउंड्री के बाहर अवश्य ही शोर था। बच्चों के खेलने-कूदने के स्वर के साथ बड़े-बूढ़ों के जानवरों को हाँकने के स्वर भी उभर रहे थे।

लगभग सात बजे हेडमास्टर की पत्नी यह कहने आई कि मैं खाना उन्हीं के साथ खाऊँ। उसका रंग हेडमास्टरजी की तरह ही पक्का था। थोड़ी देर बाद स्वयं हेडमास्टरजी आ गये। कमरे में साठ वाट के दूधिया बल्ब के उजाले में मैं कुछ पेपर पढ़ते हुए उनसे बातें कर रहा था। वे बातें कम और सलाह अधिक दे रहे थे। बीच-बीच में इधर-उधर देख लेते थे। वहीं कोई बातें तो नहीं सुन रहा है। उनकी बातों में विशेष यही था कि गाँव में जात-पांत बखूबी थी। मैं अपनी जात किसी को न बतलाऊँ। गाँव में इधर-उधर

अधिक न घूमूँ। गाँव के लोगों से अधिक बातचीत करना भी ठीक नहीं। और दलित जाति के लोगों से तो वैसे भी नहीं। बच्चों को ज्यादा मारना-पीटना ठीक नहीं। समय का ध्यान रखना आदि-आदि।

असल में उनके द्वारा मुझे पहले ही दिन ढेर-सारी सलाह और हिदायतें देने का सबसे बड़ा कारण यह था कि वे स्वयं दलित समाज से थे। भोजन के दौरान उन्होंने एक और अजीबोगरीब रहस्य का उद्घाटन किया। मैं उनकी बात तल्लीनता से सुन रहा था। उनकी पत्नी बर्तनों को उठा-पटक रही थीं। कुछ वर्ष पूर्व जब वे इसी स्कूल में नौकरी करने के लिए आए थे तो तब उन्हें यहाँ ठहरने तक भी नहीं दिया गया था। क्योंकि वे दलित थे। और कुछ समय बाद पुनः वे इसी स्कूल में नौकरी पर लग गये। आखिर नौकरी वह हाथ से जाने नहीं देना चाहते थे। उस समय तक वे ईसाई बन चुके थे। अब उन्हें यहाँ नौकरी करने की कोई मनाही नहीं थी। अब तक भी वे अपने अतीत को लेकर परेशान थे। कड़वी यादें आतीं तो उनके भीतर बेचैनी भर जाती। दबी हुई जाति की कोई परत-दर-परत उघाड़े, यह हर्गिज उन्हें स्वीकार न था। इसलिए वे उन परतों को और अधिक दबाने का प्रयास करते थे। वे मेरठ के ही थे और बा को अच्छी तरह से जानते थे। इसलिए मैं बिना किसी शंका के गाँव आ गया था। तनख्वाह थी मात्र दो सौ रुपये। मुझे वह भी स्वीकार थी।

रात में बहुत देर तक जातियों की रचना तथा बुनावट से बनावट और उसके परिणाम के बारे में सोचता रहा। भारतीय समाज में दलित अभी भी हाशिए पर थे। आखिर कब तक यह सब चलेगा।

दलितों के साथ अभी आजाद भारत में क्यों ऐसा व्यवहार होता है, बाबा साहेब ने कहा था, शिक्षित बनो, संगठित बनो, और संघर्ष करो। पर कौन संघर्ष करे और कैसे, दो रोटी खाने को नहीं, शरीर पर कपड़ा नहीं, रहने को सिर के ऊपर छत तक नहीं। घुमन्तू जातियाँ फिर भी ठीक, कहीं भी जाकर डेरा डाल लिया और काम शुरू। वे शहर के भीतर भी जाते और बाहर भी। पर दलितों की स्थिति तो बहुत विकट थी। उन्हें शहर क्या गाँवों के भी हाशिए पर रखा जाता था। वे पढ़-लिख रहे थे, पर उन्हें नौकरी नहीं, नौकरी भी मिल गयी तो रहने को किराये का मकान कौन देता है। इस तरह के सवाल किसी एक को ही नहीं झिंझोड़ते थे बल्कि समूचे दलित समाज को मथते थे।

अगले दिन हेडमास्टरजी ने मुझे सवेरा होते ही उठा दिया था। मुझे उन्होंने चाय भिजवाई। सुबह के आठ बजे से पहला पीरियड शुरू हो जाता था। पौने आठ बजे प्रार्थना, उससे पूर्व साढ़े सात बजे घंटी बज उठती थी। स्कूल का टाइम टेबल लिखित में न था। यह सब मौखिक था। जिसे रात में ही उन्होंने मुझे बतला दिया था। घंटी बजने के पश्चात् स्कूल में तख्ती-बस्ता उठाए बच्चे आने लगे थे। मैं अपने कमरे को ताला लगा मैदान में आकर खड़ा हो गया था। बच्चे नमस्ते, राम-राम करते हुए मेरे चारों तरफ

इकट्ठा होने लगे थे। वे मेरी ओर टकटकी लगा कर बारी-बारी से देखते। फिर आपस में बातें करते, फुसफुसाते। वे मुझे देख रहे थे और मैं उन्हें। मैं उनके लिए कौतूहल था और वे मेरे लिए। वे मेरे कपड़े, जूते, करीने से कढ़े बालों की ओर निहार रहे थे। मैं उनके नंगे पाँव, फटे-पुराने वस्त्र, बेतरतीब से बाल देख रहा था। वे गरीब देश के गरीब गाँव के बच्चे थे। पर वे अपने-आप में मस्त थे। वे उछल-कूद रहे थे, एक-दूसरे को धक्का देकर अपना मनोरंजन कर रहे थे। स्कूल में खेलने का कोई साधन न था। बस थी तो लम्बी-चौड़ी कच्ची जमीन। उनके भागने-दौड़ने से धूल-मिट्टी उड़ रही थी। उनके शरीर तथा आधे-अधूरे कपड़े और भी गन्दे हो रहे थे, पर उन्हें कहाँ परवाह थी। वे तो धरा पुत्र थे। धूल-मिट्टी और आसपास भी उड़ने लगी थी, पर मुझे अच्छा लग रहा था। उगता हुआ सूरज मेरे सामने था और खिलते हुए फूलों की तरह वे बच्चे। सूरज की किरणों के साथ उनकी महक जमीन की गन्ध के साथ मेरे भीतर प्रवेश करती जा रही थी।

प्रार्थना के बाद पहला पीरियड आरम्भ हुआ। मुझे पहली और दूसरी कक्षा पढ़ाने के लिए दी गयी। पहली और दूसरी के बच्चे एक साथ बैठे। ऐसे ही चौथी-पाँचवीं के बच्चे, जिन्हें हेडमास्टर ने पढ़ाना था। शेष रही तीसरी कक्षा उसके बच्चे बीच में पसरे थे। उन्हें न मैं पढ़ा रहा था और न ही हेडमास्टर जी। वे खूब दंगल कर रहे थे। यूँ उछल-कूद सभी बच्चे कर रहे थे। जिन्हें हेडमास्टर बार-बार डाँट रहे थे, "अरे ओ मोटू, ओ लम्बू, दिके बैट्ठे ना भला, उछला-उछला फिरे है। ओ दगड़, अरे ओ सुल्लड़, ओ रैट्टल, अरे परसिया, दिके अबकी जियादा रौल रुक्का मचाया तो तेरा नाम रजिस्टर से काट दूँगा।" पर रजिस्टर में तो जितने नाम थे उसमें से आधे-बच्चे ही उपस्थित थे। शेष बच्चे अनुपस्थित थे। वे कहाँ होंगे, अपने माँ-बाप के साथ खेतों में, अपने से छोटे भाई-बहनों को गोद में उठाए लोरिया सुना रहे होंगे या अपने परिवार के परम्परागत कार्य में घर या दुकान पर। पहली से पाँचवीं कक्षा तक में कुल 60 बच्चे उपस्थित थे। उनमें केवल दो लड़कियाँ। वे भी छुई-मुई बनी जमीन पर कीड़ी-काटा कर रही थीं।

स्कूल में केवल दो अध्यापक मौजूद थे। एक छुट्टी पर था। पाँच कक्षाएँ और तीन अध्यापक। न विद्यार्थी अपने-आप में पूरक थे और न अध्यापक। हाँ मन बहलाने के लिए गाँव में स्कूल एक अच्छा शगल था। जूनियर हाईस्कूल के नाम पर कक्षाएँ केवल प्राइमरी तक की चलती थीं। यह स्कूल सरकारी न था। अमृत वनस्पति मिल वालों का था। जो चेरिटी के नाम पर कुछ पैसा उधर फेंक देते थे।

हेडमास्टर ने बच्चों तथा गाँव के लोगों से मेरा परिचय 'दिल्ली वाले मास्टरजी' के रूप में कराया था। यानी मैं किसी छोटी-मोटी जगह से नहीं आया था बल्कि देश की राजधानी से आया था। उस हिसाब से रुआब पड़ना ही था।

स्कूल में मेरा पहला दिन कौतूहल और जिज्ञासाओं के साथ गाँव तथा गाँव के लोगों के भीतर कुछ तलाशने का था। गाँव खुशहाल न सही, पर गाँव तो था ही। गन्दगी

और भ्रष्टाचार की दलदल में सड़ते-धँसते महानगरों से तो बेहतर ही था। सभी गाँवों की तरह इस गाँव में भी गरीबी थी, पर लोग सीधे और सरल थे। स्कूल से छुट्टी के बाद मैं आधे गाँव का चक्कर लगा आया था। गाँव के लोग मुझे इज्जत दे रहे थे। मैं भ्रमित हो रहा था। वे सम्मान दे रहे थे केवल एक अध्यापक को, मुझे नहीं। मेरी पहचान भी अगर उन्हें पता लग गयी तो आगे की बात सोच कर मुझे अजीब-सा अवश्य लगता था। पर किसी ने अगर मेरी जाति पूछ ली तो मैं अपनी पहचान बता पाऊँगा या नहीं। गाँव आकर मैं अच्छे-खासे द्वन्द्व में फँस गया था। हालाँकि पहले दिन जातियों के समीकरण नहीं खुले थे, पर एक-न-एक दिन तो खुलेंगे ही। गाँव में अन्य जातियों के घरों का अवलोकन करने के साथ दलितों की बस्ती देखने का लोभ भी मन में था।

अगले दो-तीन सप्ताह में मुझे न केवल अपने शिष्यों तथा शिष्याओं के नाम याद हो गये थे बल्कि गाँव के बारे में भी कुछ जानकारी हो गयी थी। गाँव में किस जाति के लोगों के कितने घर हैं, यह भी पता चला था। स्वयं हेडमास्टरजी ने बहुत कुछ बतलाया था। दो दिन पूर्व छुट्टी पर गये दूसरे अध्यापक भी आ गये थे। वे भी मेरठ जिले के एक गाँव के थे। दलित थे। उन्होंने बी.ए. बी.एड. किया था। एक साल से डेढ़ सौ रुपये की नौकरी कर रहे थे। मुझे यहाँ दो सौ रुपये मिलते थे और हेडमास्टर को तीन सौ। मात्र साढ़े छह सौ रुपये महीना में जूनियर हाईस्कूल चल रहा था। न यहाँ कोई चपरासी था और न कोई क्लर्क-एकाउंटेंट। हेडमास्टरजी ही सब हिसाब रखते थे और हिसाब भी लम्बा-चौड़ा न था। सरकार से आर्थिक मदद तो मिलती न थी। फिर अधिक हिसाब-किताब तथा उसकी जाँच-पड़ताल की चिन्ता भी क्यों की जाए। सेठजी के पास बहुत पैसा था। वे अपनी मर्जी से चाहे जैसे स्कूल चलाएँ।

स्कूल में पढ़ाते हुए मुझे नये-नये अनुभव हो रहे थे। जहाँ कुछ अच्छा लग रहा था, वहीं बहुत कुछ बुरा भी महसूस होता था। गाँव में मेरे पास समय ही समय था। मैं खूब पढ़ता-लिखता। सुबह-शाम खेतों की ओर निकल पड़ता। कभी-कभी पूछते-पूछते किसी शिष्य के घर जाकर दस्तक दे देता। वे हक्के-बक्के रह जाते, मुझे चाय, दूध देते। पर मेरी अधिक इच्छा दलितों के घरों में जाने को होती। दो-चार के यहाँ मैं गया भी। मैं उनकी गरीबी में झाँकता और उनसे सवाल करता। वे मेरे हर सवाल का जवाब देने का प्रयास करते। कभी-कभी दलित बस्ती के कुछ घरों में शाम या रात में उजाला करने के लिए मिट्टी का तेल खरीदने को दो-चार आने भी नहीं होते। उनके घरों में अँधेरा पसरा होता। केवल चूल्हे में जल रही आग के उजाले में ही थोड़ा-बहुत दिखाई देता।

पहली बार तनख्वाह लेने के लिए मुझे गाजियाबाद की एक पाश कॉलोनी स्थित सेठजी के बँगले पर जाना पड़ा था। हेडमास्टरजी के साथ एक और अध्यापक भी थे। बहुत विशाल और भव्य बँगला था। बाहर कारों की लाइन लगी थी। एक आदमी बँगले के भीतर से आता था तो दूसरा जाता था। लोगों की आवाजाही लगी थी। मैंने पहली बार

किसी गैर-राजनीतिज्ञ के घर पर ऐसा दबदबा देखा था। बाहर गेट पर दरबान खड़ा था। जो आम और खास लोगों को बखूबी जानता-पहचानता था। हम तीनों को उसने एक तरफ खड़े होने के लिए कहा था। हमें उसका आदेश तो मानना ही था। क्योंकि सेठजी से मिलाने का उसी के पास विशेष अधिकार था। इस बीच वह लोगों से बातें करता रहा। किसी को अन्दर भेजता, किसी को अन्दर जाने से मना कर देता। हम तीनों ही बेचैन थे। बार-बार उसकी ओर देख लेते थे। वह भी हमारी तरफ कभी-कभी हिकारत भरी नजरों से देख लेता था। जैसे कहना चाह रहा हो अपनी औकात में रहो, डेढ़-दो सौ रुपल्ली के मास्टरो। फिर भी हेडमास्टर उससे बतिया रहे थे। लगभग बीस मिनट बाद दरबान ने अन्दर जाने का सिग्नल दिया। हमें जैसे राहत मिली थी।

भीतर जाकर एक बड़े हॉल के सामने दरवाजे पर हम जैसे ही पहुँचे, वहीं खड़े चपरासी ने हमें थोड़ा ठहरने का संकेत किया। हमें फिर रुकना पड़ा। तभी भीतर से दो-तीन लोग बाहर आए। फिर दो मिनट बाद चपरासी ने अन्दर आने को कहा। हम जैसे-तैसे हॉल में गये। फर्श पर कीमती कालीन, भव्य सोफे, ऊपर छत पर झूलते हुए झाड़। समूचा हॉल कीमती सामान एवं उपहारों से भरा था। खाली तो हम ही थे। भीतर से भी और बाहर से भी। हम उदासी की परत-दर-परत में लिपटे थे।

सामने एक बड़े शाहीनुमा सोफे पर तीस वर्षीय कोई युवक बैठा था। शायद वही सेठ था या उनका बेटा। हेडमास्टरजी ने उन्हीं से नमस्ते की। बाद में मेरे साथ दूसरे अध्यापक ने भी। सेठ जी ने हमें बैठने के लिए संकेत किया। हम तीनों सकुचाए से एक ही सोफे पर बैठे। पाँच-छह मिनट वह अपने सामने ग्लास टेबल पर पड़ी फाइलों में खोया रहा। फिर हमारी ओर मुखातिब हो पूछा, "कहिए हेडमास्टर जी, स्कूल में कैसा चल रहा है?" हेडमास्टरजी बिना कारण हाथ जोड़ते हुए बोले थे, "आपकी मेहरबानी से ठीक ही चल रहा है।" फिर मेरी तरफ संकेत करते हुए कहा, "ये हमारे नये मास्टरजी हैं।"

"हूँ।" कुछ पल बाद सेठजी ने पूछा था, "क्या नाम है तुम्हारा?"

"जी, मोहनदास...।"

"अच्छा-अच्छा।" वे इतना ही बोले। फिर उन्होंने टेबल पर लगी घंटी बजाते हुए मुनीमजी को बुलाया और उनसे हमें तनख्वाह देने के लिए कह कर भीतर के कमरे में चले गये। दस मिनट में ही हमने अपनी-अपनी तनख्वाह लेकर रसीदी टिकट लगे बाउचर पर हस्ताक्षर कर दिये।

अगले पाँच मिनट में हम फिर बाहर आ गये थे। यूँ हमें तनख्वाह तो मिल गयी थी, पर कुछ अजीब-सा लगा था। जेब भरी होने पर भी हम खाली-खाली-से थे। पैदल ही हम बस स्टैंड तक आए। जो वहाँ से लगभग दो मील दूर था। वहाँ से लोकल बस मिलती थी।

लगभग एक सप्ताह बाद एक अजीब घटना हुई। हुआ यूँ कि मैंने पाँच रुपये देकर दूसरी कक्षा के ही एक बच्चे से आटा मँगाया था। अब वह बच्चा दुकान से आटा न लाकर घर से ही ले आया। अगले दिन ट्रेन की तरह धड़धड़ाते हुए उसकी माँ आई और आते ही गजरते हुए कहने लगी, "क्यों रे मास्टर, म्हारे बच्चों को चोरी करना सिखाते हो।" मैं उसे बड़ी देर तक समझाता रहा, पर वह मानने को तैयार ही न थी। बाद में हेडमास्टरजी ने समझाया तो वह किसी तरह शान्त हुई। उसके जाते ही मैंने कानों को हाथ लगाया कि अब से किसी बच्चे से कुछ नहीं मँगाऊँगा।

मुझे गाँव आए लगभग दो माह हो गये थे। गाँव से ही एक बार मैं दिल्ली ससुराल आया। शकुन घर पर ही थी। मैंने उसे गाँव चलने को कहा तो उसने अजीब-सा मुँह बनाते हुए पूछा, "कितनी तनख्वाह मिलती है तुम्हें उस जन्नत में?" मैंने जवाब में बतलाया दो सौ रुपया। फिर वह तुनक कर बोली, "इस दो सौ रुपल्ली में खुद अपना खर्चा करोगे या मेरा और बच्चे का भी?"

अब मैं आगे क्या कहता। मुझे मालूम था कि वह गाँव में जाकर रहने वाली नहीं है। जो लड़की दिल्ली में रही हो, वह भला क्यूँ गाँव की ओर लौटेगी। हालाँकि उन दिनों दो सौ रुपयों से गाँव में अच्छी तरह गुजारा हो सकता था। मेरे अकेले पर एक सौ रुपये ही खर्च आते थे। यूँ गाँव में सभी कुछ तो सस्ता था। रहने को घर, चारपाई, बिजली की सुविधा, पानी के लिए हैंडपम्प। साथ में बहुत सारी जगह सब्जी उगाने के लिए मिल गयी थी। मैंने क्यारी बनाकर दो-तीन सब्जियाँ उगाई भी थीं। मुझे गाँव में रहते हुए कुछ खास असुविधा न थी। गाँव मुझे रास आने लगा था। गाँव के बच्चों तथा बड़ों में मैं मिलने-जुलने लगा था। कुछ माँ-बाप तो कभी-कभी गुड़, दूध, दही बच्चों के हाथ भिजवा देते थे। छाछ मुझे अच्छी लगती थी। गन्नों की फसल में वह भी मिल जाते थे।

कभी-कभी हेडमास्टरजी मछली पकड़ने जाते और वहाँ से चार-पाँच मछलियाँ लेकर लौटते। उस शाम वे घर पर मछली बनाते। रात होते-होते मुझे बनी हुई मछली देते। मैं अपने कमरे में दो-तीन रोटियों का आटा गूँध चूल्हे पर रोटियाँ सेंकता। इन दिनों अकेले भोजन बनाना और खाना कुछ अच्छा नहीं लगता था। शाम होते ही स्कूल में सुनसान हो जाता था। तब तनहाई और भी काटने लगती थी। गाँव से शकुन को बराबर पत्र लिखता था, पर वह उन पत्रों का जवाब नहीं देती थी। गाँव में सप्ताह में एक ही बार डाकिया आता था। मैं उससे पत्र के बारे में पूछता, पर वह चुप रहता। उसकी चुप्पी मुझे खलती थी। मन करता कि उसकी डाक के थैले में अपनी चिट्ठी तलाश करूँ। लेकिन इस बीच वह आगे निकल जाता था।

मौसम में परिवर्तन होने से सुबह-शाम ठंड बढ़ गयी थी। मुझे गर्म कपड़ों की जरूरत महसूस होने लगी थी। इस बार फिर मुझे साइकिल से ही मेरठ जाना पड़ा। एक

दिन वहाँ रहा। अगले दिन ही लौट आया। साथ में रजाई, गद्दा तथा पहनने के लिए पुराना कोट, स्वेटर, मोजे, जूते, सब कुछ ले आया। गाँव में तो खुला परिवेश था। हवा अधिक लगती थी। मेरठ घर पर माँ ने दिल्ली से बच्चों को लाने की फिर से याद दिलाई थी। पर माँ को कैसे समझाता कि दिल्ली से वापस कोई लौटता नहीं।

दिसम्बर लगते ही ठंड और बढ़ गयी। एक दिन सुबह-ही-सुबह मैंने देखा कि तीन-चार बच्चे बिना स्वेटर तथा चप्पल-जूते के तख्ती-बस्ता उठाये स्कूल आ गये थे। उन्हें इस हालत में देखा तो मुझे अपने-आप पर बड़ी ग्लानि-सी हुई। मेरे शरीर पर कपड़े थे और उनके शरीर बिना कपड़ों के ठिठुरे। मैंने शीघ्र ही अपना कोट तथा स्वेटर उतार दिया। ऐसे में भला मैं कपड़े क्यों पहनूँ? मैं अपने कमरे मैं बैठ गया। उधर स्कूल की घंटी बजी, पर मुझे सुनाई ही नहीं दी। मैं अपने-आप में ही खोया था। मुझ पर वैराग का असर था। थोड़ी देर में हेडमास्टर कमरे में आए। मुझे इस हालत में देख कर पूछा। बाद में सब कुछ समझ कर कहने लगे, "गौतम बुद्ध बनने की जरूरत नहीं है। सर्दी लग गयी तो बिस्तर पर पड़ जाओगे। तुम्हें कौन देखेगा। जो कुछ भी तुम्हारे पास है उसका उपभोग करने में क्या बुराई है। और जरा बाहर आकर देखो।" मैं बाहर आया। देखां, मैदान के झूले पर दो-तीन बच्चे आराम से खेल रहे थे। उनके लिए सर्दी जैसे थी ही नहीं। हेडमास्टरजी ने फिर समझाया, "देखो मास्टरजी, इन्हें तो बिना गर्म कपड़ों के भी सर्दी में रहने की आदत हो गयी है। यह सब गरीबी ने सिखलाया। पर हम उतने गरीब नहीं जितने यह लोग।"

हालाँकि उस दिन फिर से मैंने स्वेटर तथा कोट पहन लिये थे, पर सारा दिन मुझे अजीब-सा ही लगता रहा। गरीब और गरीबी के अनगिनत सवालों से रात भर जूझता रहा। एक हमारे सेठजी हैं जिनके कुत्ते भी वातानुकूलित कमरों में रहते हैं, जिनके पास बीस-बीस कारें हैं। बँगले में नौकर-चाकरों की फौज है। दूसरी ओर गाँव में बिना छत के मकान, बिना कपड़ों के बच्चे और बिना सम्मान के गुलामों की तरह जीते हुए लोग। यह कैसी सृष्टि है, अनमेल समाज किसने बनाया, विषमता की बेल क्यों बढ़ रही है, आदमी-आदमी के बीच इतना अधिक अन्तर, यह सब कब समाप्त होगा? ढेर सारे सवालों से रात भर मैं जूझता रहा।

अगली सुबह हुई। रात का अँधेरा छँट गया। पर मेरी मनःस्थिति वैसी ही रही। हम दलित थे, गरीब थे, अभावग्रस्त थे। आखिर समूचे दलित समाज की ऐसी हालत क्यों हुई? कौन जिम्मेदार थे आखिर इस सबके?

स्कूल में अभी भी दो ही अध्यापक थे। तीसरे के आने की बात बार-बार उठती, पर पता ही नहीं चलता कि कोई अध्यापक आ क्यों नहीं रहा है। वैसे मैंने कैंटोनमेंट बोर्ड में नौकरी के लिए आवेदन दे दिया था। बीच में एक दिन इंटरव्यू के लिए भी जाना हुआ।

शायद मुझे भी यहाँ से जाना पड़े। कुल मिला कर गाँव में तो मुझे रहते हुए सन्तुष्टि थी, पर जब-जब मात्र दो सौ रुपये लेने गाजियाबाद जाना होता था तब-तब कुछ अच्छा नहीं लगता था।

मैं जब मथुरापुर गाँव में ही था तभी घर से बुलावा आ गया था। मेरी नियुक्ति कैंटोनमेंट बोर्ड मेरठ में क्लर्क कम टोकन इंस्पेक्टर के पद पर हो गयी थी। अगले दिन ही मैं अपना सामान बाँध कर साइकिल से लौट आया था। अचानक गाँव से शहर चले जाने के दौरान अजीब-सा महसूस हुआ था। मुझे जाते देख बच्चों की आँखों में सवाल-दर-सवाल तैर उठे थे। बच्चे ही क्यों गाँव के लोगों ने तो पूछ भी लिया था, "मास्टरजी लौट कर आओगे या नहीं।" ऐसे समय पर मुझे मौन ही रह जाना पड़ा। कहता भी क्या उनके साथ मैं भी भीतर-बाहर से उद्वेलित था। हेडमास्टर और अन्य अध्यापक भी मौजूद थे। बच्चों की छुट्टी हो गयी थी। दोपहर ढलने के बाद धूप में उदासी आ गयी थी। मेरे आसपास का परिवेश भी उदासी में भर गया था।

गाँव से बाहर तक मैं बच्चे, बड़े-बूढ़ों से प्रत्युत्तर में नमस्ते तथा राम-राम करते आया था। मुरादनगर तक आना मेरे लिए द्वन्द्व से भरा था। जैसे-तैस कर गाँव तथा अपने ही द्वन्द्व से मुक्त हुआ था। पर गाँव के अनगिनत चित्र अभी भी मेरी आँखों के सामने तैर रहे थे।

शाम होते-होते मैं मेरठ पहुँच गया था। गाँव से घर तक आने में लगभग दो-ढाई घंटे लग गये थे। बा ने मेरे हाथ में नियुक्ति पत्र दिया। उनके चेहरे पर खुशी के चिह्न थे। आँखों में आशा के दीप जल उठे थे।

मेरठ छावनी में हमारा ऑफिस था। उन दिनों वहाँ खूब सफाई रहती थी। ठंडी सड़क सामने ही थी। उस सड़क से आते-जाते मुझे अच्छा लगता था। वहाँ मेरा कार्य था छावनी क्षेत्र में चलने वाली साइकिल आदि के टोकन बनाना तथा उनका हिसाब रखना। हर रोज मुझे फील्ड में जाना पड़ता था। मदद के लिए तीन-चार चपरासी मिले हुए थे। हम किसी भी चौराहे पर जाकर जा बैठते। सरकारी गाड़ी में मेज, कुर्सी, फाइल, रजिस्टर तथा नकदी के लिए लोहे का छोटा सन्दूक तथा कुछ टोकन यह सब आ जाता। वे तीन-चार लोग इधर-उधर खड़े हो जाते और बारी-बारी से साइकिल रुकवाकर टोकन चेक करते। अधिकतर साइकिलों में टोकन नहीं होते थे। जबकि उन दिनों दो-ढाई रुपये मूल्य के हिसाब से सरकारी टोकन की दर थी। साइकिल पकड़ते हुए हम फाइन नहीं लेते थे। बावजूद इसके कुछ साइकिल सवार हमें देखकर भाग खड़े होते थे। हमारे पास उन्हें पकड़ने के लिए न पुलिस के सिपाही होते थे और न अन्य कोई इन्तजाम। कभी-कभी हमारे ही आदमी भाग कर बिना टोकन की साइकिल पकड़ते थे। ऐसे समय झगड़ा होते-होते। बचता था। पर झगड़ा करता कोई नहीं था। वे सब जानते कि हम

सरकारी कर्मचारी हैं और उन दिनों सरकारी कर्मचारी का आम जनता पर खौफ होता था। इसलिए वे झगड़ा-फसाद करने से डरते थे।

इस कार्यालय में लगभग सभी जाति और वर्गों के लोग कार्यरत थे। मैं लंच के बाद फील्ड से लौट कर हिसाब-किताब का कार्य करता था। ब्रांच के साथी मेरे आते ही मुझसे पूछते, "कहो भई इंस्पेक्टर साहब कितनी बिक्री हो गयी?"

औसतन अस्सी से एक-सौ रुपये मूल्य तक के टोकन बिकते थे। उन दिनों एक-सौ रुपये की बिक्री रिकॉर्ड बिक्री मानी जाती थी। ऐसे समय सुपरिंटेंडेंट मेरी पीठ थपथपाते थे। मुझे जैसे और बल मिल जाता था।

ब्रांच में सामाजिक विषयों पर कम और राजनैतिक मुद्दों पर अधिक चर्चा होती थीं। उन दिनों बी.पी. मौर्य ने लोकदल पार्टी ज्वाइन कर ली थी। रणवीर सिंह नाम के सीनियर इंस्पेक्टर ब्रांच में थे, जो जाट थे। वे बात-बात में मौर्यजी की हिम्मत और दिलेरी की दाद देते थे। मौर्य साहब के डॉयलॉग अकसर वे खूब रस ले-लेकर, कहा करते थे, "इनकी औरतों के नाड़े तोड़ डालो, ईंट का जवाब पत्थर से दो, हथियार उठा लो... ।" आदि-आदि। पर वही इंस्पेक्टर चौ. चरनसिंह के साथ आने से पहले तक मौर्यजी को खुलेआम गालियाँ भी दिया करता था। चरनसिंह की तो तब तूती बोलती थी। चुनाव में अधिकांश पोलिंग बूथ पर जबर्दस्ती वोट डाली जाती थी। वोट किसी की और डालता कोई और था। सच अगर कहा जाए तो जाट जाति के कुछ लोगों की धींगामुस्ती थी। वे जबर थे, सबल थे और कमजोर लोगों पर अत्याचार करने में अपना बड़प्पन मानते थे।

कैंटोनमेंट बोर्ड में बड़ी संख्या में चतुर्थ श्रेणी के कर्मचारी थे। जिस दिन उन्हें तनख्वाह मिलती, उस दिन उनसे पहले साहूकार, सूदखोर आ धमकते। वे कार्यालय के मेन गेट पर आकर खड़े हो जाते और हर दूसरे सफाई-कर्मचारी की जेब हल्की करते। कभी-कभी तो वहाँ हाथापाई तक की नौबत आ जाती। वे ब्याज जो वसूल करते साथ ही गालियाँ भी देते। कभी-कभी उनकी गालियाँ समूचे दलित समाज के लिए होतीं। पर सफाई कर्मचारियों को कोई फर्क नहीं पड़ता। वे इस कान से गालियाँ सुनते और उस कान से निकाल देते।

मैं कभी-कभी देखता कि हाईस्कूल और इंटरमीडिएट पास किये युवकों के हाथ में झाड़ू पकड़ा दी जाती। वे पढ़-लिख कर भी सड़कें साफ करते फिरते। कोई अपने बाप का कर्ज उतारता तो कोई बहन की शादी करने के लिए कूड़ा साफ करने में लग जाता। उनके नाम अशोक, सुदेश, सुनील होते, पर उन्हें कूड़ेराम के नाम से ही अधिक पुकारा जाता। उनकी जात की पहचान उनके माथे पर चिपका दी जाती। दूर से ही वे पहचान लिये जाते। मेरठ छावनी में अधिकांश सफाई कर्मचारी कर्ज से दबे थे। साथ ही कुरीतियों और परम्पराओं का बोझ भी ढो रहे थे। उनके आसपास अँधेरा था, वे अँधेरे की दल-दल

में धँसते जाते थे। मैं सुबह-शाम ऑफिस आते-जाते उन्हें बाहर झुंड के रूप में खड़े देखता। कभी-कभी वे मुझे भेड़ों की शक्ल-सूरत में लगते।

मथुरापुर गाँव के स्कूल में मैं लगभग छह महीने रहा था। बाद में मेरी नियुक्ति सी. ए.बी. इंटर कॉलिज में हो गयी थी। इससे पूर्व कैंटोनमेंट बोर्ड में क्लर्क कम टोकन इंस्पेक्टर के रूप में तीन-चार माह काम किया। यह स्कूल मेरठ शहर की सीमा के उस पार छावनी स्थित सदर बाजार के पास था। कई बार मैं बा के साथ रिक्शे में चप्पल की जोड़ियाँ लाद कर उधर से गुजरा था। सदर बाजार में दो-तीन दुकानें जूतों की थीं। वहाँ जूतों के साथ चप्पलें भी बिकती थीं। मुझे कई दुकानदार जानते-पहचानते थे। उन सबको बा बताता भी था कि मैं पढ़ रहा हूँ। कई नौकरी के लिए फार्म भी भर चुका हूँ। वे मेरी तरफ अजीब-सी नजरों से देखा करते थे। उनकी नजरों में मैं काला-कलूटा क्यों नहीं हूँ, मैं गोरा-चिट्टा कैसे था। इसमें अवश्य ही कोई भेद की बात थी। वे ऐसा सोचते। मेरे हाथ पालिश या रंग से काले क्यूँ नहीं होते, मैं साफ कपड़े क्यों पहनता था आदि-आदि। उन्हें हमारे बारे में सोचने-विश्लेषण करने का पूरा-पूरा हक था। वे हमारे दुकानदार थे। दिन-भर हम जो माल बनाते, शाम को वे खरीदते थे। उनके दिये पैसों से हमारे घर में चूल्हा जलता था। पर वे ऐसा क्यों सोचते थे। क्या दलितों को वैसे ही रहना चाहिए जैसा वे चाहते हैं। पहले तो सुना है दलितों को कमर से झाड़ भी बाँधना पड़ता था। जिससे अपनी गन्दगी स्वयं वे साफ करते चलें। गले में थूकने के लिए हंडिया भी लटकानी पड़ती थी। सड़क पर उन्हें थूकने की मनाही थी। उनके लिए सभी कुछ निषेध था। सवर्णों और दलितों के जीवन पथ और मृत्यु पथ अलग-अलग थे।

पर मुझे इस स्कूल में अपनी जाति की पहचान के खुलने का भय न था। क्योंकि मेरी नियुक्ति ही आरक्षित पद के लिए हुई थी। हालाँकि इस स्कूल में मैं पहला दलित था जो मनु के विधान के खिलाफ शिक्षा देने यानी पढ़ाने के व्यवसाय से जुड़ा था। स्कूल में मेरे आने की देर नहीं हुई थी कि सवर्ण अध्यापकों के पेट का पानी हिलने-डुलने लगा था। वे मेरे पीछे ही नहीं बल्कि सामने भी आरक्षण के खिलाफ नमक-मिर्च लगा कर खूब चटखारे लिया करते थे। मैं आरक्षण के समर्थन में अपनी दलील देना चाहता, कुछ कहने का प्रयास भी करता, पर वे सुनते ही नहीं। वे आरक्षित पदों पर कार्यरत कर्मचारियों का मजाक उड़ाते। उनके भीतर तरह-तरह की कमियाँ निकालते। दो-चार सप्ताह में ही मुझे अहसास हो गया था कि वे सब पढ़ाने में कम रुचि लेते थे और राजनीति करने में अधिक। क्लास रूम में बच्चे शोर मचाते। वे बाहर खड़े हो आपस में गप्पें लगाते। मैं नियमित रूप से कक्षा में जाता, पूरे समय भीतर बैठ कर पढ़ाता, पर उन्हें अच्छा नहीं लगता। एक-दो अध्यापकों ने कई बार कहा भी, "अरे नैमिशरायजी इतना कुछ पढ़ाने

की क्या जरूरत है। आखिर पढ़-लिख कर इन सबको नौकरी थोड़ा ही मिल जाएगी।" मैं उनकी बातें इस कान से सुनता और उस कान से निकाल देता।

हमारे स्कूल के कार्यालय में ही क्लर्क के पद पर कोई जहान सिंह नाम के व्यक्ति काम करते थे। वे उच्च शिक्षा प्राप्त थे। पर यहाँ कलम घसीटते थे। एम.ए., एल.एल.बी., एल.एल.एम. होकर भी क्लर्क थे। शायद इसलिए कि दलित थे। ऑफिस में अकसर उनका झगड़ा रहता था। अन्य लोग उन्हें बाबू जगजीवन राम कह कर चिढ़ाते थे। बाबूजी की तरह ही उनका पक्का रंग था। पर वे खूब बरसते थे। किसी से दब कर नहीं रहते थे। मेरे स्कूल में आने से उन्हें अच्छा लगा था। मुझे भी। हम अब दो हो गये थे। एक से दो यानी दोगुनी ताकत। लेकिन बहुमत तो सवर्णों का ही था। स्कूल में अध्यापक भी सवर्ण ही अधिक थे। एक-दो पिछड़ी जाति के अध्यापक थे। वे सवर्णों में सवर्ण थे। बल्कि सवर्णों से भी दो गज आगे। सवर्ण कभी-कभी उदार भी हो जाते। वे तो उदार होना जानते ही न थे। नाक पर मक्खी बैठी नहीं कि बस। बोलचाल में वही अक्खड़पन, हेकड़ीबाज ही अधिक थे।

स्कूल के प्रधानाचार्य गोयल थे। व्यवहार में मधुर, उनकी एक टाँग खराब थी और आँख भी। पर व्यक्तित्व अपने-आप में पूरक था। थोड़ा सख्त थे। आँखों पर काला चश्मा लगाते था। सूट-बूट के साथ टाई लगा कर निकलते तो प्राइवेट डिटेक्टिव लगते। स्कूल के नजदीक ही उनका सरकारी निवास था। अन्य अध्यापक उनकी गैर-मौजूदगी में उनकी आलोचना ही अधिक किया करते थे।

हमारे घर में अभी भी बिजली का कनेक्शन नहीं लगा था। एक पड़ोसी मुसलमान से बिजली का कनेक्शन लिया हुआ था। अकसर बिजली गुल ही रहती थी। स्थायी तौर पर लाइट की व्यवस्था न होने से शकुन को परेशानी होती थी। पानी की दिक्कत अलग। घर में लड़ाई-झगड़ा होना तो आम बात थी। शकुन को यह सब सुहाता नहीं था। बार-बार वह पहाड़गंज चली जाती। ताई माँ उसके जाने पर मुझे ही ताने दिया करती। अन्ततः मेरठ और दिल्ली के बीच आने-जाने के लिए मैंने फिर से रेलवे पास बनवा लिया था। यह पास नई दिल्ली से मेरठ शहर तक का था। नई दिल्ली से 5.50 पर कोई ट्रेन चलती थी, जो आठ बजते-बजते मेरठ शहर पहुँच जाती थी। वहाँ से मैं रिक्शा लेकर सी.ए.बी. इंटर कॉलिज आता था। कभी-कभी देर भी हो जाती थी। तब प्रिंसिपल देरी से स्कूल पहुँचने के लिए कारण पूछते थे, पर वे कारण सुन कर ही शान्त नहीं हो जाते थे। अनुशासन की दो-चार बातों के साथ अपनी दलील भी दिया करते थे। मेरे पास उनकी बातें सुनने के अलावा कोई विकल्प ही नहीं था। कभी-कभी मैं मेरठ में ही ठहर जाता था।

उन दिनों मेरठ के निगार टॉकीज में जी.पी. सिप्पी कृत फिल्म 'अहसास' चल रही थी। उस फिल्म के शहर भर में हल्ला हो गया। पुलिस प्रशासन स्तर पर हड़कम्प मच

गया। हम कुछ साथियों (जिसमें ओमप्रकाश दलित, जो अब हमारे बीच नहीं हैं।) ने भी इस संघर्ष में बढ़-चढ़ कर हिस्सा लिया था। उसने इस फिल्म के ऐसे कुछ संवादों पर सख्त एतराज उठाया था, जिनसे दलित अस्मिता पर ठेस लगती थी। उन संवादों ने सीधे-सीधे हमारे भीतर तक घाव किये थे। आरम्भ में हमने केवल कुछ लोगों से ऐसे संवादों के बारे में सुना। तय हुआ कि हम पहले फिल्म देखें फिर फिल्म को बन्द कराने तथा फिल्म सेंसर बोर्ड से लेकर फिल्म निदेशक-निर्माता तथा वितरक के खिलाफ मुकदमा दायर किया जाए। निगार में अहसास फिल्म देखने के लिए मेरे साथ देशराज भारती भी थे। सभी के टिकट के पैसे उन्होंने ही दिये। फिल्म में जब इस तरह के संवाद बीच-बीच में आरम्भ होते तब-तब व्यंग्य के रूप में दर्शकों की तरफ से भी फिकरे उछाले जाते। उस समय सिनेमा हॉल के भीतर बैठना हमारे लिए बहुत कष्टप्रद हो रहा था। मन कर रहा था कि अभी फिल्म को जला कर राख कर दिया जाए। हम धुआँ-धुआँ हो रहे थे। हमारे भीतर आग की ऊँची-ऊँची लपटें उठ रही थीं। उद्वेलित भावनाओं के कारण हमारे शरीर में कम्पन था। हम उत्तेजना के चरम पर थे। फिल्म में एक दृश्य संवाद था, ''मैं इस मोची के पास बैठूँगा, इसके शरीर से आने वाली बदबू से मेरा दिमाग फट जाएगा।''

फिल्म खत्म होने से पहले ही हम बाहर आ गये थे। और आगे के संघर्ष की रूपरेखा तैयार करने में जुट गये थे। अब तक अन्य दलित बस्तियों से भी साथी हमारे पास आ-आकर जुड़नें लगे थे। यह फिल्म जल्दी-से-जल्दी उतर जानी चाहिए। हमारे भीतर कीं आग धधकने लगी थी। हम सब आक्रोश में थे, उसी दिन बस्ती पंचायत घर में लगभग चालीस-पचास साथी जुटे। हमारे कुछ साथी अन्य बस्तियों भगवतपुरा/पूर्वा महापीर/सरायबहलीम/सुभाषनगर आदि में भी इस बात की खबर कर आए थे। शाम को यह सभा रखी थी। अलग-अलग बस्तियों से साथी आ रहे थे। जबकि हमारी बस्ती के बड़े-बूढ़ों में से कोई न था। उनके लिए हम पहेली बने हुए थे। कुछ को हमारी उत्तेजना समझ आई, कुछ को नहीं। शेष हमें ही कहने लगे, आजकल के लौंडे-लपाड़े हैं, पुलिस से टकराने चले हैं। जब पुलिस के डंडे पड़ेंगे तब इन्हें अक्ल आएगी। हम सभी साथियों ने इस बार निर्णय लिया था। पुलिस ही नहीं समूचे सरकारी प्रशासन के साथ निगार टॉकीज के मैनेजर तथा मालिक को सबक सिखा दिया जाए कि आगे से इस तरह की फिल्म शहर के किसी भी टॉकीज में लगाने की हिम्मत किसी की न हो। जो तूफान हमारे भीतर था, वह बाहर आना ही चाहिए।

देर रात तक यह सभा चली। तय यह हुआ कि अगले दिन जिलाधीश को कुछ लोगों के हस्ताक्षर कराकर ज्ञापन दिया जाए जिसमें फिल्म बन्द कराने के लिए चौबीस घंटे का अल्टीमेटम दिया जाए। अगर फिल्म बन्द नहीं की जाती है तो समूची फिल्म के साथ सिनेमा हॉल को भी जला कर खाक कर दिया जाए। बीच में दो-चार साथी अधिक

उम्र के भी आ गये थे। उन्होंने टोका-टाकी की, यह कहते हुए कि इस तरह के फैसले का अंजाम ठीक नहीं होगा। पुलिस द्वारा गिरफ्तारी हो जाएगी सभी को थाने में बन्द कर दिया जाएगा। पर हमारे तो भीतर जोश हिलोरें मार रहा था। भावनाओं का तूफान था। हमें अंजाम की चिन्ता या भय नहीं था। हमारी संवेदनाएँ घायल हुई थीं, अस्मिता पर चोट पड़ी थी। ऐसे में हम मूक कैसे रह सकते थे। हम ज्वालामुखी के मुहाने पर खड़े थे बल्कि एक-एक साथी के भीतर ज्वालामुखी धधक रहा था। रात के दस बजे यह सभा खत्म हुई सभी साथी अपने-अपने घर चले गये थे। उन्हें कल की तैयारी करनी थी।

साढ़े दस बजे मैं घर पहुँचा। बा मेरे इन्तजार में था। मेरे जाते ही मुझे देख वह बोला, "जो भी कुछ करो, सँभल कर करना।" मैं चुप रहा। कुछ बोला नहीं। गनीमत थी कि बा ने यह नहीं कहा कि जब दूसरे चुप रहे हैं तो तुम्हीं दस-बीस क्यों उछले-उछले फिर रहे हो। दो-चार बड़े-बूढ़ों ने दिन में ऐसा ही कहा था। उनके तरह हमें भी बोलना चाहिए। पर किसी-न-किसी को तो पहल करनी ही पड़ती है। जनमत बनाना पड़ता है, जनता को जगाना पड़ता है। रात में बहुत देर तक कल भोजन पर मैं सोचता रहा। खाना भी मुझे अच्छा नहीं लगा था। एक-दो रोटियाँ मुश्किल से खाई थीं।

अगले दिन मैंने जिलाधीश के नाम ज्ञापन टाइप कराया। जिसमें इस बारे में चुनौती दे दी गयी थी कि अगर 24 घंटे में यह फिल्म नहीं उतरी तो आगे के परिणाम की जिम्मेदारी प्रशासन की होगी। और दोपहर होने से पहले हम कचहरी में जाकर जिलाधीश को यह ज्ञापन दे आए थे। फिर आकर तैयारी में लग गये थे। अब तक हमारी गतिविधियों की खबर शहर ही नहीं जिले में भी लग चुकी थी। लोग अलग-अलग ढंग से अपने-अपने विचार रख रहे थे। अधिकांश का मानना था कि ऐसी गीदड़ भभकियों से कुछ होने वाला नहीं है। फिल्म उतरेगी नहीं। और हमारे लिए यह चुनौती थी। हमने वह सब सामान इकट्ठा कर लिया था जिसकी आग लगाने के लिए जरूरत पड़ती। उदाहरण के लिए बल्ब को खाली कर उसमें श्लोश्चन भर लिया था। कुछ देशी बम भी साथियों ने इकट्ठा कर लिये थे। हमारी इस टीम में बीस और पचीस वर्ष के दरमियान के लड़के अधिक थे।

अन्ततः हुआ वही जैसा लोग कह रहे थे। फिल्म पहले की तरह चल रही थी। और प्रशासन सो रहा था। हमें बहुत बुरा लगा। पर हमें सोए हुए सवर्णवादी प्रशासन को जगाना था। चौबीस घंटे होने के एक मिनट बाद ही कुछ साथी मैनेजर के कमरे में घुसे और कुछ सिनेमा हॉल में। हमें अचानक देख मैनेजर फोन ही करना चाहता था कि फोन को पटक कर तोड़ दिया गया। बाद में मेज, कुर्सियाँ, फिल्म के पोस्टर, चित्र सभी फाड़ दिये गये। उधर सिनेमा हॉल के भीतर दो-चार बल्बों को दीवार पर फेंक कर मारा गया। उनके फूटने से तरल पदार्थ बिखरा, एक साथी ने आग लगाई, पल भर में आग की लपटें चमकीं। दर्शक इस अचानक हुई घटना से हक्के-बक्के रह गये। उनमें भगदड़ मच गयी। फिल्म पहले ही बन्द हो गयी थी। चारों तरफ अफरा-तफरी मची थी। जिसे जिधर भी रास्ता मिले, उधर ही

भाग रहा था। घटना के दस-पन्द्रह मिनट बाद ही पुलिस आ गयी। हम सब साथी बाहर आकर नारे लगाने लगे। उस समय लगभग एक सौ साथी वहाँ मौजूद थे। पुलिस पार्टी में एक एस.एच.ओ. के साथ चार-पाँच सिपाही और थे। हालाँकि पन्द्रह-बीस पुलिस के सिपाही बाद में भी आ गये थे। पर उनकी हमें छेड़ने की हिम्मत नहीं हुई। पुलिस पार्टी हमसे दूर नहीं थी। हम उबल रहे थे, आकाश में हमारे नारे गूँज रहे थे। पुलिस अधिकारी हमें बार-बार शान्त होने की बातें कह रहे थे। पर हम शान्त कहाँ थे। पूरी तरह उत्तेजित थे। उस समय थाना रेलवे रोड से मोती लाल यादव एस.एच.ओ. हमारे सामने खड़ा था जो हमें भौचक्का हो देखे जा रहा था। हमने उसे ज्ञापन की प्रतिलिपि दिखाते हुए कहा, "यह देखिए, शहर का कलेक्टर अभी भी सोया है, उसकी नींद नहीं खुली है। जब हमने फिल्म को उतारने के लिए अनुरोध किया था फिर फिल्म अभी तक क्यों नहीं उतारी गयी?" एस.एच. ओ. के पास कोई जवाब नहीं था। हमारे कम उम्र के साथियों ने पुलिस के सामने ही यह कहा, "हमें गिरफ्तार करिए, चलिए, हवालात में डाल दीजिए हमें।" पर पुलिस के लोग मौन थे। उस दिन मुझे अहसास हुआ था कि एकता के सामने कोई नहीं बोलता। दलितों की ताकत के सामने पुलिस मजबूर थी। बाद में हम सभी पुलिस की गाड़ियों में बैठ कर थाना रेलवे रोड गये। पुलिस को खानापूर्ति करनी थी। वहाँ से हम सब साथी विजेता बन कर लौटे थे। निगार सिनेमा में दो दिन कोई भी फिल्म नहीं चली थी।

मेरठ से कभी-कभी मैं दिल्ली करोगबाग स्थित वामसेफ के ऑफिस जाता था। पहली बार मैंने कांशीराम को देखा था। गोरा-चिट्टा, भारी-भरकम, मजबूत कद-काठी का व्यक्ति था। मुझे किसी दलित कार्यकर्ता ने उनसे मिलवाया था। मिलवाते हुए कहा था, "साहब ये हैं नैमिशराय, मेरठ में लेक्चरर हैं। लिखते-पढ़ते हैं।"

"क्या लिखते-पढ़ते हैं?" कांशीरामजी ने तत्काल पूछा लिया था।

"यही अखबार, कुछ पत्रिकाएँ।"

"कौन-सी पत्रिकाएँ।" उनके बोलने का अन्दाज पंजाबी था।

"नवभारत टाइम्स, धर्मयुग, दिनमान, रविवार..."

"और...।"

"निर्णायक-भीम, भीम सैनिक...।" कुछ देर बाद उसी साथी ने कहा, "साहब इन्होंने अपना अखबार भी निकाला था।"

"मैंने देखा, यह बात सुन उनकी आँखों में चमक आई थी। फिर पूछने लगे, "कौन-सा पेपर?"

"समता शक्ति", मैंने बतलाया।

"हूँ।" कुछ पल बाद वे बोले, "हमारे पेपर में भी थोड़ा-बहुत कुछ लिखो।"

"जरूर लिखूँगा।" मैंने कहा।

उसी दिन अन्य साथियों से भी मुलाकात हुई। जिनमें रामखोबरागड़े, खापर्डे, (जिन्होंने पुणे से कांशीराम के साथ ही नौकरी से इस्तीफा दिया था।) राधेश्याम, मदन लाल, रात्तावाल, रामगोपाल वकील, तेजेंद्र झल्ली, जितेंद्र आदि। ये सभी साथी अपने-अपने काम में तल्लीनता से जुटे थे। ये एक-दूसरे से बातें भी कर रहे थे और काम भी कर रहे थे। मुझे देख कर अच्छा लगा।

उन्होंने मुझे हिन्दी साप्ताहिक बहुजन संगठक तथा अंग्रेजी मासिक 'द आप्रेस्ड इंडियन' का एक-एक ताजा अंक दिया। मैंने बदले में पैसे देने चाहे तो उन्होंने मना कर दिया। बाद में उसी साथी ने बतलाया कि देना ही है तो एक साल का चन्दा देना। मैंने साथी की बात मान ली।

जैसे-जैसे मैं वामसेफ के साथियों से मिलने-जुलने लगा मेरे भीतर-बाहर नये सिरे से दलित आन्दोलन रचने-बसने लगा। वहीं ऑफिस में एक दिन मायावती से भी मुलाकात हुई। उन दिनों वह उतनी मोटी-ताजी न थी। बाद के दिनों में तो उसका रंग भी निखर आया था। बस एक औसत दर्जे की दुबली-पतली लड़की थी। चंचल थी, चपल थी। बहुत बोलती थी। बहस में शायद ही उससे कोई जीत सकता था।

मैं अब वामसेफ के कार्य तथा गतिविधियों में अधिक समय देने लगा था। मैं जितना अधिक साथियों से मिलता उतना ही अच्छा लगता। कांशीराम और मायावती से भी हर सप्ताह मुलाकात हो जाती थी।

"कहो भई नमिसराय और क्या कर रहे हो?" वे मुझे नमिसराय ही कह कर पुकारते थे। जबकि मायावती नैमिशराय कहती थी। मैं हिन्दी-अंग्रेजी के दोनों पत्र-पत्रिकाएँ गम्भीरता से पढ़ता था। मुझे दिल्ली के अलावा अन्य राज्यों में वामसेफ के कार्यकर्ताओं के बारे में भी जानकारी हो रही थी। इस जानकारी के स्रोत लगातार बढ़ते ही जा रहे थे।

कांशीराम उन दिनों रफी मार्ग स्थित विट्ठलभाई पटेल हाउस के एक फ्लैट में रहते थे। जो राज्यसभा सदस्य एस.डी. सिंह चौरसिया के नाम पर आवंटित था। मैं कभी-कभी वहाँ जाता तो वे बैठे हुए अखबार पढ़ रहे होते या कागज पर कुछ लिख रहे होते थे। उस समय उनके बदन पर फटा हुआ बनियान और झीनी हो गई लुंगी होती थी। पर उन्हें कपड़ों की चिन्ता नहीं होती, वे मस्त-मलंग की तरह रहते। जो भी खाने को मिल जाता, उसे स्वीकार कर लेते। हाँ, चाय के शौकीन बहुत थे।

वामसेफ के साथियों से परिचय होने के बाद मुझे एक सामाजिक कार्यकर्ता होने के नाते अजीब तरह का नशा होता जा रहा था। मेरे भींतर-बाहर आन्दोलन रचने-बसने लगा था।

और एक दिन यह नशा इतना बढ़ा कि मैंने अच्छी-खासी लेक्चररशिप से इस्तीफा दे दिया। मेरे घर के लोगों ने, रिश्तेदारों ने, कुछ मित्रों ने खूब समझाया कि समाज सेवा

भले ही करो पर नौकरी छोड़ कर नहीं। पर मुझ पर अजीब तरह का जुनून सवार था। मेरे भीतर आन्दोलन की आँच सुलगती थी, जो मुझे किसी भी तरह की गुलामी से बँधने से रोकती थी। मैं हर तरह से आजाद होना चाहता था। देश भर में घूम-घम कर लोगों से मिलना चाहता था। उनकी समस्याएँ सुनना चाहता था। पहली बार ही वामसेफ ऑफिस जाकर मुझे अच्छा लगा था। यह अन्य संस्था-संगठनों से अलग था, इसका दर्शन अलग था, कार्यकर्ताओं के कार्य करने की प्रणाली अलग थी। पहली बार सम्बोधन के रूप में मैंने 'जयभीम' यहीं सुना। फिर मैं भी जयभीम करने लगा। वरना उससे पहले मैं राम-राम और नमस्ते ही करता था। वामसेफ के साथियों की यह पहचान भी थी। वे जहाँ भी जाते जयभीम से ही बात शुरू करते।

कुछ दलित साथी जो जयभीम सुन कर नाक-भौंह सिकोड़ते थे, वे व्यंग्य में कहते भी थे, "लो भई आ गये हैं जयभीम वाले।" आरम्भ में साथी मजाक उड़ाते थे, वामसेफ तथा उसके कार्यकर्ताओं पर टीका-टिप्पणी करते थे, एक-दूसरे के कान भरते थे। बाद में उनमें से ही अधिकतर वामसेफ से जुड़ते गये। दिल्ली तथा दिल्ली के बाहर विभिन्न कस्बे, शहर तथा प्रदेशों में वामसेफ का प्रचार-प्रसार तेजी के साथ शुरू हुआ।

मैं उस समय आर्यनगर, पहाड़गंज रहता था और संस्था से मात्र दो सौ रुपये माह लेता था। बदले में फुल टाइम सोशल वर्कर से लेकर संपादक बन गया था। बहुजन संगठक के संपादकीय लिखना, प्रेस जाना, प्रूफ देखना, न्यूज बनाना, लेख आदि के साथ कार्यकर्ताओं की गतिविधियों की रिपोर्टिंग तैयार करना। यह अखबार सदर बाजार की ब्राह्मण वाली गली में सुखबीर सिंह सैनी की प्रेस में छपता था।

मुझे प्रेस भी बराबर जाना पड़ता था तथा तीन-तीन घंटे खड़े होकर ही प्रूफ देखना पड़ता था। अखबार का मैटर हैंड कम्पोजिंग होने के बाद छपता था। चूँकि प्रेस में जगह कम होती थी और टाइप तथा कम्पोजीटर अधिक होने के कारण कभी-कभी कपड़े भी काले हो जाते थे। पर मुझे कपड़ों की चिन्ता न होती थी। अखबार समय से छपे, इसी के लिए करोलबाग से प्रेस और प्रेस से करोलबाग चक्कर लगाता रहता था। कई बार मैंने महसूस किया कि मायावती अपनी दौरों की रिपोर्ट देते हुए जोर देकर अधिकार भाव से छापने के लिए कहती थी। कभी कोई खबर छपने से छूट जाती तो नाराज होती। साथियों के बीच बहस होती, पर कांशीराम के आने पर वही बहस बन्द नहीं होती थी बल्कि नये सिरे से आरम्भ हो जाती थी। वैसे साहब के आने पर मायावती को बल मिलता था। इस बात से हम सब साथी परिचित हो चुके थे।

मायावती भी उन दिनों आम कार्यकर्ता थी, पर साहब की विशेष मेहरबानी से खास बन गयी थी। वह मर्द (औरत) की तरह बातें करती। वह दौर फूलन देवी का था। उसने सवर्ण, डाकुओं तथा पुलिस के सीने पर दस्तक दे दी थी। फूलन समूचे देश में चर्चा थी। हम उसे फूलन देवी कह कर भी चढ़ाते-उभारते थे। वह दोपहर से पहले ही

ऑफिस में आ जाती, खूब चाय पीती और बहस करती। हालाँकि उसने बी.पी. मौर्य की तरह न किसी पुलिस वाले को ही थप्पड़ मारा था और न ही इस तरह के भड़काऊ नारे देती थी, पर फिर भी हमारे बीच वह तुफैल थी। कोई उसे हरी मिर्च कहता, कोई लाल मिर्च तो कोई काली मिर्च कहता। चर्चित होने के कारण ही उसे जगह-जगह से बुलाया जाता था। वह जहाँ भी जाती, लोगों पर अपना प्रभाव छोड़े बिना नहीं रहती। उन पर अपना रुआब या धौंस पूरी तरह से कायम रखती। बात-बात में साहब यानी कांशीराम का नाम लेती। दिल्ली के अलावा जिस मीटिंग को भी वह सम्बोधित करती, उसमें बड़ी मात्रा में महिलाएँ भी आतीं। वे मायावती की बातें ध्यान से सुनतीं।

वैसे दिल्ली से कुछ और लड़कियाँ भी वामसेफ से जुड़ी थीं। जिनमें विशेष थीं शाहदरा से रजनी, करोलबाग से राजौरा, मादीपुर से कांता मौर्य, तुर्कमान गेट से कृपा गौतम, पर वे साहब के उतना नजदीक नहीं हो पाई थीं जितना कम समय में मायावती हो गयी थी।

वामसेफ से मेरा जुड़ना संस्था-समाज के साथ दलित साहित्य और दलित आन्दोलन के लिए सुखान्त हुआ होगा, मुझे मालूम नहीं, पर घर-परिवार के साथ पत्नी तथा बच्चों के लिए दुःखान्त ही साबित हुआ था। मेरे स्वयं का परिवार छिन्न-भिन्न होने के कगार पर था। इसका सबसे बड़ा कारण यह था कि मैं सामाजिक लड़ाई लड़ते-लड़ते आर्थिक मोर्चे के हाशिए पर आ गया था। दलित समाज के ही लोग नौकरी कर-कर जेबें भर रहे थे और एक मैं था कि नौकरी पर नौकरी छोड़ कर कंगाली की ओर बढ़ रहा था। राष्ट्रीय पत्र-पत्रिकाओं में उन दिनों मैं छपना कहाँ आरम्भ हुआ था जो थोड़ा-बहुत पैसा पारिश्रमिक के रूप में मिल जाता। मैं तो हर समय बस वामसेफ के कार्य में ही मशगूल रहता था। कभी-कभी दिल्ली के बाहर भी जाना पड़ता था, तब घर में और भी परेशानी होती थी। मुझसे घर के सदस्यों को कोई सुविधा तो थी नहीं, बस परेशानी ही परेशानी थी।

असल में दलित समाज में भी बहुत कम लोग ऐसे थे जिन्हें दलित अस्मिता तथा आन्दोलन की समझ थी। वरना अधिकांश तो बाबा साहेब डॉ. अम्बेडकर के नाम पर खाते-पीते और मौज-मस्ती करते थे। दलितों के पास भी जैसे-जैसे पैसा आ रहा था वे सुविधाओं से संभोग के पक्षधर होने लगे थे।

वामसेफ में वैसे तो सभी से बातचीत होती थी, पर एक साथी के पास मैं अधिक आता-जाता था। उनका नाम था एम.पी. सिंह। हम उन्हें केवल एम.पी. कहते थे। वे अब इस दुनिया में नहीं हैं। एक कार दुर्घटना में उनकी मृत्यु हो गयी थी। वे दिल्ली प्रशासन के सूचना एवं प्रचार निदेशालय में उपसूचना अधिकारी थे।

वह कमरा जिसमें परिवार के साथ मैं रहता था, असल में ससुर साहब का था। था तो उनका भी नहीं, वे किराये पर रहते थे। वह पूरा कटरा किसी बनिए का था। जो हर महीने

किसी से दस किसी से बीस रुपये किराये के लेने आता था। आठ-दस छोटे-छोटे कमरे थे। सभी में दलित परिवार रहते थे। मेरे ससुर साहब ने पश्चिम विहार में बड़ा मकान बना लिया था। अकसर वे उसे कोठी या बँगला कह कर पुकारते थे। बड़ी बात भी थी। क्योंकि उनके पास बड़ा मकान था, टी.वी. था, स्कूटर था, कूलर था, सोफासेट था। उन दिनों इतना ही सब कुछ रखनेवाले की समाज में हैसियत और दबदबा होता था। टेलीफोन, कार, रंगीन टेलीविजन, वी.सी.आर., फैक्स, एयरकंडीशन तो बाद के भौतिकवादी दौर में ऐश्वर्य के साधनों में जुड़े। पर मेरे पास क्या था?

जिस खाट पर मैं सोता था वह साबुत नहीं थी। पड़ोसी उसे झंगोला कहते थे। मैं कभी-कभी उस झंगोले में उतना धँस जाता था कि मेरी कमर फर्श को छूने लगती थी। मैं आधा फर्श पर होता था और आधा चारपाई पर। क्योंकि उसमें अधूरी दावन ही थी। शकुन खाट बुनना जानती थी। हालाँकि वह खटबुनों के परिवार से नहीं थी, पर बान खरीदने के लिए उतने पैसे कहाँ थे हमारे पास। पूरी चारपाई को बुनने के लिए ही दस-बारह रुपये के बान की गड्डियाँ काफी होती थीं। तीन या चार रुपये खटबुना खाट में बान का जाल डालने के लेता था। कई बार सोचा, प्रयास भी किया, पर कहीं से दस-बारह रुपये का अतिरिक्त जुगाड़ नहीं हो सका। सुबह होता तो हम उसी खाट के झंगोलेपन को गद्दा तथा चादर से ढक देते।

घर में एक अदद चारपाई ही ऐसी थी जो ठीक-ठाक थी। उस पर शकुन सोती थी और खटोले पर मेरी ददिया सास। जब हमें ऊपर छत पर सोना होता था तो फर्श पर ही सोते थे। गर्मी के दिनों में शाम होते ही मैं लकड़ी के जीने से ऊपर जाकर दो बाल्टी पानी डाल आता था। धूप से तपा फर्श पानी पड़ने के बाद ठंडा होने लगता था। रात के दस बजते-बजते बिस्तर अच्छा-खासा ठंडा हो जाता था। फिर हमें न पंखे की जरूरत पड़ती थी और न कूलर की। छत पर सोना मुझे अच्छा लगता था।

मनीष अभी बहुत छोटा ही था। कुछ समय पूर्व ही उसका जन्म हुआ था। जब-जब मैं दिल्ली में होता, उसकी देखभाल करता। शकुन जनपथ दूरभाष केन्द्र में नौकरी करने लगी थी। पहले वह अस्थायी थी। जिस दिन भी छुट्टी करती थी, पैसा कटता था। बाद में स्थायी हो गयी। छुट्टियाँ भी कितनी की जाएँ। जब मुझे भी बाहर जाना होता था, तो दिक्कत आती थी।

इसी बीच किसी ने बतलाया कि पहाड़गंज में ही बच्चों को दिन में रखने के लिए क्रेच है, एक दिन समय निकाल कर शकुन के साथ मैं ही गया। सन्न रह गया था वहाँ का माहौल देख कर। बहुत-सारे मासूम बच्चे, निप्पल से दूध पिलाती आया। सूनी दीवारों को ताकती उनकी आँखें। माँ की भूमिका निभाती आया। कभी बच्चों को डाँटती तो कभी दुलारती। पक्के मकान में निचली मंजिल में दो कमरे और आँगन। उनमें बनाए हुए अलग-अलग खानों में भरे बच्चे। कुछ को रिक्शा में ढोकर लाया जाता था।

कुछ को मम्मी-पापा स्वयं छोड़ जाते थे। वे सब निष्ठुर थे। मुझे भी उन्हीं की तरह निष्ठुर बनना पड़ा था एक दिन। पहले दिन मनीष को जब मैं अकेला छोड़ने आया था। वापसी के पलों में मैं अपने-आप से कट कर रह गया था। मेरा समूचा वजूद हिल गया था। मेरे उस मासूम बच्चे की आँखें पापा पापा कहते हुए भीगने लगी थीं, पर मैं निष्ठुर ही तो था, जो उसे क्रेच में रोते हुए छोड़ कर बाहर आ गया था। बरामदे में क्रेच की इंचार्ज मिली। उसने आया को मेरा बच्चा सँभालने की हिदायत देते मुझे समझाना चाहा,

"चिन्ता मत करो भाई साहब, आपका बच्चा हमारा बच्चा। कोई तकलीफ नहीं होगी उसे।"

उसकी बातों से मेरा मन वास्तव में ही हल्का हुआ था। मनीष के रोने की आवाजें अभी भी मेरे कानों में छेद कर रही थीं। वही महिला फिर बोली, "जाओ जी अपने काम पर जाओ, क्यों अपना दिल भारी करते हो। बच्चा है, अभी रो रहा है, थोड़ी देर में हँसने लगेगा।"

मैं बरामदे में उतर कर सड़क पर आ गया था। मन्नु अभी भी चिल्ला रहा था। फिर कुछ आगे बढ़ गया। और अपने-आप को लोगों की भीड़ में शामिल कर लिया। कुछ कदम पर बाजार था। जीवन भी तो एक बाजार था। जिसमें अलग-अलग दृश्य थे।

मुझे याद है ऐसा ही मन पर आघात करने वाला दृश्य। जब बंटी को देखने के लिए पहली बार मैं हरियाणा के एक स्कूल-कम-बोर्डिंग में गया था। मुझसे बिना पूछे ही तथा बिना जानकारी दिये मेरी पत्नी ने उसे अपने माँ-बाप के कहने से उस सैनिक जैसे स्कूल में प्रवेश दिला दिया था। बंटी से मिलने के बाद लौटते हुए भी मैं सिहर-सा उठा था। बंटी जब रोया न था। पर मैं भीतर से रोया था। उसकी आँखों में अनगिनत सवाल थे। जैसे वह पूछना चाहता हो कि मुझे यहाँ अकेला क्यों छोड़ा? वैसे ही सवाल मनीष की आँखों में भी थे। मैं किस-किस से नजरें चुराऊँ, क्या मैं इन सबका दोषी था, क्या घर में ऐसी परिस्थितियो के बनने का मैं गुनहगार था?

क्रेच की जब छुट्टी होती और पत्नी ऑफिस जाती तो मनीष को मैं चारपाई की पाटी पर चादर के दो छोर बाँध कर उसमें लिटा देता और नजदीक बैठ कर उसे झुलाता रहता। जब तक वह सो नहीं जाता तब तक मुझे ऐसा ही करना पड़ता था। जब उसकी आँख लग जाती तो मैं कुछ अन्य काम करता। अन्य काम यानी दूध की निप्पल से लेकर बोतल तक धोना, सुबह का गर्म दूध फिर से गर्म कर रखना, इसलिए कि वह फट न जाये। बिखरे हुए बर्तनों को इकट्ठा कर जूने से रगड़ कर साफ करना। कोई दो-चार छोटे-मोटे कपड़े धो डालना और फिर एक कप चाय बना कर उसे पीते हुए लिखना-पढ़ना।

उन दिनों बहुजन संगठक (कांशीराम द्वारा शुरू किया गया हिन्दी साप्ताहिक) के अधिकांश संपादकीय मैं ही लिखता था। कुछ कार्य करोलबाग जाकर करता था तो कुछ घर पर ही। कानपुर से निकलने वाली निर्णायक भीम पत्रिका के लिए भी कभी-कभी

लिखता था। शकुन जब घर पर आ जाती थी तो खाना खाकर प्रेस चला जाता था। वहाँ से रात में ही लौटता था। मेरठ से भीम सैनिक भी मेरे पते पर आता था। धीरे-धीरे लिखने-पढ़ने में बढ़ोतरी हो रही थी। पत्र-पत्रिकाओं के साथ किताबों की संख्या में भी वृद्धि हो रही थी। पर जितना रिश्ता मेरा किताबों तथा दलित आन्दोलन से बन रहा था उतना ही पत्नी से जैसे मैं दूर होता जा रहा था। घर के कुछ कार्यों में वह भी मुझे अनदेखा कर देती थी। किसी भी काम के लिए वह मुझसे राय न लेकर अपने घरवालों से अधिक लेती थी। परिस्थितिवश मैं घर का आदमी होने के बावजूद उसके लिए बाहरी आदमी बन गया था। इसकी वजह भी थी। घर की समस्याओं के लिए मेरे पास समय न होता था और सामाजिक कार्यों के लिए समय निकल आता था। इसी बात के लिए मेरे ससुर अपने जान-पहचान वालों में मेरी बुराई करते फिरते थे। वे उन दिनों समाज सेवा को आवारागर्दी और निकम्मेपन की परिभाषा देते थे। हालाँकि जैसा मुझे पता चला था कि अपने आरम्भ के दिनों में वे स्वयं भी समाज सेवा से जुड़े रहे। उन्होंने आर्यनगर से अखबार भी निकाला। पर मेरी समाज सेवा उन्हें नहीं भाती थी। शायद इसलिए कि मेरी शादी हो गयी थी, बच्चे हो गये थे। मुझे वे जिम्मेवार पिता तथा आदर्श पति के रूप में देखना चाहते थे। जो मैं बन नहीं पा रहा था।

मनीष की उम्र बढ़ी तो उसे नजदीक के ही एक पब्लिक स्कूल में डाल दिया गया था। कभी मैं और पत्नी उसे स्कूल छोड़ आते थे तो कभी स्कूल की आया लेने आ जाती थी। देखा जाए तो वह क्रेच भी था और स्कूल भी। मनीष वहाँ खुश था। अधिकांश बच्चे कम उम्र के ही थे। जिन्हें नाक पोंछनी भी नहीं आती थी, उन्हें पढ़ाने की मुहिम शुरू हो गयी थी। पर बच्चे स्कूल में खेलते अधिक थे और पढ़ते कम थे। स्कूल की प्रधानाचार्या इसे खेल-खेल में पढ़ाई कहती थीं। पर मनीष खेलने के साथ पढ़ता भी था। वह एक अच्छा बच्चा था, पर हम अच्छे न थे। इसलिए कि उसे पूरा प्यार नहीं दे पाए थे।

मेरे बड़े बेटे को शकुन ने पहले से ही करनाल के हॉस्टल में डाल दिया था। वह वहीं रह कर पढ़ता था। छोटा बेटा मनीष आर्यनगर के पब्लिक स्कूल में पढ़ता था। पर वह अकसर बीमार रहता था। कमजोर भी तो बहुत था। दुबले-पतले बदन का। हमारी आर्थिक स्थिति इतनी अच्छी नहीं थी कि उसे अच्छा इलाज सुलभ कराते या कोई टॉनिक देते। जो पैसा मिलता था वह घर-गृहस्थी के जरूरी सामान में ही खर्च हो जाता था। अतिरिक्त आय तो कहीं से होती नहीं थी। मुझे तो वे ही गिने-गिनाए दो सौ रुपये मिलते थे, शकुन भी अस्थायी तौर पर कार्य करती थी। बहुत अधिक नहीं मिल पाता था उसे भी। जैसे-तैसे वह घर-गृहस्थी की गाड़ी खींच रही थी। यही बहुत था। बीच-बीच में कोई बल्ब फ्यूज हो गया, मनीष के स्कूल में फीस से अतिरिक्त पैसे की माँग आ गयी, बच्चों का कोई कपड़ा बनवाना पड़ा, कहीं किसी रिश्तेदार की बेटी के विवाह में जाना पड़ा या और भी अन्य आकस्मिक खर्चों के आने पर हमारी टैं बोल जाती थी। मुझे तो

कुछ सुझाई ही नहीं देता था। किसके सामने हाथ फैलाऊँ, किससे कर्ज माँगूँ, पर शकुन समय-समय पर इस तरह के सिर पर आ पड़ने वाले खर्चों को पूरा करने के लिए कहीं-न-कहीं से व्यवस्था कर लेती थी।

उस दिन वैसी ही रात थी। आषाढ़ का माह था। परिवेश में उमस थी। पर छत पर कभी-कभी ठंडी हवा के झोंके आ जाते थे तो हमें राहत मिलती थी। बस्ती में अधिकांश लोग अपने नंग-धड़ंग शरीर लिये नंगी छतों पर पसरे थे। आकाश में तारे झिलमिला रहे थे।

आधी रात बीत गयी थी। जब वह मेरे साथ बस्ती में प्रवेश हुई। नई दिल्ली रेलवे स्टेशन तक हम बस से आए थे। उसके बाद पैदल। दस-बारह मिनट का समय लगा घर तक पहुँचने में। दो लोग पत्थर पर बैठे बीड़ी फूँक रहे थे। उनकी आँखों में भी आधी रात को मेरे साथ एक लड़की को देख जिज्ञासा भाव उभरे थे। पर उन दोनों में से किसी ने मुझसे किसी शहरी नागरिक की तरह पूछताछ न की थी। हम बिना किसी हिचकिचाहट के आगे आ गये थे। उस रात किसे मालूम था कि वही अक्खड़ और मुँहफट किन्तु हिम्मत वाले स्वभाव की लड़की उत्तर प्रदेश की मुख्यमन्त्री बन जाएगी।

असल में उस दिन हम दोनों बिहार भवन गये थे। वहाँ बिहार से मैकूराम जी आकर ठहरे हुए थे। जो पटना में पुलिस में उपमहानिरीक्षक थे। वे वामसेफ के बारे में कुछ जानकारी चाहते थे। वे दलित समाज के जुझारू अधिकारियों में से थे। रामविलास पासवान जी ने मुझे इस आशय की जानकारी दी थी। मैं उन दिनों करोल बाग वामसेफ ऑफिस में बैठता था। दिन में पासवानजी का फोन आया था। उन्होंने मैकूराम जी का नम्बर भी मुझे दिया था। मैंने उनसे फोन पर बात की और शाम का समय निश्चित कर लिया।

बिहार भवन जाने से पहले मायावती ने पूछा था, "नैमिशराय क्या मैं भी साथ में चलूँ?" मुझे उसे साथ ले जाने में कोई एतराज न था। और शाम होने से पहले हम बिहार भवन पहुँच गये थे। मैकूरामजी हमारा इन्तजार कर रहे थे।

दलित आन्दोलन पर हम तीनों की लगभग तीन घंटे बातचीत हुई। उसमें वामसेफ के बारे में अधिक बातचीत हुई। नक्सलवादी आन्दोलन पर भी बातचीत हुई। उन्होंने बड़े बेबाक ढंग से कहा था,

"मैं पुलिस की नौकरी में भले ही हूँ। नक्सलवादी हमारे कर्मचारियों को मारते हैं तो भी मैं उन्हें पसन्द करता हूँ क्योंकि वे एक सही विचारधारा लेकर संघर्ष कर रहे हैं। उनका संघर्ष करना मुझे भाता है।"

मुझे पहली बार पुलिस के उच्च अधिकारी के मुँह से ऐसा सुन कर सुखद आश्चर्य

हुआ था। मैं स्वयं नक्सलवादी साहित्य पढ़ता था, उनसे सम्बन्धित गतिविधियों की जानकारी रखता था तथा उन खबरों को रुचि के साथ पढ़ता था जिनका सम्बन्ध नक्सलवादियों से होता था। वैसे खबरें तथा जानकारी मेरे लिए प्रेरक हुआ करती थीं।

बातें करते हुए समय का ध्यान ही न रहा। नौ से अधिक बज गये थे और खाना लेते हुए साढ़े दस हो गये। उन्होंने नॉनवेज में फिश का ऑर्डर दिया था। खाना समाप्त करने के बाद मायावती टायलट गयी। इसी बीच वे बोले, ''नैमिशरायजी, यह लड़की तो हरी मिर्च है।''

मैंने तपाक से उत्तर दिया था, ''केवल हरी मिर्च नहीं लाल मिर्च भी।''

वे खुल कर हँसे थे। तभी मायावती आ गयी थी।

बिहार भवन से निकलते-निकलते हमें ग्यारह बज गये थे। बड़ी मुश्किल से बस मिली। मेरे घर रात में ठहरने की पेशकश उसने ही की थी। रात अधिक हो गयी थी इसलिए शायद। मुझे उसके प्रस्ताव पर कोई एतराज न था। हम सभी साथी मायावती को बड़ी इज्जत की नजरों से देखते थे। उसका सम्मान इसलिए भी करते थे कि वह महिला होने के नाते इतना संघर्ष कर रही है।

घर पर मैं लगभग अकेला ही था। शकुन की नाइट ड्यूटी थी। लकड़ी के जीने से चढ़ कर हम ऊपर गये। फिर छत पर जाने के लिए लकड़ी का और एक जीना था। छत पर अधिकांश लोग नंगे फर्श पर ही सोते थे। दोनों भी फर्श पर ही सोए। न जाने क्यों उस रात मुझे इस बात का अहसास ही न हुआ था कि मेरे बिल्कुल बराबर में कोई जवान और कुँआरी लड़की लेटी हुई है। मायावती ने तो बाद के अपने राजनैतिक संघर्ष के दिनों में यह नारा भी दिया था—मैं चमारी हूँ, कुँआरी हूँ, तुम्हारी हूँ।

पर मायावती न वैशाली की नगर वधू चित्रलेखा थी और न ही देवदासी। उसने स्वयं को साझा सम्पत्ति होने से रोके रखा था। वह सार्वजनिक जीवन जीते हुए भी सार्वजनिक नहीं हुई थी। हाँ, कांशीराम के साथ उसके किस्से-कहानियों को लोग नमक-मिर्च लगा कर अवश्य ही सुनाया करते थे। वह इन्द्रपुरी जे.जे. कॉलोनी में रहती थी। कांशीराम अकसर वहाँ जाया करते थे तथा देर रात को लौटते थे। कभी-कभी रात में वहीं सो भी जाते थे। इस तरह से उन दोनों के मिलने से लोगों को एतराज था या कहिए कि वे आदतन एतराज करते थे। वामसेफ के साथियों के बीच भी ऐसी अटकलें लगाई जाती थीं। मुझे मालूम नहीं कि आग वहाँ थी या नहीं, पर धुएँ का अहसास तो होने ही लगा था।

मेरठ जिले में ही नहीं बल्कि उत्तर प्रदेश के कई गाँव-कस्बे तथा शहरों में धर्म परिवर्तन की घटनाएँ हो रही थीं। जगह-जगह दलित उत्पीड़न की घटनाओं के परिणामस्वरूप

दलित धर्म परिवर्तन कर रहे थे। कुछ दलित मस्जिदों में जा-जा कर कलमा पढ़ रहे थे। किसी भी एक दलित व्यक्ति के, जिसके बीवी-बच्चे भी हों मुसलमान बनने का अर्थ समूचे परिवार का मुस्लिम धर्म में चले जाना था। मुसलमान साथी अकसर देख कर हमारी बस्तियों में आ-जा रहे थे। हमारे बीच से और अधिक संख्या में मुस्लिम धर्म स्वीकार कर लें, इस जुगत को सफल बनाने में वे तरह-तरह से हमें समझा रहे थे, "अल्ला के बन्दे सब एक हैं। मुसलमानों में हिन्दुओं की तरह जाति भेद नहीं है। वहाँ मन्दिरों में तो दलितों को घुसने भी नहीं दिया जाता जब तुम्हारी ऐसी बेइज्जती होती है तो क्यों मन्दिरों में जाते हो। हमारे शहंशाहों-बादशाहों ने तो ऐसे मन्दिरों को तोड़ा है। मूर्ति पूजा के लिए हमारे धर्म में कोई स्थान नहीं है। आप सबके लिए तो मस्जिदों के दरवाजे पहले से ही खुले हैं। हम आपके भाई हैं और आप हमारे।" इस तरह जज्बातों को भड़काने वाली बातें उनके मुँह से हम सुनते। कभी-कभी कुछ मुस्लिम साथी नेताओं की तरह तकरीर करने लगते। एक बार पड़ोस के मदरसे में उन्होंने हमें चाय पर बुलाया। हम सबने चाय पी। चाय के बीच उन्होंने हमें कुरान की आयतों से लेकर मक्का मदीने तक की बातें बताईं।

कुछ समय पूर्व दिल्ली में भी धर्म परिवर्तन की घटनाएँ हुई थीं। मेरे एक मित्र याद करन याद से याद मोहम्मद याद बन गये थे। उन्हें तथा उनके बच्चों को स्वयं जामा मस्जिद के शाही इमाम अब्दुल्ला बुखारी ने जामा मस्जिद में कलमा पढ़वाया था। दिल्ली के एक और साथी ने भी मुस्लिम धर्म स्वीकार कर लिया था। यह दोनों दलित थे। एक कवि या शायर था दूसरा सरकारी नौकरी में जो बाद में वकील बने। तीसरा व्यक्ति जो मेरठ का ही था, अब दिल्ली में उसकी पोस्टिंग थी। वह आई.ए.एस. था, वह भी इसी दौर में मुस्लिम बना।

हमारी बस्ती से भी बादल नाम के एक व्यक्ति ने अपने बीवी-बच्चों के साथ शेखों की मस्जिद में जाकर कलमा पढ़ लिया था। उसके मुसलमान बनते ही समूची बस्ती में जैसे हलचल मच गयी थी। हममें से किसी को भी यह उम्मीद न थी कि वह अचानक मुसलमान बन जाएगा। मुस्लिम साथियों से मिलना-जुलना, मदरसे तथा मस्जिदों में जाना अलग बात थी और स्वयं मुस्लिम धर्म अख्तियार कर लेना दूसरी बात। मुझे याद है बस्ती के अधिकांश लोगों ने इस पर एतराज उठाया था। पर बादल, जिसे लोग बदलू ही अधिक कहा करते थे वह तो अपने परिवार को लेकर मस्जिद में ही चला गया था। वहीं बस्ती के लोग ढूँढ़ते-ढूँढ़ते गये थे। पर न वह मिला था और न उसके बीवी-बच्चे। उन सबके अब नाम बदल गये थे, साथ ही खान-पान और संस्कार भी। बादल ने, जो अब अजीम अहमद के नाम से जाना जाता था। दाढ़ी रख ली थी, उसकी बीवी तथा लड़कियाँ बुरका ओढ़ने लगी थीं। हमें उसकी खबर समय-समय पर लगती रहती थी। एक दिन मैं अकेला उससे साक्षात्कार लेने के लिए नक्कारखाना मोहल्ले में शेखों की

मस्जिदों के मदरसा इस्लामिया ढूँढ़ते-ढूँढ़ते पहुँच गया। वह मुझे मिल गया। उसके चेहरे पर घबराहट के चिह्न थे।

"अस्सलावालेकुम।" मेरे होंठों से निकला।

"वालेकुम सलाम...। वह बोला।

फिर मैंने उसे विश्वास दिलाया कि मेरी तरफ से घबराने की जरूरत नहीं है। उसने बताया कि सी.आई.डी. वाले उसके पीछे लगे हैं। मैंने पूछा, "क्यों...?"

"क्योंकि वे सोचते हैं कि मैंने मुसलमानों से बड़ी रकम लेकर धर्म बदला है।"

"पर क्या तुम पैसा लेकर मुसलमान बने?" मेरा सवाल सुन कर वह पल भर चुप रहा, फिर बोला, "नहीं तो।"

"तब आप डरते क्यों हैं?" मेरा अगला सवाल था।

"डरना पड़ता है। यह बात तुम नहीं समझोगे। तुम अभी बच्चे हो।" बुजुर्गी के अन्दाज में उसने कहा। उसकी उम्र चालीस के लगभग थी और मेरी अभी तीस नहीं हुई थी। मैं उतना नादान भी नहीं था जो इन बातों को न समझूँ। कुछ सोचते हुए वह फिर बोला, मोहनदासजी, यह सब समय-समय का फेर है। बस कुछ बात ऐसी बन गयी कि मुझे मस्जिद में शरण लेनी पड़ी। क्या हमारी जात के लोग मेरी बीवी, बेटी, बेटे की हिफाजत करते नहीं, उसने स्वयं जवाब दिया। आज मुझे कम-से-कम इतना तो सन्तोष है ही कि वे सुरक्षित हैं। मुझे पुलिस, सी.आई.डी. चाहे उठा कर ले जाए, अब डर नहीं है। पर मैं उसके मुँह से कुछ और बात नहीं सुन सका। वह घुमा-फिरा कर बस यही बात दोहरा देता था। अन्त में मैं वहाँ से उठ खड़ा हुआ।

बाद में पता चला कि वह निजामुद्दीन के पास मुस्लिम बस्ती में जाकर रहने लगा है। वहीं अपने बीवी-बच्चों को भी ले गया है। मैं दिल्ली जाकर पुनः उससे मिलना चाहता था। आखिर था तो हमारी बस्ती का ही आदमी। उसके मुसलमान बनने से हमारी बस्ती के दलितों में एक परिवार घट गया था।

वामसेफ के जितने भी कार्यक्रम दिल्ली या दिल्ली से बाहर होते थे, लगभग सभी में दलित आदिवासियों के साथ सिख, ईसाई और मुस्लिम कार्यकर्ता शामिल होते थे। सिख और ईसाई समुदाय के अनुपात में मुसलमान अधिक आते थे। बम्बई के एक मुस्लिम व्यापारी तो संस्था को मोटा चन्दा भी दिया करते थे। पर देश के जितने बड़े नेता थे वे संस्था के कार्यक्रमों की ओर विशेष ध्यान नहीं देते थे। उनके लिए वामसेफ संस्था भी वैसी ही थे जैसी देश में अन्य हजारों संस्थाएँ। राजनीति में उनकी अच्छी-खासी पकड़ थी। और दलितों की वोट यदा-कदा उन्हें मिल ही जाती थी। कांशीराम भी दलित ही थे। यूँ वे बामन, ठाकुरों को छोड़ कर सभी को एक मंच पर लाने के अभियान में जुटे थे।

देखा जाए तो सिख, ईसाई और मुसलमानों में भी गहरे तक ब्राह्मणवाद उतरा हुआ था। जो वहाँ भी उनका पीछा नहीं छोड़ता था। दूसरे उनके नेता उन्हें वोट बैंक बनाए हुए थे। ऐसी स्थिति में से वे कहाँ छोड़ने को तैयार थे। फिर मुसलमानों पर उनकी जाति के नेताओं के अलावा इमाम-मुल्लाओं और मौलवियों का असर अधिक था। यह भी कड़वा सच था कि अधिकांश मुस्लिम नेता अपनी ही जाति के लोगों को भेड़-बकरियों से ज्यादा और कुछ नहीं समझते थे।

तुर्कमान गेट के भीतर एक मस्जिद या मदरसे कुछ मुस्लिम साथियों ने वामसेफ के कार्यकर्ताओं को बुलाया था। कांशीराम तथा अन्य साथियों के साथ उस मजलिस में मैं भी शरीक हुआ था। यह सभा लगभग दो-ढाई घंटे तक चली थी। हम बहुजन अधिकार की कुछ प्रतियाँ साथ में ले गये थे। जिन्हें वहाँ वितरित किया गया था। उन्होंने भी हमें कुरान की किताबें दी थीं जो हिन्दी में ही छपी थीं।

मजलिस खत्म होने के समय जब हम उठने लगें तो दो-तीन लोगों ने "इंशा अल्लाह आगे भी इस तरह की मुलाकातें होती रहेंगी" हमें अपनी ओर से आश्वासन दिया। इस बैठक में अधिकतर मुस्लिम समाज के आम आदमी पर चर्चा हुई। देश के भीतर राजनीति तथा व्यापार पर सवर्णों की बढ़ती पकड़ पर चिन्ता व्यक्त की गयी। दलित और मुस्लिमों के बीच मेल-मिलाप जारी रखने पर भी बल दिया गया। एक-दूसरे पर दंगे के दौरान हुए उत्पीड़न में मदद की बात को भी याद दिलाया गया। कुछ मुस्लिम नेताओं की करतूतों पर भी जम कर आलोचना हुई।"

हमारी तरफ से लगभग दस साथी थे, जिनमें कांशीराम ही सबसे अधिक उम्र के थे। दूसरी तरफ से बीस के करीब लोग थे। जो औसतन तीस से चालीस की उम्र के दरमियान थे। इस बैठक में कम उम्र के लोग दो-चार ही थे। सभी बालिग थे और पकी उम्र के थे। जिनके बाल धूप में नहीं अनुभव के आधार पर सफेद हुए थे।

सामाजिक आन्दोलन मेरे भीतर-बाहर रच-बस गया था। मेरे सिर पर न जाने कैसा जुनून था। मैं अकेला व्यक्ति नहीं, समूचा समाज था। दलित समाज की जो छटपटाहट थी, वह मुझमें भी थी। उसके सुख-दुःख, पीड़ा-टीस सभी का तो मैं हिस्सेदार था। समाज में जो घटता, उससे मैं प्रभावित हुआ बिना नहीं रह पाता। दलित समाज के भीतर और बाहर हो रहे वैचारिक विस्फोट तथा अपनी अस्मिता को बचाने की लड़ाई के एक-एक मोर्चे का भीम सैनिक था। जहाँ भी कोई सभा, गोष्ठी, प्रदर्शन या जुलूस का आयोजन होता मैं तुरन्त वहाँ पहुँच जाता। अधिकतर इस तरह की खबर मेरे पास भिजवा दी जाती थी। मैं जैसे भी सम्भव होता वहाँ जाने का पूरा-पूरा प्रयास करता।

उन दिनों जहाँ एक तरफ बाबा साहेब डॉ. अम्बेडकर की प्रतिमाएँ जगह-जगह लगाई जा रही थीं वहीं सवर्णों के बीच से कुछ लोग उन प्रतिमाओं तथा मूर्तियों को तोड़ने में लगे थे। मेरठ, गाजियाबाद के आसपास इस तरह की घटनाएँ अधिक हो रही थीं।

मोदीनगर में भी इसी तरह की घटना हो गयी। वहाँ बाबा साहेब की प्रतिमा का अनावरण जिस दिन हुआ, उसी रात में वह तोड़ दी गयी। यह अनावरण राजनारायणजी के द्वारा हुआ था। मोदीनगर में इस घटना से बड़ा आक्रोश था। विशेषतौर पर दलित बस्तियों में तो जगह-जगह इसी ज्वलन्त सवाल या समस्या पर चर्चा होती थी। मैं कई बार इसी बारे में मोदीनगर होकर आया था। देशराज भारती आगे की पंक्ति के समाज सेवी थे। वे मेरठ के सेल्सटैक्स विभाग में नौकरी करते थे। जो प्रो. बुद्धप्रिय मौर्य के अन्धभक्त थे, पर मौर्यजी को शायद ही इस क्षेत्र के दलितों की उतनी चिन्ता थी। उन्होंने आजादी के तीसरे दशक में आर.पी.आई. से कांग्रेस में जाकर सत्ता का सुख भी चख लिया था, पर उन्हीं के चुनाव-क्षेत्र में कुछ दलित ऐसे भी थे जिन्हें दो समय की रोटी भी ठीक से नसीब नहीं होती थी।

बाद में उसी स्थान पर बाबा साहेब की प्रतिमा का अनावरण नारायणदत्त तिदारी के माध्यम से हुआ था। मुझे अच्छी तरह से याद है कि उन्हीं तिवारीजी से इसी सन्दर्भ में मिलने के लिए हम रात के समय भी उद्योग भवन (दिल्ली) जाते थे। हमारे साथ देशराज भारती हमेशा होते थे। वे ही प्रतिमा की पुनःस्थापना में जी-जान से लगे हुए थे।

गाजियाबाद तब तक अलग से जिला बन चुका था। पहले यह मेरठ में ही आता था।

मैं दलित आन्दोलन में रात-दिन लिप्त रहता था। बच्चा बीमार हो जाता, उसे देखने का अधिक समय नहीं मिलता। एक-दो बार इर्विन अस्पताल में लेकर गये। डॉक्टर लोग मुझसे ज्यादा लापरवाह थे। उनके लिए सभी बच्चे एक जैसे थे। और फिर मैं तो आम आदमी ही था। खास आदमी के बच्चों के लिए खास तरह से इलाज होता। दोनों के लिए अलग-अलग तरह के इलाज थे, दवाइयाँ थीं।

कई बार मुझे मानसिक तौर पर आघात लगे थे। मैं उन्हें अपने भीतर जज्ब कर रहा था। हम जिनके लिए रात-दिन कार्य करते हैं क्या वे समय पर हमारे मददगार बनते हैं। मैं तो वामसेफ में लेक्चररशिप छोड़ कर आया था। मेरा छोटा बेटा मनीष बीमार था। इलाज के लिए पैसा चाहिए था। दवाइयाँ खाली जेब तो खरीदी नहीं जाती थीं। कई बार मैंने महसूस किया, वामसेफ में कुछ लोग मेरे साथ ठीक से व्यवहार नहीं करते थे। वे दलित ही थे। हम सब दलित थे। दलित आन्दोलन को ऊर्जा मिल रही थी। पर हमारे भीतर की ऊर्जा रीती हो रही थी। हमारे बीच संवाद था, पर हम जैसे एक होकर भी अलग-थलग थे।

मुझे क्या मालूम था कि आन्दोलन में रत और और घर-परिवार से हुई बेखबरी मेरे ही घर को एक दिन जला डालेगी। अन्ततः वही हुआ जिसका मुझे भय था। मनीष लम्बी बीमारी के कारण चल बसा। उस रात मैं देर से घर लौटा। घर पर कोई नहीं था। पूरा घर भाँय-भाँय कर रहा था। मनीष चार-पाँच दिनों से पश्चिम विहार अपने नाना के घर पर

ही था। शकुन भी वहीं थी। मैं ही अकेला पहाड़गंज रह रहा था। वे मुझे छोड़ कर वहीं रह रहे थे। अगले दिन सुबह जैसे ही मैं नीचे आया, गली में एक-दो महिलाओं ने पूछा, "मोहनदास, तुम्हें कुछ पता नहीं है।"

"क्या?" मैंने कहा।

"यही कि मनीष कल मर गया।" वे बोलीं।

"क्या!"

अकस्मात् इस खबर को सुन कर मुझे गहरा आघात लगा। ऊपर आकर दरवाजे पर ताला लगाया और पश्चिम विहार की बस लेने के लिए बस-स्टैंड पर आया। थोड़ी देर में बस मिल गयी। घर पहुँचा तो बेटे की लाश भी वहाँ नहीं थी। पता चला, उसे कल ही दफना दिया गया था। मुझे उसकी मिट्टी भी नसीब नहीं हुई थी। मेरी ससुराल वालों ने मेरे साथ ऐसा सुलूक क्यों किया? स्वयं मेरी पत्नी ने भी मुझे नहीं बतलाया। या वे बतलाना नहीं चाहते थे। मुझे मालूम था, वे मुझसे बेहद खफा थे। इसलिए कि मैं अच्छी-खासी नौकरी छोड़ कर समाज सेवा करने लगा था। उनके अनुसार मैं बेकार का आदमी था। दो सौ रुपये से क्या घर चलता था। वह तो एक सप्ताह के लिए भी कम थे। मैंने कहाँ भूल की, मुझे समझ नहीं आ रहा था। समाज के लिए जो लोग कार्य करते हैं उनका हश्र क्या मेरे जैसा ही होता है। उनके बच्चे क्या बिना दवाई के मर जाते हैं। फिर वे क्यूँ समाज सेवा में आते हैं? समाज सेवा करना क्या अपराध है। आदमी अपनी ही स्वार्थसिद्धि में लगा रहे। क्या यही जीवन का उद्देश्य है, वह केवल अपना ही परिवार देखे। समाज-जाति तथा समुदायों के सवालों को नजरअन्दाज करता चला जाए। हजारों सवाल मेरे आसपास गूँज रहे थे उनमें एक सवाल हथौड़े की तरह मुझसे ही पूछ रहा था, क्या तुम अपने बेटे की मौत के जिम्मेदार नहीं हो?

मैं श्मशान में जाकर कई घंटे तक उस मिट्टी के पास बैठा रहा जिसमें मेरे बच्चे को कल ही मेरी गैर मौजूदगी में दफना दिया गया था। मुझे सूचना तक नहीं दी गयी। मुझसे आखिर इतनी बड़ी गलती हो गयी। पहले समाज ने हमें हाशिए पर डाल दिया था, अब मैं स्वयं अपने ही परिवार के हाशिए पर था। अपनों से ही अलग-थलग हो गया था।

कई घंटे मैं वहीं बैठा रहा। वही मिट्टी मेरे आँसुओं से गीली होती रही। कभी मैं उठ कर खड़ा हो जाता। आसपास घूमते हुए चक्कर लगाता रहा। नजदीक ही कोई मुर्दा जल रहा था उसकी गन्ध मेरे भीतर जा रही थी। आग की लपटें आकाश की ओर उठ रही थीं। मेरी स्थिति पागल जैसी थी। मैं चारों तरफ देख रहा था। मेरे आसपास मुर्दे थे, मिट्टी में मिलते हुए उनके मृत जिस्म थे। दफनाए गये बच्चों के जमीन में गड़े हुए अस्थिपंजर थे। और इन सबके बीच मैं यानी अपने भीतर संघर्ष और आन्दोलन की मशाल जलाए हुए भी डगमगाते वजूद का खँडहर होता एक अदद आदमी।

कुछ समय बाद मेरी ससुराल से कोई मुझे ढूँढ़ते-ढूँढ़ते श्मशान तक आया था।

और मुझे जबर्दस्ती ठेलते हुए घर तक ले गया था। ससुराल से श्मशान अधिक दूर नहीं था। मेरा मन जल रहा था जो निढाल था और आँखों में मनीष था, जो अब मेरे पास नहीं था। उस दिन के बाद कई बार मैं श्मशान आता रहा था।

सपने कभी नहीं मरते। मेरे भीतर अभी भी सपने जीवित थे। पंजाब के क्रान्तिकारी कवि पाश ने तो लिखा भी है। सपनों का न होना...मेरे भीतर संघर्ष था। आग थी, उभरते तेवर थे। मैं सिमट नहीं रहा था। दलित समाज में सकारात्मक और नकारात्मक पहलू होने के बाद भी मेरा वजूद था। बेटे की मौत का मुझे अफसोस था। पर मैं भी तो समाज का एक टुकड़ा था। मेरे और अन्य टुकड़ों को मिला कर ही तो समाज बनता था। पर उसी समाज में मेरी क्या स्थिति थी। बस समझ लीजिए समाज में अलग-अलग चित्र थे। जिनमें एक चित्र मैं भी था।

अन्ततः अपने आँसू पोंछ कर मैं पुनः उसी संघर्षपथ पर अग्रसर होने लगा था। दलित आन्दोलन की कोई जीवन्त तस्वीर हम सभी ने मिल-जुल कर बनानी थी। किसी के मरने से दलित आन्दोलन थोड़ा ही मरता है, मरना भी नहीं चाहिए। उसमें हर किसी को कोई न कोई रंग तो भरने ही होते हैं। मैंने खून का रंग भर दिया तो क्या। किसी न किसी को तो कीमत चुकानी पड़ती ही।

□□□